毛姆短篇小说选 ·I·

The Short Stories of
W. Somerset Maugham

〔英〕威廉·萨默塞特·毛姆 著

辛红娟　阎勇 译
张柏然 审校

W. Somerset Maugham
The Short Stories of W. Somerset Maugham
根据 Doubleday and Company，1952 年版译出

图书在版编目（CIP）数据

毛姆短篇小说选．Ⅰ/（英）威廉·萨默塞特·毛姆著；辛红娟，阎勇译．—北京：人民文学出版社，2023
ISBN 978-7-02-017957-2

Ⅰ.①毛… Ⅱ.①威…②辛…③阎… Ⅲ.①短篇小说—小说集—英国—现代 Ⅳ.①I561.45

中国国家版本馆 CIP 数据核字（2023）第 066589 号

责任编辑	王　婧
装帧设计	刘　远
责任印制	王重艺

出版发行	人民文学出版社
社　　址	北京市朝内大街 166 号
邮政编码	100705
印　　刷	北京盛通印刷股份有限公司
经　　销	全国新华书店等
字　　数	332 千字
开　　本	880 毫米×1230 毫米　1/32
印　　张	14.875　插页 1
印　　数	1—5000
版　　次	2016 年 7 月北京第 1 版
印　　次	2023 年 6 月第 1 次印刷
书　　号	978-7-02-017957-2
定　　价	79.00 元

如有印装质量问题，请与本社图书销售中心调换。电话：010-65233595

目 录

前言 …………………………………………………… (1)

雨 ……………………………………………………… (1)
爱德华·巴纳德的堕落 ………………………………… (46)
午餐 …………………………………………………… (84)
蚂蚁与蚂蚱 …………………………………………… (89)
麦金托什 ……………………………………………… (94)
昂蒂布的三个胖女人 ………………………………… (131)
人生真相 ……………………………………………… (148)
舞男舞女 ……………………………………………… (169)
恩爱夫妻 ……………………………………………… (190)
狮皮之虞 ……………………………………………… (205)
不屈服的女人 ………………………………………… (233)
逃之夭夭 ……………………………………………… (265)
百事通先生 …………………………………………… (270)
诗人 …………………………………………………… (278)
格拉斯哥来客 ………………………………………… (283)
赴宴之前 ……………………………………………… (295)

露易丝 …………………………………………（324）

诺言 ……………………………………………（332）

上校夫人 ………………………………………（339）

珍珠项链 ………………………………………（360）

生性怯懦 ………………………………………（368）

天罚之人 ………………………………………（397）

环境造人 ………………………………………（438）

前　言

　　二〇一五年是二十世纪英国著名作家威廉·萨默塞特·毛姆（William Somerset Maugham，1874—1965）五十周年忌辰。毛姆堪称文学世界里的一朵奇葩，一生徜徉于三大文学领域，发表了二十一部长篇小说、三十二个剧本和一百二十余篇短篇小说，此外还写了大量的评论、随笔、游记和回忆录；他广受读者欢迎，亦频遭批评家鄙薄，还自诩为"二流作家"。美国传记作家特德·摩根（Ted Morgan）如此总结他的一生：

　　　　一个孤僻的孩子，一个医学院的学生，一个有创新的小说家，一个巴黎的放荡不羁的男子汉，一个成功的伦敦西区的戏剧家，一个伦敦社会名流，一个战时在弗兰德斯前线的救护车驾驶员，一个在俄国工作过的间谍，一个同性恋者，一个跟别人的妻子私通的丈夫，一个当代名人的殷勤主人，一个二次世界大战时的宣传家，一个自狄更斯以来拥有最多读者的小说家，一个靠细胞组织疗法保持活力的活着的传奇人物，和一个企图不让女儿继承财产而收养他的秘书的衰老的老头子。

　　（特德·摩根：《人世的挑剔者——毛姆传》，梅影、舒云、晓静译，湖南人民出版社1986年，第703页）

　　难怪有人说，"只要你能把毛姆整个一生的经历都写出来，那你就写出了一部比毛姆小说还要动人得多的小说。"

一

　　毛姆是我国读者比较熟悉的一位西方现代作家。他的著作早在二十世纪三四十年代就有介绍；根据他的小说改编的影片如《孽债》(即《人性的枷锁》)、《剃刀边缘》(即《刀锋》)等，解放前曾在我国上映过。

　　二十世纪八十年代，外国文学出版社、花城出版社、上海译文出版社、湖南人民出版社等出版机构纷纷推出毛姆的作品，在外国文学领域掀起了一股"毛姆热"。其代表性长篇小说译本便是在这一时期诞生的，包括傅惟慈的《月亮和六便士》(外国文学出版社，1981)、周煦良的《刀锋》(上海译文出版社，1982)以及我和张增健、倪俊翻译的《人生的枷锁》(江苏人民出版社，1983)等。这几个译本后来在上海译文不断再版，流传至今。

　　同一时期，国内还推出了多部毛姆的短篇小说选译本，包括冯亦代等迻译的《毛姆短篇小说集》(外国文学出版社，1983)，佟孝功的《天作之合：毛姆短篇小说选》(湖南人民出版社，1983)，潘绍中的《毛姆短篇小说选：英汉对照》(商务印书馆，1983)，刘宪之的《毛姆小说集》(百花文艺出版社，1984)，多人译的《便当的婚姻》(江西人民出版社，1986)，黄雨石的《无所不知先生》(人民文学出版社，1987)等。以上译本选择的篇幅多有重复，但几乎囊括了毛姆短篇小说的经典佳作。

　　从二十世纪九十年代直到新世纪，上海译文出版社、译林出版社、南京大学出版社分别推出了"毛姆文集""毛姆作品""精典文库"译丛，将毛姆的译介推向一个新的高潮。毛姆的长篇小说、短篇小说、戏剧、散文、评论和游记等,在国内有了全面而系统的译介。

二

短篇小说在毛姆的创作活动中占有重要位置。从一八九九年到一九四七年,他总共发表了九部短篇小说集:《东方行》(*Orientations*,1899)、《叶的震颤》(*The Trembling of a Leaf*,1921)、《木麻黄树》(*The Casuarina Tree*,1926)、《阿申登》(*Ashenden*,1928)、《第一人称单数》(*Six Stories Written in the First Person Singular*,1931)、《阿金》(*Ah King*,1933)、《世界主义者》(*Cosmopolitans*,1936)、《照原方配制》(*The Mixture as Before*,1940)和《环境的产物》(*Creatures of Circumstance*,1947)。

从内容上看,毛姆的短篇小说大体可分为三类:一类是以英国海外殖民地为背景的小说;另一类是以英法两国的社会生活为题材的小说;第三类是以英国间谍阿兴登为中心人物的一系列间谍与反间谍小说(刘宪之:《毛姆小说集》"译后记",百花文艺出版社,1984年,第493—495页)。

他的短篇小说风格接近莫泊桑,结构严谨,起承转落自然,语言简洁,叙述娓娓动听。作家竭力避免在作品中发表议论,而是通过巧妙的艺术处理,让人物在情节展开过程中显示其内在的性格。

三

如前所述,毛姆的短篇小说在上世纪八十年代就被广泛译介到了国内,而且,译林出版社二〇一二年又推出了一部《毛姆短篇小说精选集》,汇聚了冯亦代、傅惟慈、翁如琏、叶念先、梅绍武、屠珍、陆谷孙等知名译家译品。读者不禁会问,既有珠玉在前,又何必出力曝丑?究其原因,如安伯托·艾柯(Umberto Eco)所说,艺术品在形式上是封闭的,但同时又是开放的,"是可能以千百种不同的方式来看待和解释的,不可能只有一种解读,不可能没有替代变换"(《开放的作品》,新星出版社,2005年,第4页)。《精选集》及早前的短篇小说选译本,多出自上世纪八十年代,距今已有三十年左右的时间,自然留下那个时期的历史烙印。

这部《毛姆短篇小说选》遴选了毛姆短篇小说中的四十八篇精彩之作,译者是宁波大学的辛红娟教授和中南大学的鄢宏福、阎勇两位老师。他们或从事翻译理论与实践研究,或致力于英美文学研究,能将理论研究与文学翻译实践相结合,是值得肯定的。青年教师甘坐文学翻译的冷板凳,更值得欣慰。在翻译的过程中,译文经过反复的推敲和打磨,既参考和沿用了之前的翻译,又呈现了自己的理解和诠释。在译文审订过程中,我和辛红娟教授及团队经常为了一个标题或某一具体措辞的翻译处理电话、邮件讨论许多个回合,过程令人回味、珍惜。文学翻译是出力不讨好的工作,无论译者经过怎样的努力,译文最终需要经过读者的检验,翻译的不妥之处,恳请广大读者和专家批评指正。

张柏然

二〇一五年五月

雨

快到上床的时候了,明早醒来,就能望见陆地。麦克菲尔医生点着烟斗,探身靠在船栏上,搜寻着天际的南十字星座。在前线待了两年,一处伤口始终迁延未愈。能在阿皮亚①安静地待上至少十二个月令他非常高兴,旅行刚开始,他就已经感觉好多了。第二天有些乘客要在帕果帕果②下船,他们当晚举办了一个小型舞会,到现在机械钢琴刺耳的琴声仍在撞击着他的耳膜。甲板上终于安静下来。不远处,他瞧见妻子坐在长椅上,正和戴维森夫妇说着话,就慢慢踱到她身边。等他在灯下坐定,摘下帽子,你会发现,他长着一头深色的红发,头顶秃了一圈,布满雀斑的红脸膛与红头发甚是相配。他四十多岁,瘦瘦的,脸色不大好,一副谨小慎微又迂腐的样子;讲话低沉缓慢,一口苏格兰腔。

麦克菲尔夫妇与传教士戴维森夫妇之间,油然而生一种同舟共济的亲密感,不是因为品位一致,而是由于观念相仿。联系他们的主要纽带,是共同看不顺眼那些把日夜耗在吸烟室里玩扑克、打桥牌、喝酒的男人。麦克菲尔太太想到自己和丈夫是戴

---

① 阿皮亚是位于太平洋中南部西萨摩亚首府和主要港口的城市,依山傍水,风光绮丽。
② 帕果帕果是东萨摩亚首府。

维森夫妇在船上唯一乐意结交的人,颇感得意。麦克菲尔医生,虽然腼腆却并不蠢,也半推半就地认可了这一敬意。出于好斗嘴的性情,夜晚回到自己的舱房内,他不免纵容自己找找岔子。

"戴维森太太说幸亏有咱们,否则她都不知怎么熬完这次旅行呢,"麦克菲尔太太边说边利索地梳着假发,"她说船上只有咱俩是他们夫妇乐意结识的人。"

"我还真不知道传教士居然有这等派头,摆得起这个谱。"

"哪是摆谱儿。我很理解她。戴维森夫妇要是跟吸烟室那帮粗人掺和在一起,可就真够他们受的了。"

"他们的宗教创始人可没那么格格不入。"麦克菲尔嘎嘎笑了。

"跟你说多少回了,别拿宗教开玩笑,"他太太驳斥道,"我也真不知道你这副品性,阿力克。你从来都看不到别人的闪光点。"

他那双淡蓝色的眼睛斜睨了她一眼,没再吱声。结婚多年,他早已深谙让妻子讲完最后一句不还嘴,才更有利于和睦。他赶在她前头脱了衣服,爬到上铺,静下心来,读书入眠。

第二天早晨,他登上甲板,发现船已经靠近陆地了。他贪婪地望着。银白色细长的沙滩迅速浮现在眼前,远处是山坡,山顶上的植被郁郁葱葱。椰树茂密翠绿,几乎一直伸到水边,树林之间散落着萨摩亚人的草屋;那些闪着点点白光的建筑是小教堂。戴维森太太走过来站在他身旁。她穿着黑衣服,颈上挂一条坠着小十字架的金链子。戴维森太太身材瘦小,干枯的褐色头发精心梳理过,夹鼻眼镜后面是一双鼓凸的蓝眼珠。一张绵羊似的长脸非但不显蠢相,反而极其警觉,像鸟一样动作快疾。她高亢的嗓门最惹人注意,金属般锐利,毫无顿挫,落在耳中僵硬单调,像无情的风钻啸叫,扰人心神。

"对您来说这里一定就像家乡一样。"麦克菲尔医生说,勉强挤出一丝微笑。

"我们那里的岛地势很低,您知道,和这里不一样。我们那里是珊瑚岛,这些是火山岛。再有十天我们才能回到那里。"

"到了这儿,还不就跟到了自家门口一样。"麦克菲尔医生开着玩笑。

"哎,这么说可就太夸张啦。当然,在南海地区,人们的距离感确实不一样。这么看,您说得也没错。"

麦克菲尔医生轻轻叹了口气。

"我很高兴,不用在这里长住,"她继续说着,"人家说这里工作很难渗透。汽船来往让人难以安心,还有海军驻地,这些对土著人都不好。在我们教区没有类似困难要克服。当然也会有一两个做买卖的,可我们会留心让他们规规矩矩,要是不老实,就让他们待不下去,最后只能离开。"

她扶正鼻上的眼镜,用一种冷酷的表情望着这座葱茏苍翠的岛屿。

"对这里的传教士来说,完成任务几乎没有指望。我对上帝感激不尽,至少饶过了我们,没被派到这里。"

戴维森的教区由一群小岛组成,在萨摩亚以北;各岛之间非常分散,他得经常驾乘独木舟穿梭其间。每逢此时,他的妻子就留在总部,打理教区事务。想到她必定会有的雷厉风行,麦克菲尔医生不禁心里一沉。谈到土著的邪行,她声调高亢,喋喋不休,满脸做作的恐怖表情。她的道德敏感可谓独一无二。刚一相识,她就对他说过:

"您知道,我们刚到岛上时,土著人的婚俗令人震惊,我简直都没法跟您说出口。不过我可以讲给您太太听,让她再讲给您听。"

然后,他就瞧见妻子与戴维森太太挪近帆布椅子,热切地交谈了近两个小时。他来回走动想要活动一下筋骨,经过她们跟前时听到戴维森太太激动的耳语,宛如远处滚滚的山洪;妻子则张口结舌,面色发白,似乎很享受这一骇人的体验。夜晚回到舱房,妻子压低嗓音把听到的信息一五一十跟他讲了一遍。

"瞧,我是怎么跟您说的?"第二天早晨,戴维森太太一见他就得意扬扬地嚷起来,"您听过比这更恐怖的事吗?这下子,您就不奇怪我为什么不能亲口告诉您了吧?您是医生也不行。"

她打量着医生的脸,热切盼望能看到预想达到的效果。

"您能想到,我们刚到那里时,心情多沉重吗?当我告诉您,任何一个村庄都找不到一个好姑娘时,真够匪夷所思的。"

她严格按照字面意思选用这个"好"字。

"戴维森先生跟我讨论后决定,头一件事就是禁止跳舞。土著疯狂地爱跳舞。"

"年轻那会子,我可是不反对跳舞的。"麦克菲尔医生说。

"我猜也是,我听说您昨晚还邀请太太跳了一圈。我不是说男人和自己的妻子跳舞有害处,不过你太太不肯跳,还是挺令我欣慰的。在这种情况,我觉得咱们还是不多跟他们掺和在一起好些。"

"在哪种情况?"

戴维森太太透过夹鼻眼镜迅速瞄了他一眼,没有回答。

"自然,对白人来说,情况又不一样,"她接着说,"但我必须说,我非常同意戴维森先生的观点。他无法理解,一个做丈夫的怎么能站在一旁,眼睁睁地看着自己的妻子搂在别的男人臂弯里。拿我个人来说,我结婚后没再跳过一步舞。土著的舞蹈完全是另当别论。舞蹈本身就不道德,简直有伤风化。不管怎么说,感谢上帝,我们禁止了舞蹈,我想我这么说没错:我们教区里八年都没人跳过舞了。"

说话间,他们已抵达港口,麦克菲尔太太也加入到他们中间。船身一个急转弯,慢慢驶入港口。这是一个陆地环绕的大港口,足以容纳整队军舰停泊;港口周围拱绕着绿色的群山峻岭。港口不远处,总督府矗立在花园中,一任海风轻拂。一面星条旗懒洋洋地垂在旗杆上。他们一行经过了两三栋带凉台的平房,一个网球场,来到一个带货栈的码头。戴维森太太一眼认出泊在二三百码之外的纵帆船,那是要送他们去阿皮亚的船。从岛屿各处拥来一群土著,热切喧闹,兴高采烈,有的来看热闹,有的来跟去悉尼的旅客做买卖,带来菠萝、大串香蕉、塔帕纤维布、贝壳或鲨鱼牙骨串成的项链、胡椒木碗,还有战船模型。美国水兵,齐整利落,胡子刮得干干净净,面容坦诚,在土著人中穿来穿去,此外还有一小群官员。卸行李的时候,麦克菲尔夫妇与戴维森太太望着人来人往。麦克菲尔医生发现大部分孩子和少年似乎患有传染性皮肤病——雅司病,疮口破溃像潜伏期的溃疡症。他是头一回亲眼看见这种象皮病,出于职业敏感,他两眼放光。那些男人有些长着粗大、笨重的手臂,有的拖着严重变形的细腿。男人女人都裹着萨摩亚围腰。

"这种围腰太不体面了,"戴维森太太说,"戴维森先生认为应该立法禁止。如果人们只在腰胯上围一条红布,别的什么也不穿,你怎么能指望他们品行端正呢?"

"倒是挺适合这里的气候。"医生说着,抹去额上的汗水。

他们到了岸上,尽管还是大清早,已经热得让人喘不过气。

帕果帕果封闭在群山里,一丝风也进不来。

"在我们岛上,"戴维森太太尖着嗓门继续说,"我们实际上铲除了围腰,只有少数老人还会穿,仅此而已。女人都穿上了长罩衣,男人穿上了裤子和汗衫。初到的时候,戴维森先生在一份报告中提到:除非勒令每个十岁以上的男子穿上裤子,否则岛上居民永远不能成为彻底的基督徒。"

戴维森太太鸟一样的目光朝港口上空飘过的浓密乌云望了两三次。雨点开始落了下来。

"我们最好找地方躲一下。"她说。

他们刚跟人群挤进一处瓦楞铁皮顶大棚,雨就倾泻而下。过了一会儿,戴维森先生也过来跟他们站在一起。旅途中,他对麦克菲尔夫妇颇为客气,他没有太太那种社交能力,大部分时间都在阅读。他沉默而阴鸷,让人觉得他的友善是出于基督教强加给他的义务。他生性矜持,甚至有些孤僻。长相也很特别:又高又瘦,长长的四肢松松散散地连接在躯体上,面颊深陷,颧骨奇凸;一副死气沉沉的做派,若是你注意到他的嘴唇居然如此饱满、性感,肯定会大吃一惊。他头发留得很长,眼窝深陷,黑眼珠大而哀伤;一双大手,长长的手指生得很好看,看上去强健有力。给人最明显的感觉是,他的内心压抑着一团火焰。这一点让人印象深刻,却又令人隐隐不安。他是那种很难亲近的人。

眼下,他带来了令人讨厌的消息。岛上爆发了麻疹,这种病从夏威夷土著人中流传开来,非常严重,常会致命。将要载着他们继续航行的纵帆船水手中发现了一例病情。病人已经被送上岸,进了检疫站的医院,但阿皮亚官方电报明确指示,必须确保船上再无其他病例,才能允许纵帆船入港。

"这意味着我们至少要在这里滞留十天。"

"可是阿皮亚需要我尽快赶到。"麦克菲尔医生说。

"没办法。如果船上没有发现其他病例,纵帆船可以开航,但只能搭乘白人旅客,三个月内将禁止本地船只出港。"

"这儿有旅馆吗?"麦克菲尔太太问。

戴维森低声笑了。

"没有。"

"那我们怎么办?"

"我跟总督联系过。海边有个生意人,有几间屋子出租。我建议雨停了咱们就去那儿看看情况。不能奢望住得舒服。有张床铺睡觉,头上有片瓦遮风挡雨,就不错了。"

可是雨并没有要停下来的意思,末了,他们披上雨衣,打着伞出发了。这儿算不上什么城镇,仅是一个官署区,有一两家店面,寥寥几处土著居所掩映在椰树林和大蕉丛中。他们要找的房子距码头大约五分钟路程,是一幢两层楼的板房,每层都有宽大的凉台,屋顶是瓦楞铁皮。房主霍恩是个混血种,娶了土著女人,身边围着几个棕色皮肤的小孩。他在一楼开了家店,卖罐头和棉布。他带他们去看的房间几乎空无一物。给麦克菲尔夫妇的房里只有一张破破烂烂的床,床上悬着一顶褴褛的蚊帐,还有一把摇摇晃晃的椅子、一个脸盆架。他们四下里看看,非常沮丧。瓢泼大雨下个没完没了。

"除非十分必要,否则我绝不打开行李。"麦克菲尔太太说。

正当她打开手提箱的时候,戴维森太太进来了。她动作利索敏捷,令人不快的环境对她毫无影响。

"听我的,拿起针线,立马补蚊帐,"她说,"要不整晚都合不得眼。"

"蚊子有那么厉害吗?"麦克菲尔医生问。

"眼下正是蚊子肆虐的季节。在阿皮亚,如果受邀到总督府参加聚会,你会注意到每位女士都领到一个枕套,好把她们的——两条腿护住。"

"真希望这雨能停一会儿。"麦克菲尔太太说,"要是出太阳,我就有心思把这地方收拾得舒服一点。"

"噢,要是你想等雨停,那就得等上很久了。帕果帕果大概是太平洋上最多雨的地方了。你看,这群山,这海湾,都招徕雨水。这么说吧,大家都知道一年中这个时候该下雨了。"

她从麦克菲尔医生看向他太太,两人无助地各站屋子一角,跟丢了魂似的,她把嘴一撇。她知道,必须手把手帮他们。如此不中用的人令她不耐烦,可她不由地手痒,想把一切安排得井井有条。

"来,给我针和布,我把你们的蚊帐补起来,你们继续收拾行李。一点钟吃饭。麦克菲尔医生,您得去码头瞧瞧,看看你们的大件行李有没有放到干燥地方。您知道那些土著,他们有能耐给你放在那儿任由风吹雨打。"

医生再次披上雨衣,走下楼。霍恩先生正站在门口同他们船上的军需官聊天,还有一位他在甲板上见过几次的二等舱乘客。军需官是个干瘪的小个子,极其猥琐,麦克菲尔医生经过时,跟他点点头。

"麻疹真是太棘手啦,大夫。"他说,"瞧着您已经修整好了。"

麦克菲尔医生觉得他有点自来熟,可他生性怯懦,不会轻易动怒。

"是的,我们的房间在楼上。"

"汤普森小姐和您一同搭船去阿皮亚,所以我把她带来了。"

军需官用大拇指戳戳站在他身旁的女人。她约有二十七岁,丰满,有一种粗俗的美。穿着白裙衫,戴着白色宽边帽,裹在白棉纱袜子里的粗胖小腿鼓在白色小山羊漆皮长筒靴外面。她对麦克菲尔讨好地笑笑。

"这家伙想敲诈我一天一块五,就那么间巴掌大的小屋。"她哑着嗓子说。

"乔,我可告诉你,她是我的朋友,"军需官说,"她顶多付一块,你一定照她说的办。"

那个商人又肥又圆,咧着嘴笑了。

"哎,既然你这么说,斯万先生,我来瞧瞧怎么办。我跟我太太商量一下,看看我们能不能降降价。"

"少跟我来这一套。"汤普森小姐说,"现在就好。一天一块,多一个子儿都不行。"

麦克菲尔医生笑了。他佩服这女人撕开面皮杀价的手段。他是那种人家开价多少就付多少的主儿,宁可多掏钱也不讨价还价。商人叹了口气。

"唉,看在斯万先生面上,就这么定吧。"

"这才对嘛。"汤普森小姐说,"进来喝杯烧酒。斯万先生,你帮我把小手提箱拿进来,里头有真正好的黑麦威士忌。医生,你也一起来。"

"噢,我就不来了,谢谢你,"麦克菲尔医生答道,"我正要去瞧瞧我们的行李放好没有。"

他走进雨里。大雨从港口泼洒进来,对岸一片模糊。他遇见两个土著,裹着短围腰,打着一把巨大的伞。他们走得从容,动作闲适,腰板挺得笔直;一面向他微笑着用奇怪的方言打招呼,一面径直走开了。

他回来时已经到了吃午饭的时间,在商人的客厅里就餐。客厅里不能住人,只是为了显摆地位,散发出一股阴郁的霉味。一套印花长绒沙发整整齐齐地沿墙角摆了一圈,天花板中央吊了一盏镀金吊灯,上面盖着防苍蝇的黄色绵纸。戴维森先生没有来。

"我听说他去拜会总督了,"戴维森太太说,"估计总督会留他吃饭。"

一个土著小女孩端上来一碟汉堡煎牛肉饼,过一会儿,那商人来看看是否饭菜都上齐了。

"我见过那个跟我们同住的旅客了,霍恩先生。"麦克菲尔医生说。

"她只占一间房,不会妨碍大家,"商人答道,"伙食自理。"

他望向两位太太,一副巴结的神气。

"我把她安置在楼下,免得妨碍大家。她绝不会给诸位添麻烦的。"

"是同船的人吗?"麦克菲尔太太问。

"是的,夫人,她在二等舱,去阿皮亚,有个收银员的职位等着她。"

"哦!"

商人离开后,麦克菲尔先生说:

"我想,她自己在房里用餐不会开心。"

"若是二等舱的,我猜她宁可自己吃。"戴维森太太说,"也不清楚她是哪路人。"

"军需官带她过来时,我恰巧碰见了。她姓汤普森。"

"就是昨晚陪军需官跳舞的那个女人吗?"戴维森太太

问道。

"肯定就是那个。"麦克菲尔太太说,"那会儿我就疑心她是干什么的。照我看,相当放荡。"

"绝非良家妇女。"戴维森太太说。

她们又谈了些别的话题,由于起得太早,大家都有些乏了,午饭过后各自回去休息。睡醒后,天空仍然阴沉,云头低垂,但雨停了。他们到美国人沿着海湾修建的大路上散步。

散步回来时,发现戴维森也正好进门。

"我们也许得待上两周。"他烦躁地说,"我同总督争了半天,可他说毫无办法。"

"戴维森先生一直盼着回去工作。"他妻子说,焦急的目光投向丈夫。

"我们离开一年了,"丈夫说,在凉台上走来走去,"教会现在由本地牧师管理,我一直很担心教务松懈。他们都是好人,我没有斥责的意思,他们敬畏上帝,虔诚,是忠实的基督徒——他们的基督信仰会使许多国内所谓的基督徒脸红——可惜干劲不足。他们可以坚持一次,坚持两次,可是不能长久坚持。要是你把教会托付给一个土著牧师,不管他外表多么值得信任,日子长了你就发现他暗地里徇私舞弊。"

戴维森先生站在那里一动不动。他体形高瘦,面色苍白,一双大眼睛发着光,有一种威严感。热情的手势,深沉有力的嗓音,无不彰显着他的热诚。

"我得赶快把工作布置好。我说干就干。树木朽烂了,就得马上砍倒,丢到火里烧了。"

下午五六点,他们用过正式茶点,坐在散发着陈腐气味的客厅里,女士们做着活计,麦克菲尔医生抽着烟斗,传教士给他们讲他在岛上的工作。

"我们刚到的时候,他们丝毫没有罪孽观念。"他说,"他们一条接一条地犯十诫,压根不知道自己在犯错。我认为传教工作中最棘手的就是要给土著灌输原罪的概念。"

麦克菲尔夫妇听说,戴维森在认识他太太之前,已经在所罗门群岛工作了五年。他妻子以前在中国传教,两人因休假时参加波士顿的传教士集会而相识。婚后,他们被指派到这些岛上工作至今。

在他们与戴维森先生的所有谈话里,有一件事显而易见:戴维森先生有着百折不回的勇气。他是个行医的传教士,常常会被随时叫到各处岛屿上去。遇上雨季,在暴风骤雨的太平洋上,捕鲸船都不敢贸然航行,他却常常驾着独木船出海,十分危险。遇到疾病或事故,他从不犹豫。茫茫暗夜他曾数十次死里逃生;不止一次,戴维森太太都以为他再也不会回来了。

"有时候,我哀求他不要去,"她说,"或者至少等天气平静一点,可他从来不听。他倔,一旦拿定主意,绝不动摇。"

"如果我自己都害怕,怎能要求土著信仰上帝?"戴维森叫起来,"我不怕,我不怕。他们知道,有困难的时候求助于我,只要人力可为,我一定会到。你以为,在我为上帝行事的时候,上帝会弃我不顾吗?是他呼风唤雨,命怒海滔滔。"

麦克菲尔医生生性怯懦。他始终没能适应战壕里弹片横飞的生活,在前线包扎救护站做手术时,为了努力稳住手不颤抖,汗珠常常从眉间流下,模糊了他的眼镜。他望着传教士,打了个哆嗦。

"但愿我能够无所畏惧。"他说。

"但愿你能够侍奉上帝。"另一位驳道。

不知何故,那天晚上,传教士沉湎于回忆他和妻子初到岛上的那些日子。

"有时候麦克菲尔太太跟我彼此对望,泪流满面。我们没日没夜地工作,看上去却没有丝毫进展。真不敢想象,那时候如果没有她我会怎么办。每当我感到意志消沉,每当我几近绝望,她总能给我勇气和希望。"

戴维森太太埋头做针线,一抹浅浅的红晕浮上她瘦削的脸颊。她双手微颤,激动得说不出话来。

"我们孤立无援,我们孤军奋战,同胞远隔千万里,四周一片黑暗。当我颓丧疲惫的时候,她总会把手头的活计放在一旁,拿起《圣经》读给我听,直到平和降临我的身心,宛若睡意降临到孩子的眼睑。末了,她会合上经书,说:'无论如何,我们一定要拯救他们。'于是,我重新感到对主的笃信,我应承她:'没错,上帝襄助,我将拯救他们。我必须拯救他们。'"

他走过去站在餐桌旁,简直把那里当成教堂读经台。

"您瞧,土著们天生太堕落,简直没法让他们认清自己的邪恶。我们不得不从他们习以为常的行为中定出罪恶。我们不仅把通奸、撒谎和偷盗定为罪恶,而且把暴露身体、跳舞和不去教堂也定为罪恶。姑娘露胸脯是罪恶,男人不穿裤子也是罪恶。"

"怎么定罚?"麦克菲尔医生不无惊讶地问道。

"我推行了罚款。显然,使他们认识到某个行为有罪的唯一办法,就是一旦违犯就坚决处罚。不来教堂,罚;跳舞,罚;衣冠不整,罚。我写了价目表,每桩罪行都必须支付相应的罚款或劳作。最终让他们学乖了。"

"可是他们从来没有拒付过吗?"

"怎么拒付?"传教士反问。

"试着站出来和戴维森先生作对,这人得何其胆大呀。"他妻子说完,紧抿嘴唇。

麦克菲尔医生不安地看着戴维森。听到的这番话虽然令他震惊,他却也不愿表达出自己的反感。

"告诉你吧,我最后一着,就是将他们开除教籍。"

"他们在乎吗?"

戴维森微微一笑,轻轻搓着手。

"他们卖不掉椰子干,出海分不到渔获。这几乎等于挨饿。是的,他们在乎得很。"

"跟他讲讲弗雷德·欧尔森的例子。"戴维森太太说。

传教士双目灼灼,盯着麦克菲尔医生。

"弗雷德·欧尔森是个丹麦商人,在岛上待了不少年头。他做买卖赚了很多钱,得知我们要去,不高兴着呢。要知道,这个人刚愎自用。他向土著收购椰子干,想给多少就给多少,通常是拿东西和威士忌折算。他娶了个土著妻子,却又明目张胆地对她不忠。他还是个酒鬼。我给他机会让他改邪归正,可他不予理睬,还嘲笑我。"

说到最后一句,戴维森声音渐渐低下来,沉默了一两分钟。沉默里满是凶狠。

"不到两年,他就完蛋了。四分之一世纪赚来的一切都玩完了。我搞垮了他。他最终无奈只能像个叫花子似的来找我,哀求我,求我给他一点路费回悉尼。"

"真希望你能亲眼看看他来求戴维森先生的那副德行。"传教士妻子说,"他以前高大壮硕,肌肉发达,声音洪亮,可眼下浑身干瘪,哆哆嗦嗦,不及原来的一半身形,陡然间变成了老头子。"

戴维森出神地看向屋外的黑夜,雨又开始下起来。

忽然,楼下传来声响,戴维森转过身,带着疑问望着妻子。是留声机的声音,粗糙吵闹,呼哧呼哧地奏着切分音舞曲。

"那是什么?"他问。

戴维森太太紧一紧夹鼻眼镜。

"一个租房住的二等舱客人。我猜声音是从她那儿来的。"

他们一言不发地听着,接着传来跳舞的声音。后来,音乐停了,传来瓶塞打开的砰砰声,又传来高声大气谈话的声音。

"我敢说她在给船上的朋友举行告别会。"麦克菲尔医生说,"十二点开船,对不对?"

戴维森一声不吭,却看了看手表。

"你准备好了吗?"他问妻子。

她起身叠起活计。

"是的,好了。"她答道。

"现在上床还早,是吧?"医生说。

"我们还要读上好一会儿,"戴维森太太解释,"不管在哪儿,我们就寝之前,总要读一章《圣经》,研读注解,彻底讨论。这对心灵是很好的训练。"

两对夫妇互道晚安,麦克菲尔医生和太太留在屋里。有两三分钟光景,他们谁也没说话。

"我想去拿副扑克牌来。"医生终于开口。

麦克菲尔太太满腹疑虑地看着他。与戴维森夫妇的谈话令她有些不安,可她又不好对丈夫说:因为戴维森夫妇随时可能会进来最好不要玩牌。麦克菲尔医生还是拿来了扑克牌,她望着他独自玩牌,有一种说不清的负罪感。楼下的喧嚣依然如故。

第二天天气晴好,既然要滞留在帕果帕果两周,麦克菲尔夫妇只能想办法打发时间。他们去码头,从箱子里取出一些书。麦克菲尔医生拜望了海军医院外科主任,与他一道去病房转了转。他们去总督府交了求见的帖子,路上遇到汤普森小姐。医生脱帽致意,她快活地大声问候"上午好,医生"。她仍然是昨天那身打扮,白色连衣裙,闪亮的高跟白皮靴,肥胖的小腿挤出靴沿,在这片异国风情中委实显得怪异。

"要我说,我不觉得她穿得非常得体,"麦克菲尔太太说,"我觉得她简直俗不可耐。"

他们返回住处时,汤普森小姐正在凉台上,和商人的一个皮肤黝黑的孩子嬉戏。

"去跟她打个招呼,"麦克菲尔医生附在妻子耳边轻声说,"她在这儿孤身一人,不理她有失和气。"

麦克菲尔太太生性腼腆,不过她惯于听从丈夫的话。

"我想我们都是这儿的房客。"她说得有些笨拙。

"可怕啊,是不?被困在这么个简陋的小地方。"汤普森小姐答道,"他们还跟我说,能找到间房真走运。我不愿住在土著人家里,不过也没办法。不明白干吗没人开家旅店。"

她们又简单交谈了几句。汤普森小姐嗓门洪亮,话又多,显然惯于闲聊,然而麦克菲尔太太可供闲聊的话头少得可怜,她急急地说道:

"哎,我们得上楼了。"

晚上,他们坐下来用正式茶餐时,戴维森走进来,说:

"我看见楼下那女人跟几个水兵坐在一块儿。真不知道她跟这些人怎么混熟的。"

"对她来说应该很拿手。"戴维森太太说。

无所事事地晃了一整天,大家都觉得很累。

"要是这么过两周,真不能想象最后会是什么个样子。"麦克菲尔医生说。

"唯一能做的就是把一天划分成各种不同的活动,"传教士说,"我打算拿几个小时看书,拿几个小时锻炼身体,不管下不下雨(雨季里真不能计较这个)再拿上几个小时消遣消遣。"

麦克菲尔医生疑虑重重地看着这个旅伴。戴维森的计划让他感到压抑。晚餐又是煎牛肉饼,好像厨子只会做这一道菜。突然,楼下的留声机又响起来了。戴维森一听就神经质地跳起来,不过什么也没说。楼下传来男人高声说话的声音。汤普森小姐的客人合声同唱一支流行歌曲,随后传来汤普森小姐嘶哑高亢的声音,伴着阵阵吵闹哄笑。楼上的四人,尽量维持着谈话,又不由自主地留神去听楼下碰杯的声音、椅子嘎吱嘎吱的声音。显然又来了不少人。汤普森小姐正在举办晚会。

"我纳闷她怎么弄了这么多人来。"麦克菲尔太太突然开口,打断了传教士和她丈夫关于医理的谈话。

可以看出,她的思绪早跑到楼下去了。戴维森面部抽搐,证明尽管他嘴上谈的都是科学,实则心思也在楼下。正当医生絮絮叨叨地描述自己在佛兰德斯前线的经历时,戴维森突然跳起来,大叫一声。

"怎么啦,阿尔弗雷德?"戴维森太太问道。

"一定是这样!我怎么早没想起来呢,她是从伊威里来的。"

"不可能。"

"她在火奴鲁鲁上的船。很明显。她把生意做到这儿来了,做到这里了。"

他带着强烈的愤慨吐出最后一个字。

"什么伊威里?"麦克菲尔太太问道。

他把悲悯的目光投向她,嗓音发颤,带着恐怖。

"火奴鲁鲁的罪恶之地。红灯区。我们文明的污点。"

伊威里位于火奴鲁鲁市区边缘。穿过港口边上的穷街陋巷,摸黑走过一架摇摇欲坠的小桥,来到一条坑坑洼洼、荒无人迹的街道,猛然间进入的灯火通明所在。路两旁设着停车场,还有光怪陆离的酒吧,每家都响着钢琴,闹哄哄的,还有理发店和烟草店。空气中撩拨着骚动,充斥着寻欢作乐的期待。转过一条把伊威里分成了两半的小胡同,无论向左还是向右,都是这样的地方。一排排带凉台的小屋,清一色刷着绿漆,干净整齐,中间的通道又宽又直,布局像个花园城市。虽然有着令人尊敬的规整有序和整洁漂亮,却让人觉得嘲讽可畏,寻欢求爱的勾当从未如此系统、有条理。过道极少有灯照亮,若非小屋开着的窗户透出灯光,此处必是漆黑一团。男人们四处游荡,仔细打量凭窗而坐的女人,她们或看书,或做针线,几乎对路人正眼不瞧;和女人们一样,男人们也国籍各异。有美国人,靠岸船只上的水手,炮艇上下来的大兵,都醉沉沉的,还有驻扎在岛上的军团兵士,白人黑人都有;另有三三两两结伴而行的日本人、夏威夷人、穿长袍的中国人,以及戴着可笑帽子的菲律宾人。他们闷不做声,像是遭受着压抑。可悲的欲望。

"那是太平洋上最臭名昭著的地方。"戴维森激烈地嚷嚷,"传教士们已经抵制了很多年,最后当地报纸开始报道,可警方拒绝采取行动。你知道他们的论调,说什么罪恶不可避免,最好的办法是划区管理。事实是他们给收买了,收买了。酒吧老板收买他们,混混们收买他们,甚至那些女人自己也有份。不过,逼到最后他们也只能采取行动。"

"在火奴鲁鲁上岸的时候,我在报纸上看到了。"麦克菲尔医生说。

"伊威里,它的罪恶和羞耻,在我们到达的当日就不复存在了。全部人员都受到审判。我不知道自己怎么竟然没能一下子看出那个女人的来路。"

"您这么一说,"麦克菲尔太太说,"我想起看见她赶在开船前几分钟登船,当时还想她可真是踩着点儿来的。"

"她竟敢来这儿!"戴维森愤愤不平,"我决不允许。"

他向房门大步走去。

"您要去干什么?"麦克菲尔问。

"您认为我要去干什么?我去阻止他们。我不能让这个房子变成——变成……"

他想找个合适的字眼,免得唐突了女士们的耳朵。他目光闪烁,苍白的面孔由于情绪激动变得惨白。

"听着楼下有三四个男人呢。"医生说,"您不觉得现在进去有点儿鲁莽吗?"

传教士鄙夷地看了他一眼,一言不发,冲出房间。

"如果您以为,戴维森先生会因为个人安危而不去行使职责,那您太不了解他了。"戴维森太太说。

她坐在那里,双手紧张地绞在一起,高颧骨上有些泛红,凝神听着楼下的动静。他们都在认真听着。听到戴维森咚咚咚跑下木楼梯,猛地推开房门。歌声戛然而止,只有留声机继续播放着低俗小调。他们听到戴维森说话的声音,然后是重物摔在地上的声音。音乐停下来了,他把留声机掀到了地上。接着传来戴维森说话的声,辨不出说的什么,接着,听到汤普森小姐高声尖叫,还有混乱的吵吵嚷嚷,仿佛好几个人一齐声嘶力竭地吼叫。戴维森太太轻轻吸了一口冷气,双手攥得更紧。麦克菲尔医生不确定地望望戴维森太太,又看看自己的妻子。他不愿意下楼,却觉得她们似乎希望他下去。接着传来像是扭打在一起的声音。声响越来越清晰,估计是戴维森叫人给扔出来了。门砰地关上,有一刹那的沉静,后来,他们听到戴维森上了楼梯,回到他们住的房间。

"我得去看看他。"戴维森太太说。

她起身走了出去。

"如果需要,随时喊一声。"麦克菲尔太太说,戴维森太太走后,她又说:"我希望他没有受伤。"

"谁让他去管这份闲事?"麦克菲尔医生说。

他们默默无言地坐了一两分钟,突然都吓了一跳——留声机又挑衅似的响起来。还有几个粗哑嗓门嘲弄似的吼着下流歌曲。

第二天,戴维森太太枯槁疲惫。她抱怨说头疼,看上去一下子老了不少。她告诉麦克菲尔太太,传教士整夜没合眼,脾气变得暴戾异常,五点钟就起床出门了。他身上被泼了一杯啤酒,衣服沾满酒渍,散发着难闻的气味。戴维森太太每提到汤普森小姐,眼中便喷出阴沉的怒火。

"到时候,她会为羞辱戴维森先生而追悔莫及的。"她说,"戴维森先生宅心仁厚,烦恼的人去找他没有不得到宽慰的,但他对罪恶毫不容情,激起他的义愤,他会变得十分可怕。"

"啊,他打算做什么?"麦克菲尔太太问道。

"我不知道,我才懒得去替那个贱女人操心呢。"

麦克菲尔太太不寒而栗。这个小个子女人胜券在握的神气里有某种实实在在的恐吓。那天上午她们一起出门,并排下楼。

汤普森小姐的门敞开着,她们瞧见她披着一件肮脏破旧的罩袍,正在用轻便炉子煮东西。

"上午好。"她高声嚷道,"戴维森先生今天早上好点儿了没有?"

她们没有做声,头昂得高高地走过去,压根就当她不存在似的。听到她爆发出一阵嘲弄的大笑,她们的脸涨红了。戴维森太太忽然转过身去对着她。

"竟敢找我说话,"她大叫起来,"要是你侮辱我,我一定把你轰走。"

"喂,是我让戴维森先生到我这来的吗?"

"别理她。"麦克菲尔太太急急压低声音说道。

她们一直往前走,终于听不到汤普森小姐的叫嚣声。

"不要脸,她太不要脸了!"戴维森太太发作了。

她怒气冲冲,几乎喘不上气来。

回去的路上,她们遇见汤普森小姐漫步晃过来,全身盛装披挂。宽大的白帽子上别着一堆庸俗招摇的花,简直有失体面。迎面走过时,她快活地跟她们高声打招呼。站在那儿的几个美国水兵看到两位太太面若冰霜,咧嘴笑了。雨又开始落下来的时候,她们刚好回到住处。

"我猜她那身好衣裳这下子全毁了。"戴维森太太尖酸讥诮。

大家饭都吃了一半,戴维森才回来。他浑身湿透了,却不肯去换身衣服。他坐下来,沉着脸,不说话,只吃了一口便不再吃了,望着斜扫进来的雨幕出神。戴维森太太跟他说起与汤普森小姐的两次遭遇,他也不接话。他眉头紧蹙,表明这些话其实都听进耳朵里了。

"你们不觉得我们应该让霍恩先生把她赶出去吗?"戴维森太太说,"我们不能任由她侮辱。"

"这里似乎也没有其他的地方供她容身。"麦克菲尔说。

"她可以住到土著家里去。"

"这种天气,土著的棚屋住起来肯定不舒服。"

"我以前在土著人的棚屋里住过很多年。"传教士说。

土著小姑娘端进每日当甜点吃的炸香蕉时,戴维森转向她。

"问问汤普森小姐,何时方便我去拜访。"他说。

小姑娘怯怯地点点头,退了出去。

"你要见她做什么,阿尔弗雷德?"他妻子问。

"我有责任去见她,我得给她机会。先礼后兵。"

"你不明白她是什么货色。她会侮辱你的。"

"让她侮辱好了。让她啐唾沫好了。她也有永恒的灵魂,我必须尽最大力量去拯救她。"

戴维森太太耳中仍然回响着那个女人娼妓般的嘲笑声。

"她在邪路上走得太远了。"

"远到上帝的慈悲都触不到了吗?"他的眼睛忽然闪出火花,声音也柔和了,"绝不会。罪人深陷罪恶,甚至陷得比地狱还深,但是我主耶稣的爱仍然能够触及。"

小姑娘带口信回来了。

"汤普森小姐问候您,只要戴维森牧师大人不在她营业的时间去,她随时欢迎。"

这群人听到这个回信,沉默得跟石头一样,麦克菲尔医生飞快压住浮现在唇边的笑意。他知道,要是他觉得汤普森小姐脸皮厚得可笑,妻子必然会跟他怄气。

他们默默吃完饭。之后,两位女士起身,拿起针线活计。麦克菲尔太太自打开战以来,就缝了无数件慰问品,现在又开始做一件新的。医生点燃烟斗。戴维森仍坐在椅子上,茫然地盯着桌子。最后,他站起身,一言不发地走出房间。他们听到他下楼,敲门,然后是汤普森小姐挑衅地说"进来"。他在她那里待了一个小时。麦克菲尔医生望着屋外的雨,心里很不安。这雨不像我们英国的细雨丝丝飘落在地,而是毫不留情,肆虐地泼下来,令人感受到自然原力的恶意。不是倾盆而泻,是奔涌而来。就像天上决了堤,在瓦楞铁皮屋顶上噼里啪啦,持续不懈,令人抓狂。雨水仿佛带着满腔愤怒。令人觉得如果再不停止落雨你就会对着大雨狂吼乱嚷,突然间你又会有股强烈的无力感,仿佛一下子筋骨酥软,痛苦而绝望。

传教士回来了,麦克菲尔扭过头。两个女人也抬起头来。

"一切机会我都给过她了。我已劝诫她忏悔。她是个邪恶的女人。"

他顿了一下,麦克菲尔医生看见他目光一沉,苍白的面孔变得坚硬冷酷。

"现在,我要举起我主耶稣的鞭子,他把放高利贷者和换钱商都从最崇高的神殿里鞭笞驱逐了。"

他在屋里走来走去,双唇紧闭,黑眉紧锁。

"就算她逃到天边,我也要追上她。"

他猛然转身,大步走出房间。他们听到他又下了楼。

"他要做什么?"麦克菲尔太太问。

"不知道。"戴维森太太把夹鼻眼镜取下来擦拭,"他为主行道时,我从不问他任何问题。"

她微微叹了口气。

"怎么了?"

"他会把自己耗尽的。他不知道爱惜自己。"

麦克菲尔医生从租房子给他们的欧亚混血商人那儿了解到传教士行动的初步结果。医生经过商店时,商人拦住医生,走出来站在台阶上跟他说话。一张肥脸愁云密布。

"戴维森牧师大人怪我不该租房给汤普森小姐。"他说,"可租给她的时候,我也不知道她是干这行的。有人来租房子,我只关心他们有没有钱付账。她预付了一周的租金呢。"

麦克菲尔医生不想把自己扯进去。

"说到底这总归是你的房子。非常感谢你租房子给我们。"

霍恩狐疑地看着他。他不确定麦克菲尔是否坚定地站在传教士那一边。

"传教士之间都是互相支持的,"他犹豫地说,"要是他们针对某个做生意的,那他就只能关门大吉,卷铺盖走人。"

"他要你赶她走了吗?"

"没有。他说,只要她守规矩,他就不会让我这么做。他说不想为难我。我承诺让她不再揽客了。我刚才去转告她了。"

"她什么反应?"

"她把我臭骂一顿。"

商人穿着旧帆布衣服,浑身扭动着。他发现汤普森小姐也不好纠缠。

"噢,好吧,我料想她会走的。要是不能接到客,我猜她也不会愿意待下去。"

"她没处去,就一处土著房子,再者说也没有土著会留她,尤其是现在传教士开始插手此事。"

麦克菲尔医生看着下个不停的雨。

"唉,看来等天晴是没指望了。"

晚上,他们坐在客厅里听戴维森讲他早年上大学的日子。他没钱,靠假期做零工勉强完成了学业。楼下安安静静。汤普森小姐独自坐在小屋里。忽然,留声机又唱上了。她挑衅似的打开留声机,遮掩她的孤寂,但无人唱和,曲调也很凄凉,声音简直像在喊救命。戴维森不予理会。他一桩轶事正讲到一半,不为所动,继续讲下去。留声机也在继续,汤普森小姐一张接一张地放唱片,仿佛夜的静默扰乱了她的心神。天气闷热得令人无法喘息。麦克菲尔夫妇上了床,无法入睡。他们并排躺着,大睁着眼,听着帐外蚊子无情的哼鸣。

"什么声音?"麦克菲尔太太终于忍不住小声问。

他们听到一个声音,戴维森的声音,穿过木隔板传过来。声音单调却热忱地持续着。他在大声祷告,他在为汤普森小姐的灵魂祷告。

就这么过去了两三天。在路上遇到汤普森小姐时,她不再带着讽刺的热情或笑容同他们打招呼了。迎面走过的时候,她眼睛望向天上,脸上抹着厚重的脂粉,眉头紧蹙,只当没看见他们。商人告诉麦克菲尔,她试着另寻住处,可都不成。晚上,她在留声机上放不同的唱片,很明显是在硬撑着装快活。散拍舞曲的节奏支离不堪,让人心碎,简直成了绝望的独步舞曲。她礼拜天放音乐时,戴维森命霍恩让她立刻停止,因为这是主日。唱片被拿下来了,房子也安静了,只有大雨不停地啪嗒啪嗒敲在铁皮屋顶上。

"我想她有点沉不住气了。"商人第二天对麦克菲尔说,"她不知道戴维森先生在搞什么名堂,她怕了。"

麦克菲尔那天早晨瞥见了她,傲慢的神气已经荡然无存。令他吃惊的是,她脸上一副被追捕的恐慌。欧亚混血商人瞟了他一眼。

"我猜您也不知道戴维森先生在搞些什么吧?"他试探地问道。

"不,不知道。"

奇怪,霍恩竟然会问他这个问题,他自己也隐隐感觉到传教士正在秘密采取行动。

他模模糊糊预感到,传教士正在这个女人四周精心地编织罗网,一步一步,只待时机一到,便会猛然把网绳收紧。

"戴维森先生要我告诉她,"商人说,"无论什么时候她需要找他,只要说一声他就会来。"

"你跟她说的时候,她怎么说?"

"什么也没说。我没停留。我只说了戴维森先生交代的话就溜了。我想她可能要哭了。"

"我丝毫不怀疑,孤单让她神经不安了,"医生说,"还有这雨——光这雨就会让人神经质。"他烦躁地接着说,"这倒霉地方的雨有停歇的时候吗?"

"雨季里会一直下。我们一年有三百英寸的雨量。您看,都是这海湾的地势,好像把全太平洋的雨水都招惹来了。"

"见鬼的海湾地势。"医生说。

他挠着蚊子叮咬的地方,心情差到极点。只消雨一停,太阳就会出来,岛上立刻就会变成一座大暖房,炽热、潮湿、憋闷、窒息,你会有一种奇异的感觉,仿佛万物正带着一股蛮劲肆意生长。素以性情天真、愉快著称的土著人,身上的刺青和浸染的头发看起来有股邪气;他们赤脚贴在你身后啪嗒啪嗒走路的时候,你会本能地向后看。你感觉他们随时会从你身后敏捷地出手,把长刀刺入你的肩胛之间。你弄不明白,他们宽阔眼距两侧的眼睛背后转着什么样的邪恶念头。他们有点像神庙墙壁上绘着的古埃及人,散发着亘古流传的恐怖气息。

传教士进来又出去,非常忙碌。可麦克菲尔夫妇不知道他在忙什么。霍恩告诉医生,戴维森每天都去见总督。有一次,戴维森说起过总督。

"总督看上去决心很大,"戴维森说,"可一谈到真章就厌包了。"

"我猜,这说明他不愿意照你的意思办。"医生开玩笑地说。

"我要他做的是正确的事。本来不需要劝说就该做的。"

"可是对于什么是正确的事,可谓见仁见智。"

"要是脚上长了坏疽,你对犹豫不决、不肯切除的人能有耐心吗?"

"坏疽是一个客观存在。"

"那么罪恶呢?"

戴维森究竟在忙什么,这个谜底很快就揭开了。他们四个人一起用过午餐,还未各自回房午睡(由于天气太热,两位女士和医生都容易瞌睡)。戴维森对这种懒散的恶习没什么耐心。门被猛地推开,汤姆森小姐冲进来。她用目光扫了一圈屋子,朝戴维森走去。

"无耻小人,你跟总督说我什么了?"

她怒气冲冲,口沫四溅。大家都愣住了。传教士拖把椅子过来。

"不坐下吗,汤普森小姐?我一直期望跟你再谈一次。"

"你这个破落下流坏子,流氓混蛋。"

她破口而出一串串骂人话,粗鄙又骄横。戴维森神情庄重地望着她。

"我不计较你堆在我身上的谩骂,汤普森小姐,"他说,"但我必须请你记住,这里有女士在场。"

她气得眼泪直滚。一张脸通红鼓胀,她像是马上就会窒息。

"出什么事了?"麦克菲尔医生问。

"刚才有一个家伙来,说下一艘船来了我就得走人。"

传教士眼中闪过一丝喜色吗?可他脸上表情变化不大。

"在这种情况下,您该不会妄想总督准许你继续待下去吧。"

"是你干的,"她尖叫,"你骗不了我。是你干的。"

"我没有想过要骗你。我促成总督采取这唯一可行的措施,这是他的职守。"

"你干吗不随我便?我又没有做什么害你的事。"

"你放心,即使你做了,我也是最不怀恨你的那一个。"

"你以为我愿意待在这个不像样的破地方?我像个下等人吗?像吗?"

"如此说来,我看不出你有什么可抱怨的理由。"他答道。

她含糊不清地怒骂一声,冲出门去。一时间,谁也没有说话。

"听到总督最终还是采取了行动,真令人欣慰。"戴维森最后开口说,"他是个软弱的人,优柔寡断。他说,汤普森小姐只在这里停留两周而已,她如果启程到了阿皮亚,那里是英国法律治下,跟他毫无关系。"

传教士跳起身,满屋子走来走去。

"那些当权的人总是想办法推卸责任,真是糟糕。他们一说起来,好像看不见的罪恶就不是罪恶了。那女人的存在本身就是罪恶,把她推到另外一座岛上也无济于事。最后,我不得不把话说得毫不含糊。"

戴维森眉毛蹙起,下巴刚毅,看起来凶狠决绝。

"这么说是什么意思?"

"我们教会在华盛顿可是相当有影响。我告诫总督,要是有人投诉他治岛无方,对他可没什么好处。"

"汤普森小姐什么时候走?"医生略一沉吟,问道。

"悉尼开往旧金山的船下周二在这儿停靠。她搭那艘船走。"

还有五天时间。想要找点事情打发时间,麦克菲尔几乎每天上午都会去医院转转。就在次日,他从医院回来,正要上楼,欧亚混血商人拦住了他。

"请原谅,麦克菲尔医生,汤普森小姐病了。您能去瞧瞧她吗?"

"当然可以。"

霍恩带他去了汤普森的房间。她懒懒地坐在椅子上,既不看书也不做针线,茫然地盯着前方。她仍旧穿着那件白裙,戴着堆满花的白色大帽子。麦克菲尔发现,她涂脂抹粉的脸上泪痕斑驳,眼泡虚肿。

"听说你病了,真遗憾。"他说。

"噢,我没有真的生病。我那么说是因为我非得见您不可。我被逼只能离开了,搭去旧金山的船。"

她望着他,他看到她眼中突然一动。她的双手痉挛似的松开、握紧。商人立在门边,听他们说话。

"我明白了。"医生说。

她有些哽咽。

"我觉得现下我很不方便去旧金山。昨天下午我去求见总督,可没能见到。见了秘书,他告诉我必须搭那艘船走,没别的话好说。我非要见着总督不可,今天早晨就守在他门外,他一出来我就跟他说话。我知道他不愿意搭理我,可我不让他有机会甩脱,最后他说他不反对我待到下一艘去悉尼的船来,只要戴维森牧师大人同意。"

她停下话头,眼巴巴地望着麦克菲尔医生。

"我不知道究竟能做什么。"他说。

"哦,我想您可不可以帮我问问他。我向上帝发誓,如果他让我留下,我绝不惹事。只要他同意,我保证不出屋门半步。也就不到两个星期了。"

"我会问问他。"

"他不会同意的。"霍恩说,"他要你周二走,你还是死了心,认了吧。"

"跟他说我能在悉尼找到工作,我是说,本分工作。我要求不高。"

"我尽力试试。"

"一有消息就告诉我,好吗?得不到准信——不管好坏——我安不了心。"

这可不是件愉快的差事,而且,也许是生性使然,医生绕了个弯子。他把汤普森小姐跟他说的话告诉了妻子,让她去跟戴维森太太说说。虽说传教士的态度似乎有点专断,但允许这个姑娘在帕果帕果多待两周,也不会有什么危害。不过,医生对自己这种曲线外交的结果始料未及。传教士直接找上门了。

"戴维森太太告诉我,汤普森托你来说情。"

麦克菲尔医生遭到如此直截了当的质问,这不免激起了腼腆人的羞怒。他感觉火气上蹿,脸上发红。

"她去悉尼,不去旧金山,我看不出有什么两样。而且,既然她答应规规矩矩在这里待着,何苦还要如此苦苦相逼。"

传教士瞪着他,神情严厉。

"为什么她不愿意去旧金山?"

"我没问。"医生闷声闷气地说,"我认为,还是不要多管闲事为好。"

也许这么回答有些不够圆滑。

"总督下令,让她乘头班出岛的船离开。总督不过是在履行职责,我也不便干涉。这女人的存在,就是此地的祸害。"

"我觉得你太专断霸道了。"

两位女士有些担心地抬头看看医生,但她们倒也用不着害怕会发生争吵,因为传教士温和地笑了。

"真是非常遗憾,你竟然这样看待我,麦克菲尔医生。相信我,我的心在为那个不幸的女人淌血,但我也只是在做职责分内的事情。"

医生没有回话。他恼怒地望着窗外。雨终于停了。远眺海湾,便可看见掩映在林间的土著村落。

"我想趁着雨停出去转转。"他说。

"请别怨我没能让你如愿。"戴维森苦笑着说,"我非常敬重你,医生,要是你对我有看法,我会非常难过。"

"相信您自我感觉良好,好到不可能平和地接受我的意见。"医生反唇相讥。

"你这就是对我有意见了。"戴维森呵呵笑起来。

无端端地失了礼,麦克菲尔医生对自己很生气。他下楼的时候,汤普森小姐虚掩着房门正等着他。

"哎,"她说,"您跟他谈过了吗?"

"谈了,我很抱歉,他不肯。"他答道,窘得不敢看她。

他快速瞄了她一眼,她开始抽搭起来。他看见她的脸被吓得煞白。这个情形令他吃惊不小。他突然想到一个主意。

"先不要放弃希望。他们这么对你,我觉得太丢人了,我要亲自去见总督。"

"现在?"

他点点头。她脸上顿时光彩焕发。

"哎,您真好。如果您为我说话,我相信总督会让我留下的。只要答应让我留在这里,不应该的事情我一件都不做。"

麦克菲尔医生也不明白自己为何会决意请求总督。他对汤普森小姐的事情本来并不上心,可传教士惹恼了他,他憋着一股怒气。他在总督府找到总督。此人身材魁梧英俊,出身海军,蓄着刷子般的花白唇髭,穿着干净整洁的白斜纹布制服。

"我来见您,是为了跟我们一同住店的一个女人,"他说,"她姓汤普森。"

"她的情况,我基本都已了解,麦克菲尔医生。"总督微笑着说,"我已经下令,要她下周二离开,我能做的就是这些了。"

"我想请求您宽限一些日子,让她等旧金山开过来的船到了再走,这样她就可以去悉尼。我可以担保她行为规矩检点。"

总督脸上虽然还带着笑容,但眼睛渐渐眯起来,严肃地说:

"我很乐意听从您的建议,麦克菲尔医生,既然命令已下,不容再改。"

医生与总督据理力争,后者脸上笑意全无。总督满面愠色,听任医生申辩,眼睛看也不看他。麦克菲尔明白说什么都是枉然。

"如果给那位女士带来不便,我深表遗憾,但她周二必须启程,此事无须再议。"

"可这到底有什么区别?"

"请原谅,医生,可我不觉得自己有义务向上司以外的人解释行政决断。"

麦克菲尔目光犀利地望着总督。他想起戴维森暗示说他采取了威胁手段,而从总督的态度里,他读出了一丝窘迫。

"该死的戴维森真是多管闲事。"他愤愤地说。

"此事仅限于你我之间,麦克菲尔医生,我不能说对戴维森先生印象有多么好,可我不得不承认,他向我指出汤普森小姐这种品行的女人出现在这里的危险性,他这么做没有逾权。要知道,土著人口中驻扎着不少在役兵士。"

他站起身,麦克菲尔医生也只好起身。

"请您原谅,我还有个约见。请代我向尊夫人致意。"

医生垂头丧气地离开了。他清楚汤普森小姐一定在等他,他不愿意亲口告诉她自己失败了,就从后门进旅馆,偷偷溜上楼,仿佛有什么事情需要藏藏掖掖。

吃晚饭时,他一言不发,浑身不自在,可传教士却兴高采烈。麦克菲尔医生感到传教士的眼光不时落在自己身上,流露着胜利者的愉快。他突然反应过来,戴维森一定知道他去拜访总督落败而归的事。可他怎么会知道的呢?此人手段阴险,果然不可小觑。饭后,他瞧见霍恩在凉台上,便走了出去,装作要跟他随便聊聊的样子。

"她想知道您见了总督没有。"商人低声问。

"见了。总督什么也不愿意做。万分抱歉,我尽力了。"

"我就知道他不会干。他们不敢跟传教士对着来。"

"你们聊什么呢?"戴维森和善地说,走出来加入他们的谈话。

"我正说,你们现在还去不了阿皮亚,至少还得等一个星期。"商人脑子很灵光。

说完,他就走了,余下二人返回客厅。戴维森每餐饭后都要放松一个小时。不一会儿,屋外传来怯怯的敲门声。

"进来。"戴维森太太尖着嗓门应着。

门没开。她起身开门,大家看到汤普森小姐站在门口。外貌变化之大令人吃惊。她不再是那个路上嘲笑她们的招摇荡妇,变成了虚弱颓丧、惊慌失措的女人。她的头发,一向梳理得精致妥帖,现在乱糟糟垂落在脖颈上。她趿拉一双拖鞋,穿着短衫长裙,浑身上下脏兮兮、皱巴巴的。她站在门口,眼泪顺着脸颊滚落,不敢进屋。

"你要干什么?"戴维森太太粗硬地问。

"我可以和戴维森先生说话吗?"她抽抽搭搭地说。

传教士站起身,朝她走去。

"快进来,汤普森小姐,"他热诚地说,"我能为你做些什么?"

她进了房间。

"咳,那天我对您说话冲撞了,还有——还有其他一切的事,实在对不起。我想我昏了头。恳请您原谅。"

"噢,没什么。我的心胸还是容得下几句不中听的话。"

她走上前去,极度畏畏缩缩的样子。

"您把我弄垮了。我完完全全服了。您别逼我回旧金山了好吗?"

他的和气倏地不见了,声音变得冷硬严酷。

"你干吗不愿意回去?"

她站在传教士面前,浑身发抖。

"我想我家里人住在那里。我不想他们看见我这副样子。其他地方您让我去哪儿都成。"

"您干吗不愿意回旧金山?"

"我跟您说过了。"

他身体前倾,注视着她,又大又亮的眼睛像要钻进她的灵魂里似的。他猛地喘了口气。

"感化院。"

她尖叫起来,马上伏在他脚下,紧紧抱住他的小腿。

"别把我送回那里。我在上帝面前向您发誓,我要做个本分的人,我再也不干这个了。"

她语无伦次,苦苦哀求,眼泪顺着涂抹了脂粉的面庞滚滚而下。戴维森先生俯下身,抬起她的下巴,逼她望着他。

"感化院,就为了不想进那里对吗?"

"他们要抓我,我提前逃了,"她喘着气,"要是被抓住,得判三年。"

戴维森先生手一松,她瘫倒在地板上,哀哀抽泣着。麦克菲尔医生站了起来。

"这回情况不同了。"他说,"知道了这些,你不能再逼她回去。再给她一次机会吧,她决定洗心革面了。"

"我打算给她一个前所未有的好机会。她要赎罪,就让她接受惩罚吧。"

她误解了戴维森先生的意思,抬起头望着,红肿的眼睛里闪着希望。

"您放我走?"

"不。周二你必须起航去旧金山。"

她发出可怕的呜咽,接着爆发出一串低沉的嘶吼,完全失去人声,拼命地拿头撞地。麦克菲尔医生跳起身,把她拉起来。

"快,快不要这样。你最好回房间躺下。我给你拿点药。"

他把她拉起来,半拖半抱,送下楼去。他对戴维森太太和自己的妻子非常生气,她们没有一点想要帮忙的意思。混血商人站在楼梯底下,他搭了把手,才把汤普森小姐放到床上。她呜咽号哭,差点昏厥过去。麦克菲尔给她皮下注射一针,回到楼上,又热又累。

"我让她躺下了。"

两个女人和戴维森还是他下楼前的姿势。他走后,他们肯定没挪地方,也没说话。

"我等着你呢。"戴维森说,声音诡异而疏离,"我要你们都和我一起祷告,为我们坠入歧途的姐妹做灵魂祷告。"

他从架上取下一本《圣经》,坐在刚刚用过晚饭的桌边。餐桌还未清理,他把碍事的茶壶一推,给他们念起了耶稣基督与犯通奸罪被拘的女人会面的那一章,声音有力,洪亮深沉。

"现在,跟我一起跪下,让我们为我们亲爱的姐妹,萨迪·汤普森的灵魂祷告。"

他一口气念了一大段充满激情的祷文,恳求上帝怜悯这个罪恶的女人。麦克菲尔太太与戴维森太太跪下来,闭上眼睛。医生吃了一惊,但也尴尬地跟着跪下了。传教士的祷告激情澎湃,滔滔不绝,他被自己深深地打动了,一边祷告,一边泪流满面。屋外,无情的大雨下着,下着,带着人世间的凶残恶毒,不停地下着。

终于,戴维森停下祷告。停了一会儿,他说:

"现在,我们再重念一遍主祷文。"

他们念过之后,跟着他站起身。戴维森太太脸色苍白宁静。她得到了慰藉,内心平和,但麦克菲尔夫妇却忽然感到无地自容,不知该往哪儿看。

"我下去看看她情况怎么样了。"麦克菲尔医生说。

他敲门时,霍恩来给他开的门。汤普森小姐坐在摇椅里,无声地抽泣着。

"你坐在那里干什么?"麦克菲尔嚷道,"我说过你要躺着。"

"我躺不下。我要见戴维森先生。"

"可怜的孩子,见他有什么用?你永远打动不了他。"

麦克菲尔朝商人做了个手势。

"去把他叫来。"

商人上楼的时候,麦克菲尔跟她一起等着,谁也没说话。戴维森走进来。

"原谅我请您下来。"汤普森神情黯然地对他说。

"我正等着你去找我呢。我知道,我的祷告会得到主的应答。"

他们对望了一刻,汤普森移开视线。说话的时候她眼神躲躲闪闪。

"我是个坏女人。我要悔罪。"

"感谢上帝!感谢上帝!他听到了我们的祷告。"

他转向另外两个男人。

"让我单独和她待一会儿。告诉戴维森太太,我们的祷告应验了。"

他们离开房间,带上了房门。

"真是神了。"商人说。

当天晚上,麦克菲尔医生很晚都睡不着,他听到传教士上楼的声音,看了一下表。凌晨两点。可即便这么晚了,传教士也没有立刻上床,透过两间房子的木隔板,麦克菲尔听到传教士大声祷告,他听得实在累极了才昏昏睡去。

次日清晨,麦克菲尔见到传教士,为他的样子吃了一惊。传教士看起来非常苍白、疲惫,可眼里燃烧着异常的火焰。看上去倒像享受着无上欢愉。

"我想让你立刻下去看看萨迪,"他说,"我不敢说她的肉体已经好了,但她的灵魂——她的灵魂脱胎换骨了。"

医生情绪不高,有些不安。

"你昨天跟她待到很晚啊。"他说。

"是的,一离开我她就受不住。"

"你看上去可是很受用的样子呢。"医生有些光火。

戴维森双眼意乱神迷。

"我被赐予极大的恩宠。昨晚,我蒙宠将一个迷失的灵魂带到了耶稣爱的怀抱。"

汤普森又坐到摇椅里去了。床上没有整理,屋子里乱七八糟。她怠于梳洗打扮,披了一件脏兮兮的浴衣,头发邋遢凌乱地系成一个结。她用湿毛巾胡乱在脸上抹了一把,脸颊浮肿,泪痕明显。整个人看上去了无生气。

医生进来的时候,她木然地抬起眼睛,完全吓傻了。

"戴维森先生在哪儿?"她问。

"你如果需要,他立马就到。"麦克菲尔尖酸地说,"我来看看你怎么样了。"

"噢,我觉得还行。你不用担心。"

"吃东西了吗?"

"霍恩给我送了咖啡。"

她急切地望着门口。

"你想他会马上下来吗?有他和我在一起,我感觉好像没那么糟糕了。"

"你还是周二走?"

"是的,他说我必须走。请告诉他快来。你对我没什么用。现下他是唯一能帮我的人。"

"好极了。"麦克菲尔医生说。

接下来的三天,除去和其他人一起吃饭,传教士几乎所有的时间都和萨迪·汤普森在一起。麦克菲尔医生注意到他几乎没吃什么。

"他把自己耗尽了,"戴维森太太怜惜地说,"再不小心,他会垮下来的。可他不会爱惜自己。"

戴维森太太面色惨白。她告诉麦克菲尔太太说她几乎睡不着。传教士从汤普森小姐处上楼回房间,一直祷告到筋疲力尽,可即便那么晚了他也睡得很短。一两个小时后就起床穿衣服,出去沿着海湾散步。他做各种奇奇怪怪的梦。

"今天早晨,他跟我说,他一整夜都梦到内布拉斯加的山岭。"

"真是个怪梦。"麦克菲尔医生说。

他记起自己游历美国时,曾透过火车窗户看到过这些山岭。像巨大的鼹鼠丘,浑圆光滑,突兀地从平原上拔地而起。麦克菲尔医生想起这些山岭因酷似女人的乳房而令自己大为惊异,印象深刻。

戴维森似乎极度坐卧不安,却又时时有种飘飘欲仙状。他正在把这个可怜女人内心隐秘角落里潜藏的最后一丝残余罪恶连根拔起。他跟她一起读经文,跟她一起祷告。

"太神奇了，"一天晚餐时戴维森对大家说，"这是真正的重生。她的灵魂曾经漆黑如深夜，现在洁白如新雪。我感到卑微而畏惧。她对所有罪恶的悔过太美了，我都不配去触碰她的裙边。"

"你还想着把她送回旧金山吗？"医生问，"在美国监狱里蹲三年。我相信你该已经免了她遭这份罪吧。"

"啊，你还不明白？必须送她回去。你以为我的心没在为她滴血吗？我爱她，如我爱我的妻子和姐妹。她在监狱里的时候，我会一直受她所受的一切苦。"

"胡扯。"医生不耐烦地打断他。

"你不明白，因为你看不见上帝的光。她有罪，她必须受苦。我知道她要忍受些什么。她会饿肚子，受折磨，被折辱。我要她接受来自人类的惩罚，作为对上帝的祭奉。我要她欣然接受。她得的机会，是我们极少有人能得的。上帝良善而慈悲。"

戴维森的声音激动得发抖。一连串的话从他唇边纷纷滚落，激情万分，他口齿不清。

"我终日同她祷告，离开她后，我反复祷告，尽我的全力祷告，希望耶稣能把至大的慈悲赐予她。我要在她的心底燃起受罚的热望，这样即便最终我提出来要放过她，她也会拒绝。我要她感知，监牢里的苦刑是她呈放在神圣我主脚下感恩的供奉，因为正是主为她献出了自己的生命。"

时间过得非常慢。整栋房子里的人都一心关注着楼下那个饱受折磨的不幸女人，处在一种不自然的兴奋状态中。她就像一个牺牲品，准备好被蛮人祭祀在血淋淋的偶像崇拜仪式中。她的恐惧感已经麻木。戴维森离开一步她都受不了；唯有在他的陪伴之下，她才有勇气，她像个奴隶般依附他，缠着他。她有时大声号哭,读经祷告,有时疲倦漠然。而后,她又真心真意地期待着审判,仿佛审判能给她一条直截了当而又实实在在的生路,逃离眼下痛苦的煎熬。她无法继续忍受此刻侵扰她的莫名恐惧。自知罪孽深重,她抛开一切个人虚荣,在屋里晃荡,衣衫不整,蓬头垢面,穿着廉价艳丽的浴衣。四天来,她不曾换下过睡衣,也没有穿过长袜,房间里凌乱不堪。大雨无情地下个不停。你感到天上的水一定早就倒空了,可雨仍然在铁皮屋顶上沉重地倾泻不停,循环往复,令人发狂。所有的物件都潮湿黏糊。墙壁,地板上的靴子,都生了霉。一个个无眠之夜,蚊子嘶吼叫嚣。

"哪怕雨只停一天,也不会如此糟糕。"麦克菲尔医生说。

他们都盼着星期二——从悉尼开往旧金山的船到达的日子。那种紧张让人忍受不了。就拿麦克菲尔医生来说,他的同情与愤恨在早日摆脱那个不幸女人的愿望下消失殆尽。既然无可避免,就只能接受。他感到,邮轮离岸之日,将是他自由呼吸之际。萨迪·汤普森将由总督府事务员押送登船。事务员星期一晚上来过,告诉汤普森小姐次日上午十一点准备动身。戴维森跟她在一起。

"我会确保万无一失。我是说,会护送她上船。"

汤普森小姐一言不发。

麦克菲尔医生吹熄蜡烛,小心翼翼地钻进蚊帐,如释重负地舒了口气。

"哎,感谢上帝,这一切终于结束了。明天这个时候,她已经走了。"

"戴维森太太也会很高兴。她说戴维森把自己熬得只剩下一具空壳了。"麦克菲尔太太说,"她是个不一般的女人。"

"谁?"

"萨迪。我从未想到这样的事竟有可能。这使人心生谦恭。"

麦克菲尔医生没有搭话,很快就睡熟了。他累透了,比平时睡得沉。

早上,一只手搭在手臂上把他惊醒了,他睁开眼睛发现霍恩在他床边。商人把手指竖在唇上,示意麦克菲尔医生不要发出响动,跟他出去。他一向穿着破旧帆布裤子,眼下却打着赤脚,只裹着短围腰。麦克菲尔医生翻身下床,发现商人满身刺青,一下子变得血腥野蛮。霍恩打手势,示意他到凉台上来。麦克菲尔医生下床后就跟着他出去了。

"别出声,"霍恩压低嗓子说,"赶快进来。穿上外套鞋子。要快。"

麦克菲尔医生的第一个念头就是汤普森小姐出事了。

"出什么事了?要我带器械吗?"

"快点,请快点。"

麦克菲尔医生轻手轻脚返回房间,在睡衣外披了一件防水衣,蹬上一双胶底鞋。他跟商人碰头,两人一起蹑手蹑脚下了楼。通往马路的门开着,门外站着五六个土著人。

"出什么事了?"医生又问了一遍。

"跟我来。"霍恩说。

商人打头,医生在后面跟着。一小群土著跟在他们身后。他们穿过马路,来到海滩。医生看见,一群土著在水边围着一个什么东西。他们快步走过去,走向几十码开外,医生走近时,土著人自动让开一条路。商人把他推到前面。他看到,半浸在水里半躺在沙滩上的,是一个吓人的物体——戴维森的尸体。麦克菲尔医生俯下身——遇上突发事件,他很冷静——把尸体翻过来。喉部从左耳割到右耳,右手还握着肇事的剃刀。

"全身冰凉,"医生说,"已经死了一段时间。"

"刚才,有个仆人来上工的路上发现他躺在这里,跑来告诉我。您觉得他是自杀吗?"

"是的。让人去叫警察。"

霍恩叽里咕噜说了几句土话,两个年轻人听后立刻跑开了。

"警察来之前,我们必须保持尸体不动。"医生说。

"他们可不能把他抬到我家里去。我不想把他放在我家。"

"上头怎么说你只能照办。"医生严厉地说,"事实上,我想他们会把他抬到殓房。"

他们站在原地等着。商人从围腰褶里掏出烟卷,递给麦克菲尔医生一支。他们望着尸体,抽着烟卷,麦克菲尔医生百思不得其解。

"您觉得他为什么要自杀?"霍恩问。

医生耸耸肩膀。土著警察很快就赶来了,由一个海军指挥,抬着副担架。后面跟着几位海军军官和一名军医。他们公事公办地处理了一切。

"他妻子怎么办?"一名军官问道。

"既然你们来了,我就回去穿好衣服。由我负责把噩耗告诉她。赶紧给他收拾收拾,再让他妻子来见他。"

"我看可行。"军医说。

麦克菲尔医生回到屋里,发现妻子差不多穿着完毕。

"因为担心丈夫,戴维森太太状况糟透了。"她一见到丈夫就说,"戴维森先生整晚都没回去睡觉。她听到丈夫两点钟离开汤普森小姐房间,可是又出去了。要是打那会儿就一直在外走,现在早就累死了。"

麦克菲尔医生告诉她发生的事情,让她把死讯转告戴维森太太。

"但他为什么要这么做?"她大惊失色地问道。

"不知道。"

"我没法转告。我办不了。"

"你必须去。"

她满脸恐惧,望了丈夫一眼,出去了。麦克菲尔先生听到她走进戴维森太太的房间。他静了一分钟,稳住心神,接着刮脸洗漱。穿戴停当后,他坐在床边等着妻子。终于,她进来了。

"她要去看他。"她说。

"他们把他抬到殓房了。我们最好陪她一起去。她受得了吗?"

"我觉着她吓呆了。没哭,但是抖得像片树叶。"

"我们赶紧过去吧。"

他们敲门的时候,戴维森太太出来了。她脸色惨白,但是眼中无泪。医生觉得她镇静得超乎寻常。谁也没说话,他们默默地走着。走到殓房,戴维森太太开口了。

"让我进去,我想一个人见他。"

他们站在一旁。一个土著给她打开门,又在她身后把门关上。他们坐下来等。有一两个白人过来压低声音向他们打听。麦克菲尔医生把自己了解的悲剧又跟他们讲了一遍。终于,门悄无声息地打开了,戴维森太太走了出来。他们立刻停下来不说话了。

"我现在要回去了。"她说。

她的声音坚定平稳。麦克菲尔医生无法读懂她眼中的神情。她面色苍白,非常严峻。他们慢慢往回走,谁也没开口,走到他们住处对面拐弯的地方。戴维森太太猛然吸了一口气,其他人都站在原地动也不动。一个令人难以置信的声音撞击着他们的耳鼓。停歇了多日的留声机又放上了,那是一支舞曲,喧闹刺耳。

"是什么声音?"麦克菲尔太太恐惧地叫起来。

"我们走吧。"戴维森太太说。

他们上了台阶,走进门厅。汤普森小姐正站在门口,跟一个水兵闲聊。她面貌突变,再也不是过去几日那个心惊胆战的小可怜了。她把所有的华服都穿上身,那条白裙子,那双鼓胀着穿棉纱袜子胖腿的闪亮高帮靴子,梳得溜光水滑的头发,那项巨大的帽子和上面那些庸俗艳丽的花。脸上浓妆艳抹,眉毛描得又粗又黑,双唇涂得鲜红;挺胸撅臀,又是从前那副风骚招摇的模样。看见他们走进来,她爆出一阵嘲弄的大笑;戴维森太太下意识地停住脚,汤普森小姐把嘴里的唾沫嘬在一起吐出来。戴维森太太吓得向后一退,两颊涨红。突然,她两手捂着脸,落荒而逃,往楼上跑去。麦克菲尔医生勃然大怒。他一把将那女人搡进她屋里。

"你到底在干什么?"他吼着,"关掉那个该死的机子。"

他走上前把唱片扯出来。汤普森小姐厉声质问:

"听着,医生,少跟我来这套。你他妈的在我屋里干什么?"

"你什么意思?"他吼,"什么意思?"

她毫不示弱。简直无法形容她满脸的不屑和言辞里充斥的轻蔑与憎恶。

"你们这些男人!你们这些肮脏、龌龊的臭猪!你们都是一路货色,一路货色。臭猪!臭猪!"

麦克菲尔医生倒抽一口凉气。他全明白过来了。

(阎　勇 译)

爱德华·巴纳德的堕落

贝特曼·亨特睡得很不踏实。从塔希提岛到旧金山整整两个星期的航程中,他一直在考虑该如何启齿讲述那件无法回避的事情。登岸后坐了整整三天的火车,火车上他一遍又一遍地揣摩每一个措辞。再过几个小时,就要抵达芝加哥,他心中充满了不确定。生性敏感的他心中忐忑不安。不确定自己是否确实尽了最大努力,从道义上讲,他应该不遗余力,令他忐忑不安的是,在这件如此关乎切身利益的事情上,他放任自身利益凌驾于堂吉诃德式的性格之上。强烈的自我牺牲欲望和未能将之付诸实施的现实,令他有种幻灭感。他就像一位慈善家,本欲毫无私心地为穷人建造新型住宅,结果却发现自己从中获利颇丰。他连内心十分之一的满足都无法遏制住。而令人尴尬的是,这种满足背后,他隐隐有种违背美德观的感觉。贝特曼·亨特知道自己良心清白,但不确定当自己把故事讲给伊莎贝尔·朗斯塔夫听时,面对她冷静的灰眼睛,他能够有多笃定。那双眼睛充满远见与智慧。伊莎贝尔为人谨慎、正直,并以此作为评判他人的标准,凡遇到她不认同之事,多报以淡漠与一言不发,没有什么比这种价值判断更加严苛。她的判断毫无回旋余地,她一旦打定主意,从不改变。贝特曼就喜欢她这种较真儿的脾气。他爱慕她俏丽的身姿——纤瘦,亭亭玉立,神情冷傲——更倾慕她的灵魂之美。她真诚,有严苛的荣誉感,无所畏惧,在他看来,她似乎集美国女性令人爱慕的美德于一身。不过,他还从她身上看出完美的美国姑娘所不具备的东西,他认为她的典雅源自于她独特的生活环境。他断定,世界上唯有芝加哥能够滋养出如她一般的女性。想到他带回的消息将会给她的自尊以致命的打击,他心中一阵抽搐,想到爱德华·巴纳德,心中腾地蹿起一团怒火。

终于,火车呼哧呼哧地驶进芝加哥城,看到街巷里的灰顶房屋,他心中欢呼雀跃。想到斯戴特和瓦巴什大街人行道上熙来攘往的人群、川流不息的车辆和喧闹,他按捺不住内心的激动。他到家啦。他很高兴自己出生在美国最重要的城市。旧金山鄙俗,纽约破败,美国的未来取决于经济发展潜势,芝加哥优越的地理位置和活力焕发的市民,必将成为这个国家真正的都会。

贝特曼走下站台时自言自语:"有生之年,我一定能够亲眼看到芝加哥成长为世界第一大城市。"

父亲到车站来接他,亲切地握手之后,两人走出车站。这对父子身材修长,体格匀称,都生着一副禁欲主义的俊朗面庞,嘴唇纤薄。亨特先生的汽车已等候在外,父子俩上了车。亨特先生发现儿子望着街景时脸上写满自豪与兴奋。

"回家很高兴吧,儿子?"父亲问。

"正是。"贝特曼回答。

他眼睛贪婪地望着街上的喧闹景象。

"我猜想,这里的车辆比南海诸岛多些。"亨特笑着说,"喜欢那里吗?"

"我还是更喜欢芝加哥,爸爸。"贝特曼说。

"你没有带爱德华·巴纳德一起回来。"

"没有。"

"他怎么样?"

贝特曼突然不说话了,俊逸、敏感的脸上笼罩了一层阴云。

"爸爸,现在不想谈他。"他最后说。

"那好,儿子。我想你妈今天最开心了。"

父子俩驶出卢普区①拥挤的街道,沿着湖滨,一直开到一幢豪华住宅前。这栋房子是几年前亨特先生亲手建造的,跟卢瓦尔河畔的一栋庄园风格完全一样。贝特曼一回到自己的房间,立即拨通了一个电话号码。听到电话里传来接听的声音,他心跳得非常快。

"早上好,伊莎贝尔。"他兴奋地说。

"早上好,贝特曼。"

"你怎么听出了我的声音?"

"从上次听到你的声音到现在,可没隔多久呢。再说了,我可一直在等你的消息。"

"我什么时候能见你?"

"如果你没什么打紧的事,今天晚上到家里来吃饭吧。"

"你知道,我不可能有比见你更要紧的事。"

"你一定有很多消息要告诉我吧?"

他似乎听出她话里有着一丝隐忧。

"是的。"他回答。

"那好。今晚一定要讲给我听。再见。"

---

① 卢普区,芝加哥传统中央商务区所在,为美国第二大中央商务区,仅次于纽约曼哈顿中城。

她收了线。这就是她与众不同之处,对于急切关心的事,她却有足够的定力等上几个小时。贝特曼觉得,她的克制越发令人敬重。

　　晚饭的时候,除了贝特曼和伊莎贝尔之外,只有伊莎贝尔的父母。伊莎贝尔主导谈话,聊些礼节性的话题。这种情景给贝特曼一种感觉:即将上断头台的侯爵夫人,正是用伊莎贝尔这般游戏的态度面对最后的时日。清秀的五官,高贵典雅的上唇,浓密的金色头发,无不透露着侯爵夫人的气质。很显然,尽管没有多少人知道,她的血管里流淌着芝加哥最高贵的血液。餐厅与她柔美娇弱的外表相得益彰。伊莎贝尔做主按照威尼斯大运河畔一所宫殿的风格进行装修,请英国专家仿照路易十五时期风格的家具进行布置。那位风流君主时期的典雅装修风格平添了她的妩媚,她的妩媚同时也提升了装修的格调。伊莎贝尔学识渊博,跟她聊天,再轻松的话题也不会显得轻浮。晚餐期间,她谈论着下午和母亲一同聆听的音乐会,一位英国诗人在芝加哥大会堂举行的讲座,以及父亲新近花五万美金从纽约购买的早期绘画大师作品。听她谈话令贝特曼感到十分惬意。他感觉自己再次返回文明世界,置身于文化与名流之中。他不安的思绪和心中难以抑制的嘈杂,终于平息下来。

　　"哎,回到芝加哥的感觉真好。"他说。

　　晚餐结束。大家离开餐厅,伊莎贝尔对母亲说:

　　"我要带贝特曼到我的书房去。我们有很多事要聊。"

　　"好吧,亲爱的,"朗斯塔夫太太说,"你们聊完可以到杜巴利伯爵夫人房间来找我和爸爸。"

　　伊莎贝尔领着年轻人上楼,领他到曾给他无数美好回忆的房间。尽管他对这个房间十分熟悉,却依然无法抑制住每次都会涌起的兴奋和感叹。她笑意盈盈地打量着房间。

"我觉得装修非常成功,"她说,"主要是,所有的东西都非常搭调。甚至连烟灰缸的风格都那么恰恰如是。"

"我想这就是房间如此美妙的缘故吧。你做什么都如此完美无缺。"

两人在壁炉前坐下,伊莎贝尔望着贝特曼,目光冷静、严肃。

"你想跟我说什么?"她问。

"我真不知该如何开口。"

"爱德华·巴纳德会回来吗?"

"不会。"

许久,贝特曼都没有打破沉默,两人似乎都心事重重。他要讲的故事很难启齿,故事里有不少有辱她视听的部分,他不忍心说出来伤害她。可为了对她公平,同样为了对自己公平,他必须将事情原委如实道来。

故事得从多年前说起。那时,他和爱德华·巴纳德还在上大学。在一次为伊莎贝尔·朗斯塔夫进入社交圈举办的茶会上,两人与她邂逅。伊莎贝尔还是个小姑娘的时候,他们就认识了,那时他们俩也只是懵懂少年。后来,伊莎贝尔去欧洲读了两年书。两人无比开心地与这位欧洲归来的妙龄少女再度相遇。两人都无法遏制地爱上了她,但贝特曼很快发现,她的眼里只有爱德华。贝特曼对朋友忠心耿耿,默默地退到知己的位置。他痛苦不已,可又无法否认,爱德华理应受到命运如此的青睐,为了不让百般珍视的友情受损,他小心谨慎,竭力不流露自己的感情。六个月后,爱德华与伊莎贝尔订婚。两人都太年轻,伊莎贝尔的父亲决定至少要等到爱德华毕业才能完婚。他们还得等上一年。贝特曼依然清楚地记得,伊莎贝尔和爱德华原定结婚前的那年冬天,举办了无数场舞会、戏剧会和非正式欢宴。在这些场合,他作为第三方,从未缺席。他对伊莎贝尔的爱并未因为她即将成为好友之妻而减少分毫。她的欢宴,她偶尔对他说的一句开心话,她的深情信赖,无不令他开心。他踌躇满志,因自己并不嫉妒好友的幸福而恭喜自己。突然,发生了一场变故。一家大型银行倒闭,导致交易所陷入恐慌,爱德华·巴纳德的父亲一夕之间破产。一天晚上,他回到家里,告诉妻子他已经不名一文。吃完晚饭,他走进书房,开枪自杀。

一个星期后,身心俱疲、面色苍白的爱德华·巴纳德来找伊莎贝尔,请求她解除婚约。她紧紧地环住他的脖子,泪流满面。

"不要让我为难,亲爱的。"他说。

"你认为我会让你离开我吗?我爱你。"

"我如何能请你嫁给我?前路渺茫。你父亲不会同意的。我身无分文。"

"那又怎么样?我爱你。"

他将自己的计划告诉她。他要立刻开始赚钱。他家有位老朋友乔治·布伦施密特,主动邀请他到自己的公司上班。布伦施密特在南海一带经商,在很多太平洋岛屿上设有办事处。他提议爱德华到塔希提岛工作一两年,在他最能干的经理手下学习做生意的各种诀窍,之后,他承诺在芝加哥为爱德华提供职位。这是个难得的机会,伊莎贝尔听完他的计划,脸上重又绽放出笑容。

"你这傻瓜,刚才为什么要让我难过?"

她的话让他脸上神采奕奕。

"伊莎贝尔,你是说你会等我回来吗?"

"你难道不觉得你值得我这么做吗?"她打趣道。

"啊,你就别取笑我啦。我请你认真点儿。可能要等两年呢。"

"别担心。我爱你,爱德华。等你回来,我就嫁给你。"

爱德华的雇主不喜欢拖延,他对爱德华说过,如果决定接受这份工作,一周内就必须从旧金山起航。临行前夕,爱德华跟伊莎贝尔在一起。吃完晚饭,朗斯塔夫先生说他想跟爱德华单独聊聊,于是带他去了吸烟室。朗斯塔夫先生平静地接受了由女儿转告的这一决定。爱德华无法想象他将面临何种神秘的交谈。看到主人局促不安,他十分疑惑。主人说话结结巴巴。先说了些无关紧要的事情。最后,突然转入正题。

"我想,你听说过阿诺德·杰克逊的事了吧?"他说,双眉紧蹙,看着爱德华。

爱德华迟疑了一下。他本可以矢口否认,但生性诚实的他却只能承认:

"嗯,听说过。不过,那是很久之前的事情了。我没太在意。"

"芝加哥没几个人没听说过阿诺德·杰克逊,"朗斯塔夫先生痛苦地说,"就算真没听说过,找个乐于分享这一消息的人也不难。你知道他就是朗斯塔夫太太的弟弟吗?"

"哦,听说过。"

"当然,我们已经多年没跟他联系过。他当时以最快的速度离开美国,我想美国也乐得少了他这么个人。我们听说他住在塔希提岛。我建议你离他远点儿,不过,如果你听到有关他的消息,请告诉我和朗斯塔夫太太,我们会很高兴。"

"当然。"

"我们就聊到这里。我想,你一定愿意回到女士们身旁了。"

几乎所有的家族中,都会有这么一个成员,如果邻居们不提的话,家人宁可将他忘记。经过一两代人,此人的荒唐事迹逐渐笼上一层传奇色彩,家人能稍微好过点。但如果这个人仍然活着,而他的行事怪诞若非一句"他唯一的敌人就是他自己"所能搪塞,比如酗酒或拈花惹草,家人便只能绝口不提此人。朗斯塔夫夫妇对阿诺德·杰克逊就是如此。他们从来不提他。甚至不愿从他曾经居住的街道经过。他们不希望杰克逊的妻小因他的罪行而遭受痛苦,多年来一直资助他们,条件是要他们在欧洲生活。他们想尽一切办法抹去与阿诺德·杰克逊有关的一切记忆,可心里再清楚不过,他的丑闻在公众心中记忆犹新,一如丑闻败露初时那样。阿诺德·杰克逊是任何家庭都难以容忍的害群之马。他曾经是一位在教会颇有威望的富裕银行家,广受尊重的慈善家,这些既是由于他的血统(他的血管里流淌着芝加哥贵族的血液),也因了他为人正直。突然有一天,他因欺诈被逮捕。审判结果显示,他犯诈骗非为一念之差,而是蓄谋已久、计划周详的行径。阿诺德·杰克逊是个十足的恶棍。当他被判入狱七年,几乎所有的人都觉得太便宜了他。

这一晚到了最后,一对情人分别之际,说了很多山盟海誓的话。泪眼盈盈的伊莎贝尔,想到爱德华的痴恋,心里略有宽慰。她心里的感觉非常奇怪。跟爱德华分离令她悲痛欲绝,可爱德华对她痴心一片又让她喜不自禁。

这是两年多以前的事。

分别后,每趟邮班都有爱德华给她的信,迄今一共二十四封。邮班每个月一次,信里满是情人间的旖旎,措辞亲昵,言语绸缪,有时幽默风趣,特别是后来那些信,更是情意缱绻。最初的信中能够看出他思乡情重,一心想回到芝加哥,回到伊莎贝尔身边。这令她很担忧,回信请求他坚持下去。她担心爱德华放弃来之不易的机会跑回来。她不希望自己的爱人缺乏忍耐,她引用了两行诗句:

> 亲爱的,若我不是更爱荣誉,
> 我也不会如此深爱着你。①

  但没过多久他似乎安定下来,伊莎贝尔很高兴地看到他热情高涨地将美国方法介绍到那个被世人遗忘的角落。她了解他,他至少要在塔希提岛待一年,等到年底,她会尽一切努力劝他不要回国。他最好把生意的诀窍学得滚瓜烂熟。既然他们已经等了一年,没理由不能再等一年。她跟贝特曼·亨特反复谈论过这件事。亨特一直是最慷慨的朋友(爱德华刚离开那段日子,如果没有贝特曼,她真不知道自己该怎么办),两人一致认为,一切应以爱德华的前途为重。时光荏苒,她很欣慰地发现,爱德华没再提起回国的事情。

  "他真是个极品,对吗?"她向贝特曼由衷赞叹道。

  "白璧无瑕。"

  "从他的字里行间我能感觉得到,他不喜欢那个地方,可他还是坚持着,因为……"

  她双颊绯红,贝特曼脸上露出暗淡而迷人的微笑,接着她的话说:

  "因为他爱你。"

  "这让我感觉自己很卑微。"她说。

---

① 理查德·洛夫莱斯(1618—1658)的诗《致卢卡斯塔》中的诗句。

"你很出色,伊莎贝尔。你已经非常完美了。"

然而,第二年倏然过去,伊莎贝尔依然每个月都能收到爱德华的来信,但很快她就心生疑窦,爱德华绝口不再提回国的事情了。他信中似乎表明他在塔希提岛彻底安顿下来,而且准备长治久安。她非常吃惊。随后,她重新读了一遍他的信,所有的信,反反复复读了好几遍。她突然惊讶地发现,行文的字里行间起了变化,这一点她之前却不曾留意过。后面的信像最初那些信一样情意绵绵,但语气却大为不同。她对信中的幽默隐隐起了疑心,出于女性本能的猜疑,她从信中嗅出的轻率令她困惑不已。她不知道此刻给她写信的爱德华还是不是她曾经熟悉的那个人。一天下午,塔希提岛邮班抵达后次日,她跟贝特曼一起坐车时,贝特曼问:

"爱德华有没有告诉你他什么时候启程?"

"没有,他提都没提。我以为他会向你透露一点儿消息。"

"只字未提。"

"你知道爱德华这人,"她笑着回答,"他根本没有时间观念。你下次写信时,要是记起来,不妨问问他什么时候回国。"

她表面上显得若无其事,可贝特曼凭着自己的敏感,能够察觉出她的请求中蕴藉着无比的热望。他莞尔一笑。

"好的,我会问他。真不知道他在想什么。"

几天后,再次遇见贝特曼的时候,她发现他似乎有心事。自从爱德华离开芝加哥后,他们俩经常在一起。两人都很关心爱德华,都急切想谈论这个不在身边的人,而且都愿意聆听对方。因此,贝特曼脸上任何一个细微的表情伊莎贝尔都看在眼里,如今,在她敏锐的目光下,他想掩饰也无济于事。她隐隐预感到贝特曼脸上的烦乱跟爱德华有关,她一个劲儿地要求贝特曼说出实情。

"实情就是,"他最后说,"我辗转听人家说,爱德华已经不在布伦施密特公司了。昨天,我终于得着机会问了布伦施密特先生本人。"

"结果呢?"

"爱德华离开公司快一年了。"

"太奇怪了,他怎么从没说起过呢?"

贝特曼犹豫了好一阵,但是话说到这个份上,他只得继续。他感到十分尴尬。

"他被解雇了。"

"天哪,这到底是为什么?"

"公司似乎警告过他一两次,最后只得让他走人。他们说他又懒又没能力。"

"爱德华吗?"

好一阵子,两个人都没有说话。突然,他发现伊莎贝尔哭了。他本能地抓住她的手。

"噢,亲爱的,别,别,"他说,"我见不得你哭。"

她神情黯然,任由贝特曼握着她的手。他想方设法宽慰她。

"确实令人匪夷所思。这一点儿都不像爱德华。我本能地感觉,肯定是弄错了。"

许久,她一言未发。终于,她迟迟疑疑地开了口。

"你有没有发现,他最近的信有些奇怪?"她问道,眼睛看向别处,泪光闪闪。

贝特曼不知道该如何回答。

"我的确留意到一些变化,"他硬着头皮说,"他似乎失去了我一直钦佩的庄重认真。简直让你觉得,那些曾经非常重要的事情——都无足轻重了。"

伊莎贝尔没有回答。她隐隐感到不安。

"或许,在他写给你的回信中会告诉你什么时候回国。我们只能等待。"

爱德华又给两人各自寄来一封信,依然没提回国的事。不过,他写信的时候,可能还没收到贝特曼的问询。下一封信肯定会为他们揭晓答案。下一封信到来,贝特曼将刚刚收到的信拿来给伊莎贝尔。可伊莎贝尔一眼看出他脸上的不安。她仔细读完一遍,嘴唇抿得紧紧的,又读了一遍。

"这信真是奇怪,"她说,"我看不明白。"

"给人的感觉像是在捉弄我。"贝特曼红着脸说。

"看起来是有点,但他肯定不是故意的。这不像是爱德华的风格。"

"他只字未提回国的事。"

"要是我不那么笃定他对我的爱情,我会想……我真不知道我会怎么想。"

到了这个节骨眼儿上,贝特曼才提出他在脑子里盘算了一个下午的想法。他现在是他父亲公司的合股人。公司生产各种装配内燃机的车辆,计划在火奴鲁鲁、悉尼和惠灵顿设立经销处。贝特曼提议由他本人代替已经拟定的经理亲自跑一趟。回程途中,他可以经停塔希提岛。实际上,从惠灵顿返回,途中必经塔希提岛。他可以去看看爱德华。

"事出蹊跷,我得去查个水落石出。眼下只能这么办。"

"噢,贝特曼,你真是太好,太善良了!"她惊呼。

"伊莎贝尔,你知道,你的幸福是我在这个世界上最重要的事情。"

她看着他,伸出双手。

"你真了不起,贝特曼。真不知道这世上是否还有第二个如你这般的人。我不知道怎么感谢你才好?"

"我不需要你感谢。我只希望你允许我帮你。"

她垂下眼睛,两颊绯红。她对他太熟悉了,竟然没注意到他也是如此英俊潇洒。他跟爱德华一样,身形高大匀称。不过,他皮肤略黑,面无血色,爱德华脸色红润。当然,她知道贝特曼爱她。她非常感动。她非常关心他。

此刻,贝特曼·亨特正是从这次旅行回来。

生意上耽搁的时间比预期的要久,他因此有更多的时间来思考这两位朋友的事情。他的结论是,爱德华不回国的原因没什么大不了,或许是虚荣心在作祟,他决心在回国迎娶心爱的新娘前闯出一番事业。可虚荣心也必须要符合逻辑。伊莎贝尔不开心。爱德华必须跟贝特曼一起回芝加哥,立即跟她完婚。可以在亨特内燃机与汽车公司为他谋个职位。贝特曼心底在流血,却同时也为自己能够牺牲幸福,成全他在世上至爱的两个人而欢欣鼓舞。他将永远不会结婚。他要当爱德华和伊莎贝尔夫妇孩子们的教父。多年以后,当两人撒手人寰,他会告诉伊莎贝尔的女儿,很久、很久以前他曾爱恋过她的母亲。每当想起这副场景,贝特曼都禁不住泪眼婆娑。

他想给爱德华一个意外的惊喜,因此,去之前没有给他发电报。最后,他踏上塔希提岛,跟在一个自称是鲜花酒店老板儿子的年轻人后面,朝酒店走去。想到朋友见到他这位绝对不速之客走进办公室时的惊讶,他不由得笑了。

"顺便问下,"他一边走一边问,"你能告诉我在哪里能见到爱德华·巴纳德先生吗?"

"巴纳德?"年轻人说。"这名字我好像听说过。"

"一个美国人。个头挺高,淡棕色头发,蓝眼睛。他来这里两年啦。"

"当然啦。现在我知道你说的是谁了。你说的是杰克逊先生的侄子。"

"谁的侄子?"

"阿诺德·杰克逊先生的侄子。"

"恐怕我们说的不是同一个人。"贝特曼语气生硬地说。

他吃了一惊。奇怪得很,恶名昭著的阿诺德·杰克逊在此地仍然使用他被判罪时的不体面姓名。不过,贝特曼想不出来,阿诺德认到名下的侄子会是谁。朗斯塔夫太太是阿诺德唯一的姐姐,他并无兄弟。贝特曼身边的这个年轻人一路上用夹杂着外国腔调的英语说个不停。贝特曼瞟了他一眼,之前没有留意,年轻人的身上明显有着本地血统。贝特曼的举止不由多了一丝傲慢。两人到达酒店。安顿好房间之后,贝特曼询问了前往布伦施密特公司的路线。公司位于海滨,面朝海湾。经过八天的海上颠簸,双脚再次踏上坚实的大地,贝特曼感到无比开心。他沿着洒满阳光的道路向海边走去。找到地方之后,贝特曼将自己的名片递给公司经理,他被领着穿过一间高大的谷仓式建筑(一半做店铺,一半做库房),走进一间办公室。办公室里坐着一个胖男人,戴着眼镜,秃了顶。

"您能告诉我爱德华·巴纳德先生在哪儿吗?我听说他在这间办公室工作过一段时间。"

"没错。我不知道他目前在哪里。"

"据我所知,他来此地持有布伦施密特先生的举荐信。我本人跟布伦施密特先生很熟。"

胖男人用精明而充满疑虑的眼睛打量着贝特曼，冲着库房里干活的男孩子们喊了一嗓子：

"嗨，亨利，巴纳德现在在哪儿，你知道吗？"

"他在卡梅伦的商店里干活吧。"那小子回答时身子都懒得动一下。

胖男人点点头。

"从这里走出去，往左转，走三分钟左右就到了卡梅伦的商店。"

贝特曼迟疑片刻。

"我想，我得告诉您，爱德华·巴纳德是我最要好的朋友。我听说他离开布伦施密特公司的消息之后，感到很意外。"

胖男人的眼睛眯成一个小针尖，眼神中的审慎让贝特曼非常不舒服，他感觉自己的脸在发烧。

"我猜，布伦施密特公司和爱德华·巴纳德在某些问题上看法不一致吧。"他回答。

贝特曼不太喜欢这家伙的态度，于是不失庄重地站起身，对打扰他表示歉意，然后就告辞离开了。他离开时，直觉告诉他刚才见到的这个男人了解很多情况，却不愿意告诉自己。他按照胖男人指的方向走过去，不一会儿就找到了卡梅伦商店。这是一家贸易商店，他一路上经过五六家类似的店铺。走进商店，一眼就看见了爱德华，他没穿外衣，只穿了件衬衫，正在量一块棉布。看到他干的是这种卑微活计，贝特曼不由心头一惊。他走进商店，爱德华恰好抬头望见他，兴奋地惊呼一声。

"贝特曼！真没想到能在这里见到你！"

他从柜台里面伸过胳膊，握住贝特曼的手。他神态自若，倒是贝特曼一脸尴尬。

"等我把这块布包好。"

他动作娴熟地裁剪下一块布,折好,用纸包上,递给皮肤黝黑的顾客。

"请到前台付账。"

他转向贝特曼,笑得两眼发光。

"你怎么来啦?哎呀,见到你真是太开心了。老伙计,快坐下。随便坐。"

"我们别在这儿聊。到我的酒店去吧。你能走开吗?"

问得有几分顾虑。

"当然,能走开。我们这里做生意不像塔希提那么死板。"他朝对面柜台后面站着的中国人喊了一声:"阿林,等老板回来,你告诉他我有个朋友从美国来了,我出去跟他喝一杯。"

"好的。"中国人咧嘴笑着说。

爱德华穿上外套,戴上帽子,陪贝特曼走出商店。贝特曼想调节一下气氛。

"真没料到,你居然成了个卖三码半烂布头给脏黑鬼的伙计。"他打趣道。

"你知道,布伦施密特把我解雇了。对我来说干什么都差不多。"

爱德华如此直言不讳,贝特曼十分惊讶,可他又觉得不宜刨根问底。

"可我觉得你做这个发不了什么大财啊。"他尽量不动声色地问。

"的确发不了财。不过,挣个糊口钱,我就心满意足啦。"

"你两年前可不是这样啊。"

"人总是越活越聪明嘛。"爱德华高兴地说。

贝特曼打量了他一番。爱德华穿一身寒酸的白帆布衣服，脏兮兮的，头戴当地产的大草帽。他比以前瘦了不少，皮肤晒得黝黑，但比以前更显潇洒。他容貌中有一种令贝特曼隐隐不安的东西。他走起路来轻松俏皮，举手投足洋溢着快乐，贝特曼对此虽不能挑剔，却又不免十分疑惑。

"真不知道什么事能让他如此开心。"贝特曼心底思忖。

两人来到酒店，在露台上坐定。一名中国侍应生给两人端来鸡尾酒。爱德华迫不及待地打听有关芝加哥的各种消息，连珠炮似的抛给朋友一大堆问题。他的兴趣自然而真诚。可奇怪的是，他似乎对众多话题的兴趣不分高下。他对贝特曼父亲的关注与对伊莎贝尔的关注毫无分别。谈起伊莎贝尔，他没有一丝扭捏，与其说是他的未婚妻，倒不如说更像他妹妹。贝特曼还没来得及细细咀嚼爱德华话里的确切含义，就发现话锋已经转向他自己的工作，以及他父亲新建的大楼上来了。他决计把话题拉回到伊莎贝尔身上，正待寻找机会，突然发现爱德华热情洋溢地朝着外面打招呼。一名男子朝露台走来，由于贝特曼背对着外面坐着，看不到来人是谁。

"快来坐坐。"爱德华高兴地叫着。

来客走到跟前。他身材修长，穿着白帆布衣服，一头漂亮的花白卷发。面容清瘦，大大的鹰钩鼻，嘴巴很美，似乎天生会说话。

"这是我的老朋友贝特曼·亨特。我跟你提起过他。"爱德华说，唇齿带笑。

"很高兴见到你，亨特先生。我认识你父亲。"

陌生人伸出手，用力而友好地握住年轻人的手。这当口，爱德华报出来人的姓名。

"阿诺德·杰克逊先生。"

贝特曼脸色唰地变得惨白,手心冰凉。这就是那个因造假被判刑的人,伊莎贝尔的舅舅。他不知道该说什么。他想努力掩饰自己的窘迫。阿诺德·杰克逊眼睛忽闪忽闪地看着他。

"我敢说,你早就听说过我的名字。"

贝特曼不知道该说"是"还是"不是",更令他尴尬的是,似乎杰克逊和爱德华都是一副觉得很有趣的样子。不得已跟自己一心想要在岛上避开的人见面,已经够糟糕的了,最令他无法忍受的是,自己居然还因此事被人打趣。当然,他也许过于敏感了。只听得杰克逊接着说道:

"我听说你对朗斯塔夫一家非常好。玛丽·朗斯塔夫是我姐姐。"

贝特曼心里默想,莫非杰克逊·阿诺德竟然会以为自己对芝加哥史上最大丑闻一无所知?杰克逊将手搭在爱德华肩膀上。

"我就不坐啦,特迪,"他说,"正忙着呢。你们俩今晚到家里来吃晚饭吧。"

"太好啦。"爱德华说。

"您太客气了,杰克逊先生,"贝特曼生硬地说,"我在此地只稍事停留,船明天就走。请您原谅,我就不去了。"

"咳,不行不行。我请你尝尝本地菜。我妻子手艺不错。特迪带你去。早点儿过去看日落。如果愿意,就在我那里住一晚。"

"那是自然,我们一定去!"爱德华说,"一有船靠岸,旅馆里晚上总是闹死人,我们可以在你家里好好聊聊。"

"我可不能放你走,亨特先生,"杰克逊热忱相邀,"我想听听芝加哥和玛丽的消息。"

贝特曼还没来得及说一个字,杰克逊就点头离开了。

"在塔希提,我们可从来不准推辞,"爱德华笑着说,"你会吃到岛上最棒的晚餐。"

"他说他妻子手艺不错是什么意思?我碰巧认识他妻子,她在日内瓦。"

"那样的妻子离得也太远了,不是吗?"爱德华说,"他们已经很久没见面啦。我猜,他说的是另外的妻子。"

好一阵子,贝特曼一句话也没说。他表情严肃。抬头碰上爱德华戏谑的眼神,他顿时满脸涨得通红。

"阿诺德·杰克逊是个可鄙的流氓。"他说。

"这么说恐怕不无道理。"爱德华笑着回答。

"我不明白,体面的人怎么会跟他扯上关系。"

"或许,我不算个体面的人。"

"你经常见他吗,爱德华?"

"对,经常见。他已经认我做侄子啦。"

贝特曼俯身前去,眼睛直勾勾地盯着爱德华。

"你喜欢他?"

"非常喜欢。"

"可你不知道,这里的人难道不知道,他是个骗子,被判了刑?他应该被文明社会所摒弃。"

爱德华眼望着雪茄烟圈儿袅袅升起,化在静止、芬芳的空气中。

"我想,他确实是个不折不扣的无赖,"他终于开口说道,"我也不能自欺欺人地说他有什么悔过自新的举动,能够博得世人的谅解。他是个骗子,是个伪君子。这一点谁都不可否认。

但我从来没有遇到过比他更令人愉快的伙伴。他教会了我一切。"

"他教了你什么?"贝特曼失声问道。

"教会了我生活。"

贝特曼嘲讽地笑出声来。

"真是个好导师!拜他所教,你拱手放弃赚钱的机会,拜他所教,你学会在廉价店站柜台讨生活!"

"他性格非常好,"爱德华毫不生气,笑着说,"也许你今晚就会明白我这话的意思了。"

"如果你只是想让我欣赏他的性格,我不会跟他一起吃饭。你说破嘴皮,我也不会踏进他家半步。"

"给个面子吧,贝特曼。我们这么多年朋友一场,你不会驳我的面子吧?"

爱德华的语调中有一种令贝特曼感到陌生的东西。语气温和,却令人无法拒绝。

"爱德华,话都说到这个份上,我只好去啦。"他笑了。

另外,贝特曼也想借此机会多了解一点阿诺德·杰克逊。很明显,他对爱德华影响非常大,要想消除这种影响,必须要弄清到底是什么样的影响。他跟爱德华聊得越多,越确信爱德华改变了很多。直觉告诉他,他得小心谨慎,不将局势观察仔细,决不说出此行的真正意图。他开始东拉西扯,谈论他此次的旅行和旅行中的见闻,芝加哥政界轶闻,两人共同的朋友,还有大学里的时光。

最后,爱德华说,他得回去上班,五点钟再来接贝特曼,一起乘车去阿诺德·杰克逊家。

"顺便说一下,我本来一直以为你住在这家酒店里,"贝特曼送爱德华走过酒店花园时说,"我听说这里是岛上唯一体面的地方。"

"我可消费不起,"爱德华笑着说,"这对我可是天价。我在郊区租了间屋子。又便宜又干净。"

"我要是没记错的话,在芝加哥的时候,你对这些并不看重啊。"

"芝加哥!"

"我不明白你是什么意思,爱德华。芝加哥可是全世界最棒的城市。"

"我知道。"爱德华说。

贝特曼快速看了他一眼,但看不出他脸上有任何情绪变化。

"你什么时候回芝加哥?"

"你可问倒我了。"爱德华笑着说。

爱德华的回答,还有他回答的方式,都令贝特曼始料不及。可他还没来得及深究,爱德华就朝一个驾车经过的欧亚混血儿挥起手来。

"搭一下车吧,查理。"他说。

他朝贝特曼点点头,追上已经跑到几码外的车子。留下满脸疑惑的贝特曼。

爱德华来接贝特曼时,坐着一辆由一匹老马拉着的破马车,沿着海边的马路往前行驶。道路两边是种植园,种着椰子和香草。他们时不时会看见一棵大芒果树,浓密的绿叶中掩映着黄色、红色和紫色的果实。偶尔能看见海湾风光,湛蓝、宁静的海面上,散落着小岛,岛上点缀着高大、挺拔的棕榈树。阿诺德·杰克逊的房子坐落在一处山丘上,门前只有一条小路,他们于是把马卸下来拴在树上,让马车停在路边。贝特曼觉得这么做可真有点太随性了。一位身材高大、模样俊俏的土著女人在门口迎接他们。女人不年轻了,爱德华热诚地跟她握手,并介绍贝特曼给她认识。

"这位是我的朋友亨特先生。我们来你家吃晚饭,拉维娜。"

"欢迎。"她说,笑了笑,"阿诺德还没回来呢。"

"我们下去洗个澡。给我们拿两条纱笼来。"

女人点点头,走进房子。

"她是谁?"贝特曼问。

"哦,她是拉维娜。阿诺德的妻子。"

贝特曼抿紧嘴唇,什么也没说。过了一会儿,女人拿来一捆东西,递给爱德华。两个年轻人爬下一段陡峭的小径,朝海滩上的一片椰子林走去。他们脱下衣服,爱德华向他的朋友示范,如何将称作纱笼的那块红布头折成游泳裤。很快,两人开始在暖洋洋的浅水中洗浴。爱德华兴致高涨。笑啊,叫啊,唱啊,简直像个十五岁的毛头小伙子。贝特曼从未见他如此开心。后来,两人躺上海滩,在清澈澄明的空气中吸烟,爱德华身上洋溢着令人无法抗拒的快乐无忧,贝特曼看了简直目瞪口呆。

"你似乎觉得生活非常愉悦。"他说。

"确实。"

他们听到一阵轻柔的响动,扭头看到阿诺德·杰克逊朝他们走来。

"我下来把你们俩孩子抓回去。"他说,"洗得尽兴吗,亨特先生?"

"很尽兴。"贝特曼说。

阿诺德·杰克逊已经脱下整洁的帆布衣服,胯上裹着纱笼,光着脚。他身上晒得黝黑。长长的白色卷发、俊逸的面庞,再配上那身土著装扮,显得非常怪异,但他自己毫不以为意。

"如果你们准备好了,我们就直接上去吧。"杰克逊说。

"我要去穿衣服。"贝特曼说。

"哎呀,特迪,你没有给你朋友准备一条纱笼吗?"

"我想他可能愿意穿衣服。"爱德华笑着说。

"当然。"贝特曼面无表情地说,他的衬衫还没来得及穿好,就看到爱德华腰上裹好布头,站在他面前准备走了。

"你不觉得光脚走路硌脚吗?"他问爱德华,"我来的时候发现路上小石子不少。"

"哦,我已经习惯啦。"

"从城里回来,换上纱笼真舒服。"杰克逊说,"你要是打算留下来过夜的话,我强烈建议你穿一件。这是我见过的最合理的服装。凉快、方便、经济实惠。"

回到家里,杰克逊领着他们走进一间墙壁雪白、留着开放式天花板的大屋子。屋子里已经摆好餐桌。贝特曼发现桌旁摆了五把椅子。

"伊娃,快来见见特迪的朋友,给我们兑杯鸡尾酒。"杰克逊喊道。

杰克逊把贝特曼带到低矮的长窗前。

"看看那里,"他说,手势非常夸张,"好好欣赏吧。"

在他们下方,椰树林从陡峭的山坡一直延伸到海湾,落日余晖映照下的海湾呈现柔和、缤纷的色彩,宛若鸽子的胸脯。不远处的溪流上,散落着一簇簇土著的棚屋,鳞次栉比。临近岛礁的地方,有一艘独木舟,在夕阳的余晖下剪影清晰,几个土著人正在捕鱼。再往远处,便是宁静的太平洋。二十英里开外,是美轮美奂的穆里亚海岛,虚无缥缈,宛若诗人用幻想织就。如此美景,贝特曼霎时呆立原处。

"我从没见过如此盛景。"他终于开口说道。

阿诺德·杰克逊站在他前头,目光凝视,眼里充满梦幻般的温柔。清瘦、若有所思的面孔神情肃然。贝特曼望着美景,再一次被大自然强烈的灵性所震撼。

"美啊,"阿诺德·杰克逊喃喃自语,"很少有机会能够与如此美好相遇。好好体验,亨特先生,你现在看到的景色,以后再也不会看到,这一刻稍纵即逝,但却会是永不消逝的记忆,驻留在心间。一种触碰永恒的味况。"

他声音低沉,似有回响。他仿佛勾勒出一副至纯的理想之境,贝特曼心下暗暗提醒自己,这个夸夸其谈的家伙是个罪犯,是个冷酷的骗子。爱德华似乎听到了什么响动,突然转过身去。

"这是我女儿,亨特先生。"

贝特曼跟女孩握了手。她长着一对闪亮的黑眼睛,红唇展露盈盈笑意。她的皮肤是棕色的,一头漆黑的卷发垂到肩上。身上罩了一件粉红色棉布裙衫,光着脚,头上戴着芬芳的白色花冠。她简直是个可爱的精灵,仿佛波利尼西亚的春天女神。

她有点拘谨,不过,却也比贝特曼好些。对贝特曼来说,这一切都令他极为不自在,即便望着这个体态轻盈的精灵端起摇杯,熟练地将三种鸡尾酒混合起来,那感觉也好不到哪里去。

"丫头,酒兑烈一点儿。"杰克逊说。

她把酒倒进酒杯,笑容甜美地端给三位。贝特曼一向自恃调鸡尾酒手艺精湛,尝了一口,发现口感极佳,心下不由暗自惊诧。杰克逊看到客人表情中不自觉流露出的赞赏,骄傲地开怀大笑。

"不错,对吧?这孩子的手艺是我教的。以前在芝加哥,我觉得城里没有哪个酒吧服务生敢跟我媲美。在监狱里没什么事可做,我就成天琢磨新鸡尾酒配方消磨时间。不过若论真正的好酒,没有什么能赛过干马天尼①啦。"

贝特曼仿佛感觉被人猛击了一下胳膊肘上的麻穴,顿时觉得脸上红一阵白一阵。他正不知如何是好,一个土著男孩端来一大碗汤,一群人坐下来吃晚餐。阿诺德·杰克逊似乎打开了记忆的闸门,开始谈论监狱里的那段日子。他谈起来十分自然,毫无怨愤,仿佛是在谈论自己在国外读大学的经历。他对着贝特曼讲述,贝特曼感到疑惑而又困窘。他看到爱德华的眼睛盯着自己,眼里充满戏谑。他的脸涨得通红,觉得杰克逊是在耍弄自己,继而,又觉得很荒诞,他想不出阿诺德这么做有什么理由,不由得冒起火来。阿诺德·杰克逊厚颜无耻——除此以外,没有别的字眼可以形容他——他的这种不以为意,不管是不是装出来的,都令人无法忍受。晚餐继续进行。杰克逊邀请贝特曼品尝各式各样的美食、生鱼和一些他叫不出名字的食物,贝特曼出于教养不得不吞咽下去,不过,他惊讶地发现这些食物居然非常美味。后来,晚餐上发生了一个整个晚上令贝特曼最尴尬的插曲。他面前摆着一个小花环,因为没什么话可说,他就随口评论了一下面前的花环。

"是伊娃专门给你编的花环,"杰克逊说,"不过,我猜她很害羞,不好意思交给你。"

---

① 马天尼(Martini)被称为"鸡尾酒中最佳杰作",鸡尾酒之王,素有"鸡尾酒自马天尼酒开始,又以马天尼酒告终"的说法。马天尼酒的原型是杜松子酒加某种酒,最早以甜味为主,选用甜苦艾酒为副材料。随着时代变迁,辛辣的味感逐渐成为主流。

贝特曼将花环拿在手中,客气地对女孩表示感谢。

"你一定要戴上。"她笑着说,脸色绯红。

"我?我可不戴。"

"这可是此地最有风情的习俗啊。"阿诺德·杰克逊说。

他把面前的花环拿起来戴到头上。爱德华也戴上花环。

"我的衣服跟这花环不搭配。"贝特曼不自在地说。

"换条纱笼好吗?"伊娃立即问,"我马上给你拿一条来。"

"不用啦,谢谢你。我这样穿才舒服。"

"伊娃,你来教他怎么戴。"爱德华说。

那一刻,贝特曼简直要对这位好友恨之入骨。伊娃从桌旁站起身,开心地笑着,将花环戴在他的黑头发上。

"花环很适合你。"杰克逊太太说,"是不是很适合他,阿诺德?"

"那还用说。"

贝特曼的每一个毛孔都在往外冒汗。

"可惜天黑了,"伊娃说,"不然,可以给你们三个人一起拍张照片。"

贝特曼心想,谢天谢地,幸亏天黑啦。他想,穿着这套蓝色哔叽布西装和高领衬衫——衣服整洁,绅士派头十足——头上戴着滑稽的花环,看上去肯定十分愚蠢。他竭力克制着内心的愤怒,用尽平生最大的克制力,尽量做到表面不失分寸。坐在桌首、半裸上身的老头令他愤怒,此人生着一副圣徒般的面容,漂亮的白发上戴着花环。眼下的场景真令他抓狂。

晚饭终于结束,伊娃和她妈妈留下来清理餐桌,三个男人坐在凉台上。天气温暖,空气中飘荡着一种夜间开放的白花的香气。一轮满月,从晴朗无云的夜空中冉冉升起,在广袤无垠的海面上洒下一条银光大道,通往无边无际的永恒之地。阿诺德·杰克逊又打开了话匣子。他声音醇厚,富有音乐感。他讲述土著人的故事,讲述这个国家的古老传说。讲述久远时代的怪诞故事,征服未知疆域的冒险故事,讲述爱恋、生死与复仇的故事。他讲述了探险者们如何发现这些偏远岛屿;讲述船上的水手定居下来,迎娶酋长的女儿;讲述银色海滩上过着千奇百怪生活的流浪汉。贝特曼初时感到窘迫而气愤,闷闷不乐地听着,不一会儿,杰克逊言语之中似有一股神奇的力量将他吸引,他如痴如醉地坐在那里。传奇的幻景使得日常生活如此微不足道。他难道忘记阿诺德·杰克逊正是靠着巧舌如簧,才轻易从民众手中骗取巨额钱财,才使自己差点侥幸逃脱刑罚?论及巧言令色,无人可与之匹敌。阿诺德却突然站起身来。

"哎,你们两个小伙子很久没有见面啦。我得让你们好好聊聊。什么时候想睡觉,特迪会带你回房间。"

"噢,我没打算在这里过夜,杰克逊先生。"贝特曼说。

"你会发现这里更舒服。我们会按时叫你起床。"

阿诺德·杰克逊跟贝特曼礼貌地握手,像身披法衣的主教那般郑重地离去。

"当然,如果你执意要回帕皮提的话,我会开车送你回去,"爱德华说,"不过我建议你留下来。清早驱车行驶在这条路上,那才叫一个棒呢。"

好一阵子,贝特曼和爱德华都没有说话。贝特曼心里盘算着该如何开口。经历过这一整天的各色事情,他觉得这番谈话尤其迫切了。

"你打算什么时候回芝加哥?"他突然问。

半晌,爱德华没吭声。后来,他懒洋洋地转身望着朋友,脸上露出笑容。

"我不知道。或许永远不回。"

"老天,你知道自己在说什么吗?"贝特曼惊呼。

"我在这里过得很惬意。改变现状不是很愚蠢吗?"

"无论是谁,都不可能在这里住一辈子吧?这哪里是人过的地方。这跟死有什么两样。哎,爱德华,赶快,赶快回家吧。我早就感觉有哪里不对头。你已经被这地方弄昏了头脑,你受到邪恶思想的蛊惑,不过你只要离开这里。只要离开这个环境,就会都好起来的。你会有染上毒瘾的人戒绝毒品的感觉。那个时候,你会发现两年来你一直呼吸着有毒空气。一旦你的肺再次呼吸到祖国新鲜纯净的空气,你简直无法想象,那会让人感觉多么轻松。"

他的话又快又急,连珠炮似的倾泻而出,话语中充满真诚与深情厚谊。爱德华大为感动。

"老朋友,这么关心我,你真是太好了。"

"明天跟我一起走吧,爱德华。你来这里就是个错误。这不是你该过的生活。"

"你一遍遍说着这种生活,那种生活。你觉得一个人怎么样才算是生活?"

"在我看来,答案只有一个。生活就是履行责任,努力工作,完成国家和职位赋予的各种义务。"

"得到的回报呢?"

"回报就是,完成职责的成就感。"

"这一切在我听来非常可怕。"爱德华说,夜色之中,贝特曼看到他在微笑,"恐怕你会觉得我堕落到令人伤悲的地步。我想,有不少事情,若是放在三年前,我也会是同样的看法。"

"这些都是跟阿诺德·杰克逊学的吗?"贝特曼鄙夷地问。

"你不喜欢他?也许不该指望你能喜欢他。我一开始来的时候也不喜欢他。我跟你一样充满偏见。他是个非常与众不同的人。你亲眼所见,他对自己入狱的事毫不隐晦。我从没听他说过为入狱或为自己的罪行感到后悔。他在我面前唯一抱怨的是,出狱的时候,他的身体大不如前。我想,他根本不知道什么叫后悔。他完全没有世俗的道德观念。他坦然面对一切,坦然面对自己。他为人厚道、慷慨。"

"他历来如此,"贝特曼插话说,"花别人的钱当然慷慨。"

"我发现他是个非常好的朋友。我用自己的标准实事求是地评判他,难道不是很自然的事情吗?"

"这样做的结果就是你丧失了明辨是非的能力。"

"没有,是非对错在我心里跟之前一样清晰可辨,唯一令我疑惑的是好人与坏人之间的界限。阿诺德·杰克逊到底是个行善的坏人还是个作恶的好人?这个问题很难回答。或许,我们对人跟人的区分太绝对。或许,我们中最善的人有原罪,而我们中最恶的人修善行。谁知道呢?"

"你永远没法让我相信白的会是黑的,黑的会是白的。"贝特曼说。

"我敢肯定,我办不到,贝特曼。"

贝特曼不明白为什么爱德华表示赞同时,嘴唇上闪过一丝笑容。爱德华沉吟了好一阵子。

"我今天上午见到你的时候,贝特曼,"他终于开口说道,"似乎看到了两年前的我自己。同样的衣领,同样的鞋,同样的蓝西装,同样精力充沛,同样踌躇满志。上帝啊,我那时浑身有使不完的劲。这里恹恹欲睡的状态简直让我血管爆裂。我四处考察,处处可见发展和创业的机会。这里到处都能发财。干椰肉从这里装袋运到美国去炼油,这种做法太荒唐了。在这里生产岂不更经济? 这里劳动力低廉,又节省运费。我甚至已经看到巨大的工厂在岛上耸立起来。这里榨椰油的技术相当落后,我发明了一款机器,能将果仁分离,并将果肉剥离开来,每小时能够剥离两百四十个椰子。港口规模太小。我制订计划扩建港口,然后组建一个辛迪加,购置土地,建两三家大酒店,再建些度假平房。我还制订计划,准备着手改善汽船服务,招徕加利福尼亚的游客。不出二十年,这个半法国式、慵懒的帕皮提小城将被一座巨大的美国城市取代,城里十层的高楼林立,汽车往来穿梭,有电影院,有剧院,有证券交易所,还有市长。"

"那就动手干啊,爱德华,"贝特曼惊呼着,激动地从椅子上跳起来,"你有想法,又有能力。哎,你会成为澳大利亚和美国最富有的人。"

爱德华轻轻笑出声来。

"可我后来不这么想了。"他说。

"你的意思是你不想要钱,大把大把的钱,成万上亿的钱? 你知道,有了这些钱你能干什么吗? 你知道这些钱的力量吗? 即便你自己不在乎,想想你能用这些钱做多少事情,为人类事业开辟新渠道,为成千上万的人提供就业机会? 我听了你的这些想法,脑子已经被这些美好的图景弄晕啦。"

"还是坐下来吧,亲爱的贝特曼,"爱德华笑着说,"我发明的椰肉剥离机永远不会有人问津,据我所知,帕皮提无忧无虑的街道上永远也不会出现往来穿梭的汽车。"

贝特曼一屁股跌坐在椅子里。

"我不明白你在说什么。"他说。

"我也是逐渐才适应的。我开始喜欢上这里悠闲安逸的生活,喜欢上这里的人,他们性格和善,脸上永远带着微笑。我开始思考。我以前从没有时间思考。我开始读书。"

"你一直在读书。"

"从前,是为了应付考试读书,为了聊天时的谈资读书,为了获取知识读书。在这里,我学会为兴趣而读书。我学会了聊天。你知不知道,聊天是人生一大乐事?但聊天需要闲暇。我以前一直都太忙。渐渐地,那些曾经对我而言十分重要的事情变得微不足道,无足轻重。纷纷扰扰、忙忙碌碌的生活有什么意义呢?现在一想起芝加哥,我脑海里就勾画出一座昏暗的灰色城市,到处都是石头建筑——简直像座监狱——充斥着无休无尽的混乱。所有那番纷扰意义何在?那就是人们想要过的生活吗?我们来到这个世上,就是为了那样的生活吗?匆匆忙忙赶到办公室,马不停蹄地工作到深夜,匆匆忙忙赶回家中,草草吃完饭,匆匆忙忙赶往电影院?我难道一定要这样虚掷自己的青春吗?青春短暂,贝特曼。等我老了,我还能有什么期盼?继续在早上匆匆忙忙赶到办公室,继续马不停蹄工作到深夜,继续匆匆忙忙赶回家中,草草吃完饭,匆匆忙忙赶往电影院吗?如果你能挣到大钱,那或许还值得。我不知道,这得看每个人的性格。如果挣不到大钱,那样做还值得吗?我想让我的生活更有意义,贝特曼。"

"那你觉得生命的价值在哪里?"

"不怕你笑话。生命的价值在于真、善、美。"

"你不觉得在芝加哥能追求到真、善、美吗?"

"或许有些人可以,但是我不行。"爱德华蓦地站起身,"告诉你吧,想起以前过的日子,我感到恐惧不已,"他说得声嘶力竭,"想起我逃离的危险,我浑身战栗。来到这里之后,我才发现我居然有灵魂。如果我依然做一个富人的话,或许我会永远失去灵魂。"

"不知道你怎么会这么说,"贝特曼怒气冲冲,"我们以前经常讨论这个问题。"

"是的,我知道。以前那些讨论现在想来简直就是跟聋哑人讨论音乐和声。我再也不会回芝加哥了,贝特曼。"

"那伊莎贝尔怎么办?"

爱德华走到凉台边上,倾身凝望魔幻般的蓝色夜空。他再度转过身面对贝特曼时,脸上带着淡淡的微笑。

"对我来说,伊莎贝尔太优秀了。我对她的爱慕超过对其他所有女人。她头脑聪明,善良而漂亮。我敬慕她精力充沛,踌躇满志。她生来就该享有成功。我根本配不上她。"

"她可不这么想。"

"但是你必须这样转告她,贝特曼。"

"我?"贝特曼惊叫。"我绝对办不到。"

爱德华背对着皎洁的月光,贝特曼看不清他脸上的表情。是不是又带着微笑?

"你在她面前用不着隐瞒任何东西,贝特曼。以她的智商,不消五分钟就能将你看透。你最好如实转达。"

"我不明白你的意思。当然,我会告诉她,我跟你见了面。"贝特曼有些恼怒,"说实话,我不知道还能跟她说些什么。"

"告诉她我混得不好。告诉她,我不仅贫困潦倒,而且自甘堕落。告诉她,我被解雇,因为我游手好闲、吊儿郎当。告诉她你今晚所见到的一切和我今晚告诉你的一切。"

突然,贝特曼脑海闪过一个念头,他跳起来直面着爱德华,无尽的焦灼都写在脸上。

"天哪,你不想娶她了吗?"

爱德华严肃地望着他。

"我不能开口要求她解除婚约。如果她希望我信守诺言,我会尽力做个好丈夫,做个体贴的丈夫。"

"你想让我把这个消息带给她吗,爱德华?噢,我办不到。太可怕了。她从来没想过你会不愿意娶她。她爱你。我怎么能让她蒙受这样的打击?"

爱德华脸上再次露出笑容。

"贝特曼,你为什么不娶她呢?你爱了她这么多年。你们俩是天造地设的一对。你会给她幸福的。"

"别跟我说这些。我受不了。"

"贝特曼,为了你,我愿意退出。你比我更合适。"

爱德华的语调中有种异样的东西,贝特曼迅速抬起头,可爱德华神情非常严肃,毫无笑意。贝特曼不知道该说什么好。他方寸大乱。他猜想爱德华是不是怀疑他来塔希提岛是别有居心。尽管他知道这种想法很可怕,可内心却有一种无法抑制的喜悦。

"如果伊莎贝尔写信给你,跟你解除婚约,你怎么办?"他慢吞吞地说。

"继续活下去呗。"爱德华说。

贝特曼情绪激动,没听清爱德华说了什么。

"我希望你穿好正常衣服再说。"他有些愠怒地说,"你现在做的是异常严肃的决定。你身上穿的那件怪玩意儿太随意啦。"

"我向你保证,我穿着纱笼戴着花环的时候,跟戴着礼帽穿着剪裁体面的西装时同样严肃。"

又一个想法划过贝特曼脑际。

"爱德华,你不是为了我才这么做的吧?我不知道,不过,或许这件事会给我的未来带来巨大的改变。你不是为我牺牲自己吧?我无法接受这种事,你知道吗?"

"不是,贝特曼。我从这里学会一不犯傻,二不感情用事。我希望你和伊莎贝尔幸福,我也同样希望自己过得幸福。"

这个回答多少让贝特曼有些失望。这话听起来有些嘲讽。让他继续扮演那个高尚的角色,也许他就不会如此内疚了。

"你的意思是说,你心甘情愿在这里浪费生命吗?这跟自杀没什么分别。想想我们大学毕业之际你的宏图大志,而今你却心甘情愿在廉价小店里当个售货员,真是太可怕啦。"

"噢,我只是临时干这份工作,我已经积累了很多宝贵的经验。我已经在筹划另一件事情了。阿诺德·杰克逊在帕莫塔斯有个小岛,距离此地大约一千英里,是绕咸水湖的一块环状岛屿。他在那里种了椰子树。他说要把那块地给我。"

"他为什么要这么做?"贝特曼问。

"因为如果伊莎贝尔解除婚约的话,我会娶他的女儿。"

"你?"贝特曼仿佛被雷击中,"你不能娶欧亚混血儿。你不能这么疯狂。"

"那是个好女孩儿,性格恬静温柔。我想她会让我过得很幸福。"

"你爱她吗?"

"我不知道,"爱德华若有所思地说,"我对她的爱跟我对伊莎贝尔的爱迥然不同。我对伊莎贝尔崇拜得五体投地。我觉得她是我见过的最出色的人。我一点儿都配不上她。我跟伊娃在一起的时候就没有这种感觉。她就像是一朵异域的美丽花朵,需要有人替她遮风挡雨。我想保护她。没有人会想到要保护伊莎贝尔。我想,伊娃爱的是我这个人,而不是希图我会成为什么样的人。无论我身上发生什么,她都不会失望。她适合我。"

贝特曼什么也没说。

"我们明晨得起早,"爱德华最后说,"该上床睡觉啦。"

贝特曼终于开口说话,语气中饱含痛苦。

"我心里乱透了,不知道该说些什么。我来这儿是因为我感觉一定发生了什么事。我以为你没有实现自己的既定目标,事业颓唐,不好意思回去。我无论如何都没想到,居然会是这种情况。真是太遗憾了,爱德华。我非常失望。我希望你能成就一番大事。想到你用这种悲惨的方式浪费自己的天赋、青春和机会,我简直无法忍受。"

"别伤心,老朋友,"爱德华说,"我并没有失败。我成功了。你无法想象,我多么热切地向往生活,我的生活看起来多么充实,多有意义。以后,等你娶了伊莎贝尔,你们会想起我。我会在我的珊瑚岛上建一座房子,住在里面,侍弄我的那些林木——用土著人不知使用了多少年代的老办法剥椰肉——我要在我的花园里种各式各样的作物,我会出海捕鱼。我有足够的事情忙活,一点儿都不觉得单调乏味。我有我的书,有伊娃,有孩子们。我希望,除此之外,我还拥有缤纷无限的大海和天空,拥有清新的黎明和美妙的日落,拥有变化多端的夜色。我要在荒芜的原野中开辟出果园。我会创造一切。时光会不知不觉地过去,等我老了,我希望回首往事之际,记忆中充满幸福、简单而平静的生活。我就要用这种朴素的方式活出精彩。你觉得心满意足地活着是那么微不足道吗?我们都明白,如果一个人失去自己的灵魂,即便得到整个世界也于事无补。我觉得我赢得了我的人生。"

爱德华领他走进一间卧室,里面摆着两张床,爱德华一头倒在其中的一张床上。不消十分钟,贝特曼就听到他均匀的呼吸,平静得像个孩子,贝特曼知道他已经进入梦乡。可他自己却怎么也睡不着,脑子里乱糟糟的,直到黎明如幽灵般悄悄溜进卧室,他才迷迷糊糊地睡去。

贝特曼向伊莎贝尔讲述了这个漫长的故事。除了略去他觉得可能会伤害伊莎贝尔或者让自己显得愚蠢的细节之外,原原本本地讲述了事情的始末。他没有告诉伊莎贝尔,他被强迫戴上花环坐在桌旁,也没有告诉伊莎贝尔,一旦她跟爱德华解除婚约,爱德华就准备迎娶她舅舅的混血女儿。不过,伊莎贝尔的敏感或许超过了他的想象,因为,当他继续讲下去的时候,她的眼睛变得更加漠然,嘴唇咬得越来越紧。她时不时仔细打量着他,如果他不是一心专注于讲故事的话,肯定会对这种表情感到惊讶。

"那个女孩儿长得怎么样?"贝特曼讲完时她问,"我是说阿诺德舅舅的女儿。你觉得她跟我长得像吗?"

贝特曼听后大吃一惊。

"我不清楚。你知道,除了你之外,我从来没有仔细看过别的女人,而且,我也从来不觉得会有谁跟你长得相像。谁也比不上你!"

"她美吗?"伊莎贝尔问,微微笑了。

"也许吧。我想有的男人会觉得她长相很美。"

"唉,反正没关系。我想我们没必要再谈论她了。"

"你打算怎么办,伊莎贝尔?"他接着问。

伊莎贝尔低头看着自己的手,手上依然戴着订婚那天爱德华送给她的戒指。

"我当时没让爱德华悔婚,因为我觉得我的爱对他来说是个激励。我想鼓舞他。我想,如果有什么东西能激励他获得成功的话,那就是让他知道我爱他。我已经尽了一切努力。事到如今,已经无可救药。我要是不面对现实的话,这便是我的软弱。可怜的爱德华,他没有害人之心,就是跟自己过不去。他是个好人,不过,他身上缺少某样东西,我想,他缺乏毅力。我希望他幸福。"

她从手指上褪下戒指,放在桌上。贝特曼望着她,心怦怦直跳,几乎喘不过气来。

"你太了不起了,伊莎贝尔,你真的太了不起了。"

她笑着站起身,把手伸向他。

"我该怎么报答你为我做的这一切呀?"她说,"你为我付出了这么多。我一直都知道,你是一个值得信任的人。"

他抓起她的手,握在手心。她看起来从来没有此刻这般漂亮。

"噢,伊莎贝尔,我愿为你付出更多。你知道,我只希望你允许我爱你,允许我为你效劳。"

"你真坚强,贝特曼,"她叹息着,"你让我感觉非常甜蜜,值得信赖。"

"伊莎贝尔,我爱你。"

他不知道哪里来的勇气,突然将她揽入怀中。她没有丝毫的反抗,笑盈盈地望着他。

"伊莎贝尔,你知道,自从遇见你的第一天起,我就想娶你。"他深情地说。

"那你为什么不向我求婚呢?"她问。

她也爱他。他简直不敢相信这是真的。她将可爱的嘴唇伸过去让他亲吻。贝特曼将她揽在怀中,憧憬着亨特内燃机与汽车公司规模渐增,影响力逐渐扩大;憧憬着公司占地面积超过一百英亩,憧憬着公司生产规模达数百万辆;憧憬着他收藏数目众多的画品,数量超过纽约任何一位藏家。他会戴着角质眼镜。而伊莎贝尔,在贝特曼的甜蜜环拥下,幸福地叹了口气,憧憬着即将拥有的豪华宅邸,里面摆满古董家具;憧憬着举办音乐会、舞会,和只有上流人士才能受邀出席的晚宴。

"可怜的爱德华。"她叹了口气。

(辛红娟 译)

午　餐

我在剧院看戏的时候看到了她,她向我招手。幕间休息时,我走过去在她旁边坐下。我们已经很久没见面了,若非有人提起她的名字,我几乎都认不出她来。她兴致勃勃地跟我聊起来。

"我们认识不少年啦。时间过得真快!转眼,我们都已不再年轻。你还记得我第一回见你的情形吗?你邀请我共进午餐。"

我能不记得吗?

那是二十年前,当时,我还在巴黎,住在拉丁区一间前临公墓的小公寓楼上。我的收入仅能勉强维持灵肉不分家。她曾读过我的一本书,并就此事给我写过信。我回信谢谢她,随即又收到她的一封信,说她要路过巴黎,乐意与我一谈,不过时间有限,仅有的空当在下周四。她那天上午在卢森堡,问我是否愿意请她在福约餐厅午餐。福约餐厅是法国参议员用餐的地方,远超我的经济能力,我连想都不敢想去那里就餐。可是我被奉承得晕了头,更何况当时太年轻,还没有学会拒绝一位女士。(附带说一句,极少有男人做得到,而等他们学会之时,却年事已高,说什么对女人已经无关紧要了。)我还有八十法郎(金法郎)撑到月底,有节制的一餐花费不会超过十五法郎。接下来的两周省掉咖啡的话,满可以对付过去。

于是,我回复说乐意与朋友——笔友——周四中午十二点半在福约餐厅小聚。她没有我预想的年轻,与其说外表魅力迷人,不如说气势逼人。实际上,她已经四十岁了(一个有魅力的年龄,但也不会令人一见就激情迸发),我当时印象最深刻的是她的牙齿似乎比实际需要多一些,很白,很大,很齐整。她十分健谈,鉴于她倾向于谈论跟我有关的事情,我就预备着做个好听众。

餐单送上来时我心里咯噔一下,价格比我预计的高出许多。但她的话让我放了心。

"我午餐几乎不吃什么。"她说。

"噢,可别这么说!"我慷慨地说。

"我吃的从来不超过一样。我觉得现在人们都吃得过量。也许,来点儿鱼吧。不知道他们有没有鲑鱼。"

那会儿时节尚早,鲑鱼也不在餐单上,不过我还是问了侍者。有,一条漂亮的鲑鱼刚刚送到,今年头一份。我为客人点了鲑鱼。侍者又问她等待烹鱼的时候是否来点儿什么别的。

"不用,"她答道,"我吃的从来不超过一样。除非你们有鱼子酱。鱼子酱我是从不介意来一些的。"

我的心微微一沉。我知道鱼子酱我付不起,可总不能明确告诉她。我对侍者说务必要上鱼子酱。我给自己点了菜单上最便宜的一道菜——羊排。

"我觉得吃肉可不明智,"她说,"真不知道吃了肉排这种油腻东西你还怎么写作。我可不能让肠胃负担过重。"

接下来是喝什么的问题。

"午餐我是什么都不喝的。"她说。

"我也是。"我马上接腔。

"白葡萄酒除外。"她继续说,就好像我刚才什么都没说似的。"法国白葡萄酒十分清淡,十分有助于消化。"

"你想喝点儿什么?"我问她,依然客气,但是难称殷勤。

她粲然一笑,露出洁白的牙齿。

"除了香槟,医生什么都不让我喝。"

估计我的脸色都白了。我点了半瓶香槟。我顺便提到我的医生绝对禁止我喝香槟。

"那你喝什么?"

"水。"

她吃了鱼子酱,又吃了鲑鱼,大谈艺术、文学、音乐,兴致高涨。可我一直在想账单会是多少钱。我的羊排上来时,她非常严肃地教导了我。

"我发现你习惯午餐吃得油腻。这样肯定是错误的。你何不学我只吃一样呢?你肯定会感觉好很多。"

"我也是只吃一样东西啊。"我说。这时侍者又来了,带着账单。

她摆摆手,让他待在一旁。

"不,不,我午餐从不吃什么的。就一口,绝不贪多,吃也是为了助谈而已。我几乎什么都吃不下了——除非他们有那种大芦笋。要是来巴黎不吃点大芦笋,可就太遗憾了。"

我的心沉了下去。我在商店里见到过那种芦笋,我知道那东西价格高得吓人。每次看到芦笋,我都垂涎欲滴。

"这位女士想问问你们是否有大芦笋。"我问侍者。

我尽我所能,运用意志力影响侍者,想让他说没有。他教士般的宽脸庞上绽放出愉快的笑容,确认他们有芦笋,大且嫩,可称奇珍。

"我一点儿都不饿了,"我的客人叹息着说,"不过若是你坚持,我也不妨来一点儿芦笋。"

我点了芦笋。

"你一点儿都不要吗?"

"不,我从不吃芦笋。"

"我知道有人不喜欢吃芦笋。可你的情况是吃肉太多,毁了胃口。"

我们等着烹芦笋。恐惧攫住了我。现在不是我还能结余多少钱维持到月底的问题,而是我能否有足够的钱付账。要是发现还差上十法郎,不得不向客人借钱的话,那就太丢人了。我做不出来。我很清楚自己有多少钱,若是账单超支,就下定决心这么办:把手往口袋里一伸,夸张地尖叫,马上跳起来,说遭了贼。当然,要是她也没有足够的钱付账可就太窘了。那样一来,唯一的办法就是抵押我的表,回头再付。

芦笋端上来了。果然个头巨大,腴美多汁,令人垂涎。融化的黄油香气搔着我的鼻孔,正如善良的闪族人敬献的燔祭搔着耶和华的鼻孔。我一边看着这个放纵享受的女人把芦笋大口大口地塞进喉咙,一边客客气气地评论着巴尔干半岛的戏剧状况。终于,她吃完了。

"要咖啡吗?"我问。

"要。冰淇淋和咖啡就行。"她说。

到这份上我已经不在乎了,于是,我给自己点了咖啡,给她点了冰淇淋和咖啡。

"你知道吗?有一件事我是完全推崇的,"吃冰淇淋的时候她说,"那就是,一个人餐后起身时,应该觉得还有再吃一点儿的余地。"

"你还饿吗?"我已经委顿。

"噢,不饿;你看,我不吃午餐的。早上我喝一杯咖啡,然后就等晚餐,午餐我可是从来不吃超过一样的。这么说是为了你。"

"噢,明白啦!"

随后发生了一件可怕的事情。我们坐着等咖啡的时候,那个领班,虚情假意的脸上挂着奉迎的微笑,挎着一篮子巨桃向我们走来。桃子粉红得像纯洁少女脸上的红晕,色调丰富得像意大利的风景画。可桃子不是还没上市吗?天主才知道它们有多贵。很快我也知道了——因为我的客人一边滔滔不绝,一边漫不经心地随手拿了一个。

"你看,你把胃塞得满满的都是肉"——我那可怜的小羊排——"所以你就什么都吃不下了。我只吃了点小吃,还可以再尝个桃子。"

账单送来了,付过之后,我发现仅剩一点颇不体面的小费。她的目光在我留给侍者的三法郎上停留了一瞬,我知道她觉得我小气。走出餐厅的时候,我面临的是整整一个月的开销,而口袋里一分不剩。

"学学我,"握手道别的时候她说,"午餐不要吃超过一样东西。"

"我会做得更棒,"我回敬她,"今晚我什么也不吃了。"

"幽默!"她欢快地嚷嚷着,跳上一驾马车,"你真幽默!"

不过,我最终大仇得报。我自认不是睚眦必报的人,可是当不朽的大神插手时,我暗自欣喜地打量报应的结果也情有可原。如今,她体重已然三百磅。

(辛红娟 译)

蚂蚁与蚂蚱

在我非常年幼的时候,家人教我记诵一些拉封丹的寓言故事,每则故事的寓意都向我细细讲解。其中有《蚂蚁与蚂蚱》这一篇,本意是要少年人牢牢记住一个教训:世无完全,天道酬勤,怠惰受损。在这则劝世良文里(鄙人所谈,想来诸位都知道一二,还请包涵),蚂蚁夏日辛勤劳作,储备过冬,而蚂蚱踞于草叶,对日吟唱。冬日既临,蚂蚁丰足,蚂蚱仓无颗粒,求诸蚂蚁,乞讨果腹之粮。蚂蚁则给出了那个经典的答复:

"夏天您在做什么呢?"

"恕我直言,我在歌唱,日夜歌唱。"

"您在歌唱。啊,您还是去跳舞吧。"

自始至终我都未能认同这个道理,虽然我不以为这是我性格乖僻所致,倒有可能是儿童性情未定,道德观念还不完全。我同情蚂蚱,一度见到蚂蚁便要踏上一脚。靠这种简单的举动(如我之后所见,人类莫不如此),我想对勤奋和常理唱唱反调。

某日,我在饭店见到乔治·拉姆齐独自午餐,不禁想起这则寓言。我从没见过谁比他更满面愁容。他盯着空气,仿佛全世界的负担都堆在他肩头。我为他难过,立刻猜到他的倒霉弟弟又在惹事了。我走近他,伸出手:

"近来好吗?"我问候他。

"能好到哪里去。"他答。

"又是汤姆吧?"

他叹了口气。

"是啊,又是汤姆。"

"干吗不撇开他?你为他已经仁至义尽了。眼下,你肯定明白他是没救了。"

我估计家家都有个败家子。二十年来,汤姆让他们家伤透了脑筋。汤姆的人生之初也很体面:开始从商,娶妻成家,养了两个孩子。拉姆齐家族很有威望,汤姆·拉姆齐按理也会受人尊重,事业有成。可有一天,他毫无预兆地宣布,他不喜欢工作,也不适合婚姻。他要享受人生,劝告一概敬免,抛妻离职而去。靠着手头还有点小钱,辗转欧洲各大首都,过了两年逍遥日子。关于他所作所为的传言时不时传到亲属耳中,他们大为震惊。汤姆确实过得很痛快,他们则大摇其头,忧虑他坐吃山空时怎么办。他们很快就弄明白了:汤姆举债度日。他风度迷人又肆意妄为,我发现只要他开口,没有谁拒绝得了。从朋友处他有稳定入账,而他交游广泛。他总是说,为生计所需花钱乏味,为非必需品花钱才有趣味。他能这么花钱,仰仗的是哥哥乔治。他每向乔治施展魅力,总有所得。乔治为人严肃认真,对汤姆的伎俩毫无免疫力。乔治令人敬重。有一两次,他听信了汤姆改过的承诺,给了他一笔不小的数目,好让他重新开始。汤姆用这些钱买了汽车,还有些非常好的珠宝。当情势迫使乔治醒悟,他弟弟绝不会安定下来,只会把他的口袋洗空时,汤姆就开始勒索他,眼睛都不眨一下。对一个受人敬重的律师而言,看到自己的兄弟在自己爱去的饭店吧台后摇鸡尾酒,或者在自己俱乐部外的出租马车上等客,感觉总归不好。汤姆称吧台调酒和驾驶出租都算体面活儿,不过若乔治帮帮忙,给他小几百镑,他也不介意为了家族面子而放弃。乔治给了。

汤姆一度险些入狱。乔治沮丧至极。整桩不名誉的事情他都查了。真的是汤姆做过了头。过去他浪荡冲动,自私自利,却不曾做过不诚实的事——乔治的意思是违法的事,如果送上法庭,必然会被定罪。可你总不能眼睁睁看着唯一的亲弟弟坐牢。汤姆行骗的对象叫克伦肖,怀恨在心,决意要上诉法庭,说汤姆是个惯骗,应当法办。乔治费尽周折,花了五百镑钱,才摆平那件事。乔治后来却听说,汤姆和克伦肖刚一兑换支票就结伴去了蒙特卡洛快活了一个月。我从未见过乔治发那么大的火。

二十年来,汤姆·拉姆齐骑马赌博,参加舞会,与最俊俏的女郎厮混,吃最贵的馆子,穿漂亮的衣裳。他总是衣着光鲜,神采奕奕。尽管他四十有六,可你绝不会以为他超过三十五。他是最风趣的同伴,你明知他一无是处,可就是禁不住喜欢与他相处。他兴高采烈,始终如一,魅力之大,难以置信。为了生存的必需,他常常向我索取,我从来都毫无怨言。每次我借给他五十镑钱,都觉得是自己欠他的。无人不识汤姆·拉姆齐,汤姆·拉姆齐也无人不识。你可以不赞成他,可是你会忍不住喜欢他。

可怜的乔治,虽只比他那放荡不羁的弟弟大一岁,看起来却足有六十。四分之一个世纪以来,他一年内的休假不会超过两星期。每天上午九点半就到了办公室,不到六点不回家。他诚实,勤奋,令人尊敬。他家有贤妻,对妻子他脑子里连不忠的念头都没转过,对四个女儿他也是数一数二的好父亲。他把收入的三分之一储存起来,计划五十五岁退休,在乡下买个小房,侍弄花园,打打高尔夫。他的人生无可指摘。对于变老他很高兴,因为汤姆也变老了。他搓着手说：

"汤姆年轻漂亮的时候，当然一切都好办，可他比我只小一岁。再过四年他就五十岁了，就会发现生活难过了。我五十岁的时候能攒下三万镑。我说汤姆会潦倒此生，这话都说了二十五年了，我们倒要瞧瞧他怎么办，瞧瞧到底是劳动有好报，还是游手好闲有好报。"

可怜的乔治！我同情他。在他身旁坐下的时候，我开始嘀咕汤姆又做了什么丑事。乔治明显情绪非常低落。

"你知道出了什么事了吗？"他问我。

我做好了最坏的准备，莫不是汤姆最终落到了警察手里？乔治好半天也不说话。

"你不能否认，我这一辈子都辛辛苦苦，体体面面，受人敬重，坦率正直。勤劳节俭了一辈子，我可以指望着依靠金边债券的小小进账退休了。不管上天怎么安置，我都一向尽我的本分。"

"确实。"

"你也不能否认，汤姆是个无赖，懒惰浪荡，丢人现眼。要是还有一点正义，他就该进感化院。"

"确实。"

乔治的脸涨得通红。

"几周前他订了婚，那女人老得足以做他妈妈。现在女人死了，把所有的一切都留给了汤姆。五十万镑，一艘游艇，伦敦一幢房子，乡下一幢房子。"

乔治·拉姆齐握紧拳头，直砸桌子。

"不公平，我跟你说，这不公平。去他的，这不公平。"

我忍不下去了，看着乔治怒气冲冲的脸，我爆出一阵大笑，在椅子里打滚,险些翻到地板上。乔治永远不肯原谅我。可是汤姆常常邀我去他家赴宴,招待美食,他那上流区梅菲尔的豪宅十分迷人。如果他偶尔找我借点小钱,那只不过是旧习发作,从来没有超过一个英镑。

(阎　勇　译)

麦 金 托 什

  他在海水里扑腾了几分钟,水太浅游不了,水深没顶的地方又不敢去,害怕有鲨鱼。他径直上了岸,到换衣室淋浴。在发黏的太平洋咸水中浸过以后,凉爽的淡水让人感到快意。刚过七点,海水就热乎乎的,洗海水浴非但不会振奋精神,反而增加倦怠。他擦干身子,披上浴袍,大声告诉中国厨子他准备五分钟后用早餐。他赤脚穿过一块杂草地,回到住处穿好衣服。这种杂草地,行政长官沃克尔居然称之为草坪。这种天气只要穿件衬衫,套条帆布裤子就行,他很快收拾妥当,走到大院对面长官的住处。平时他跟长官一起共进早餐,可这会儿厨子告诉他,沃克尔长官五点钟就骑马出去了,要一个钟头才能回来。

  麦金托什头天夜里没睡好,望着面前的番木瓜、煎蛋和烟熏肉,没什么食欲。夜里的蚊子让人抓狂,在蚊帐周围飞来飞去,成群结队,疯狂肆虐,嗡嗡叫个不停,不绝于耳,像远处演奏的风琴,无休无止地拖着长腔。他刚一迷糊着,就会惊醒,总以为有蚊子钻进帐子。天太热了,他光着身子睡觉。翻来覆去睡不着。海浪拍打礁石发出沉闷的轰鸣,没完没了,均匀规律,通常人们听而不闻,可他却听得格外真切。疲惫的神经被海浪有节奏地敲打着,他须得紧握双拳控制自己,努力忍耐。一想到这个声音任谁也阻止不了,会持续到地老天荒,他就无法忍受。就好像能与自然的蛮力一较高低似的,他产生了疯狂的冲动,想要做出过激举动。他知道自己必须死命克制,否则真会疯掉。望着窗外的礁湖,还有勾勒出礁石边缘的长长的泡沫带,他打了个冷战,对这幅明亮的景象充满恨意。晴空无云,像一只覆碗,把这一切倒扣其中。他点着烟斗,翻开前几天经由阿皮亚送来的一堆奥克兰报纸,最新的报纸都是三周以前的。这一切无不令人无聊到窒息。

后来,他去了办公室。办公室很大,空荡荡的,仅有两张桌子和挨墙摆着的一条长凳。长凳上坐着很多土著,其中有几个女人。他们一边闲聊,一边等着行政长官。麦金托什进来时,土著人齐声问候。

"塔罗法—里!"①

他跟土著们打过招呼后,坐到桌前,动手写一份萨摩亚总督催要了很久的报告,沃克尔一贯拖拉,到现在都还没有着手准备。麦金托什一边写着,一边恨恨地想,沃克尔之所以拖拉着没写这份报告,是因为他太没文化,素来对纸墨不感兴趣。现如今,报告终于写完,行文严谨精细,正式合辙,他会拿走下属的成果,当成自己的劳动呈给上司,非但一个谢字不说,还要对他冷嘲热讽。他自己可是一个字都写不出来啊。想到另一桩,他更是怒火中烧:这个长官每每用铅笔添上两句,都是措辞幼稚,用法错误。要是他表示异议,或者设法把他的意思用明白话写出来,沃克尔就会大发雷霆,大叫大嚷:

"我他妈干吗要注意语法?我想说的就是这个意思,我就

---

① 原文为萨摩亚语,意为"你好"。

愿意这么说。"

终于,沃克尔走进办公室。他一进来,就立刻被土著团团围住,他们都想让他第一时间注意到自己,但沃克尔对他们态度粗暴,喝令他们坐下,不准嚷嚷,还威胁说要是再不安静,就把他们全都轰走,谁也不接见。他冲麦金托什点点头。

"喂,麦克,终于起床啦?真弄不明白,你怎么会把一天最好的时间都浪费在床上。你应该和我一样,天不亮就起床。懒鬼。"

他重重地往椅子上一坐,掏出一方大花手帕抹脸。

"天哪,我渴坏了。"

他转身朝站在门旁的警察示意,命他取卡瓦酒来。那警察穿着白上衣,裹着拉瓦拉瓦短围腰,典型的当地装扮。装着卡瓦酒的钵子就放在屋角地上,警察斟满椰壳碗,端给沃克尔。沃克尔往地上倒了几滴,按照当地习俗念念有词了一番,嗞儿地一饮而尽。接着他又叫警察端酒给在那里等他接见的土著,椰壳碗按照长幼尊卑依次传给每一个人,每个人都像他那样一饮而尽。

接着,沃克尔开始了一天的工作。他个子很矮,比中等身高要矮不少,体形极为壮硕。一张大脸肉乎乎的,刮得很干净,两腮耷拉着不少松肉,下巴足有三层;小小的五官差点被脸上的赘肉挤得看不见了。若非脑后有一圈弯月形的白发,说他是个秃子也不为过。这副尊容让人想起查尔斯·狄更斯小说《匹克威克外传》的主人公匹克威克先生。他长得奇形怪状,一副滑稽相,奇怪的是,却仍不失威严。他戴着宽大的金边眼镜,镜片后的蓝眼睛既精明又有活力,脸上神情果断。虽然年已六十,他天生的活力却战胜了日增的岁数;虽然肉大身沉,他行动却很灵活,走起路来又有分量又坚决,好似要用体重在地面盖上印记似的。说起话来他高喉大嗓,声音粗哑。

麦金托什被任命为沃克尔的助理已有两年,而沃克尔掌管萨摩亚群岛中的大岛塔鲁阿已有四分之一个世纪,不管是在人们的口中还是在报道中,其声名已横扫南太平洋。当时,麦金托什满怀好奇,兴致勃勃,期盼着与沃克尔的第一次会面。履职之前,由于机缘他在阿皮亚待了两周时间,在查普林酒店和英国人俱乐部里听到无数关于他的行政长官的故事。现在,想到自己居然曾经对这些故事兴趣盎然,他感到有些讽刺。自那时起,他听沃克尔本人讲了不下百遍。沃尔克自知是个人物,得意于自己的名气,刻意逞能以与名头般配。他对自己的"传奇"不容有失,很在意别人是否了解他任何一个著名故事的种种细节。要是谁把他的故事对陌生人讲错了,他就会可笑地发脾气。

沃克尔热诚、粗犷,起先麦金托什觉得颇具吸引力。沃克尔也很高兴有一个任他讲什么都觉得新鲜的听众,他奉上了最好的故事,表现得开朗、热忱、周到。麦金托什以前在伦敦过着政府公务员的安逸日子,直到三十四岁上得了肺炎,因为有罹患结核的危险,被迫转而在太平洋上寻了一个职位。沃克尔的经历在他看来非常罗曼蒂克。沃克尔勇于冒险,征服环境,是男人的典范。十五岁时,他离家跑到海上,在运煤船上铲了一年煤。他个头瘦小,船员和大副对他都不错,可是船长却不知为何非常厌恶他,残忍地使唤他,对他拳打脚踢,害得他常常手脚疼得睡不着觉。他恨船长恨到了骨头里。后来,有人给他透露了点赛马的内幕消息,他设法从一个在贝尔法斯特结识的朋友那里借了二十五镑,都押在一匹不被看好、赔率很高的马上。如果输了,他肯定还不上钱,但他压根儿就没有想过会输,他觉得自己要交好运了。那匹马果然赢了,他手上有了超过一千镑的现金。他的机会来了。他找到城中最好的掮客——那艘运煤船当时停在爱尔兰海岸——告诉他听说此船出售,让他为自己张罗收购。掮客觉得这个小主顾很可笑,他才十六岁,看上去还不足十六岁的样子。不过,也许是掮客动了恻隐之心,许诺不仅替他办事,还保证买得划算。很快,沃克尔成了船主,接着就是他形容为人生最辉煌的时刻:他到了船上,通知船长必须在半小时内离开那条船。他任命大副做船长,又在运煤船上航行了九个月,之后转手赚了一笔。

二十六岁时,他来到岛上做种植园主。德占时期,在塔鲁阿安顿下来的白人寥寥无几,他是其中一个,很快就在土著中有了影响。德国人任命他为行政长官,他在这个位置上一待就是二十年。英国人占领岛屿后,他再次谋得这个职位。他治理岛屿非常专制,却很成功。成功带来的威望是麦金托什对他感兴趣的另一原因。

可惜,这两个人却天生合不来。麦金托什相貌丑陋:又高又瘦,胸膛窄小,肩膀佝偻,姿态别扭。长着一张蜡黄的凹脸,一双大眼睛充满忧郁。麦金托什酷爱读书,他的书运来此地拆包时,沃克尔到他宿舍,看着这些书,粗俗地大笑起来。

"你他妈干吗把这些破烂弄来?"他问。

麦金托什不高兴地涨红了脸。

"真遗憾你认为这些书是破烂。我弄书来是因为我想读书。"

"你说有很多书要运来的时候,我还寻思着有什么我能读的呢。你就没有一本侦探小说吗?"

"我对侦探小说不感兴趣。"

"那你可真是傻透了。"

"人各有志。"

每一艘邮船都会给沃克尔带来一大堆期刊、报纸,有新西兰的报纸,还有美国的杂志。对这些速朽出版物,麦金托什嗤之以鼻,这让沃克尔很恼火。他对消耗了麦金托什闲暇时间的那些书不以为然,认为麦金托什读吉本的《罗马帝国衰亡史》,读伯顿的《忧郁的解剖》,纯粹是做样子。他素来管不住自己的嘴,肆意议论自己的这个助理。麦金托什逐渐看出了此人的真实嘴脸,在他热忱开朗的性格下,隐藏着讨厌的粗俗狡黠。此人好面子,又专横跋扈,可奇怪的是他还小心戒备,讨厌那些不合自己脾胃的人。他只凭说话方式就对人乱下断语,非常幼稚,要是人家不像自己那样张口闭口都是下流赌咒,他就对人家起疑心。晚上,他们俩玩皮克牌(用 7 以上三十二张牌,供两人对玩),他牌技差劲,又很虚荣,赢了就幸灾乐祸,输了就乱发脾气。偶尔有两个种植园园主或生意人驾车过来打桥牌,麦金托什觉得那个时刻的沃克尔简直不是一般的泼皮无赖。他打起牌来不顾搭档,拿到一手牌就由着性子叫牌,争论起来没完没了,全靠嗓门大压倒对方。他还老是悔牌,每次都涎着脸哼哼唧唧:"喔,不算数,你们可不能跟一个眼神不好的老头较真儿。"难道他就看不出来,他的对手已经努力让他高兴了吗?已经犹豫着不再讲究打牌的规矩了吗?麦金托什冷眼看着他,充满鄙夷。打完牌后,他们一起抽烟斗,喝威士忌,讲各自的故事。沃克尔对自己的婚礼津津乐道。他在婚宴上喝得大醉,新娘跑了,自此再也没有与他相见。他跟岛上女人的风流事多得数不清,又陈腐又龌龊,他对自己的威猛颇为自傲,可在麦金托什听来这些个下流事简直不堪入耳。此人简直就是个下流的老色鬼。可沃克尔反过来却觉得麦金托什十分可怜,因为他没有什么风流事好讲,大伙儿都喝醉了,他还滴酒不沾。

沃克尔瞧不上麦金托什,还因为他在公事上井井有条。麦金托什喜欢事事有条不紊,他的桌面总是整整齐齐,公文全都规规矩矩地做着摘要,需要的档案随手就能找到,对行政事务的规章制度更是了如指掌。

"扯淡,扯淡。"沃克尔说,"我管了这个岛二十年,就没靠过官样文章。我现在也不需要。"

"想要一封公函,不用再花上半个钟头的劲儿,您就没觉得方便点吗?"

"你这个触霉头的小公务员。不过你人不坏,在这儿待上一两年就能改好。你所有这些毛病的症结就是你不喝酒,要是一周灌醉一次,你就能改好点儿。"

奇怪的是,这位下属心中对他的厌恶与日俱增,沃克尔却一直浑然不觉。虽然还是会嘲笑麦金托什,相处久了,他竟也开始有点喜欢这位下属了。沃克尔颇能容忍他人的怪癖,他接纳了麦金托什这个怪坯子。他喜欢麦金托什,也许潜意识里是因为可以揶揄他。沃克尔的幽默很大一部分就是粗俗打趣,缺的正是取笑的对象。麦金托什的较真劲儿,他的道德感,以及他的节制,都是绝好的笑料;他的苏格兰姓氏让人有机会拿苏格兰这个国家开玩笑。但凡遇上两三人凑一起,沃克尔一准儿能够出尽风头,拿麦金托什做话题让大家哄笑一阵子。跟土著人聊起麦金托什,沃克尔会把他讲得颇为荒谬,每每讲到下流处,土著人就笑得肆无忌惮。麦金托什对萨摩亚语所知不多,只能好脾气地跟着笑笑。

"在笑你呢,麦克,"沃克尔哑着嗓子大声说,"你还真开得起玩笑。"

"是吗?"麦金托什也笑,"我可没听出来。"

"苏格兰勇士①!"沃克尔嚷道,笑得上气接不上下气,"要让苏格兰人听得出笑话,除非给他动个外科手术。"

沃克尔并不知道,麦金托什最受不了被人揶揄。夜里,尤其在雨季闷得透不来气的夜里,他会突然醒过来,闷闷不乐地琢磨沃克尔几天以前的无心嘲讽,越想越恨,心里膨胀着怒气,幻想着如何同那个恶霸扳平。他试过反驳,但沃克尔天生俐齿伶牙,讲话粗俗又明白,总是占上风。沃克尔很愚钝,精致的俏皮话不起作用;他又自得,别人怎么也伤他不着。他的粗喉大嗓,他的哈哈大笑,都是麦金托什无法对抗的武器,他知道最明智的做法就是绝不暴露自己的恼怒。虽然学会了自我克制,但他的怨恨日增,简直到了偏执的地步。他以一种病态的警觉随时观察着沃克尔,沃克尔的每一个刻薄举动,每一个幼稚虚荣的行为,每一个狡黠粗俗的表现,都给他的自尊带来满足。沃克尔吃相贪婪,动静很大,一副脏相,麦金托什就满意地盯着看。沃克尔讲过的蠢话,犯下的语法错误,麦金托什一一加以留意。他知道沃克尔对他不尊重,他也越发瞧不起这个狭隘、自满的老家伙,以此获得一丝苦涩的满足感。得知沃克尔对自己的怨憎无知无觉,也让他特别愉快。沃克尔就是个喜欢受人追捧的傻瓜,泰然地以为人人都欣赏他。一次,麦金托什无意间听见沃克尔又在议论他。

"我再敲打敲打,一准能把他变成个人样,"他说,"他人不坏,对主子敬爱着呢。"

---

① 原为苏格兰行游诗人罗伯特·彭斯的一首诗的标题,此处系沃尔克用来嘲弄麦金托什的表述。

麦金托什悄无声息地笑了好一阵子,笑得无比开心,蜡黄的长脸上肌肉纹丝不动。

但是,恨意并未使他盲目;相反,他看得特别清楚,准确地评判出了沃克尔的能耐。沃克尔治理自己的小王国效率很高。他处事公正,为人诚实。虽有很多发财机会,他却比初上任时还穷,老年唯一的指望就是公职退休时的那笔养老金。他最大的骄傲就在于,仅凭一个助手加一个混血办事员,就把岛屿治理得比养着一大群听差的首府阿皮亚所在地乌波努还要出色。他虽然也养了几名土著警察,不过是用于维护体面,并不靠他们派什么用场。统治小岛他靠的是吓唬和他的爱尔兰式粗俗幽默。

"他们坚持要给我盖座监狱。"他说,"我他妈要监狱干吗?我又不打算把土著关进牢里。他们干了坏事,我知道怎么对付。"

他有一次同阿皮亚的上级争吵,就是因为他要求对岛上土著居民行使完全的司法权。不管他们犯了什么罪,他都不移交给管辖法院处置,乌波努总督同他有过几次颇不愉快的信函往来。他把土著都看成是自己的孩子。对于他这么个粗俗、自私的人,这一点令人刮目相看。他对这座生活了很多年的岛屿有着无比的热情,对土著有一种奇特的粗鲁柔情,实在是令人匪夷所思。

他喜欢骑着自己那匹灰色的老马在岛上巡游,对岛上的美景怎么也看不够。漫步在椰林中的草径上,他随时都会驻足,发自内心地赞赏周围的景色。他还经常去土著村庄,停下来领受头人敬上的卡瓦酒。他会久久凝视着像蜂巢一样簇在一起的钟形干草顶棚屋,每当这时,他的大胖脸上就会堆满微笑。他也会满脸陶醉地看着郁郁葱葱、绵延不断的面包树。

"天哪,伊甸乐园不过也就这个样。"

有时,他会沿着海岸线巡游,透过树林望向无垠的海面,没有船只打扰这份孤独;有时,他会爬上山头,望着眼前连绵不断延展的壮丽土地,小小的村庄巢居其间,宛若世间天国,他常常会坐上个把钟头,沉浸在忘我的欣喜之中。可惜他不会用文字表达自己的感受,只能靠下流的戏谑来舒展一番,仿佛他的情感太浓烈、太炽热,非得要借着粗言俚俗才能够宣泄。

麦金托什冷眼蔑视这股柔情。沃克尔素喜豪饮,每到首府阿皮亚过夜,看着自己把年轻一半的人喝到桌子底下,深为自己的酒量感到自豪。杂志上看来的故事会令他哀哀号哭,可认识二十年的生意人遇到难处找他借钱,他却会断然回绝。他把钱财看得比命根子都重。有一回,麦金托什对他说:

"绝对不会有人指责你败钱。"

他把这话当成表扬。他对自然的那股狂热,不过是一个酒徒的多愁善感而已。至于他对土著怀有的感情,麦金托什也不敢苟同。沃克尔爱土著,因为他们在他的掌握之中,恰似一个自私的人爱自己养的狗,再者,他的智能跟土著不相上下。土著天性猥琐,荤话他也张口就来。他懂土著,土著也懂他。他对自己在土著中的影响力很骄傲,视土著为自己的孩子,土著的事情样样参与。对自己的权威他非常看紧,对土著他严加管束,不许有任何反对意见,也不允许岛上的白人占他们的便宜。对传教士他疑心重重地盯着,只要他们做出他不认同的事,他就让他们的日子不好过,即便不除掉他们,也会让他们自己乖乖离开。他对土著极有影响力,凭他一句话,土著们就会拒绝为传教士提供劳力和食物。另外,他对生意人也不偏爱,反而时时提防他们欺骗土著;他保证土著劳有所得,椰子干要卖得出价,商人对他们不能赚钱太狠。对于他认为不公平的交易,他冷酷无情,有时商人们会到阿皮亚申诉,说没有得到公平的机会,蒙受了损失。沃克尔于是会毫不迟疑地中伤他们,厚着脸皮撒谎,为着他们对他的申诉算账。结果,商人们发现非但过太平日子成了问题,单单想要待下去就必须接受现实,按照沃克尔的规矩来。不止一次,他反感的商人店铺被人烧毁,明眼人都知道,这跟行政长官幕后煽动不无关系。有一回,一个瑞典混血商人的店被烧成了平地,他去找沃克尔,痛斥他纵火,沃克尔当场笑了起来。

"你这个混蛋。你自己的娘是土著,你居然还想欺骗土著。你的烂店给烧了,这是神的裁判;活该,这是神的裁判。滚吧!"

看着两个土著警察把那人推搡出去,行政长官得意地哈哈大笑。

"神的裁判啊。"

现在,麦金托什打量着沃克尔开始一天的工作。他首先处理的是病患,沃克尔在工作之外增设了医疗服务,办公室后面的小房间里放满了药品。一个老年男子走上前来,满头花白短卷发,裹着蓝色围腰,身上的刺青图案复杂,皮肤皱巴巴的酷似葡萄酒囊。

"干吗来了?"沃克尔突然问道。

这个人哼哼唧唧地说,他一吃就吐,浑身到处都疼。

"去找传教士,"沃克尔说,"你知道,我这儿只给孩子看病。"

"我找过传教士了,他们治不了。"

"那就回家等死。你都活了这么大岁数了,还打算活下去啊?你这蠢货。"

老年男子气得冲他直嚷嚷,可是沃克尔指了指一个抱着病孩子的女人,叫她把孩子抱到桌边,向她询问病情,查看孩子的情况。

"我给你开点药吧。"他说,转身指派他的混血听差,"去药房拿几粒驱虫剂甘汞片。"

他给孩子当场喂服一片,又给孩子母亲拿了一片。

"把孩子带回去,注意保暖。明天死不了的话,就会好转。"

他往椅子上一靠,点燃烟斗。

"甘汞片可真是好东西。我用它救的人命比阿皮亚所有医生救的人命加起来还多。"

沃克尔对自己的医术非常自豪,出于无知的武断,他对专业医生颇不以为然。

"我最喜欢那些所有医生都断定没救的病人,"他说,"医生一说治不好了,我就会告诉他们'到我这儿来'。我跟你讲过得癌症的那家伙没有?"

"讲过很多遍啦。"麦金托什说。

"我三个月就把他治好了。"

"没治好的那些人,您可从来也不会提呀。"

看完病人以后,他就开始处理其他工作。净是些鸡毛蒜皮的事儿。一个女人和丈夫吵了架,一个男人抱怨自己的女人跑了。

"你可真走运,"沃克尔说,"多少男人都盼着女人跑掉呢。"

还有为争几码土地吵得不可开交的,为渔获的分割多寡起纠纷的,为一个白种生意人缺斤短两来告状的。沃克尔仔细聆听每一桩事情,飞快地定主意,做裁决。然后,他就不再问案,如果苦主还不罢休,警察就会把他轰出去。麦金托什听着这桩桩件件,感到郁闷而又烦躁。总体来看,也许得承认处理得大致公平；但是长官信赖直觉而非证据，让他的助理恼火。沃克尔不听道理，恫吓证人，一旦证人没按照他的意思说，他就骂他们是贼，是撒谎精。

他把坐在屋角的那群人撇到最后，故意不理会他们。这群人里有一个上了年纪的头领，一个体面人，满头灰白的短头发，个头高大，裹着新围腰，头上戴着一圈象征身份的华丽羽毛装饰。同来的还有他的儿子，以及村里六七位有头脸的人物。沃克尔跟他们大吵过，打击了他们的气焰。依照他的脾气，眼下正是巩固胜利的好时机，他要让他们好好尝尝无助的滋味。是非曲直是这么回事。沃克尔对修路颇有激情，他初到塔鲁阿的时候，整个岛上只有几条不像样的小路，随着时间的推移，他已经把道路铺遍全岛，村村相连，小岛的繁荣很大程度上归功于此。过去，岛上以椰子干为主的土产不可能运到海岸边，更不用说装载到纵帆船或摩托艇上运到阿皮亚；现在，交通既便利又简单。他的伟大抱负就是修一条环岛路，目前已完工大半。

"再有两年我就能干完，然后死了也好，下台也罢，我都无所谓了。"

修路令他内心喜悦，他常常远足，视察工程是否按照计划进行。道路施工并不难，从灌木丛或种植园中，挖出一条宽路，铺上草皮，但要把树木连根拔除，把岩石或挖出或炸毁，地面也需处处找平。他以一己之力，克服种种困难，对此他深感自豪。道路规划不仅考虑到便利，也能将他钟爱的岛屿美景展露无遗，对此他非常欣慰。谈起修建的道路，他简直像位抒情诗人。它们在迷人的景色中蜿蜒穿行，沃克尔处处用心规划，某处该是一条直路，可以从高高的林木之间饱览葱翠的远景；某处该是一道弯路，可以在领略了丰富的景致后得一番心灵小憩。这个粗鄙好色的家伙居然有如此细致的巧思,并把这些幻想一一实现,实在令人惊诧。他在筑路上花费的心思,堪比日本园艺师所用机巧。总部给他划拨了工程款,但他有少花钱多办事的癖好,去年发放的一千镑中,他却只用了一百镑。

"他们要钱做什么?"他振振有词,"他们只会拿钱买那些派不上用场的破烂玩意儿,都是些传教士丢置不用的东西。"

他指派土著修路,用少得可怜的工钱打发他们,除了自傲于节约行政经费和企图用自己的高效对比阿皮亚上司的靡费,真想不出他还有什么特别的理由。正是由于修路工程划拨款的问题,这几个头人所在的村庄着实让他伤脑筋。头人的儿子在乌波努住过一年,一回来便告诉村里人,阿皮亚拨付了大量资金用于这些公共建设。听了他的这些长篇大论,村人被煽动起来,想要拿回应得的报酬。他给村人勾勒了发大财的前景,他们便畅想着能买上昂贵的威士忌——法律规定威士忌对土著禁售,土著买威士忌要比白人多花一倍的价钱——他们还畅想着用于存放宝物的檀香木匣子、香喷喷的肥皂、罐头装的鲑鱼,全都是南太平洋土著愿意出卖灵魂交换的奢侈品;所以,当行政长官出价二十镑找他们修一条从村里通向海岸某处的道路时,他们要价一百镑。头人的儿子名叫曼努马,长得高大帅气,一身古铜色的皮肤,毛茸茸头发挑染成红色与黄绿色,脖子上戴着用红浆果串的项圈,耳后别着一朵艳红似火的花,映衬着褐色的脸庞。他赤裸着上身,因为在阿皮亚待过,为了表明不再是野蛮人,他没有裹围腰,而穿着帆布裤子。他告诉大家,只要他们团结一致,行政长官就得接受他们的条件。要知道,行政长官一心想要修路,若知道他们少于一百镑就不干活,肯定会如数照付的。不过,无论长官讲什么,他们都不能让步,不能降低要求;既然提出了一百镑的价钱,就一定要扛住。他们开价后,沃克尔爆出好一阵大笑,声音低沉,告诉他们别再出洋相,立刻开工。他那天心情颇为不错,幽默地承诺等修完路请他们大吃一顿。当发现村民们根本就没打算动工后他去了村里,问他们在玩什么蠢把戏。经过曼努马一番调教,村人们都很沉得住气,压根儿就不跟长官争论(南太平洋土著以热衷争论著称),他们只是耸耸肩膀,给一百镑就干,不给就不干。他爱怎样就怎样,他们不在乎。沃克尔勃然大怒,面目狰狞起来,肥短的脖子肿胀得骇人,红脸膛发紫,口吐泡沫把那些土著一顿痛骂。他非常清楚怎么刺伤他们,怎么羞辱他们。他的样子十分吓人,村里的老年人面孔发白,坐立不安,犹豫起来。幸亏曼努马既了解外面的世界,又了解村人惧怕行政长官的训斥,否则大家肯定要服软了。曼努马出面应对沃克尔。

"给一百镑,我们就干活。"

沃克尔冲曼努马挥舞拳头,极尽辱骂之能事,对曼努马充满鄙夷。但后者不为所动,坐在那里笑着。也许这微笑里虚张声势的成分多于自信,可他必须在众人面前做个好样子。他反复说着同一句话。

"给一百镑,我们就开工。"

他们本以为沃克尔会对曼努马大打出手,挥拳痛揍土著在他并非新鲜事;他们也知道他的力气,虽说沃克尔岁数是这个年轻人的三倍,身高还比年轻人矮六英寸,但他们毫不怀疑曼努马不堪他一击。从来没人敢跟勃然大怒的行政长官对峙。谁料,沃克尔什么话也没说,笑了起来。

"我没工夫跟一群蠢骨头浪费时间,"他说,"你们回去商量吧。我开的条件你们可都知道了。一周内再不开工,你们就等着瞧。"

他转身走出头人的棚屋,解开那匹老母马。沃克尔和土著之间有一种无言的默契,只要沃克尔蹬上大石头,想要翻身上马鞍,总会有村里的长者帮他抓稳马镫子。

当天晚上,沃克尔像往常一样在府邸门外的大路上散步,突然听到有东西嗖地掠过,砰地砸在树上。那东西是冲他飞过来的。他本能地一躲,大吼一声:"什么人?"沃克尔朝投射物飞来的地方跑去,听到灌木丛中有人逃走的声响。他知道在黑暗中追逃无用,而且他很快就跑得上气不接下气,于是就折返大路上,四处寻找掷向他的东西,但一无所获。天太黑了,他迅速回去喊来麦金托什和中国仆人。

"有个混蛋向我掷东西。快来跟我一起找找。"

他命仆人带上灯笼,三个人一起回到出事的地方,在地上找了个遍,没有发现想找的东西。突然,仆人发出一声刺耳的尖叫,他们转身去看,仆人举着灯笼,一把长刀插进椰子树树干里,在灯光照耀下闪着邪恶的微光。长刀掷出的力量很大,颇费了一番力气才拔出来。

"神明庇佑!要是没掷偏的话,可够我受的了。"

沃克尔把弄着长刀,是一百多年前第一批上岛的白人带来的水手刀仿制品。岛民用它把椰子一切两半,晒干椰子肉,它可以用作杀人武器,刀刃长十二英寸,十分锋利。沃克尔轻轻笑了。

"该死的!不知好歹的混蛋!"

他敢断定,一准是曼努马掷的长刀,就差三英寸,他险些一命呜呼。他非但不生气,反而兴致高昂:险遇让他异常振奋。他们回到屋里,他一边命人上酒,一边高兴地搓着手:

"我会收拾他们的!"

他小眼睛闪着精光,洋洋自得,活像只雄火鸡,半个小时之内硬是跟麦金托什把前后经过仔仔细细讲了两遍。之后,他要麦金托什跟他玩一会儿皮克牌,边打牌边吹嘘自己的谋划。麦金托什一言不发地听着。

"你干吗对他们手那么紧?"麦金托什问,"你让他们干的活,只给二十镑实在是太少了。"

"不管给多少,他们都该千恩万谢。"

"算了,又不是你自己的钱。政府拨给你的款子可不少,把这些钱花掉,上头也不会说你什么啊。"

"阿皮亚的那群蠢货。"

至此,麦金托什已完全明白,沃克尔这么干完全是出于虚荣。他耸耸肩膀。

"为了把阿皮亚那帮家伙比下去,拿自己的命不当回事儿,这对你没好处。"

"瞧你说的!他们不会伤害我的,那些人我还不清楚。没我,他们干不成事。他们崇拜我。曼努马是个傻瓜,他投掷那把长刀,只不过想吓唬我。"

第二天,沃克尔又骑马去了那村子,村子名叫马陶图。他坐在马背上没有下鞍,到头人家的时候,瞧见男人们正围坐地上议论着什么,估计还是在商量修路问题。萨摩亚棚屋的构造都差不多:将细树干间隔五六英尺排成一圈,一根高大的树干立在正中,由顶部向下斜铺干草当屋顶,椰子树叶做的软帘可在夜间或落雨时放下。通常,棚屋四面敞开,通风透气。沃克尔骑马来到屋边,喊着头人的名字。

"喂,听着,汤加图,你儿子昨晚把他的刀丢了,插在树上,我给你带来了。"

他把长刀一甩,插在人们围坐的地面正中,发出一阵低沉的大笑,扬长而去。

星期一,他去村里查看那帮人是否开工,但没有看到一点儿开工的迹象。他骑马穿过村子,村民们都在忙着日常活计。有人在编织露兜草纤维席,一个老头忙着做一只卡瓦酒碗,孩子们在玩耍,女人们在忙家务。沃克尔唇边带着一抹微笑,走进头人的家。

"塔罗法——里。"头人问候道。

"塔罗法。"沃克尔回礼。

曼努马正坐着织网,嘴上叼着烟卷,抬头看了沃克尔一眼,带着胜利的微笑。

"你们已经决定不修路了?"

头人回答道:

"不给一百镑,不干。"

"你等着后悔吧。"他又转向曼努马,"还有你,小伙子,小心上了年纪会背疼。"

他嘎嘎笑着,骑马离开了,村民们有种隐隐的不安。他们惧怕这个邪恶的胖老头,不论是传教士对他的谩骂,还是曼努马自阿皮亚来的不屑一顾,都不能让他们忘记此人的狡诈邪恶,顶撞他的人没有一个最后不吃苦头的。不到一天,他们就领教了他的谋划,果然颇具此君风格。话说,次日一大早,一大群男女老少来到他们村里,领头的说他们同沃克尔做了一笔修路的买卖,沃克尔开价二十镑,他们接受了。这件事阴险就阴险在,波利尼西亚人有一套待客的规矩,几乎具备法律效力;绝对严格的礼仪使得村里人必须给陌生人提供住处,而且还要供吃供喝,不管陌生人乐意待多久。马陶图的村民终究在谋略上落了下风。每天早晨,工人们欢乐地结伴出工,砍掉树木,炸毁岩石,找平地面;晚上又步行回村,尽情吃吃喝喝,跳舞唱歌,享受生活。对他们来说简直就是郊游野餐般快活。很快,招待他们的主人开始拉长了脸:客人胃口庞大,芭蕉树和面包树果子全部一扫而光;树上结的鳄梨本可以运到阿皮亚卖个好价钱,也被摘得一个不剩。破产完蛋就在眼前。之后,他们又发觉,这些人干活磨磨蹭蹭。是不是沃克尔暗示他们可以慢慢来?照这个速度,等到路修完了,村里连一星儿食物也剩不下了。更糟糕的是,他们成了方圆一带的笑柄:随便谁去远处的一些小村办事,都会发现此事早已传遍岛屿,迎接他们的是人们的讥笑。南太平洋的土著最无法忍受被人讥笑。很快,遭受这些人中间便颇多怨言,曼努马不再是个英雄,他不得不忍受大量的直言讥讽。一天,沃克尔的话就真的应验了:一场激烈的争论升级成争吵,五六个年轻人冲上去狠狠揍了曼努马,他浑身疼痛,到处青肿,在露兜草编织席上躺了一个星期。浑身痛得翻来覆去,没一刻安逸。每隔一两天,行政长官就会骑上那匹老母马视察一下工程进度。他素来忍不住奚落手下败将,绝不会放过宣扬马陶图村民的羞耻,触碰他们痛处的机会。他们的锐气都被挫光了。一天早晨,他们把尊严藏进口袋里——只是打个比方,因为他们是没有口袋的——和住在村里的陌生人一道出工修路。想要节省食物,就必须尽快修好道路,全村人都出动了。他们干活的时候都一言不发,把愤怒和屈辱压在心底,连孩子都默默地干着,女人们也抹着汗水,扛起一捆捆灌木枝。沃克尔看着他们,笑得差点从马鞍上滚下来。消息迅速传开,全岛人都被逗得乐不可支。没有比这更可笑的笑话了:狡猾的白人老头再次完胜,没有哪个土著能逃得脱他的计谋;岛上的人携妻挈子,从很远的村庄赶过来瞧瞧这帮蠢人给二十镑不愿意出工,现在却被迫白干。村民们干得越起劲,那群外来客就越懒散。反正可以白吃白喝,干得越拖拉这个笑话就越可笑,干吗着急呢?最后,倒霉的村民们再也受不了了,于是今天一早便来求行政长官把外地客遣散回家去。如果他能把人请走,他们答应把路修好,分文不要。沃克尔完胜,马图陶村民完败。沃克尔那刮得光溜溜的大脸上满是傲慢自得,坐在椅子里膨胀得活像只大牛蛙。这副样子有点儿邪恶,麦金托什恶心得打了个哆嗦。只听见沃克尔声音低沉地说:

"我修路是为我自己吗?你们以为我从中得了什么好处?还不是为你们,为你们能舒舒服服地走路,舒舒服服地运你们的椰子干。虽说修路是为了你们,我还是打算付钱给你们,许诺的钱也不少。现在,你们要自己掏腰包才行。如果你们把路修完,并把我该付给曼努阿人的二十镑付了,我就让他们回去。"

人们顿时吵成一片,要同他讲道理,跟他说他们掏不出钱。可是不论他们说什么,沃克尔都报以无情的嘲弄。

"饭点儿到啦,"他说,"把他们都轰出去。"

他笨重地从椅子里站起身,走出房间。麦金托什跟在他后面进入餐厅,发现他已端坐桌旁,脖子上系好餐巾,手持刀叉,准备享用中国厨子即将端上来的午餐。他心情大好。

"这下子他们该服帖了,"麦金托什坐下后,沃克尔说道,"打今往后,修路应该不会遇到什么麻烦了。"

"我以为你刚才是在开玩笑呢。"麦金托什冷冷地说。

"你这话是什么意思?"

"你不会真的要他们付二十镑吧?"

"当然是真的。"

"我怀疑你没有这么做的权力。"

"真的?在这座岛上,我有权力想做什么就做什么。"

"我觉得你太欺负他们了。"

沃克尔得意地笑起来,他并不在乎麦金托什的想法。

"用不着你来指点我怎么做。"

麦金托什脸孔煞白,痛苦的经验告诉他,除了闭嘴他什么也做不了,他费了很大劲儿克制自己,弄得恶心头昏,面前的饭菜都吃不下去。他带着嫌恶望着沃克尔把肉铲进那张阔嘴巴里。沃克尔吃相龌龊,与他同桌进餐需要一个强健的胃。麦金托什打了个寒战,一股热望攫住了他,想要折辱一下这个粗俗无情的胖子。若是能看到他被踩到泥里,受一受他叫别人受过的罪,付出什么代价麦金托什都愿意。他从来没有像现在一样,这么憎恨这个恶霸。

长日无尽。饭后,麦金托什试着想睡一会儿,可胸中义愤激荡无法入睡。他试着看会儿书,可文字在他眼前直晃荡。太阳无情地炙烤着大地,他渴望下雨;可他也知道,雨水带来的不是凉爽,而是更多的炙热与水汽。生长于苏格兰阿伯丁市的他,忽然怀念起呼啸着穿越花岗岩街道的冷风。在这里,他就是一个囚犯,宁静的大海围成牢狱,对那个讨厌老头的憎恨更是藩篱。他用力按压欲裂的脑袋。真想杀了这个老家伙。他努力让自己镇定下来。一定得找点事情做来分散一下注意力。既然看不进书,那就整理一下私人信件。他早就想要整理信件了,却一直拖着。他打开抽屉锁,取出一些信件,一眼瞥见了自己的左轮手枪。一个冲动的念头闪过脑海:一发子弹打穿老家伙的头,无法忍受的生之枷锁就此打破。不过,这个念头仅仅一闪而过。他发现,空气太潮湿,左轮手枪有些生锈了,就找来一块油布开始

擦拭。正忙碌着,感觉有人在门口走动。他抬头喊了一声:

"谁在那儿?"

外面好一晌没有动静,接着曼努马探进身来。

"干什么?"

头人的儿子一言不发,阴郁地站了一会儿才开口,声音低得几乎听不见。

"我们掏不出二十镑。没有钱。"

"我能怎么办?"麦金托什说,"沃克尔先生的话你都听见了。"

曼努马开始央求他,萨摩亚语和英语混着说,唱歌似的哼唧哀求,语调颤抖得像个乞丐,让麦金托什满心厌恶。这家伙这么不经事,想着就让他生气。完全是个可怜货。

"我无能为力。"麦金托什不耐烦地说,"你知道这儿沃克尔先生说了算。"

曼努马又沉默了,站在门口一动不动。

"我病了,"他末了说道,"给我点药。"

"你哪儿不舒服?"

"我也说不清。我病了,身上疼。"

"别杵在那儿不动,"麦金托什厉声说道,"进来让我看看。"

曼努马走进小屋子,站在桌子前。

"浑身到处都疼。"

他双手撑着腰,满脸痛苦。突然,麦金托什发现曼努马眼光直盯盯地望着左轮手枪。刚才,看到他出现在门口,麦金托什顺手就把枪放在了桌上。两个人什么也没说,麦金托什觉得这份沉默好像无穷无尽。他琢磨着这个土著脑袋里在想什么,心脏怦怦直跳。接着,他感觉自己好像魔怔了,有一股异己的意志在强行支配着他,控制他身体动作的不是他自己,而是某种陌生的力量。他喉咙发干,机械地用手抚着喉咙,想要说话。他努力想要避开曼努马的眼睛。

"在这儿等着,"他说,声音听上去就像被人卡住了气管似的,"我去药房给你拿些药来。"

他站起身。不知道是不是自己的幻觉,只感觉到自己步履不稳。曼努马一句话也不说站在那里,尽管麦金托什一直试图避开他的眼睛,也知道他正百无聊赖地望着门外。麦金托什心中那股异己的力量促使他离开房间,可本能的理智使得他抓起一把纸盖在左轮手枪上以免被人看见。他拿了一片药,又往一只小瓶里倒了点蓝药水,走回院子。他不愿意回到自己的小屋,于是喊了曼努马一声。

"到这儿来。"

他把药交给曼努马,告诉服用方法。不知怎的,他不能直视这个土著,他跟他说话的时候眼睛看着他的肩膀。曼努马接过药,一溜烟走出大门外。

麦金托什去了餐厅,把旧报纸又翻了一遍,可他一个字也读不进去。整幢房子十分安静,沃克尔在楼上卧室睡觉,中国厨子还在厨房忙碌,两个警察出去钓鱼了。房子似乎笼罩着诡谲的寂静,左轮手枪是否还在原处的疑问不停地叩击着麦金托什的脑袋。他不敢查看,不确定很可怕,但确定了会更加可怕。他大汗淋漓,终于受不了房内的寂静,决定去商人杰维斯的店铺一趟,顺大路走上一英里就可以到。杰维斯是欧亚混血,可那一大半的白人血统也没有使他成为一个可以交谈的对象。麦金托什一心要远离自己的小屋,让桌面乱着,堆着乱糟糟的文件,下面掩盖着东西,或掩盖着虚无。他沿道路走着,经过一栋头人的上等棚屋,有人向他打了一声招呼。他来到杰维斯的店铺,柜台后面坐着杰维斯的女儿,皮肤黝黑,五官分得很开,身上穿着粉色罩衫和白色褶裙。杰维斯希望麦金托什娶她。杰维斯很有钱,告诉麦金托什他的女婿也会成为有钱人。姑娘瞧见他,脸上泛起红晕。

"我爸爸正在拆货物,今天早晨运过来的。我去告诉他您来了。"

他坐下来,姑娘去了后院。不一会儿,她母亲摇摇摆摆地走了过来,朝他伸出了手。她母亲是个肥胖的老太太,女酋长,名下有大量田产。她胖得畸形,胖得唐突,但竭力给人一个体面的印象,热情而不谄媚,平易近人而不失身份。

"您可真是稀客呀,麦金托什先生。特蕾莎今天早上还说呢,'哎呀,有一阵没见着麦金托什先生了。'"

想象着自己当上这个老土著的女婿,他不禁浑身战栗。尽管丈夫有白人血统,但她管制丈夫的铁腕人尽皆知。她的话就是权威,生意上她说了算。对白人而言,她可能只是杰维斯太太,可她父亲是有王室血统的酋长,她父亲的父亲,还有父亲的曾祖父差不多就是国王。杰维斯进来了,在身形壮硕的太太身边显得颇为瘦小。杰维斯皮肤黝黑,黑胡须已经花白,眉眼生得很好,牙齿光洁,穿着帆布裤子。此人很有英国做派,言谈间皆是俚语,但仍能让人听出英语对他来说不是母语;他跟家里人讲话用土语,就是他土人母亲的语言。他奴性很重,对人畏畏缩缩,卑躬屈膝。

"啊,麦金托什先生,这可真是个惊喜。特蕾莎,拿威士忌来,麦金托什先生要跟我喝一盅。"

他把阿皮亚的新鲜事讲了个遍,不时打量着来客的眼睛,以确定该谈些什么受待见的话题。

"沃克尔还好吗?最近我们都没见着他。这周我太太要给他送一只乳猪呢。"

"今天早上我瞧着他骑马回家去。"特蕾莎说。

"干杯。"杰维斯说着,举起威士忌。

麦金托什一饮而尽。两个女人坐在一边看着他,杰维斯太太穿着黑色长罩衫,安详又自大,而特蕾莎一对上他的目光,就赶紧展露微笑,杰维斯则絮絮叨叨个没完没了。

"阿皮亚人说,沃克尔该退休了,他不再年轻啦。他来岛上之后,一切都在改变,可他却停滞不前。"

"他早该退了,"女酋长说,"土著人都对他不满意。"

"修路闹出了这么大的笑话,"杰维斯笑起来,"我在阿皮亚讲给他们听的时候,他们都要笑岔气了。这个老沃克尔,真做得出啊。"

麦金托什生气地看着他。他这么议论行政长官是什么意思?作为一个混血商人,总该尊称他"沃克尔先生"啊。他正准备指责他的无礼,可不知为何又咽了回去。

"他退了之后,我希望您坐他的位子,麦金托什先生。"杰维斯说,"我们岛上的人都喜欢您。您理解土著,他们现在也受教育了,不能再像过去那样对待他们。现在需要的是有文化的行政长官,但沃克尔跟我一样,只是个生意人。"

特蕾莎两眼放光。

"到时候,如果要任何人做任何事,您绝对放心,我们都替您办到。我会集齐所有的头人,到阿皮亚请愿。"

麦金托什感到异常恶心。他从来没想过,要是沃克尔出了事,自己会接任行政长官的位子。确实,坐在这个职位上,没有人比沃克尔更熟悉这个岛了。他蓦地起身,道别的话都没说,就走回大院,径直回到自己房间,飞快地看了一眼桌面,在文件中翻找起来。

左轮手枪不在了!

他的心猛烈地跳起来,简直要撞上肋骨。他四处找寻,椅子上,抽屉里,不顾一切地翻找着,虽然自始至终心里都清楚找不到那把枪了。突然,他听到了沃克尔粗哑热情的声音。

"你到底在干吗,麦克?"

他吓了一跳。沃克尔正站在门口,他本能地转身挡住桌面上的东西。

"收拾东西?"沃克尔问,"我已经让他们把替换的法兰绒衣裤放到了轻便马车上,打算去塔福尼游泳,你也一道来。"

"好的。"麦金托什说。

只要自己和沃克尔在一起,他就不会出什么事。他们要去的地方在三英里开外,有一方淡水池,一道窄窄的岩石屏障将之与海水隔开,是行政长官炸石头开出来专给土著游泳洗澡用的。他在岛上有泉水的地方都开辟了这样的水池,与黏糊温热的海水相比,淡水实在是清凉醒神。他们沿着寂静的草径驾车过去,不时经过海水侵入形成的浅滩,溅起片片水花,又经过两个土著村庄,村里四处散落着钟形棚屋,村中央坐落着白色教堂。到了第三个村庄,他们跳下马车,拴好马匹,下到水池里。池里有四五个姑娘,十来个小孩。很快,他们便互相泼水,又叫又笑,沃克尔穿着围腰,在池里游来游去,像一只笨海豚。他和姑娘们开着下流玩笑,姑娘们成心逗趣,潜到他身下,待他要捉,又滑脱游走了。他游泳累了,躺在石头上,身边环绕着姑娘和孩子们,俨然是幸福一家人。老家伙体形硕大,月牙形白头发围着光光的秃顶,活像一个老海神。麦金托什从他的眼中捕捉到一丝怪异的柔情。

"他们都是可爱的孩子,"他说,"拿我当父亲看待。"

话音未落,他扭脸就向姑娘们说了几句荤话,弄得她们发出阵阵大笑。麦金托什开始穿衣服,他的细胳膊细腿看着有些怪诞,像邪恶版的堂吉诃德。沃克尔开始拿他开涮,大讲粗俗笑话,大家伙憋不住低声笑起来。麦金托什三下两下套上衬衫。他知道自己看起来很怪诞,但是讨厌被人取笑。他站着一言不发,怒气冲冲。

"要是还想赶回去吃完饭,你得快点儿。"

"你人不坏,麦克,就是有点傻。一件事还没做完,又想着下一件。生活可不能是这个样子。"

话虽这么说,他还是慢悠悠地站起身,穿上衣服。他们溜达着走回村里,和头人喝了一碗卡瓦酒,跟无所事事的村民快乐地道别以后,方才驾车返回。

晚饭后,沃克尔照老习惯点上烟斗,预备出门散步。麦金托什刹那间感到一阵惊恐。

"你不觉得,现在晚上独自出门不太明智吗?"

沃克尔圆鼓鼓的蓝眼睛盯着他。

"你这话什么意思?"

"记得那天晚上的长刀吧?你惹恼了那帮家伙。"

"呸!他们也敢。"

"有人就敢了啊。"

"那是吓唬人的。他们不会伤害我的。他们拿我当父亲,知道我做的一切都是为了他们好。"

麦金托什满怀鄙夷地看着他。这个人的自大让他恼火,可有种说不清的东西促使他坚持劝告他。

"想想今天上午发生的事吧。晚上待在家里又不会有什么害处。我陪你玩皮克牌。"

"回来我再跟你玩。能够让我改变计划的土著还没有出生呢。"

"那我跟你去散步。"

"你老实待着,哪里也不许去。"

麦金托什耸耸肩膀。自己已经发出了充分警告,要是他不在乎,那就是他自己的事了。沃克尔戴上帽子,出了门。麦金托什开始看书;可不一会儿他就想,或许应该撇清自己的行踪。他穿过院子来到厨房,找借口跟厨子聊了几分钟。接着,他取出留声机,放了一张唱片。机子有气无力地奏着忧郁的曲子,还有伦敦综艺剧院里的滑稽小调,他竖起耳朵,捕捉着远处黑暗里的声响。唱片在他肘边喧闹地旋转着,嘶哑地吐着歌词,可尽管如此,他却似乎被一种诡谲的寂静包围着,耳朵里听到的是海浪拍打礁石的单调嘶吼和轻风在椰树梢上发出的叹息。这寂静到底要持续到什么时候?真让人心惊肉跳。

他听到一阵粗嘎的笑声。

"真是时时有惊奇啊。你给自己放小调可不多见,麦克。"

沃克尔站在窗边,脸上红扑扑的,一副很夸张的快乐劲儿。

"哎,我这不活生生地回来啦。放的是什么曲子?"

沃克尔说着走进房间。

"情绪不高?放小调振雄风吗?"

"给你放安魂曲呢。"

"到底是什么玩意儿?"

"'一杯黑啤半杯苦'。"

"这支歌好得呱呱叫,听多少遍我也不烦。现在,咱们打打皮克牌,你准备好输钱吧。"

他们开始打牌,沃克尔以横行霸道取胜,动辄吓唬麦金托什,打趣他,讥笑他的失手,每要出一个伎俩就吹胡子瞪眼睛,欢欣不已。很快,麦金托什就恢复了冷静,甚至有点儿置身事外。他观察着这个盛气凌人的老家伙,感到一种疏离的快意,同时为自己的冷静矜持自得。曼努马不是正在某处伺机寻找机会吗?

沃克尔赢了一把又一把,最后把彩头装进口袋,兴高采烈。

"你还要再长点儿岁数,才有希望赢我,麦克。事实就是我有玩牌的天赋。"

"我碰巧发给你十四张王牌爱司的时候,可不知道你这么有天赋。"

"好牌会找好玩家嘛,"沃克尔反唇相讥,"即便是手气和你一样差,我也照样赢。"

他接着又喋喋不休讲起那些老掉牙的故事,吹嘘他在各种场合如何与出名的老千玩牌,如何赢光他们的钱,令那些老千目瞪口呆。真是大言不惭,自吹自擂。麦金托什专注地听着,一心想要加深自己的恨意;沃克尔说的每一个字,做的每一个手势,都令他更加面目可憎。终于,沃克尔站起身来。

"啊,我得上床了,"他说着,打了一个大哈欠,"明天还有很多事呢。"

"明天你要做哪些事?"

"要赶到岛那头,五点钟出门,回来吃饭估计得很晚了。"

他们一般七点吃晚饭。

"那我们还是七点半开饭好了。"

"我想这样也行。"

麦金托什看着他磕掉烟斗里的灰烬。此人粗野,且精力充沛,想到死亡正在朝他迫近,真是不可思议。麦金托什阴冷的眼中,闪过一抹淡淡的笑意。

"要我陪你一起去吗?"

"老天,我带你去图什么?我骑马去,它拉我还对付,肯定不愿意再把你驮上三十英里。"

"也许你还不了解马图陶村那些人的感受。我想有我陪着,能安全点。"

沃尔克纵声大笑,充满不屑。

"要是吵架,你倒还真能派上点用场。我可不是那种婆婆妈妈的人。"

麦金托什眼中那抹笑意漾到唇边。双唇扭曲不堪。

"天欲谴者,必先夺其智也。"

"说的都是些什么玩意儿?"沃克尔说。

"拉丁文。"麦金托什一边说,一边走出了房门。

他呵呵笑出声来。心情好多了。能做的他都做了,剩下的就看命数了。几个星期以来,他从没睡得这么香甜。第二天一早醒来,他便出了门。经过一夜酣睡,他发觉清晨的新鲜空气让人欣喜,比起往日,海水蓝得更澄澈,天空更晴朗,连信风都变得清新。轻风拂过,礁湖上泛起的涟漪就像逆刷的天鹅绒似的。他感觉自己变得年轻、强壮,开始兴致勃勃地处理一天的工作。午饭后他睡了一觉,傍晚时分,他给枣红马佩上鞍鞯,到灌木丛中溜达一番,似乎在用一双全新的眼睛观看一切,感觉自己正常多了。最突出的是,他能够把沃克尔摒出脑外。在他看来,就好像从来没有过沃克尔这个人似的。

他回来晚了,骑马出了一身汗,去洗了个澡。之后,他坐在阳台上，抽着烟斗，望着白昼在礁湖上空逐渐褪去。落日下的礁湖色如玫瑰，青紫翠绿，美丽异常。他觉得与世界和解了，也与自己和解了。厨子过来报告晚餐已经备好，问是否还要等待，麦金托什对他笑了笑，眼神友善，接着看了看手表。

"七点半了，最好别等了，说不准长官什么时候回来。"

厨子点点头，不一会儿，就看见厨子端着一碗热腾腾的汤穿过院子。麦金托什懒洋洋地起身去了餐厅，自顾自吃晚饭。事情到底发生了没有？不确定性实在可堪玩味，麦金托什悄无声息地笑了。晚饭尽管还是汉堡牛排——厨子技穷时就会做这道不变的菜，吃起来却不像平常那么单调，奇迹般地腴美多汁，有滋有味。饭后，他懒洋洋地踱回自己的小屋，取出一本书。他喜欢这种寂静中的张力。夜幕低垂，繁星闪烁。他喊人掌灯，不一会儿，中国佬就赤着脚啪嗒啪嗒地走过来，带着一线灯光刺穿黑暗。他把灯放在桌上，悄无声息地退出房间。麦金托什站在地板上一动不动，好像脚下生了根——就在那里，半遮半掩在凌乱文件之下的正是他的左轮手枪。他的心痛苦地悸动起来，一下子冷汗涔涔。这么说已经得手了。

他颤抖着拿起枪，空了四个弹巢。他突然停下来，警惕地望向外面的黑暗处，但外面没有人。他飞快地往空弹巢里装上四颗子弹，把枪锁进抽屉里。

他坐下来等待。

一个小时过去了，又一个小时过去了。什么动静也没有。他坐在桌边，做出在写东西的样子，但事实上一个字也没写，一个字也没看进去。他在听。他竖着耳朵捕捉从很远处传来的每一个声响。终于，他听到迟迟疑疑的脚步声，他知道，这是那个中国厨子。

"阿松。"他喊了一声。

阿松走到门边。

"长官回来太晚,"他说,"饭不好吃了。"

麦金托什盯着他,思忖着他是否知道发生的事情,而如果他知道,会不会联想到麦金托什和沃克尔关系紧张。阿松手脚麻利,少言寡语,脸上总带着笑,可谁知道他脑袋里想什么呢?

"我估计他路上一定吃过了,可不管怎样还是别让汤凉了。"

他话音刚落,一阵扰攘就打破了寂静,夹杂着喊叫声和赤脚飞奔的啪嗒声。很多土著,男女老幼都有,跑进了大院,把麦金托什挤在中央,七嘴八舌,根本听不明白他们在说什么。这些土著情绪激动、恐慌,还有些人在哭。麦金托什挤出人群,走到大门口。尽管他几乎没听懂土著说的话,但对于出了什么事,他心里跟明镜似的。刚到门口,轻便马车就到了,那匹老马由一个高个子土著牵着,车里蹲着两个人,正努力把沃克尔扶起来。车外聚了不少土著人。

马被牵到后院,土著们一拥而进,麦金托什大声让他们往后站,两个警察不知从哪里钻出来,奋力把人群推到一边。他总算弄清楚了事情的来龙去脉,几个打鱼的少年在回村路上的浅滩边发现这辆马车。马伸鼻嗅着草丛,黑暗里他们只能看到老头儿庞大的白色身躯倒在座位和挡泥板之间。起初,他们以为老头儿喝醉了,咧嘴笑着去看,却听到了他的呻吟,意识到有些不对劲,赶紧跑回村子找人帮忙。他们带着五六十人回来,才发现沃克尔遭枪击了。

麦金托什不禁打了个寒战,不知沃克尔是不是已经断气。眼下,要紧的是把沃克尔从马车中搬出来,但他身躯肥胖,挪动他实非易事。四个壮汉一起用劲才能搬得动,他们颤悠了一下,沃克尔发出一声低沉的呻吟。他还活着。他们总算把他抬进家门,上了楼,放在床上。这时候,麦金托什才能够看清楚。院子里只有五六盏防风灯,什么都看不真切。沃克尔的白帆布裤子上满是血迹,抬他的壮汉把血糊糊的手直接抹在围腰上。麦金托什把灯举高,看到老头儿脸色苍白,吃了一惊。沃克尔双目紧闭,还有呼吸,但脉搏微弱,奄奄一息。麦金托什没有料到,自己会大受震动,惊恐不已。他瞧见那个土著听差也在场,就命他去药房把皮下注射需要的用具都取来。出于恐惧,他的嗓音都哑了。一个警察拿来威士忌,麦金托什勉强往老头嘴里灌了点儿。屋里挤满土著,地板上坐得到处都是,他们都吓坏了,谁都没说话,不时有人哭号几声。天气异常炎热,麦金托什却全身发冷,手脚冰凉,要费很大的力气才能控制住四肢不发抖。他不知道该怎么办,不知道沃克尔是否还在失血,也不知道该怎么止血。

听差拿来注射针头。

"你给他打针,"麦金托什说,"你比我熟练。"

他头疼欲裂,仿佛各种凶残的小魔怪都在脑袋里厮打,挣扎着要破头而出。人们等待着注射的效果,不一会儿,沃克尔缓缓睁开眼睛,似乎不知道自己身在何处。

"不要说话,"麦金托什说,"你回到家里,安全了。"

沃克尔的嘴唇动了动,微微笑了。

"还是被他们算计了。"他喃喃说道。

"我马上让杰维斯派摩托艇去阿皮亚,明天下午医生就能到。"

老头歇了好一阵,才能答话。

"到那会儿我就死啦。"

麦金托什苍白的脸上闪现出鬼一样可怕的表情。他努力挤出一丝笑容。

"胡说！快别说话了，你会全好起来的。"

"给我杯酒，"沃克尔说，"烈一点的。"

麦金托什颤抖着双手，兑了一半水和一半威士忌，拿杯子喂到沃克尔嘴边，看着他贪婪地喝下去。酒似乎帮助他恢复了一点元气，他长吁一声，肉乎乎的大脸上有了点血色。麦金托什无助极了，站在一边注视着老头。

"要做什么，你告诉我。"他说。

"什么也不要。让我一个人待着吧，我不中用了。"

老头躺在大床上，曾经壮硕傲慢的他如今毫无血色，虚弱不堪，看上去极其可怜，令人揪心。歇了一会儿，他的头脑似乎清楚了一点。

"你说得对，麦克，"过了一会儿，他说，"你警告过我了。"

"我要是跟你一起去就好了。"

"你是个好人，麦克，就是不喝酒。"

又是一段长长的静默，很明显，沃克尔快不行了。体内的血一直止不住，麦金托什虽然不懂医，却也能够明白，他的长官最多只能撑一两个钟头了。他站在床边一动不动，沃克尔双目紧闭，大概过了半个小时，又睁开了眼睛。

"他们会让你接手我的位子，"他一字一顿地说。"上回去阿皮亚，我说你很不错。路修完，我才会瞑目。岛上各处都要通上公路。"

"我不要你的位子。你会好起来的。"

沃克尔虚弱地摇摇头。

"我不中用啦。待他们好一点，这一点很重要。他们都是些孩子,你一定要永远记住这一点。你对他们必须强硬,也必须和善,还要公正。从他们身上我一分钱也没拿过。二十年了,我攒的钱还不到一百镑。修路是大事,把路修完。"

麦金托什开始不由自主地啜泣起来。

"你是个好人,麦克,我一直都很喜欢你。"

他闭上眼睛,麦金托什以为他再也不会睁开了。他喉咙干紧,不得不去拿点儿喝的。中国厨子悄悄给他放了一把椅子,他坐在床边守着,不知道过去了多久,这一夜真是漫漫无尽。突然,坐在地上的一个男人控制不住地哭起来,哭声很大,就像一个孩子。这时,麦金托什才注意到,屋里已经挤满了土著,他们都跪坐在地板上,有男有女,眼睛紧紧盯着床上。

"这些人在这里干什么?"麦金托什说,"他们没权利待在这儿。轰走,轰走,统统轰走。"

他的话似乎惊醒了沃克尔,他又睁开眼睛,眼里满是泪水。沃克尔想要说话,可是他太虚弱了,麦金托什要把耳朵凑得非常近才能听清他的话。

"让他们在这儿吧,他们是我的孩子,应该在这儿。"

麦金托什转向土著。

"就待在这里吧。他需要你们。但不许说话。"

老人苍白的脸上浮现出虚弱的笑容。

"靠近点儿。"他说。

麦金托什俯下身。沃克尔闭上眼睛,吐出的字句就像风穿过椰子林发出的叹息。

"再给我来一杯。我还有话交代。"

这一次,麦金托什给他喝了纯威士忌。沃克尔靠着最后的意志力攒起精神。

"别为这事折腾。九五年,几个白人被人杀了,惹出很大动静,舰队开来了,还炮轰了村庄。死了很多无辜的人。阿皮亚的那帮人都是该死的蠢货。要是闹起来,他们只会惩罚好人。我不希望有人受罚。"

他停下来,歇了一会儿。

"你一定要说这是意外。不是任何人的错。答应我。"

"只要你愿意,我做什么都行。"麦金托什轻声说。

"好小伙儿。你是最好的。他们是孩子,我是父亲。一个父亲如果办得到,是不会让孩子惹上麻烦的。"

他的喉间滚动出一丝轻笑,非常古怪,非常鬼魅。

"你信奉宗教,麦克。宗教里关于宽恕的那句是怎么说的?"

麦金托什好一会儿说不出话来。双唇颤抖。

"'宽恕他们,他们并不知自己所为何事'这一句吗?"

"说得好。宽恕他们。我爱他们,你知道,一直都爱着他们。"

他叹了口气,嘴唇虚弱地动了动,麦金托什必须把耳朵贴得很近才能听到。

"握住我的手。"他说。

麦金托什猛吸了一口气。他的心绞痛起来。他抓起老人的手,把那只冰凉虚弱、粗糙不堪的手,握在自己手中。他就这样坐着,忽然间差点从椅子上跳起来,老人喉中发出一长串咯咯的声响,可怕、诡异,猛地打破了寂静。沃克尔死了。土著们放声号哭,泪如雨下,不停地捶打着自己的胸脯。

麦金托什从逝者手中抽出自己的手,像个嗜睡的人一样摇摇晃晃走出房间。他走向自己的书桌,走向锁着的抽屉,拿出那把左轮手枪。他朝大海走去,走进礁湖之中。他一路涉水,走得很小心,免得绊到珊瑚礁,直至海水淹到腋下。他射出一发子弹,击穿自己的头颅。

一个小时后,在他倒下的地方,五六条瘦长的棕色鲨鱼游过来争食不休,溅起大片水花。

(阎　勇　译)

昂蒂布的三个胖女人

　　利士满太太,是个寡妇;萨克利夫太太,是美国人,离过两次婚;希克森小姐,是个老处女。她们都上了四十岁,生活优渥。萨克利夫太太的闺名挺奇怪,叫埃罗①。年轻苗条的时候,她挺喜欢这个闺名,非常适合她,即便时常被打趣,也都是十分讨人喜欢的话;她乐意相信,这个名字也适合她的性格:象征着直接,迅速,还有果敢。现在她不大喜欢这个名字了,眉清目秀的相貌不再,脸部由于肥肉横生而轮廓模糊;肩膀厚实,臀部硕大。越来越难以找到合适的衣服随心所欲地装扮自己。现在因她的闺名而生的俏皮话都背着她说,她再清楚不过,那些话有多么地不体贴。虽说人到中年,她可一点儿也不服岁数。她依然穿蓝色衣服,配衬自己的蓝眼睛;想方设法打理金色秀发的光泽。她之所以跟碧翠丝·利士满和弗兰西丝·希克森交好,是因为她们俩比她还要胖得多,衬显得她颇为苗条;她们俩又都比她年岁大,拿她当小妹妹看待。这些都挺合意。她们俩脾气和善,打趣她的情郎也叫人愉快;情郎这种无聊玩意儿,她们早就不去想了,实际上,希克森小姐压根儿就没考虑过,可她们颇能理解萨

---

① 埃罗,原文 Arrow,意为"箭镞"。

克利夫太太的那些打情骂俏。大家都明白:有朝一日埃罗能给第三个男人带来幸福。

"只是,你可不能再发福啦,亲爱的。"利士满太太说。

"看在上帝的分上,一定要找个会打桥牌的。"希克森小姐说。

她们替她物色男人,要求年纪五十岁左右,要保养得当,举止出众,要么是退役海军上将,要么是高尔夫好手,或者是没有子女拖累的鳏夫。但不管怎么说,都必须有丰厚的收入。埃罗听得频频点头,心里却认为这完全跟她自己的想法大相径庭。她固然想要再婚,但是她痴想的对象是双目有神、皮肤黝黑、身形颀长、头衔响亮的意大利人,要么就是有贵族血统的西班牙人,年龄绝不能超过三十。她时时揽镜自照,深信自己看上去绝对不超过三十岁。

希克森小姐,利士满太太,埃罗·萨克利夫,三人十分投契。肥胖促使她们相聚,桥牌夯实她们的联盟。她们相识于加州卡尔斯巴德,下榻同一家饭店,接受同一个医生的严苛治疗。碧翠丝·利士满体形庞大,但长相不错:双眸动人,腮涂胭脂,唇上施红。作为一个财产数目也不错的寡妇,她心满意足。她痴迷美食,涂着黄油的面包、奶油、马铃薯、板油布丁,都是她的最爱。一年里有十一个月她都随心所欲地吃个够,剩下的一个月,就去卡尔斯巴德减肥。可是,她的体重逐年增加。她抱怨医生,却丝毫得不到医生的理解同情。医生向她指出种种显而易见的简单事实。

"可要是我再也不能吃自己爱吃的东西,这日子还有什么意思?"她同医生讲道理。

医生耸耸肩膀,毫不赞同。之后,碧翠丝对希克森小姐说,她开始怀疑医生没有原先认为的那么高明。希克森小姐爆出一阵狂笑。她一贯这副做派。希克森小姐嗓音低沉，一张扁平、暗黄的大脸上闪着两只亮亮的小眼睛。她走起路来懒懒散散，双手插袋，只要不太惹人注意，就抽上一根长长的雪茄。穿着打扮上尽量男性化。

"我穿上花儿朵儿的像个什么样子啊？"她说，"等你长得像我这么胖，你也会只想穿得舒服。"

她一身粗花呢套装，笨重的靴子，但凡可能出门绝不戴帽子。她力大如牛，夸海口说没有哪个男人能够把球击得比她更远。她语言粗俗，骂人的花样比装卸工还多。尽管闺名弗兰西丝，她却宁愿人们称呼她弗兰克。她一副老大做派，却也手腕圆通，正是她那愉快的天性将三个人紧密联系在一起。她们一同喝矿泉水，一同洗泡矿泉浴，一同进行累人的步行锻炼，一同在专业人士的督促下，围着网球场呼哧呼哧跑，坐在同一张桌子上吃分量稀少的减肥配餐。除了磅秤的指针，没有什么能够损害她们的好心情。如果她们中一人的体重和前一天一样，不管是弗兰克的粗野笑话，还是碧翠丝的柔和温婉，或者是埃罗活泼撒娇的手段，都不足以将愁云驱散。接着，只好采取严厉的措施——二十四小时禁止下床，一切不得沾唇，只能喝医生那著名的菜汤，喝着就像白开水，漂着一片涮得干干净净的卷心菜叶。

没有比这三个女人更亲昵的朋友了。若不是打桥牌三缺一，她们绝对会拒绝一切外人。她们是狂热的牌迷，当天的减肥治疗一结束，就立刻坐上牌桌。埃罗，虽说最有女人味，却是三人里头玩得最好的。她牌技一流，出牌狠，毫不留情，寸步不让，对方稍有差池，她必能得手。碧翠丝踏实可靠。弗兰克勇往直前，大理论家一个，引经据典，信口拈来。她们就叫牌的规矩争论不休,互相攻击,克伯森自然叫牌法和西门斯叫牌法各不相让。显而易见,谁打出一张牌都能举出十五条好理由;可是从随后的谈话中,也显见得不打这张牌同样可以举出十五条有力理由。若不是常常为难以找到旗鼓相当的牌搭子而苦恼的话,生活可以说很完美了。即便医生那"倒霉的"(碧翠丝语)、"恶心的"(弗兰克语)、"蹩脚的"(埃罗语)磅秤矫称她们两天内一盎司未减,使得她们只能二十四小时喝那种腌臜汤,也不能减损她们的快乐。

正是因为牌搭子难觅,弗兰克邀请列娜·芬奇到昂蒂布与她们同住,本篇所讲正是此事。根据弗兰克的提议,大家决定去昂蒂布消磨几周。每次疗程结束,碧翠丝总能减轻二十磅体重;可凭弗兰克的常识,碧翠丝一旦不节制自己的胃口,减掉的体重就会反弹回来。弗兰克觉得她此举太荒唐。碧翠丝意志软弱,需要一个意志坚定的人监督她的饮食。弗兰克于是建议,一离开卡尔斯巴德,就在昂蒂布找一栋能够继续开展大量运动的房子——大家都知道,游泳是有效的减肥方式,这样才能保持减肥的治疗效果。带上自己的厨子,她们至少可以避免那些明显容易致胖的食物。如此,大家肯定都会继续减轻几磅体重。这主意看来不错。碧翠丝清楚什么对自己好,若是诱惑没有直接放在鼻子底下,她也可以抵制住诱惑。此外,她喜欢赌上一把,一周有两三次到赌场小小下注,应该是很愉快的消遣。埃罗向往昂蒂布,她刚在卡尔斯巴德减了一个月的肥,正是自己最好看的时候。她可以挑挑拣拣,年轻的意大利人也好,热情的西班牙人也好,风流的法国人也好,四肢纤长终日穿着泳裤和花哨浴袍闲逛的英国人也不错。计划进行得非常不错,她们过得称心如意。一周有两天,她们除了煮鸡蛋和生西红柿什么也不吃,每天早晨登上磅秤,心情无比愉快。埃罗体重减到十一英石①,感觉自己又是个小姑娘了;碧翠丝和弗兰克凭着在磅秤上的特定站立姿势,体重勉强控制在十三英石。她们买的秤是以公斤计量的,不过她们都很聪明,眼睛一眨的工夫就能换算成磅和盎司。

可是打桥牌三缺一仍旧是个难题。找到的人要么像个傻瓜,要么慢吞吞叫人发狂,要么就是好斗嘴的,输牌没品的,再就是和坑蒙拐骗差不多的。太奇怪了,居然难得找到对脾胃的牌友。

一天早晨,她们穿着睡衣坐在露台上俯瞰大海,喝着没加糖奶的茶,吃着于德贝医生特制的保证不发胖的饼干,弗兰克正读着信,抬起头来。

"列娜·芬奇要到里维埃拉度假区了。"

"列娜·芬奇是谁?"埃罗问。

"我的一个表嫂。前几个月我表哥死了,她精神崩溃,正在恢复。叫她来这儿住上两周怎么样?"

"她会桥牌吗?"碧翠丝问。

"那还用说,"弗兰克嗓门低沉,瓮声瓮气地答,"打得绝对顶呱呱。我们完全可以不靠外人了。"

"她多大了?"埃罗问。

"跟我同年。"

"听着还不错。"

事情就这么定了。弗兰克以她一贯的果断,一吃完早餐就大步流星地去发电报,三天之后,列娜·芬奇就到了。弗兰克去车站接她。因为丈夫新丧,她仍穿着深色丧服,但已看不出神情

---

① 英石(stone),英制重量单位,相当于14磅或6.35公斤。

哀恸。弗兰克有两年未见她了,热情地吻了她,接着细细打量她一番。

"你真瘦啊,亲爱的。"她说。

列娜挤出一丝笑容。

"我最近经历了那么多。体重轻了不少。"

弗兰克叹了一口气,不过,这叹息是出于对表哥过世的同情,还是出于对列娜苗条身材的嫉妒,就不得而知了。

虽然如此,列娜并没有沉溺于忧伤,匆匆沐浴之后,她就收拾停当,可以动身陪弗兰克去艾登·豪克了。弗兰克把客人带到她们入住的著名的"猴子之家"酒店,介绍给她的两位朋友。这是一家玻璃顶、俯瞰大海的酒店,酒店后面的酒吧里挤满穿着泳装、睡衣或浴袍闲聊的人。人们坐在桌边,聊天,喝饮料。碧翠丝心肠软,对这孤凄的寡妇满怀同情;埃罗瞧着她脸色苍白,相貌平常,像四十八岁似的,打算要好好地喜爱她。一个服务生向她们走了过来。

"你来点什么,亲爱的列娜?"弗兰克问道。

"噢,我也不知道。你们点什么?干马天尼还是'白色佳人'鸡尾酒?"

埃罗和碧翠丝飞快地扫了她一眼。谁都知道鸡尾酒多么会令人发胖。

"我猜,你一定是旅途劳顿累了。"弗兰克友善地说。

她给列娜点了份干马天尼,给自己和两个朋友点了柠檬橙子混合果汁。

"这里天太热,我们觉得喝酒不太好。"她解释。

"噢,酒精对我一点儿影响也没有,"列娜轻快地说,"我喜欢鸡尾酒。"

尽管涂着胭脂（游泳时，埃罗和碧翠丝的脸都不沾水，她俩都觉得弗兰克这么大块头的女人还假意喜欢潜水，实在滑稽可笑），她的脸还是白了一白，可什么也没说。她们谈话轻松愉快，平常的事情也聊得津津有味，后来，她们一起慢慢走回住处吃午饭。

每人的餐布上摆着两片小小的减肥饼干。列娜笑眯眯地把饼干放到盘子边上。

"能给我来点面包吗？"她问。

此话入耳，比最下流的话还叫三个女人震惊。十年了，她们中没有一个人吃过一片面包。即使贪嘴如碧翠丝，也绝不逾界。好客的弗兰克率先从震惊中恢复过来。

"当然啦，亲爱的。"她一边说，一边转身命管家取面包来。

"再来点儿黄油。"列娜轻松愉快地说。

一霎间，气氛安静得令人尴尬。

"不知道有没有黄油，"弗兰克说，"不过我可以问问。也许厨房里有一点儿。"

"我很喜欢面包抹黄油，你不喜欢吗？"列娜说着，转向碧翠丝。

碧翠丝干笑了一下，没做回答。管家拿来了一根松脆的法式长面包卷。列娜切成两截，抹上奇迹般出现的黄油。恰在此时，烤鲷鱼端上来了。

"我们这里吃得简单，"弗兰克说，"希望你不要介意。"

"噢，不会，我喜欢吃得简单，"列娜一边往她那份鱼上涂抹黄油，一边说，"只要有面包、黄油、马铃薯和奶油，我就很高兴了。"

三个朋友交换了一下眼神。弗兰克的大黄脸拉长了，看着自己盘子里干巴巴索然寡味的鳎鱼，倒了胃口。还是碧翠丝挽救了局面。

"多烦人啊，我们在这里买不到奶油，"她说，"在里维埃拉，很多事都不得不凑合，这是其中一件。"

"真是遗憾。"列娜说。

午餐还有一道烤羊排，为了担心碧翠丝管不住自己，肥油已被仔细剔除掉。另有水煮菠菜，炖梨子做最后的甜点。列娜尝了一口梨子，询问的眼光投向管家。那个机智的家伙立即心领神会，尽管餐桌上从未见过糖粉，他还是毫不迟疑地给列娜拿来一碗白糖。她自在享用，其他三人装作没看见。咖啡端上来了，她往自己的杯子里加了三块方糖。

"您真是爱吃甜食。"埃罗说，竭力保持语气友好。

"我们觉得糖精比糖甜得多。"弗兰克说着，往自己的咖啡里放了小小一片。

"糖精这玩意儿叫人恶心。"列娜说。

碧翠丝开始口角流涎，渴望地望着方糖。

"碧翠丝！"弗兰克厉声吼道。

碧翠丝强忍着没叹气，伸手去取糖精。

大家在桥牌桌边坐定，弗兰克才终于舒了一口气。她心里清楚，埃罗和碧翠丝不高兴。她想要她俩喜欢列娜，也盼着列娜能与她们一起度过愉快的两个星期。第一盘，埃罗跟新来的这位叫牌。

"您玩范德比尔特还是克伯森？"埃罗问。

"我没有一定之规，"列娜随口说道，"我打牌全凭灵感。"

"我是严格遵循克伯森打法。"埃罗尖酸地说。

三个胖女人铆足了劲头，准备跟她比试一番。列娜打牌的确毫无章法！她们得给她点颜色看看。到了牌桌上，弗兰克的家族情感就忘到了九霄云外，跟另外两人一样，存心要把新来的这位修理一番。可惜，灵感帮了列娜大忙。她打桥牌颇具天赋，是个中老手，打得机智灵活，出牌又快又狠，信心十足。其他三人段位也实在是高，很快就意识到列娜打牌果然水平了得，而且她们本性都是善良大度的女人，因此渐渐地也都消了气。这可真是一场高手过招的桥牌。大家打牌打得非常开心。埃罗和碧翠丝开始对列娜友善起来，弗兰克发现后，大舒了一口气。度假计划将会非常成功。

几个小时后，她们才分开。弗兰克和碧翠丝去打一圈高尔夫，埃罗要和新结识的年轻亲王罗科玛利轻松漫步。亲王性格和善，年轻帅气。列娜说她要休息。

快吃晚饭的时候她们又碰头了。

"你还好吗，亲爱的列娜？"弗兰克问，"撇下你一个人这么长时间无所事事，我良心不安。"

"噢，不要道歉。我美美睡了一觉，之后去胡安酒吧喝了一杯鸡尾酒。知道我发现什么了吗？说出来你一定高兴坏了。我找到了一家小巧可爱的茶室，他们那儿有最好的新鲜奶油，稠稠厚厚的。我订了货，每天给送半品脱。算是对我们大家度假做点小小的贡献吧。"

她两眼放光，显然期待着她们也能很开心。

"你真是太好了，"弗兰克开始和稀泥，想要平息两位朋友脸上的怒气，"可惜我们从来不吃奶油。这种气候，奶油让人肝火旺盛。"

"那我只好一个人独享咯。"列娜快活地说。

"你就从不考虑身材吗？"埃罗冷冰冰地问道。

"医生说我必须吃东西。"

"他有没有说,你必须要吃面包、黄油、马铃薯,还有奶油?"

"是的。你说你们吃得很简单的时候,我以为你说的就是这些。"

"要是那么简单,你一定会变成大肥婆!"碧翠丝说。

列娜开怀大笑。

"我不会的。你知道,我吃什么都不会发胖。我一向想吃什么就吃什么,那对我一点儿影响都没有。"

此话说完,鸦雀无声,管家进来才打破这石头般冷硬的沉默。

"姑娘们,可以用餐了。"他大声宣布。

晚上,列娜上床睡觉后,她们在弗兰克房间就那个话题谈论到深夜。那天晚上,她们一直欢天喜地,互相打趣,友好得能骗过最精明的观察家。但此刻,她们都摘下了面具,碧翠丝郁闷,埃罗苦恼,弗兰克失去了男子气概。

"坐在一旁,看着她大嚼我钟爱的东西,那滋味真不好受。"碧翠丝幽怨地说。

"我们谁都不好受。"弗兰克反唇相讥。

"我禁不住要想,她要是真的在乎丈夫,应该吃不下那么多,"碧翠丝说,"他毕竟两个月前才入土。我是说,对过世的总该表示些敬意嘛。"

"她为什么不能和我们吃一样的东西?"埃罗刻薄地说,"客随主便嘛。"

"唉,你听到她怎么说的。医生告诉她,她必须吃东西。"

"那她该去的地方是疗养院。"

"肉体凡胎可受不住这个,弗兰克。"碧翠丝呻吟道。

"我能受得住,你就能受得住。"

"她是你表嫂,不是我们的表嫂。"埃罗说,"我可不打算坐在那里,十四天都看着她贪吃得像头猪。"

"把食物看得这么重要,实在庸俗。"弗兰克吼道,声音比平素还要低沉,"毕竟真正有价值的东西唯精神而已。"

"你在说我庸俗么,弗兰克?"埃罗双目灼灼。

"没有,她当然不是说你。"碧翠丝插嘴。

"要是你趁我们睡觉的时候,到厨房偷偷摸摸大吃一顿,我也毫不意外。"

弗兰克跳了起来。

"你竟敢这么说,埃罗!己所不欲,勿施于人。这些年来你还不了解我吗?你觉得我做得出这么卑鄙的事情吗?"

"那你的体重怎么老减不下来?"

弗兰克一口气噎住,泪水滚滚。

"你这么说太残忍了!我减了很多、很多磅了!"

她哭得像个孩子,庞大的身体抽动个不停,大颗大颗的泪珠溅在小山般的胸脯上。

"亲爱的,我不是那个意思。"埃罗大喊。

她猛地跪下来,圆滚滚的胳膊死命搂着弗兰克。她也哭了,睫毛膏顺着眼泪淌在脸上。

"你的意思是说我一点也没瘦吗?"弗兰克抽抽搭搭,"我都受了那么多的苦。"

"亲爱的,你当然变瘦了,"埃罗泪涟涟地嚷嚷,"人人都看得出来。"

碧翠丝虽说一向性情平和,却也柔声哭了起来。场面实在是令人荡气回肠。的确,看到有着雄狮豪胆的弗兰克哭得死去活来,纵然铁石心肠也会为之动容。不过,她们很快就擦干眼泪,喝了一点兑水白兰地,感觉好多了——每个医生都说只有兑水白兰地是能喝而又不会使人发胖的酒。她们认为,列娜应该遵医嘱吃营养食物,同时也痛下决心,绝不让列娜的饮食干扰她们的决心。列娜无疑是个一流的桥牌高手,而且只待两个星期。她们要尽可能让她住得开心。她们互相热情地吻别,分头睡觉,感到不可思议地振奋起来。没有什么能够离间她们的伟大友谊,正是这份友谊给三人的生活带来如此多的欢乐。

但是,人性是软弱的。你不能对人要求太多。列娜吃着浇着奶油加黄油、嗞嗞作响的通心粉时,她们只有干巴巴的烤鱼;列娜吃着肥腴多汁的鹅肝酱,她们吃的是无油烤羊排和白水煮菠菜;每周只吃煮蛋和生番茄的那两天,列娜吃的是奶油豌豆汤和花样百出、烹调得香喷喷的马铃薯。厨子手艺精湛,他及时地抓住展露才华的大好机会,奉上一道道滋浓味厚、肥美多汁的菜品。

"可怜的吉姆,"列娜叹道,想起了她的亡夫,"他生前最爱吃法式菜肴。"

管家透露说他会调制五六种鸡尾酒,列娜于是告诉大家,医生推荐她午餐配勃艮第红酒,晚餐喝香槟。三个胖女人苦苦坚持。她们快快乐乐,叽叽喳喳,甚至是兴高采烈(女人天生具有如此遮人眼目的天赋)。但是,碧翠丝变得无精打采,灰心丧气,埃罗温柔的蓝眼睛闪出了钢铁般的冷光,弗兰克的低沉嗓音越发沙哑。她们打牌的时候,这种紧绷着的弦就开始显露端倪了。她们向来喜欢议论各自拿的一手牌,过去这种讨论总是和和气气的。现在却慢慢变得尖刻起来。有时,一个人指出另一个人错误时,竟变得毫不客气。讨论变成了争论,争论又变成了争吵。有时,大家气呼呼一言不发,牌局就此结束。有一次,弗兰克指责埃罗故意让她下不来台;还有两三次,三人中最温柔的碧翠丝竟至伤心落泪。又有一次,埃罗大发脾气,把牌一扔,大步流星出了房门。她们的脾气越来越躁,列娜倒成了和事佬。

"我觉得,为了桥牌吵嘴太不值了,"她说,"毕竟只是个游戏。"

她当然称心如意了。她顿顿佳肴美酒。再者,她运气好得不一般,把她们的钱都给赢走了。每次牌局之后,得分都记在一个本子里,她的分数日日攀升,成了铁律。这世界就没有正义了吗?她们三人开始相互怨恨。当然,她们也恨列娜,可是又忍不住向她吐露心声。每个人都分头找她,向她抱怨其他两位多么可憎。埃罗说,总是和比自己老得多的女人混在一起,对她自己不好。她很想牺牲掉自己的那份租金,跑到威尼斯去度过夏天剩下的时光。弗兰克告诉列娜,自己的头脑如此阳刚,怎能指望和她们相处如意,埃罗这么轻浮,而碧翠丝又毫不掩饰她的愚蠢。

"与我交谈必须得有智商,"她怒道,"你要是有我这样的脑子,就必得结交智力相当的同伴。"

碧翠丝只图太平与清净。

"我真讨厌女人,"她说,"她们太不可靠,又心存不良。"

列娜的两周假期临近尾声时,这三个胖女人几乎互不搭理。在列娜面前,她们维持着表面和谐,一旦列娜不在场,她们也就不再装模作样。吵架阶段已经过去,她们现在彼此无视,如果实在不行,就冷冰冰地互相客气。

列娜接下来要去意属里维埃拉和朋友待一阵子,弗兰克送行,列娜搭乘她来时的同一辆火车。还带着赢走她们的一大笔钱。

"我真不知道该怎么谢你,"进车厢的时候列娜说,"我住得太愉快了。"

弗兰克·希克森为不输任何男人深感自豪,如果还有一件事让她骄傲,那就是她还是一个女绅士。她回应得非常完美,既体面又体贴。

"有你的陪伴,我们都非常开心,列娜,"她说,"真是赏心乐事。"

当火车一开走,她就猛地转过身来,长舒一口气,出气之猛,站台都在她脚下颤抖。她挺了挺宽厚的肩膀,大步走回别墅。

"哦——嗨!"她走几步就呼一声,"哦——嗨!"

她换上连体泳衣,穿上平底布凉鞋,披上一件男式浴袍(没人指指点点),向艾登·豪克走去。午饭之前,还有时间游游泳。她穿过"猴子之家"酒店,四处张望,想跟认识的人打招呼,她忽然感到自己与人类和解了。突然,她愣住了,简直不能相信自己的眼睛。碧翠丝一人独坐,穿着一两天之前在莫里诺商店买的睡衣,戴着珍珠项链。弗兰克眼神锐利,发现她的头发刚刚烫了波浪,她的脸颊、眼睛、嘴唇都画着妆。尽管她肥胖,不,是肥硕,却没有人能够否认,她是个极其俊俏的女人。可她这是在干什么呢?弗兰克走起路来很有特色,像个鲁莽男子一样低头垂肩,她就这样走到碧翠丝桌边。身着黑色泳衣、体形硕大的她,看起来就像日本人在托雷斯海峡捕捉的巨鲸,俗称海牛。

"碧翠丝,你干什么呢?"她低沉的嗓门发出一声吼叫。

这声吼叫就像远山滚过的闷雷。碧翠丝冷静地看着她。

"吃东西呢。"她答。

"该死的,我看得见你在吃东西。"

碧翠丝面前摆着一碟羊角面包、一碟黄油、一盆草莓果酱、咖啡,还有一罐奶油。碧翠丝正把厚厚的黄油涂在热乎乎、香喷喷的面包上,再盖上一层果酱,还浇上稠稠的奶油。

"你不要命了。"弗兰克说。

"我不在乎了。"碧翠丝嘴巴塞得满满的,咕哝着说。

"你会嘭嘭地长肉的。"

"见他的鬼去吧!"

她是用实际行动嘲笑弗兰克。上帝啊,羊角面包怎么这么好闻啊!

"我对你真失望,碧翠丝。我原来以为你还是能约束自己的。"

"都是你的错。那个该死的女人,你竟会请她来。整整两周,我眼睁睁看着她像头猪似的大吃大喝。这就不是肉体凡胎能受得住的。哪怕撑破肚皮,我也要好好吃一顿。"

弗兰克眼中溢满泪水。霎时,她感到非常脆弱,非常女人气质,想要有个高大威猛的男人把自己搂抱在膝头,哄着,抱着,喊着自己可爱的闺名。她颓然坐在碧翠丝身边,一声不吭。服务员来了。她令人心酸地朝咖啡和羊角面包指了指。

"给我来份一样的。"她叹了口气。

她完全泄了气,正待伸手拿个面包,碧翠丝一把抢过盘子。

"不,不行,"她说,"等着你自己的那份。"

弗兰克骂了她一句,关系亲密的女性间很少会这么相骂。很快,服务员端上了羊角面包、黄油、果酱,还有咖啡。

"奶油呢?你这蠢货!"她吼起来像一头被困的母狮。

她吃了起来,大口饕餮。餐厅开始挤满了泳客,他们在海边例行晒过太阳,游过水以后,过来享用一两杯鸡尾酒。这时,埃罗与罗科玛利亲王迤逦而来。埃罗裹着一条漂亮的真丝披巾,她一只手扯着,把披巾裹得紧紧的,尽可能显得窈窕;头抬得高高的,免得亲王发现她的双下巴。她快活地大笑着,感觉自己像个青春少女。亲王刚刚同她说(用意大利语),她的双眸让蔚蓝的地中海失色,简直成了豌豆汤。他暂时离开,去了男洗手间,梳理他那乌油油的头发,约好五分钟后喝上一杯。埃罗要去女洗手间,给腮上补一点胭脂,唇上增一点口红。半路上,她瞥见了弗兰克和碧翠丝。她停住脚步,简直不敢相信自己的眼睛。

"我的上帝呀!"她嚷嚷,"你们这两个禽兽。你们这两头馋猪。"她抓过一把椅子,"服务员。"

她把约会完全抛到脑后。只一眨眼的工夫,服务员就来到她身边。

"这两位女士吃的什么,给我照来一份。"她吩咐。

弗兰克从盘子上抬起她又大又重的脑袋。

"给我上份肥鹅肝酱。"她呜噜着。

"弗兰克!"碧翠丝大叫。

"闭嘴。"

"好吧,我也要一份。"

咖啡端上来了,然后是热面包卷、奶油,还有肥鹅肝酱,她们埋头大吃。她们把奶油涂在鹅肝上,吃掉;她们大勺大勺舀果酱,吞掉;她们嘎吱嘎吱大嚼喷香诱人的脆面包。恋爱对埃罗又算得了什么?让亲王留着他的罗马宫殿,他的亚平宁城堡吧。她们话也顾不上说,眼下的事重要得多。她们吃得认真严肃,吃得欣喜若狂,吃得热情如火。

"二十五年了,我从没吃过马铃薯。"弗兰克说,若有所思又心不在焉。

"服务员,"碧翠丝嚷,"上三人份的炸薯块。"

"好的,女士。"

马铃薯端上来了。所有的阿拉伯香料加在一起都没有这么香。她们用手抓着吃。

"给我来一杯干马天尼。"埃罗说。

"餐中不能喝干马天尼,埃罗。"弗兰克说。

"不能?你等着瞧。"

"那好,给我上双份的干马天尼。"弗兰克说。

"来三杯双份的干马天尼。"碧翠丝说。

干马天尼刚一端上来,就被一饮而尽。三个人互相望望,叹了口气。过去两周的误会烟消云散,她们心中又溢满了对彼此的真诚关爱,简直不能相信,对于曾给自己带来扎扎实实、无比满足的友情,她们竟然一度要把它割舍。干掉了马铃薯,碧翠丝说:

"不知道他们有没有巧克力乳酪泡芙。"

"那还用说。"

当然,那还用说。弗兰克把一整条塞进大嘴,吞下去,又去抓另一条。吃之前,她看看另外两人,朝着恶魔列娜的心脏掷出复仇的匕首。

"你们爱怎么说都行,事实上,她的桥牌打得别提多烂了,真的。"

"糟透了。"埃罗颔首。

说话间,碧翠丝突然觉得还得来一份蛋白酥饼。

(阎　勇　译)

人生真相

亨利·加奈特习惯于下午出城回家吃饭前去俱乐部打桥牌。他是个令人愉快的牌搭子,桥牌高手,不管拿到一手什么样的牌都能发挥到最好。而且,他输牌不输品;赢牌的时候就归功于运气,从不炫耀牌技。他还有容人的雅量,即令他的搭档打牌犯错,也大可放心,他会帮着找个体面的台阶下。所以,听到他出乎意料地刻薄自己的搭档,说从未见过比搭档打得更臭的牌,着实令人吃惊。更让人吃惊的是,他不仅自己犯了极端低级的错误,还在搭档为挽回面子指出他这个错误时,罔顾道理死不认账。不过,一起打牌的都是老朋友,没人把他的坏脾气十分当真。亨利·加奈特是一家颇有名气的公司的合伙人兼股票经纪,有朋友猜测准是他参与投资的某只股票出了问题。

"今天行情怎么样?"他问。

"大涨。傻子都赚了钱。"

很明显,亨利·加奈特的烦恼和股票毫无关系,但他心里肯定有事,任谁都看得出这一点。他是个热诚活跃的人,健康状况极佳;很有钱,对妻子一往情深,对孩子全心全意。照说他一向兴致不错,大家打牌时说的那些不着边际的话常把他逗得笑个不停,可今天他闷闷不乐地枯坐着,一声不吭。恼怒地皱着眉头,唇边满是怒意。有个朋友为了缓和紧张气氛,提起了众所周知亨利·加奈特喜欢谈论的话题。

"你儿子最近怎么样,亨利?我瞧见他在锦标赛上打得很漂亮。"

亨利·加奈特的眉头蹙得更深了。

"没什么大不了。"

"他什么时候从蒙特卡洛回来?"

"昨晚上就回来了。"

"他挺开心的吧?"

"估计吧。我却觉得他蠢到家了。"

"噢,怎么啦?"

"对不住各位,不谈也罢。"

三个人探究地盯着他。亨利·加奈特快快不乐地盯着绿台面。

"不好意思,伙计。该你叫牌了。"

在令人不安的沉寂中,几个人继续打着牌。轮到加奈特叫牌,他打得糟透了,连输三墩,仍是什么话也不说。他们又开了一局,这回加奈特拒绝跟牌。

"手上没有同花牌了?"他的搭档问。

加奈特心情烦躁,理都不理,这一手牌打到最后,发现他居然有牌不跟,白白毁了这一局。他的搭档自然不能放过他的心不在焉。

"你到底怎么啦,亨利?"他说,"你这牌打得跟个傻瓜似的。"

加奈特窘迫极了。输掉到手的一盘好牌,他本人倒是不太在意,可因为自己心不在焉,连累了搭档,感到十分过意不去。

他勉强打起精神。

"这牌打不下去了。本想打几盘会让自己平静下来,可我确实心不在焉。跟你们说实话,我今天心情真是糟透了。"

牌友们好一阵爆笑。

"不需要你告诉我们啦,伙计。是个人都看得出。"

加奈特苦笑了一下。

"唉,我敢打赌,你们要是碰上和我一样的事,脾气也好不了。说实话,我处境十分尴尬,若是你们这些老伙计中任何一位能帮我出个主意,对付一下这个难题,我将感激不尽。"

"咱们去喝一杯,你跟大伙儿说说吧。咱们有一位王室法律顾问、一位内政部官员、一位外科名医——若是连我们都不能帮你出出主意,那就没人帮得上了。"

王室法律顾问站起身来,按铃叫来了侍应。

"是关于我那混蛋儿子的事情。"

酒点好,端上来了。以下就是亨利·加奈特讲给大家的事情。

他提到的是他唯一的儿子,尼古拉斯,当然,大家昵称他为尼基。尼基现年十八岁。加奈特夫妻另有两个女儿,一个芳龄十六,另一个年方十二。做父亲的通常偏爱女儿,可亨利·加奈特表现得却有些不合常理;虽然他极力显得不偏心,但毫无疑问把最多的慈爱给了儿子。他对女儿也很关爱,不过态度上相当轻松愉快,过生日,过圣诞节,他给她们买漂亮礼物;但他对尼基简直就是溺爱,给他多好的东西都不觉过分,对他在乎得不得了,目光舍不得从他身上移开一时半会儿。你也不能为此责怪他,尼基是任何为人父母者都会引以为傲的儿子。他身高六英尺二英寸,体态矫健,肌肉强劲,宽肩窄臀,英姿挺拔,仪表堂堂。

一头微微卷曲的浅褐色头发,长睫浓密,眼眸湛蓝,眉色鲜明。嘴唇红润饱满,皮肤干干净净,肤色晒得很健康,笑起来露出洁白整齐的牙齿。他不属于腼腆的类型,但举止谦恭,颇有魅力。与人交往,他随和、有礼,性格开朗。作为一对正正经经、健健康康、体体面面的好父母的后代,他家教良好,在好学校里受教育,归而总之,正是难得一见的少年才俊,是佳公子的典范。让人一见之下便觉得表里如一,是个诚恳坦率、善良有德的人。他从未令父母为他担心不安,打小便绝少生病,也绝不淘气;长大后更是让父母样样称心如愿:成绩一流,人见人爱,当学生领袖,还是足球队队长;拿着一摞摞奖项,圆满完成学业。而且还不仅如此。十四岁时,尼基已在网球方面展露出异乎常人的天赋。他父亲喜爱这项运动,本身也十分擅长,当他在这孩子身上看到网球运动员的希望时,更加意培养。假期,他给尼基请来最优秀的专业人士做教练。十六岁时,尼基就已经赢得了他这个年龄段的多项锦标赛。他能把父亲打得落花流水,唯有父性的慈爱才能让这个老手对自己的不佳表现感到释怀。十八岁时,尼基入读剑桥大学,亨利·加奈特暗怀壮志,希望他大学毕业之前能够代表剑桥打比赛。说起来,尼基具备伟大网球手的一切资质:身材高大,臂展很长,移动迅速,对时机的把握堪称完美。他能够凭直觉判断来球方向,不疾不徐之间,已然到位接球。他发球有力,角度刁钻,令对手很难接住,而且他的正手抽球压得低,飞得远,位置准,十分致命。他的反手略逊,截击还欠准头,不过在去剑桥前的整个暑假,亨利·加奈特都命他在英国最好的教练指导之下,针对这几处弱项刻苦练习。尽管加奈特没对尼基提起过,但他内心深处藏着一个更高的梦想——希望看到儿子参加温布尔登网球赛。谁又敢说,他儿子不会被选中代表英国出征戴维斯杯呢。遐想中,亨利·加奈特仿佛看到了儿子跃过球网,同刚刚败在他手下的美国冠军握手致意,随后离开球场,走向震耳欲聋喝彩欢呼的人群,想到此处,他不由得喉头一紧。

作为温布尔登赛事的忠实拥趸,亨利·加奈特在网球界颇结交了一些朋友。一天晚上,在伦敦老城的一次晚宴上,他发现身畔恰好坐着其中的一位——布拉巴宗上校。很自然地,他向上校提起了尼基,聊到尼基有可能代表学校打下一季比赛。

"怎么不让他南下蒙特卡洛参加春季锦标赛呢?"上校冷不丁问道。

"喔,我觉得他还不够格儿。他还不到十九岁,去年十月才到剑桥;跟那些好手打球,他一点儿机会也不会有。"

"可不是,奥斯丁啦,冯·克拉姆啦,还有其他选手都能轻松击败他,可没准儿他也能抢到一两局;如果和那些小鱼小虾对抗,也没有理由不赢个两三场。他还从未和一流选手交过手,这对他可是绝妙的锻炼。比起你送他参加的海滨赛,他能学到的东西要多得多。"

"我真是想都没想过呢。我不打算让他在学期中间离开剑桥。我老是要他记住,网球不过是个游戏,绝对不能影响功课。"

布拉巴宗上校向加奈特问了学期结束的具体日期。

"没关系嘛,也就耽误他三四天,肯定都能安排好。你瞧,我们指望的两个球员已经让我们失望了,现在的境况很不妙。我们一心要派出最好的队伍。德国人派的都是最强的选手,美国人也一样。"

"恐怕不行,老兄。首先,尼基打得还不够好;其次,我不放心把这样的一个孩子送到蒙特卡洛而无人随行照料。要是我自己走得开,我还会考虑考虑,可我根本走不开。"

"我会去啊。我将作为英国队的场外队长随行去蒙特卡洛,我会照看他的。"

"到时候你会很忙,另外,我也不好让你承担这种责任。他还从来没有出过国,而且跟你说实话吧,他要是走了,我一刻也不能安心。"

话头就此打住,亨利·加奈特随后便回家了。布拉巴宗上校的建议令他有些飘飘然,忍不住告诉了太太。

"想不到他认为尼基有那么高的水平。他告诉我,他曾经看过尼基打球,认为他球风一流。说他只需要一些历练,便可打入头等赛事。咱们日后会看到这孩子打到温布尔登半决赛呢,老婆。"

出乎意料的是,他太太不像他设想的那样反对上校的提议。

"儿子毕竟已经十八岁了。尼基从来没有捅过娄子,没理由担心他会胡闹啊。"

"还要考虑他的学业呢,可别忘了。我认为,让他耽误期末可是开了一个坏头。"

"三天而已,又能怎么样呢?剥夺他这么个机会太可惜啦。我肯定,要是你问他,他会巴不得去的。"

"哼,我没打算问他。我把他送到剑桥可不只是为了打网球。我知道他稳重,可是把诱惑摆在他跟前儿很愚蠢。他独自去蒙特卡洛还是太年轻了。"

"你说他不可能与那些好手抗衡,可谁又能说得准呢。"

亨利·加奈特轻轻叹了口气。刚才在回家路上,他在车里就想到过,奥斯丁健康状况不稳,冯·克拉姆竞技状态也下滑了好些日子。假如说——只是单纯就事论事——尼基稍稍走点儿好运,那么他无疑会被选中代表剑桥比赛。不过,当然这些都还是没影儿的事。

"不行,亲爱的。我已经拿定主意,不会改变。"

加奈特太太闭上嘴巴。但是,第二天她便写信把事情告诉了尼基,还设身处地地建议他,要如何去做才能得到父亲的许可。一两天以后,亨利·加奈特收到了儿子的来信。儿子简直兴奋得直冒泡儿,说已经见过同为网球手的导师,还找了学院院长,此人恰巧与布拉巴宗上校相熟,他在期末之前离校绝不会遭到任何反对;导师与院长都认为这是个不容错过的机会。他也瞧不出如果去了能有什么害处,如果这一次,就这一次,父亲能破例通融,那么,他诚心实意地许诺下学期会拼命用功。信写得着实漂亮,加奈特太太看着丈夫在早餐桌旁读完,装作全然没看见他脸上的不悦。他把信朝她面前一丢。

"真不知道你为什么觉得有必要把我私下里跟你说的话告诉尼基。你太差劲了。现在你搅得他心神不定。"

"很抱歉。我以为,让他知道布拉巴宗上校对他有那么高的评价,他会很开心。我可不认为只能告诉他一些对他的批评意见。当然啦,我也跟儿子明确说了,他是不可能去的。"

"你已经陷我于窘境啦。若说还有我讨厌的事情,那就是让儿子以为我是个败兴的讨厌鬼,专横的老暴君。"

"喔,他不会的。也许他会觉得你挺傻的,还不讲理,可是我肯定,他会理解你这么不近人情是为了他好。"

"天主啊。"亨利·加奈特长叹一声。

他太太实在禁不住想大笑,她知道这场仗打赢了。哎呀呀,让男人乖乖听话就是这么容易。为了面子,亨利·加奈特硬挺了四十八小时,不过之后便让步了,两周以后,尼基回到伦敦,翌日清晨便出发去蒙特卡洛。吃过晚饭,待太太和大女儿离开以后,亨利抓住机会,要给儿子几句忠告。

"让你这个年纪独自一人去蒙特卡洛这样的地方,我真有点儿不放心。"讲完这句他又说道,"可既然决定要去,我就希望你凡事能够理智处理。我也不想总是严父嘴脸,不过有三件事我要特别警告你:一是赌博,不要赌博;二是金钱,不要借钱给任何人;三是女人,不要和女人有瓜葛。只要你不犯这三条,就不会惹上祸事。务必要记牢了。"

"好的,爸爸。"尼基微笑着说。

"最后再说一句:世事人情我再熟悉不过了,一定要相信我,这些都是金玉良言。"

"我不会忘记的。向您保证。"

"这才是好孩子。咱们上楼跟女士们会合吧。"

在蒙特卡洛锦标赛上,尼基既没能赢奥斯丁,也没能打败冯·克拉姆,但也没有丢脸。他出乎意料地战胜了一位西班牙选手,还淘汰了一位澳大利亚选手。混合双打比赛中,他甚至闯入了半决赛。人人都为他的风采折服,他自己也非常享受比赛过程。大家普遍认为他很有前途,布拉巴宗上校还跟他说,待他年岁稍长,再与更多的一流球员交手,一定会为他父亲争光。锦标赛接近尾声,次日他就要飞回伦敦了。由于心心念念要发挥出最佳水平,他一直过得小心翼翼,几乎没抽一口烟,没沾一滴酒,每天都早早上床睡觉;但到了最后一夜,他想要见识一下闻名遐迩的蒙特卡洛生活方式。组委会为网球手准备好官方晚宴,之后他和其他人一起来到体育俱乐部。他还是头一回到这里。蒙特卡洛到处都是人,每个厅里都挤挤挨挨。除了在电影里面,尼基从未见过轮盘赌;他走迷宫一样在路过的第一张台面旁驻足；不同大小的筹码散落在绿桌布上，乱糟糟得不可救药；荷官猛地推动转盘，又将一枚小白球轻轻掷入。经过似乎无穷无尽的等待，小球停了下来，另一位荷官面无表情地将输家的筹码用钱耙搂了过去。

不一会儿，尼基溜达到玩纸牌赌"红与黑"的台面，但他看不懂玩法，感到沉闷无聊。他又看到另一间房里挤了一群人，便信步走过去。一场百家乐纸牌大赌玩得正酣，他立刻感受到了场上的紧张气氛。一架黄铜栅栏隔开玩家和推来搡去的看客；玩家围桌而坐，一边九人，发牌人坐在中间，荷官与他相对。他们赌的输赢很大，发牌人来自希腊博彩团。尼基打量他那张毫无表情的脸庞，此君目光警觉，可又不动声色，看不出是输是赢。那场面实在惊心动魄，异常可观。尼基生长于节俭之家，眼看着一张纸牌翻转之间便有上千英镑的输赢，而输家不过调侃一句，一笑了之，着实让他大感惊悚，样样都可怕而又刺激。这时，一个熟人走了过来。

"赚了吗？"他问。

"我没玩儿。"

"明智。这烂玩意儿。过来喝一杯吧。"

"好的。"

喝酒时，尼基告诉朋友们，这是他头一次来赌厅。

"喔，那你走之前可一定要小赌一把。来蒙特卡洛，不试试手气就走，那就是白痴。说到底，损失百把法郎也碍不着什么。"

"我想也没什么，不过家父本来就不大乐意我来，特意告诫我三件事不能做，其中之一就是赌博。"

可当尼基和同伴分开以后，他又回到玩轮盘赌的桌旁。他站在那里,看着输家的钱被荷官扒走,交给赢家。不得不承认,这的确很刺激。他朋友说得不错,来到蒙特卡洛却没有在赌桌上押点什么,实在是太蠢了。这也算是个经历,而且在他这个岁数,能经历的就应该都试试嘛。他回想了一下,自己并没有向父亲保证不赌博,只是保证牢记他的忠告。这可不完全是一回事,对吧?他从皮夹里拿出一张一百法郎的钞票,腼腼腆腆地放到第十八号。之所以选这个数字是因为自己现年十八岁。一颗心怦怦乱跳,他盯着轮盘飞起来;小白球飕飕旋转,活像一个不怀好意的小恶魔;轮盘慢下来,小白球犹犹疑疑,貌似马上要停,可接着又转了起来。小球落到了十八号位置!尼基简直不能相信自己的眼睛。一大堆筹码推了过来,他拿的时候两手直抖。看起来数目不小!他脑子全乱了,压根儿就没想着下一局再押什么;事实上,他无意再赌,一次已经足够了。这一次又是十八号,他惊讶得一塌糊涂。上面只押了一个点!

"上帝啊,你又赢钱了!"站在他身旁的一个男人惊叹道。

"我?我什么也没押啊。"

"你押了。就是原来的筹码。除非你开口要撤,他们的惯例是把筹码留在那里的。你居然不知道?"

又一堆筹码推到了自己面前。尼基头晕目眩。他数了数彩头:七千法郎。一种古怪的力量感攫住了他,让他觉得自己简直绝顶聪明。这么轻而易举的生财之道他还闻所未闻,他那张坦诚又迷人的面孔上溢满笑容,亮晶晶的双眼碰到身旁一个女人的视线。她嫣然一笑。

"您交好运啦。"她说。

她讲的是英语,不过带点外国口音。

"简直难以置信。我头一回玩这个。"

"原来如此。借我一千法郎,好不好?我带的东西都输光了。半小时以内就还给您。"

"好吧。"

她从他的一堆筹码里抽了一支红色大筹码,道了谢,迅速消失了。刚刚同他说话的那个男人咕哝道:

"你再也见不着这一千法郎啦。"

尼基心里蓦地一凉。父亲专门忠告过,不要借钱给人。果然是太愚蠢了!而且是借给与他素不相识的一个人。不过借钱的那一刻,他正满怀对人类的爱意,想也没想便借了。还有那支红色大筹码,他当真不太可能意识到它的价值。哦,不要紧,他不是还有六千法郎吗,他要再碰一两次运气,赢不了的话就回去。他押了十六号,这是他大妹妹的年龄,但是没中;然后又押了十二号,这是他小妹妹的年龄,依然没有中;他又胡乱试了其他号码,再也没有中。很搞笑,他的灵光似乎消失了。他决定再赌一把,然后就收手;结果他赢了。不仅拿回了所有损失,还有富余。不足一个小时的时间,他经历了种种输赢起伏,体验了此生从未有过的刺激,赢的筹码多得口袋里都塞不下。他决定离开,去兑换室折现,当两万法郎的钞票在他眼前铺开时,他简直喘不过气来。他这辈子从来没有见过这么多的钱。他把钱装进口袋,正待转身,借走他一千法郎的那个女人走了过来。

"我一直都在到处找你呢,"她说,"真担心你走了。我心里急死了,还不知道你怎么想我呢。这是你的一千法郎,非常感谢你借钱给我。"

尼基的脸涨得通红,大为诧异地望着她。他怎么把人家给想岔了呢!父亲说了,勿赌博——呵呵,他赌了,还赢了两万法郎;父亲还说了,勿借贷——呵呵,他借给一个生人不小的数目,她还了。真相就是,他不是父亲以为的傻孩子:他凭本能就知道,他可以放心地把钱借给她,你瞧,他的本能是可靠的。不过,他的诧异表现得太明显了,那位娇小的女士不禁哑然失笑。

"你这是怎么啦?"她问道。

"跟你说实话吧,我从没指望这钱还能回来。"

"你把我当什么人啦?你以为我是那种靠行骗过日子的烟花女子吗?"

尼基这下脸红到了头发根儿。

"不,当然不。"

"我看起来像吗?"

"一点儿都不像。"

她穿得非常素净,一身黑色,脖颈上挂着一串金珠链,一袭款式简单的连衣裙勾勒出苗条有致的身材;她生着一张秀丽的小脸,薄施粉黛,头发剪得很利落。尼基猜想她比自己大不了三四岁。她对他友善地一笑。

"我丈夫是摩洛哥政府人员,我到蒙特卡洛来玩几周,因为他觉得我需要调剂一下。"

"我正要离开此地。"尼基不知道该说点什么,贸然说道。

"是吗?"

"嗯,明天我得早起,飞回伦敦。"

"可不嘛,锦标赛今天结束了,对不对?我看到你比赛了,知道吗?有两三场呢。"

"真的?真没想到你居然注意到我了。"

"你打球的姿势很帅气,穿着短运动装,样子非常迷人。"

尼基并不是那种自负的年轻人,可他脑中确实闪过一个念头:也许她来借一千法郎是为了和自己搭讪、套近乎。

"你去过尼克伯克夜总会吗？"

"从没去过。"

"喔，到了蒙特卡洛，不去尼克伯克怎么行？一起去跳会儿舞吧。老实说，我可是饿坏了，想来点儿培根煎蛋呢。"

尼基想起了父亲勿要同女人有瓜葛的忠告，可这又不一样；只需瞧一眼这位漂亮的小女人，就能立刻看出她是个十足十的良家妇女。他估计，她丈夫应该是个公务员。尼基的父母也有一些公务员朋友，有时他们还会携各自的夫人来家里吃饭。诚然，那些夫人没有这一位年轻，也不如她漂亮，可她同她们一样端庄贤淑。而且，刚刚赢了两万法郎，他觉得稍微享乐一番不是坏事。

"我很乐意与你同往，"他说，"不过我待不了很久，希望你不要介意。我在酒店里留了言，要他们七点叫我起床。"

"你想什么时候走，我们就什么时候走。"

尼基在尼克伯克待得十分惬意。他有滋有味地吃掉了自己的那份培根煎蛋，两人饮了一瓶香槟酒。他们跳了舞，那位娇小的女士还说他跳得很优美。他知道自己的舞跳得相当不错，不消说，她也是个好舞伴，舞姿轻盈宛若惊鸿。她贴着他的面颊，四目相对之时，她眼中的笑意令他心头怦怦乱跳。黑人女歌手声音性感低沉，舞池里人潮涌动。

"有人说过你长得非常英俊吗？"她问。

"可是没有呢。"他朗声笑道，心里想的却是，"天哪，我想她爱上我了。"

尼基不是傻子，他知道女人常常会喜欢上他。她这么一说，他便把她稍稍搂得更紧一点。她闭上双眼，唇边滑过一声嘤咛。

"我要是当着这么多人吻你会不太好吧？"他说。

"你觉得他们会把我当成什么人?"

夜渐渐深了,尼基说他真的应该回去了。

"我也该走了,"她说,"顺路送我回酒店好吗?"

尼基结的账。账单数额大得惊人。不过,口袋里揣着那么多钱,他倒也不在乎。他们上了出租车,她朝他紧紧偎过去,他吻了她。似乎她也中意他这样做。

"天主呐,"他心说,"接下来会要发生什么事了。"

她是个有夫之妇不错,但她丈夫远在摩洛哥,而且她确乎看上去为他倾倒。绝对没错。诚然,父亲告诫他不要同女人有瓜葛,但他又一次回忆起了自己并没有真的保证他不会,而只是保证牢记父亲的忠告。哎,他确实没忘,到了这一刻还记在脑子里呢。不过,情势有变,境况不同。她是这么个甜蜜可爱的尤物,艳遇的机会已经端在托盘上递了过来,要是错过未免太傻了吧。到酒店后,他付了出租车费。

"我要步行回去,"他说,"之前那个地方太闷了,新鲜空气对我有好处。"

"来坐一会儿嘛,"她说,"我想让你看看我的小宝贝的照片。"

"噢,你有一个小宝贝吗?"他叫道,有点儿沮丧。

"是的,很可爱的小男孩儿。"

他跟着她上了楼。他一点儿也不想看什么小男孩儿的照片,可出于礼貌,他只能假装感兴趣。他担心自己丢丑;因为他想到,她带他上楼看照片的目的是委婉地提醒他会错了意。他跟她说过自己十八岁。

"想来她把我当个孩子看吧。"

他开始后悔在夜总会花那么多钱点香槟酒。

但她根本就没给他看什么小孩儿照片。刚一进屋,她就转过身来,张开双臂紧紧搂住他的脖子,覆住了他的双唇,深深地吻他。他长这么大还从未被如此热烈地亲吻过。

"亲爱的。"她叫他。

有那么一霎,父亲的忠告划过尼基的脑海,不过他很快就把它抛在脑后。

尼基睡眠很浅,极小的声响也会把他惊醒。两三个小时后他醒来,一时间不知自己身在何处。房间不很黑,浴室的门半开着,里面的灯没有关。突然,他意识到有人在房间里走动。之后,他全想起来了。他看到的正是他那个子娇小的女友,正待开口说话,她举止中的异样又让他收了声。她走得异常小心谨慎,生怕吵醒他似的;她有一两次停住脚,朝床上张望。他纳闷她要干什么,不过很快就明白了。她走到他搭衣服的椅子边上,再次朝他的方向张望了一下,等了一会儿,他感觉漫长得好像没有尽头。四周寂静得叫人紧张,尼基觉得,静得能听到自己的心跳。她悄无声息地慢慢拿起他的外套,把手哧溜伸进他的口袋,将尼基得意扬扬赢来的那些美妙的千元法郎抽出来。接着,她把外套放回原处,在上面盖了几件其他衣服,恢复成好似没人动过的样子。她就这样手里抓着一摞钞票,一动不动地站了好一会儿。尼基强压住冲动,没有跳起来抓现行,一方面是过于吃惊,呆住了;一方面是想到自己身处异国的陌生酒店,如果嚷嚷出来还不知道会出什么事。她望了望他,他半眯着眼,心里确定她以为自己还在睡觉。寂静之中,她不会听不到他均匀的呼吸。她安了心,断定自己的举动没有惊醒他,便万分小心地抬脚走到房间的另一边,靠近摆着一盆瓜叶菊的窗下小桌边。尼基睁大双眼盯着她。那盆瓜叶菊显然栽得很松,她拎着花茎便将它提了出来;她把钞票放入花盆底部,又将瓜叶菊原样栽了回去。真是个绝妙的藏匿处,任谁也想不到,花繁叶茂的植物底下还藏着东西。她用手指把土壤压实,非常缓慢、蹑手蹑脚地穿过房间,溜回床上,小心仔细,没出一点儿声响。

"宝贝儿。"她昵爱地唤了一声。

尼基稳住呼吸,和一个深深酣眠的人没什么两样。那个小女人翻了个身,睡着了。尼基一动不动地躺着,各种念头在脑中转来转去,刚才目睹的那一幕快把他气炸了,他气呼呼地在心里自言自语:

"她什么也不是,就是个婊子。去她的摩洛哥丈夫和宝贝儿子,我真是瞎了眼!卑劣的贼,这就是她。拿我当傻子呢。要是她以为这样就能得逞,那她就大错特错了。"

他心中早已想好,要怎么去用掉他那么机灵赢来的钱。他想要一辆属于自己的小汽车,这愿望由来已久,他一向认为父亲不给他买车实在有些吝啬。不管怎么说,一个小伙子并不总乐意开着家里的公用车四处转。哼,他可以给老爷子上一课,自己掏钱买一辆。两万法郎差不多是两百英镑,可以买一辆很体面的二手车。他决意要把钱拿回来,只是眼下还不知道怎么办才好。他不想吵吵闹闹,毕竟他是个外乡人,在一家他一无所知的酒店里;那个寡廉鲜耻的女人很可能有朋友在这里,虽说他不介意跟人公平地干上一架,可要是闹到被人拔枪指着,那就未免太蠢了。另外,他还非常明智地考虑到,他并没有证据证明这钱是他的。要是摊了牌,她赌咒说钱是她的,他极有可能被扭送到警察局。他真不知该如何是好。耳畔传来那个小女人均匀的呼吸声,他清楚她睡着了,刚才顺顺当当地干了一票,此刻也该安心入睡了。她安详地进入梦乡,而自己却干躺着愁得要死,这真把尼基气得够呛。突然他灵光一现,这个主意真是太妙了,他竭力控制,才没有立刻从床上跳下来动手实施。她的那套把戏自己也能玩嘛。她偷走了他的钱;呵呵,他要再偷回来,这样不就扯平了。他决定静静地等待,直到确认那个女贼睡熟了再动手。他等啊等啊,等了很长一段时间。她一动不动,呼吸均匀得像个孩子。

"亲爱的。"他最终唤了一声。

没有回应。也没有动静。她睡得死死的。他缓缓地,一动一顿,悄悄溜下床,静静地站了一会儿,盯着她,看看是否有所惊动。她的呼吸还和之前一样平稳。在等待的当口,他已经仔细记下了房中家具的方位,在穿过房间时,就不会碰到桌椅,弄出声响。他走两步,停一停,接着又走两步;脚步放得非常轻,走动时一点声音都没有,足足花了五分钟才来到窗边,在那儿又等了一会儿。床轻轻地吱嘎一声,把他吓了一跳,幸好只是那女人在梦中翻了个身。他强令自己原地等待,数到一百。她睡得像根木头似的。他无比小心地抓住花茎,轻轻地把它提出花盆;再把另一只手伸进去,手指触到钞票时,他的心狂跳不止,连忙把钱抓牢,慢慢拿出来。现在,他把植物栽回盆里,仔仔细细地压实土壤。他一边动手,一边还要盯着躺在床上的人影。她仍然一动不动。他又顿了顿,轻手轻脚地溜到放衣服的椅子边,把那沓钞票放回外套口袋,接着穿上衣服。他足足花了一刻钟时间才穿好,要是弄出声音就麻烦了。他庆幸晚礼服里只穿着一件柔软的衬衫,比挺括料子的衬衫穿起来更无声无息。不照镜子打领带有些难度,不过他很聪明地想到,打得不十分好也没有关系。他的心情好了起来,情绪高涨。现在,整件事情回想起来更像是场好玩的闹剧。终于,除了鞋子,他全身穿戴整齐。他把鞋子拎在手里,打算到走廊上再穿。现在只需穿过房间来到门口,他非常轻手轻脚地走过去,连睡觉最浅的人都不会被惊醒。可是,开门前需要先开锁,他非常缓慢地转动钥匙。吱嘎一响。

"谁?"

那个小女人猛地从床上坐起来,尼基的心都提到嗓子眼儿了。他费了很大的力气才保持头脑冷静。

"是我。六点钟了,我得走了。本想尽量不吵醒你的。"

"噢,我忘了。"

她又倒在枕头上。

"既然你醒了,我就穿上鞋子吧。"

他在床边坐下,穿上鞋子。

"出门的时候别弄出动静。酒店的人会不高兴的。啊,我好困。"

"你继续睡吧。"

"走之前吻吻我吧。"他弯下腰吻了她,"你真是个可爱的男孩,美妙的情郎。一路顺风。"

尼基走出酒店大门才觉得安全。天色破晓,晴空无云,港湾里泊着的帆船和渔船在平静的水面上一动不动。码头上渔夫们正在为一天的工作做准备,街道上空无一人。尼基深深地吸了一口早晨的清甜空气,感觉头脑敏捷,身体康健,特别开心。他大摇大摆地阔步前进,胸膛挺得高高的,爬上小山坡,经过赌场前面的花园——明亮晨曦中的朵朵鲜花挂着露水,闪闪生光,美丽宜人——一直走回酒店。忙碌的一天已经开始,系领巾、戴贝雷帽的杂务工正忙着打扫大厅。尼基上楼回到自己房间,洗个热水澡。他躺在浴盆里,心满意足地想着,自己并不是某些人以为的傻瓜蛋。洗完澡他做了会儿运动,穿好衣服,整好行李,下楼用早餐。他胃口很好,绝对不吃寡淡的欧陆早餐!他吃了葡萄柚、麦片粥、培根煎蛋,新鲜出炉的面包卷又香又脆,入口即溶,再抹上橘子酱,外加三杯咖啡。饭前他就感觉身体通泰,饭后感觉更棒了。他还点着了最近刚刚学会抽的烟斗,付过账单,步入等着接他去机场的汽车。机场在戛纳的另一边,通往尼斯的道路延伸到山上,他的下方是蔚蓝的大海与海岸线。他不由得暗暗赞叹,风景真是太美啦。他们穿过晨光里旖旎亲切的尼斯,很快来到一条顺着大海延展的长长的直路。他已经付过费用了,用的不是昨夜赢来的钱,是父亲给的那笔;他兑换了一千法郎付尼克伯克的餐费,但那个小女骗子把借他的一千法郎还回来了,因此,他口袋里还是两万法郎钞票。他很想看看自己的钱,因为差点弄丢过,对他而言这些钱有了双倍价值。他为安全起见把钱塞在了后裤袋里。现在,穿好旅行时的衣服,他把钱从后裤袋拿出来,一张一张地数了起来。出了件蹊跷事:本该有二十张钞票,可现在变成了二十六张。他完全糊涂了,又数了两遍。没错,确实是二十六张;不知怎么回事,他手上拿的是两万六千法郎,而非他该得的两万法郎。他理不出头绪,心下暗想,是否在体育俱乐部赢的钱比原先以为的多。但是怎么可能呢?他明明白白记得,柜台上的那个人把钞票摊在桌上,五张一排,一共四排,他亲自点数过。电光火石之间,他有了答案:当他取出瓜叶菊,把手伸进花盆时,他把摸到的东西全部拎了出来。花盆就是那个小贱人的储钱箱,他拿出来的不光是自己的钱,还有她的积蓄呢。尼基往车座后背上一靠,爆发出一阵狂笑。他这辈子还没有经历过这么滑稽的事情。想到她早上醒来,查看花盆里她如此机灵弄到手的钱,却发现钱不翼而飞,连同她自己的钱也无影无踪,他笑得更厉害了。事已至此,他也毫无办法;他既不知道她的名字,也不知道她带自己去的酒店名字。纵然他想还给她也还不了。

"她太自作自受啦。"他说。

这就是亨利·加奈特在桥牌桌上讲给朋友们的故事。前一天晚上吃过饭后,他的妻女离开餐厅,让他们父子自在待着,尼基把这件事原原本本地讲了一遍。

"你们知道吗,最让我生气的是,他还那么扬扬得意,活像一只吞了金丝雀的猫。你们知道,讲完这事儿他跟我说什么吗?他一脸无辜地望着我说:'您瞧,爸爸,我忍不住想,您给我的忠告有不妥的地方。您说勿要赌博——好吧,我赌了,还赚了;您还说,勿要借贷——好吧,我借了,还收回了;您又说,勿要招惹女人——好吧,我招惹了,还从中挣了六千法郎。'"

三个伙伴哄然大笑,亨利·加奈特一点儿也没感到轻松多少。

"你们这些家伙笑就笑吧,可是你们知道吗,我现在的处境太难堪了。儿子仰视我,尊敬我,我说什么都像福音书似的不容辩驳,可现在我从他的眼神里看得出来,他只拿我当个蠢话连篇的老傻货。我说什么一燕不成夏、一叶难成秋也没有用了;他瞧不出这次不过是偶尔的侥幸,还以为全都归功于自己的聪明呢。这会毁了他的。"

"你确实有点儿傻,老伙计,"一个伙伴说道,"这没什么好否认的,对不对?"

"我明白,可是我不愿意这样。这也太不公平,太令人灰心了。命运没有权利跟人开这种玩笑。毕竟,你得承认,我的忠告是好的。"

"确实很好。"

"那逆子玩火,就活该烧着手指头,唉,可是他没有。诸位都是久经世故的,请告诉我,现在这个情况该怎么办。"

但是,他们谁也没有办法。

"哎呀,亨利,如果我是你,我是不会发愁的,"律师说道,"我相信你儿子天生好运,长远来看,这可比天生聪慧和天生富有强多啦。"

(阎 勇 译)

舞 男 舞 女

酒吧里人头攒动。几杯鸡尾酒下肚,桑迪·威斯科特开始感到饥肠辘辘。他看了看手表,约好九点半吃饭,现在已经快十点了。伊娃·巴雷特总是迟到,十点半能吃上东西就算不错了。他转向酒吧招待,准备再点一杯鸡尾酒,突然看见一个人走进来。

"嗨,科特曼,"他叫道,"喝一杯吗?"

"很乐意,先生。"

科特曼相貌英俊,三十岁上下,个头不高,可身材匀称,看起来并不显得矮。他把一件双排扣无尾礼服穿得十分潇洒,只是腰身收得有点太紧,而蝴蝶领结打得又嫌太大。一头浓密的黑卷发,从前额向后梳着,乌黑亮泽;一双大眼睛非常有神。科特曼说起话来也极其优雅,但是带点伦敦东区的下等口音。

"斯黛拉好吗?"桑迪问。

"喔,她很好。您知道,她演出前喜欢躺一会儿,说要稳稳神儿。"

"给我一千镑,也干不来她那个绝活儿。"

"确实。除了她没人干得来,我是说,从那么高的地方,而且水深才五英尺。"

"我从没见过如此扣人心弦的特技表演。"

科特曼轻声笑起来。这话他听着受用。斯黛拉是他妻子。诚然,冒险玩绝技的是她,可火焰是他的主意,也正是火焰迷住了观众,让表演取得巨大成功。斯黛拉要从六十英尺高的梯顶俯冲跳进一个贮水池,如他所言,贮水池水深只有五英尺。就在她起跳前,派人在水面上浇一层汽油,由他负责点火,烈焰熊熊升腾之际,斯黛拉俯冲而入。

"帕科·埃斯潘尼尔跟我说,赌场还从来没有过这么卖座的节目。"桑迪说。

"可不是吗。他告诉我,他们七月份的餐饮生意都赶上往年八月份的量了。他还说,这些全归功于我们。"

"是啊,你们收入一定不错吧?"

"唉,也不尽然。您瞧,我们先签的合同,那会儿自然不知道会这么火爆。不过,埃斯潘尼尔先生正商量着跟我们续签下个月,我也不妨跟您说,他要是还开以前的条件,我们就不签了。瞧,今天早上我刚刚收到一封经纪人的来信,说有意请我们去多维尔。"

"我约的人来了。"桑迪说。

他朝科特曼点点头,走开了。伊娃·巴雷特和她邀请的其他客人迤逦而入,她在楼下把他们聚拢在一起,共有八位。

"我就知道能在这儿找到你,桑迪。"她说,"我没迟到吧?"

"没有,才刚过半个钟头。"

"看看大家都来点什么鸡尾酒,就可以开餐了。"

这会儿,酒吧里空荡荡的,几乎所有的人都下去到露台上吃饭了,吧台边就他们几个人。帕科·埃斯潘尼尔穿过酒吧,走过来和伊娃·巴雷特握手。埃斯潘尼尔很年轻,手中钱财早已被他挥霍一空,现在靠张罗演出、给赌场招徕顾客混饭吃。对有钱有势的人彬彬有礼是他的职责所在。查洛纳·巴雷特夫人是位家财万贯的美国寡妇,请客吃饭手面豪阔,还喜欢赌上几把。说到底,午饭也好,晚餐也罢,还有那两场助兴的歌舞短剧演出,无非是要引诱人们往赌桌上扔钱。

"给我留了好台位没有,帕科?"伊娃·巴雷特问。

"顶好的座台。"他那双漂亮、乌黑的阿根廷人的眼睛,流露出对巴雷特夫人老而弥富魅力的倾慕。这也是他的职责所在。"您看过斯黛拉的节目吗?"

"那还用说。三遍啦。我还从没看过这么惊心动魄的节目。"

"桑迪可是每晚都来呢。"

"出人命那场我一定要来。哪天晚上她准会把自己摔死,只要受得住,我肯定不能错过那个场面。"

帕科哈哈大笑。

"她的节目太成功了,我们准备再跟她签一个月。我只求她八月底之前别把自己摔死。之后就随她去啦。"

"噢,天哪,这么说,一直到八月底,我晚晚都得接着吃鳟鱼和烤鸡啦?"桑迪嚷道。

"你这坏坯,桑迪。"伊娃·巴雷特说,"快来,咱们进去吃饭,我都快饿死啦。"

帕科·埃斯潘尼尔问男招待有没有看到科特曼,男招待说,刚才还看见科特曼和韦斯科特先生在喝酒的。

"噢,好吧,要是他进来,告诉他我要跟他说句话。"

巴雷特夫人在通向露台的台阶顶停下来,等媒体代表拿记事簿过来。媒体代表是一个瘦小干瘪的女人,头发乱蓬蓬的。

桑迪轻声念着来宾的名字。这是一个典型的里维埃拉聚会,来宾有英国勋爵及夫人,两人都是瘦高个儿,热衷于吃白食,不拘吃谁的,每到半夜都吃得腰滚肚圆。还有一个骨瘦如柴的苏格兰女人,面孔活像一张历经千年风吹雨打的秘鲁面具,携她的英国丈夫同来。那英国丈夫实为掮客,却虚张声势,精神十足,一副军人做派。他给人的印象那么正直诚恳,以至于当你发现他特别优惠介绍给你的上好货色其实一文不值时,你会比自己犯了错还难受。客人中还有一位意大利女伯爵,其人既非意大利国籍,也无此爵位,但打得一手漂亮桥牌。再就是一个俄罗斯亲王,正准备把巴雷特夫人变成自己的王妃,此人还兼着兜售香槟、汽车,抽头寄卖古代大师名画。眼下酒吧里正奏着舞曲,巴雷特夫人在等舞曲结束,她嘴唇紧抿打量着舞池里拥挤的人群,神色间不乏轻蔑。今夜有特别演出,场子里摆满餐桌。露台远处,海面波澜不兴。一曲音乐结束时,领班堆着殷勤的笑容,领她去预留的餐台。她气度高贵地走下台阶。

"这个餐台是看跳水的绝佳位置。"她落座时说。

"我喜欢坐在贮水池旁边,"桑迪说,"可以看清她的脸。"

"她很漂亮?"女伯爵问道。

"倒不是为这个。是为了看她的眼神,每次跳水她都吓得要死。"

"噢,我可不信。我是说,这个哗众取宠的把戏只是在耍花招,其实没什么危险,肯定。"伦敦老城绅士——人称古德哈上校的客人说。无人知晓他的这个头衔从何而来。

"一派胡言。从那么高的地方跳进那么浅的水里,刚刚擦到水面就必须闪电般地扭身。稍有差池,她的头一定会撞到池底,折断脊椎。"

"我说的正是这个,老弟,"上校说,"哗众取宠而已,信我的没错。"

"如果没什么危险,这个节目就不值一看。"伊娃·巴雷特说,"毕竟一分钟都不到,除非她真的拿命冒险,否则就是最大的时代骗局。难不成我们一趟趟赶过来观赏的竟然是个假把戏。"

"绝对是假把戏。信我的没错。"

"是啊,您是该知道。"桑迪说。

假若上校已然意识到这是句挖苦话,倒是掩饰得不赖。他哈哈笑了起来。

"在下倒也不妨自称略知一二,"他说,"我可是整晚都瞪眼瞧着呢。啥小动作也逃不过我的眼睛。"

贮水池设在露台左边尽头,后面是一只非常高的梯子,用支架撑着,顶上设置了一个小跳台。两三曲舞蹈表演之后,伊娃·巴雷特的客人正大嚼芦笋时,音乐停了下来,灯光变暗。一束亮光投射在贮水池上,科特曼现身在光圈之中,他登上六级梯子,站在与贮水池平齐的位置。

"女士们,先生们,"他喊道,声音洪亮清晰,"您即将观看的是本世纪最精彩的绝技。斯黛拉女士,全球最伟大的跳水者,将从六十英尺高处跳入五英尺深的火焰池。本绝技前所未有,勇于尝试者可获得斯黛拉女士的一百镑奖金。女士们,先生们,接下来,我将荣幸地为大家请出斯黛拉女士!"

一个小小的身影出现在通向露台的台阶顶部,飞快地跑到贮水池旁,朝向鼓掌的观众鞠躬致意。她披着一件男式丝质浴袍,头戴泳帽,瘦瘦的面孔上化着舞台妆。意大利女伯爵举起长柄望远镜,向她望了望。

"不漂亮。"她说。

"身材不错,"伊娃·巴雷特说,"看了就知道。"

斯黛拉脱掉浴袍,科特曼接过浴袍,走下台阶。斯黛拉略顿了一下,环望人群。由于观众席在暗处,她只能看见隐隐约约的白色面孔和白衬衣前襟。她身材娇小美丽,双腿颀长,臀部瘦削。泳装十分合体。

"你对身材的评价果然不错,伊娃,"上校说,"当然,稍微有点发育不良,不过我知道,你们女人家会觉得这样正好。"

斯黛拉开始爬梯子,聚光灯打着追光,梯子看上去高不可及。一个助理开始往水面浇汽油。有人递给科特曼一支燃烧的火把。他望着斯黛拉登上梯顶,站到跳台上。

"准备好了吗?"他喊。

"好了。"

"起跳——"他叫道。

他一边下令,一边将火把扔进水池,火焰腾空而起,火苗蹿得高高的,场面着实吓人。与此同时,斯黛拉纵身一跃,像道闪电似的划下去,穿进滚滚烈焰,扎到水下,之后火焰渐渐熄灭。瞬间,她已浮出水面,一跃而起,迎接她的是不绝于耳的欢呼声和暴风雨般的掌声。科特曼立刻用浴袍把她裹住,她再三鞠躬谢幕,掌声经久不息,乐声四起。她最后一次挥手致意后,跑下台阶,穿过餐桌,来到门旁。全场灯光亮起来,侍应生开始忙着提供刚才中断的餐饮服务。

桑迪·韦斯科特叹了一口气,不知是失望,还是宽慰。

"顶呱呱。"英国贵族说。

"哗众取宠的骗人伎俩,"上校继续坚持他的英国式顽固,"我跟你下什么赌注都成。"

"一眨眼工夫就结束了,"英国贵族夫人说,"要我说,花这个钱真不值。"

毕竟,又没花她的钱,从来就没花过她的钱。意大利女伯爵俯过身来,她英语讲得极流利,不过口音太重。

"伊娃,亲爱的,露台下面靠门那一桌坐着的两位真不一般,是什么人?"

"很有意思,是吧?"桑迪说,"我眼睛就没离开过他们。"

伊娃·巴雷特瞥了一眼女伯爵指的那张桌子,背对他们坐着的亲王也回身看了一眼。

"简直不像真人,"伊娃叫了起来,"我一定要问问安吉洛他们是谁。"

巴雷特夫人是那种能够叫得出欧洲所有大饭店领班名字的人。她吩咐正在给她斟酒的服务员把安吉洛喊来。

确实是很怪异的一对。他们独自坐在一张小餐台旁。年纪很大。男的体形肥壮,满头白发,两道粗浓的白眉,浓密的白唇髭。他看上去很像已故意大利国王亨伯特,只是比亨伯特更有国王派头。他腰板笔直,全身晚礼服装扮,白领结、白领圈,至少落伍三十年。他的女伴是一个小老太太,穿着黑绸缎晚礼服,领口低,腰身窄,脖子上挂着几条彩珠项链。一眼就能看出她戴着假发,跟她本人很不搭配的那种假发。假发做得倒是精致,交织着大小发卷,乌黑油亮。她脸上妆容肆无忌惮,眼睛上下一片亮蓝,眉毛漆黑,两颊涂着大团艳粉色胭脂,双唇猩红。面部皮肤松弛下垂,皱纹沟壑纵横,一双放肆的大眼睛急切地从一张桌子睃到另一张,将一切尽收眼底,时不时让老头注意这个,注意那个。这一对儿的外表在时髦的人群中显得非常奇突,其他男人都穿着无尾礼服,女人则穿着轻薄的浅色长裙,很多目光都投向他们。众目睽睽下,老太太似乎没有丝毫不安,感到有人盯着她,反而将眉毛挑得弯弯,满面微笑,眼珠骨碌碌直转,好像马上就要迎接人们的欢呼与掌声。

安吉洛匆匆赶来,伊娃·巴雷特是个不能怠慢的主。

"您找我,夫人阁下?"

"哦,安吉洛,我们快纳闷死了,门边桌子旁坐着的那对儿到底是何方神圣?"

安吉洛望了一眼,立刻现出一副不以为然的神气。他的面部表情,配合着耸肩,扭脊梁,挥手势,说不定连脚趾都动了动,无不表达着他的半幽默式道歉。

"夫人阁下,您一定不要在意他们的存在。"他当然知道,巴雷特夫人当不起这个称呼,就像他知道那位意大利女伯爵既不是意大利人也不是伯爵,而英国勋爵但凡有人掏腰包,连杯酒水的账都不会付。可是他也知道,这么称呼绝不会让巴雷特夫人不高兴。"他们求我给张桌子,因为太想看斯黛拉女士跳水啦。他们本身曾干过这行。我明白,他们就不配在这里吃饭,可他们十分执着,苦苦哀求,我实在下不了狠心不让他们进来。"

"我觉得他们十足地滑稽有趣。我很喜欢他们。"

"我认识他们很多年了。说起来,那个男的还是我的同胞。"领班说到这儿,讨好似的笑了笑,"我跟他们说,可以给他们一张桌子,但不准他们下舞池跳舞。我可不敢冒险,夫人阁下。"

"喔,他们跳舞,我倒是非常乐意瞧一瞧。"

"总是尊卑有别啊,夫人阁下。"安吉洛严肃地说。

他再次鞠躬如仪,面带微笑地退下了。

"快看,"桑迪嚷嚷,"他们要走了。"

那对可笑的老夫妇正在付账。老头子站起身,帮妻子围上一条脏兮兮的大白羽毛披肩,腰身挺得笔直,伸出手臂让她挎上。老太太站起身,相比之下十分瘦小,在他身旁迤逦走着。她的黑绸缎裙尾拖得很长,伊娃·巴雷特(她已经五十大几)快活地大叫起来。

"瞧啊,我记得上学时,我妈妈就穿着那样的裙子。"

那对滑稽人物仍旧互相挽着手臂,穿过赌场一间间宽敞的厅堂,走到门口。老头子招呼门童:

"烦请您领我到后台化妆间。我们希望可以向斯黛拉女士致敬。"

门童打量了他们一眼,心中便有了计较。对他们不必十分礼貌。

"你们去了也碰不到她。"

"她不是没走吗?不是两点还有一场演出吗?"

"没错儿。他们现在可能在酒吧。"

"咱们去看看又碍不着什么,卡洛。"老太太说。

"是啊,亲爱的。"他说,"啊"字带着浓厚的卷舌音。

他们缓缓走上宽大的台阶,进了酒吧。酒吧里空荡无人,只剩下副管事儿的,和坐在角落扶手椅里的一对夫妻。老太太松开丈夫的手臂,轻快地走过去,远远伸出手来。

"你好,亲爱的!我觉得非得来祝贺祝贺你不可,都是英国人嘛,再说我也干过这行。节目太成功啦,我亲爱的,实至名归。"她转向科特曼,"这位是你先生?"

斯黛拉从椅子中站起身,有点儿局促地听着老太太絮絮叨叨,唇边绽开一抹羞涩的微笑。

"是的,他叫席德。"

"见到您很高兴。"他说。

"这是我丈夫,"老太太说着,手肘朝高个儿的白发老头杵了杵,"佩内齐先生。他其实是位伯爵,按理我就是佩内齐伯爵夫人,不过退休的时候我们放弃了头衔。"

"请你们喝一杯好吗?"科特曼说。

"不,我们请。"佩内齐太太说着,坐到扶手椅里,"卡洛,你来点。"

副管事儿的走了过来,一番问询后,点了三瓶啤酒。斯黛拉什么也不喝。

"第二场演完之前她什么都不喝。"科特曼解释。

斯黛拉纤弱娇小,二十六岁,浅褐色头发剪得很短,烫着波浪。一双灰色的眼睛,唇上微微涂着口红,腮上淡淡抹着胭脂。她肤色苍白,算不上太漂亮,但小小的脸孔生得很匀称,穿着一条非常简单的白色丝质晚装长裙。啤酒送上来了,佩内齐先生明显不善言辞,猛地喝了一大口。

"您是干哪一行的?"席德·科特曼客气地问。

佩内齐太太化着闪亮妆容的眼睛骨碌碌地看看他,又望向自己的丈夫。

"告诉他们我是谁,卡洛。"她说。

"美人炮弹。"他朗声说道。

佩内齐太太欢快地笑了,像鸟一样迅疾望望斯黛拉,又看了看科特曼。二人则一副愕然地盯着她。

"在下弗洛拉。"她说,"人称美人炮弹。"

显然,她盼着能够震一震他们,却发现两个人满头雾水的样子。斯黛拉疑惑地看了席德一眼,后者出来圆了场。

"我们那会儿还没出生吧。"

"你们自然是还没有出生喽。啊,维多利亚女王驾崩那一年,我们退出这行,当时还挺轰动的呢。你们听说过我,肯定的。"她看到对方脸上一片的茫然,口气变了一些,"我可是伦敦最吸引观众的金字招牌,就在老水族馆。所有有头脸的人都来看我表演,比如威尔士亲王啦,还有别的我叫不出的。整个城里茶余饭后都会谈论我。是吗,卡洛?"

"水族馆因为她场场爆满了一整年。"

"我的演出可是那里有史以来最吸引眼球的节目了。哎呀,好几年前,我向巴斯夫人自我介绍,你知道,就是著名女演员、制片人莉莉·朗特蕾夫人,她以前住这里。她太记得我啦,跟我说看我表演不下十次呢。"

"您演的什么呢?"斯黛拉问。

"我被从大炮里发射出去。相信我,场面真是轰动。伦敦演出以后,我还环球巡演呢。没错,亲爱的,我现在老了,我也不否认。佩内齐先生都七十八啦,我也早过了七十岁,可是伦敦城的围墙上一度到处贴着我的画像。巴斯夫人跟我说:亲爱的,你和我一样出名。不过你也知道观众的德性,只要有好东西就狂热追捧,但很快又想着要看新花样;不管多好的节目,他们都会腻,再也不去看了。你也会有这一天,亲爱的,就像我一样,干我们这行的都免不了。好在佩内齐先生肩上扛着的那颗脑袋足够聪明好使。知道吧?他才这么一点点高的时候就入了行,马戏团,演出班头,我第一回认识他的时候就干这个,我在杂耍团,空中飞人,知道吧。他现今的样子不差,可是你真该瞧瞧那会儿的他,蹬着俄式大马靴,穿着马裤,紧身外套的前襟从上到下都是扭花扣袢,马儿绕着场子飞奔,他把马鞭甩得叭叭响,是我这辈子见过的最帅的男人。"

佩内齐先生不予置评,自顾若有所思地捻着浓密的白胡须。

"哎,我跟你们说吧,他从不乱花钱。到了经纪人再也不能把我们的节目订出去的那天,他说,咱们退行吧。再正确没有啦,作为伦敦曾经的头牌明星,我们不能再干马戏团了。我是说,佩内齐先生是位真正的伯爵,他还要考虑到伯爵的体面。所以我们来到这儿,买了房,包食宿出租。这是佩内齐先生一直以来的夙愿。我们到这儿三十五年啦,一直还不错,可是过去两三年不好,萧条啦,来的客人也跟从前刚开业时大不一样,他们要卧室里装什么电灯啦,自来水啦,还有很多我说不上的名堂。卡洛,给他们一张名片。佩内齐先生亲自下厨,要是你们想寻找家的感觉,就知道去哪儿啦。我喜欢同行,亲爱的,咱们有太多话好聊啦。可不是吗,一朝入行,一世在行。"

正说着话,酒吧管事儿的吃完饭回来了。他一眼瞥见席德。

"噢,科特曼先生,埃斯潘尼尔先生正找你呢,说是有事情要跟你谈。"

"噢,他人呢?"

"就在附近。"

"我们得告辞啦,"佩内齐太太说着,站起身,"哪天到我们家一起吃个午饭,好吗?我想给你们看看我的老照片,还有剪报。真是奇怪,你们居然没听说过美人炮弹。怎么会?我当年可是和伦敦塔一样出名。"

发现如今的年轻人从未听说过她的大名,佩内齐太太并不着恼,只是觉得好笑。

他们互相道别,斯黛拉又倒回到椅子里。

"等我把啤酒喝完,"席德说,"就去看看帕科有什么事。小鸭鸭,你是待在这里还是去后台化妆间?"

斯黛拉双手攥得紧紧的,没有答话。席德看了她一眼,赶紧把目光移开了。

"着实有趣,那位老太太,"他继续说着,还是那么兴致勃勃,"真滑稽。我想她说的都是真的,当然,有点令人匪夷所思。想不到她能吸引全伦敦,是四十年前吗?最滑稽的是她以为人人都记得,好像根本就不明白我们听都没有听过她的名字。"

他又用眼角余光偷偷打量斯黛拉一眼。他发现她在哭泣。他慌了神,看着泪珠从她苍白的面颊上滚滚落下。她克制着自己不发出哭声。

"怎么了,亲爱的?"

"席德,今晚我跳不了第二次了。"她抽抽搭搭地说。

"到底怎么了?"

"我害怕。"

他握住她的小手。

"我知道你不会,"他说,"你是世界上最勇敢的小女人。喝杯白兰地,提提神。"

"不,喝酒更糟。"

"你可不能让观众失望啊。"

"什么臭观众。一群暴饮暴食的猪,一帮只会叽叽喳喳的傻瓜,钱多得不知道怎么花。我受不了他们了。我丧了命,他们又会在乎什么?"

"可不是吗,他们来这里就是为了找刺激,这个我不否认。"他有些不安,"但是你我都明白,只要你保持镇定,就不会有危险。"

"我镇定不了,席德,我准得摔死。"

她稍稍抬高了嗓门,席德马上看了看酒吧管事。好在他正在读一份《尼斯尖兵》报,没有注意他们俩。

"你不知道从上往下看的感觉,站在梯子顶上看贮水池的感觉。真的,刚才我以为自己要晕过去了。跟你说今晚我再也跳不了了,你得帮我脱身,席德。"

"今晚你要是吓退了,明天就会更糟糕。"

"不,不会的。一个晚上跳两次才要命。等得太久让人心慌。你去见埃斯潘尼尔先生,告诉他一晚两场不行。我的神经受不了。"

"他绝对不会接受,晚餐段的生意全靠你了,不是为了看你谁会来啊。"

"我受不了了,跟你说我演不下去了。"

他一声不吭,看着她苍白的小脸上泪如雨下,他明白她正在迅速崩溃下去。好些天来,他都预感着要出问题,一直绷着一根弦。他尽量不给她说话的机会,模模糊糊地觉着还是不让她把感觉说出来为好。可是他确实一直都在担心,他爱她。

"不管怎样,埃斯潘尼尔要找我谈事情。"他说。

"谈什么?"

"不知道。我会跟他说,你每晚演出不能超过一场,看看他怎么说。在这儿等我好吗?"

"不,我去后台。"

十分钟后,他去后台找她,情绪高昂,步伐轻快。他一把推开房门。

"我有大好消息,宝贝。他们要再留我们一个月,出场费翻倍。"

他往前一跃,揽住她吻上去,却被她一把推开。

"今晚我还得再跳一次对吗?"

"恐怕非跳不可。我试着跟他理论,一晚只演一次,可他听都不愿意听。他说,晚餐时段你的演出必不可少。毕竟,给了双份的钱,倒也划算。"

她转身扑倒在地板上,泪水汹涌而出。

"不行,席德,我肯定不行。我准得摔死。"

他在地板上坐下,扶起她的头,把她抱在怀里,摩挲着她。

"振作点,亲爱的。开出的数目你拒绝不了。维持一冬天没问题,我们什么也不用干。说到底,七月只剩下四天,紧接着只有八月一整个月。"

"不!——我害怕!我不想死,席德。我爱你。"

"我知道,亲爱的,我也爱你。哎,自打结婚我一眼也没瞧过别的女人。我们以前从来没赚过这么多钱,以后也赚不到。这一行你还不清楚吗,现在我们挺轰动,一直红下去就指望不上了。打铁得趁热啊。"

"你愿意看着我送死吗,席德?"

"别说傻话。唉,没有你,我可怎么办呢?千万不能就这么垮了。你还要想想你的自尊,现在你可是全球闻名呢。"

"就像过去的美人炮弹。"她又哭又笑,笑声里满是怒火。

"那个该死的老太婆。"他心想。

他明白这是压垮骆驼的最后一根稻草。真倒霉,斯黛拉竟然听进去了。

"她让我擦亮了双眼。"她说,"为什么人们一次次来看我表演?就是为了没准儿能看见我把自己摔死。我死后不出一星期,他们就连我的名字都会忘掉。观众就是这个德性。看着那个描眉画眼的丑老太婆,我全明白了。噢,席德,我太难受了。"她双臂环住他脖子,把自己的脸贴近他的脸。"席德,不行,我不干了。"

"你是说今晚不干了吗？如果你真感觉那么糟,我去跟埃斯潘尼尔说你突然昏厥。我寻思着,一次没什么问题。"

"我不是说今晚,我是说永远不干了。"

她感到怀中的他浑身一滞。

"席德,亲爱的,别以为我在发傻。不光今天这样,一直以来这种感觉越来越强烈。我整夜地想着这个,睡不着觉。刚一迷糊,就梦见自己站在梯子顶上往下望。今晚我哆嗦得不行,几乎爬不上去,你点火,大喊'起跳'的时候,就像有什么把我往后拽一样。跳下去了我自己都不知道。发现自己站在台子上,听到他们拍手,我的大脑还是一片空白。席德,你要是爱我,就不会让我受这份折磨。"

他长叹一声,泪水浸湿了眼睛。他全心全意爱着她。

"你明白结果会怎样。"他说,"回到过去的日子,跳舞马拉松,看不到一丝盼头。"

"什么都比干这个好。"

从前的日子。他们都不会忘记。席德十八岁就做了舞男,他生得非常好看,皮肤黝黑,有股浓浓的西班牙风情,兼之活力四射,老女人和半老徐娘都乐意花钱邀他共舞,从来不愁生意。他从英国漂到欧陆,就此待了下去,从一家酒店辗转到另一家,冬天到里维埃拉,夏天到法国海滨和矿泉疗养地。舞男的生活并不坏,通常两三人结伴,合租食宿便宜的单间。他们不需要早起,只需及时装扮好,赶着十二点去酒店,陪那些想减肥的粗壮女人跳舞。接下来的时间都是自由的,五点以后他们会重回酒店,坐在餐桌边,还是三两结伴,睁大眼睛,努力寻找可能的主顾。他们也有常客。晚上他们会再去酒店,吃顿体面的白食,上菜间隙陪人跳舞。进账也不坏，一般随便陪谁跳舞都能挣得五十到一百法郎，有时碰到富婆，陪她好好地跳上两三晚，得的钱甚至上千。还有的时候，碰上中年女人要求过夜，会付上二百五十法郎。他们还总有机会碰上昏了头、年纪大的蠢女人，就能到手蓝宝石戒指啦、白金戒指啦、烟卷匣子啦、体面衣服啦、腕表啦什么的。席德的一个朋友和这样的一个老女人结了婚，对方老得都可以当他妈妈了，给了他一辆车，还给他钱去赌博，跟他住在比亚里茨的一幢漂亮别墅里。那都是景气的时候，人人都大把撒钱。可惜后来经济萧条了，对舞男们打击惨重。酒店都空了，客人们舍不得花钱买欢与漂亮小伙子跳上一曲。席德几次三番枯坐一整天，都挣不来一杯酒钱。甚至不止一次，吨位级重量的胖老娘儿们觍着脸只给十法郎。他的花销却减不下来，他必须打扮光鲜，不然酒店经理就会指指戳戳。洗衣费开支不小，衬衣衬裤消耗数量惊人，还有鞋子——舞池地板太费鞋，而他们的鞋子又必须看上去崭新。还有房租、膳食，样样要钱。

  他就在那个时候遇见了斯黛拉。那是在法国依云矿泉疗养区，那一季生意极其萧条。斯黛拉是澳大利亚人，当时做游泳教练，花式跳水也跳得漂亮。她每天上午、下午表演跳水，晚上在酒店里跳舞。两人在酒店里远离其他客人的一张小桌子上一起吃饭，乐队演奏时，他们翩翩起舞，以招徕其他客人下舞池。但是，常常没有其他客人愿意跟着，他们便自顾自舞着。舞男舞女收入无几，但他们爱上了彼此，季末便结了婚。

  他们从未后悔。他们一起熬过最艰难的时候。为了招徕生意（上了岁数的老妇女不太喜欢和有妻子在场的已婚男人跳舞），他们选择隐婚，可即便如此，两人在酒店里同时有生意仍不容易，席德挣的钱远远养不起斯黛拉，即便租住最廉价的公寓,她不出工也不行。舞男生意式微,他们去巴黎学了一种舞剧,可是竞争太激烈,很难拿到饭店助兴节目的聘约。斯黛拉交谊舞跳得很好,但当时受追捧的是杂技,不管怎么勤学苦练,她总演不出惊人的效果。观众看腻了印第安阿帕奇舞,他们一度好几个星期找不到一件活计。席德的腕表、黄金烟卷匣子、白金戒指,全都进了当铺。最后,等他们到尼斯,生活窘迫到靠抵押席德的夜礼服的田地。真是噩梦般的日子。无奈之下,他们加入了一个私人老板发起的跳舞马拉松。一天二十四小时连轴跳,每小时歇一刻钟。太可怕了。他们腿跳疼了,脚跳麻了,常常很久都感觉不到自己在干什么,只是跟着乐拍,尽可能地省些力气。他们也挣了一点小钱,人们常会掏出一百、两百法郎,鼓励鼓励他们。有时为了吸引眼球,他们强打精神表演花式舞蹈。如果观众兴致不错,或许能有笔过得去的收入。他们越来越疲惫,到了第十一天,斯黛拉晕了过去,不得不中途退场。席德独自撑场,旋转,旋转,转个不停,没有舞伴,十分怪诞。那是他们最潦倒的时候,简直落拓不堪,给他们留下了悲惨可怕的回忆。

不过,也就是在那个时候,席德突发"火焰跳水"的灵感。当时,他独自一人慢慢地绕着大厅跳舞,忽然有了这个念头。斯黛拉总是说她能站在垫盘里跳水,她有诀窍。

"好主意说来就来,"他后来总结道,"真像电光火石一般。"

他猛然记得曾见过一个男孩点燃泼在人行道上的汽油,火苗噌地蹿起来。不用说,水上烈焰和壮观的一跳一定会迷倒公众。他当场就停下了舞步,兴奋得实在跳不下去。他找斯黛拉商量,她也热情高涨。他于是赶紧写了封信给他的经纪人朋友。席德人缘很好,大家都喜欢他。经纪人投钱给他们置办了装备,又找巴黎一家马戏团给他们联系了合约,节目一炮打响,他们红了。各处合约纷至沓来,席德给自己添置了全副新行头。海岸夏季赌场的预约到手时,他们简直红得发紫。席德说斯黛拉一露面就能引发骚动,这一说并不算夸张。

"咱们的苦日子到头啦,我的好姑娘,"他深情地说,"现在我们可以攒一点钱,未雨绸缪;等观众腻味了,我再想想别的法子。"

可现在,一点儿征兆也没有,正值他们声名鹊起之际,斯黛拉却要退出不干了。他不知道跟她说些什么好。看到她那么伤心,他的心都碎了。他现在比新婚燕尔时更爱她。他爱她陪自己一起熬过苦日子,那会儿他们一连五天饥肠辘辘,只能靠一人一片面包和一杯牛奶充饥;他爱她带自己摆脱艰辛,现在又能衣着光鲜,一日三餐。他无法面对她,她那双可爱的灰色眼眸里满是痛苦,让他难以承受。她怯怯地伸出手来,碰碰他的手。他长叹一声。

"你知道这意味着什么,亲爱的。我们跟那些大饭店的关系都没了,无论如何,从前跳舞的营生是做不成了,早就属于比我们更年轻的人了。你我都了解那些老妇女,她们只想跟年轻男子跳舞。再者说,我个头也没那么高。我年轻的时候,这一点倒还差强人意。说我显年轻也没用,因为我确实不年轻了。"

"也许我们可以去拍电影。"

他耸耸肩。他们从前走投无路的时候尝试过。

"我不在乎干什么活计。我可以去商店站柜台。"

"你以为张口问问就有工作吗?"

她又哭了起来。

"别哭了,宝贝。我的心都碎了。"

"我们不是攒了一点钱吗?"

"是攒了点钱。够我们对付半年。然后就要饿肚子了。先可以典当零零碎碎,然后衣服也得出手,就跟从前一样。再然后,为了填饱肚子,去低级娱乐场所跳舞,一晚挣个五十法郎。两人一起失业几个星期,再就是听说什么跳舞马拉松之类的就赶着去。不知道这些玩意儿观众能够捧场多久?"

"我明白,你觉得我不理智,席德。"

听到这句,他转过身看着她,她眼中含泪。他对她一笑,笑得迷人又温柔。

"不,小鸭鸭,我没这么想。我想让你幸福。毕竟,你是我的全部。我爱你。"

他把她拥在臂弯,抱着她,感受着她的心跳。如果斯黛拉感觉糟糕,好吧,他就随她吧。想想万一她摔死了怎么办?不,不能,就由着她吧,让挣钱的事都见鬼去吧。这时,她动了一下。

"怎么了,宝贝?"

她挣脱他的怀抱,站起身来,径直走向梳妆台。

"我想,我该准备上场了。"她说。

他吃惊地站起来。

"今晚不是不跳了吗?"

"今晚,每一晚,都要跳,直到摔死自己。不然还能怎样?我明白你说得对,席德。我不能再回去住五流小旅馆臭烘烘的房间,不能再吃不饱肚子。噢,那个跳舞马拉松,你干吗又提起?连着很多天都又脏又累,直到身体实在吃不消才停下。也许再坚持表演一个月,就能够赚足钱,看看有没有其他的门路。"

"不,亲爱的,我受不了。就此停止吧。会有办法的。以前能挨饿,再挨挨饿又何妨。"

她快速脱掉衣服,只剩下长筒袜,什么也没穿地在镜前站了一会儿,直勾勾地望着镜中的自己,挤出一丝笑容。

"我不能叫观众失望啊。"她凄然一笑,说道。

(阎　勇　译)

恩爱夫妻

我与兰顿算不上私交甚笃。我跟他是同一家俱乐部的成员,以前用午餐时我们常常坐在一起。他是伦敦老贝利街刑事法庭法官,要是我想去听听感兴趣的案件,常会通过他搞到特许旁听席位。他坐在法官席上,威仪凛然,戴着垂肩大假发,穿着红袍,佩戴白貂皮披肩,长脸煞白,薄唇紧闭,眼睛灰蓝,令人望而生畏。他公正严苛,听他严词怒斥判长期监禁的罪犯常常会令我不舒服。不过,他在午餐桌上的尖酸幽默,常常议论审判过的案子,足以使我忘掉面对他时的些许不快,乐得与他相处。有一回,我问他判人绞刑后他是否会有不安,他微笑着啜了一口波特酒。

"绝对不会。犯人得到了公正的判决:我已经尽可能公平地做了案情总结陈词,而且陪审团也认定有罪。我宣判的死刑完全是犯人罪有应得。一旦退庭,我就会把案子完全抛在脑后。除了多愁善感的傻瓜,谁会多此一举。"

我知道他喜欢和我谈天,却从未料到,他在心里并非仅仅把我当作俱乐部熟人。收到他的电报,说他要去里维埃拉度假,打算在去意大利途中到我这里逗留两三天,我很吃了一惊。我回电报表示乐意相见。对于去车站接他,我却有点犯怵。

他到达那天,为活跃气氛,我邀请邻居格蕾小姐共进晚餐。格蕾是我多年的老朋友。她年纪不轻了,但富有魅力,言谈活泼,娓娓不绝,一般人很难打断她的好兴致。我请他们美餐一顿,虽说没能招待法官品尝波特酒,我的蒙哈榭葡萄酒和法国木桐干红葡萄酒颇得他欢喜,我自是高兴非常,因为之前曾经请他喝鸡尾酒,就被他气呼呼地拒绝了。

"我就不明白,"他说,"那些自我标榜为文明人的,竟然如此沉迷于一种野蛮而又令人恶心的习惯。"

我得声明一下,这番论调并没能阻止我和格蕾小姐喝几杯干马天尼酒的兴致,当然,看我们喝酒的时候,法官眼神里满是不耐烦和反感。

尽管如此,晚餐还是非常圆满。酒很好,格蕾小姐谈吐又俏皮,兰顿表现出前所未见的温和。我发现他喜欢与女性相处,虽然表面不动声色;而格蕾小姐衣着得体,头发整洁,略染风霜,五官精致,眼眸明亮动人。饭后,法官又来了点陈酿白兰地,醺醺然开始放松,跟我们说起他参与的著名审判,讲了好几个小时,我们都听得入了迷。格蕾小姐邀我们次日同她一起午饭,我还未开腔,兰顿就欣然接受,对此我毫不感到意外。

"真是个不错的女人,"格蕾离开后,他对我说,"很有见识。年轻的时候一定很漂亮,现在也不错。她为什么没有结婚?"

"她总说没人求婚。"

"一派胡言!女人应当嫁人。这样的女人太多了,都是想要保持独立的托词。我才不理会这些说辞。"

格蕾小姐住在圣·让地区一栋面朝大海的小宅子里,离我在费拉海角的房子有几英里。第二天,我们一点钟驱车赶到,她把我们引进客厅。

"给你们个惊喜,"握手时,她对我说,"克雷格夫妇会来。"

"你总归要认识他们的。"

"哎,我想,我们都是邻居,每天在同一片海滩游泳,连话都不说,实在说不过去。我坚持要他们来,他们已经答应了今天一起午餐。我想让大家见个面,顺便听听你对他们的评价。"她转向兰顿,"希望您不要介意。"

兰顿彬彬有礼地回道:

"格蕾小姐,能与你的朋友结识,乐意之至。"

"可他们还不是我的朋友。我经常看到他们,直到昨天才开口说话。他们能与一位作家和一位著名法官相见,一定会非常高兴。"

过去三个星期,我已经听格蕾说了很多克雷格家的事。他们租住了她隔壁的房子,起先她担心这一家会讨人嫌,因为她喜欢独处,不愿意为社交上的琐屑操心。不过,她很快就发现,克雷格夫妇显然和她一样,并不情愿与新邻居结交。尽管在这么个小地方,一天也就见两三次面,克雷格夫妇完全像没见过她一样,瞄都不瞄她一眼。格蕾小姐告诉我,对方无意擅扰她的私生活,做得实在灵活圆通;我却以为,与其说她欣慰于未受冒犯,倒不如说她心有疑惑,为何新邻居这般明显不愿意结识她,就像她不愿意结识他们一样。我早就猜到,她会忍不住主动伸出橄榄枝。有一回,我们散步时碰到克雷格夫妇,总算能够把他们好好打量一番。克雷格相貌英俊,红扑扑的面孔看上去很忠厚,蓄着花白的唇髭,有一头浓密粗硬的花白头发。他举止得当,态度热情却有些夸张,使人想到挣下一笔可观家业的退休掮客。他太太面相刚硬,个子很高,外表颇为男性化,一头暗沉的淡黄头发梳得非常精细,大鼻子阔嘴巴,皮肤有一种饱经风霜的感觉。她的相貌实在平常,可说有些难看。她衣着漂亮雅致,绵软的面料在她身上很不搭调,更适合十八岁妙龄女郎,而她肯定已经上了四十岁。格蕾小姐告诉我,这身衣服裁剪精良,价格不菲;我觉得男的看着很普通,而女的却让人感觉不友善。我还跟她说,这两个人生性不愿与人交往,是她的运气。

"他们身上有很美好的一点。"她说。

"哪一点?"

"他们彼此相爱。而且非常爱孩子。"

他们的孩子不到一岁,格蕾因此断定他们结婚不久。她喜欢看他们和孩子在一起。每天上午,保姆把孩子放在车里推着去散步前,夫妇俩会引着孩子学步,一家人高高兴兴地共度一刻钟。两人站开几码,让孩子蹒跚地从一人走向另一人;每当他跌跌撞撞扑进父母怀里,父母就把他举得高高的,热烈地拥抱他。临了,当孩子被放进那辆时髦小推车,他们还要挨在近旁,咿咿呀呀地讲着哄孩子的可爱话,目送小推车走出视线,好一派舐犊情深。

格蕾常常看见他们手挽手在自家花园草坪里散步,并不交谈,仿佛相伴的幸福让言语变得多余。看到那个严厉冷漠的女人那么明显地为又高又帅的丈夫倾倒,她的心里也感到温馨。看到克雷格太太拂去丈夫衣领上难以察觉的一星尘土,着实令人感动。格蕾确信她一定会故意把丈夫的袜子弄出一些洞来,好享受给他缝缝补补的快乐。场面足显伉俪情深。他时不时望她一眼,而她则微笑着仰视丈夫,任由丈夫在自己脸颊上轻拍两下。两人都不年轻了,所以他们对彼此的挚爱特别能够打动人。

对于格蕾小姐为何迟迟不嫁,我从不知情;我和法官一样,感觉她应该有过大把机会。我也问过自己,她跟我说起克雷格夫妇鹣鲽情深的情景会否让她有一丝心痛。我以为,这世上圆满的幸福难得一见,但这两人似乎就处在这样的幸福之中。格蕾小姐对他们有不寻常的兴趣,也许仅仅是因为,她内心升起难以遏抑的感触,想到保持单身可能错过的东西。

因为只知道他们的姓氏,有一天,格蕾小姐权且称他们为埃德温和安吉丽娜,编了一个他们的故事,讲给我听。我当时出言戏谑,她还差点跟我急了。据我所记,故事如下:多年(也许是二十年)以前,两人就已经相爱,安吉丽娜尚且年轻,有着青春少艾的美;埃德温年轻,勇敢,正兴高采烈踏上人生旅途。虽说神祇体恤年轻人的爱情,不让他们为俗事烦忧,埃德温和安吉丽娜仍然不名一文。他们成婚无望,好在有的是勇气、希望和自信。埃德温下定决心要去南美、马来亚或者随便什么地方,发上一笔财,回家乡迎娶苦苦等待他的姑娘。花不了两三年就能成,顶多五年;是啊,一个人二十岁的时候,整个人生铺在面前,这算得了什么呢?当然,这段日子里,安吉丽娜满可以和她的寡母相依为命。

可世事难如人愿。埃德温发现,发财比预想的难得多;事实上,挣够糊口的钱都很困难。唯有安吉丽娜的爱情和绵绵情书给了他继续打拼的勇气。五年过去了,他还和刚开始一样两手空空。安吉丽娜乐意与他会合,分担困苦,可是扔下缠绵病榻的母亲又实难可能。多可怜啊,除了忍耐,他们一无所有。如此这般,岁月缓缓流逝,埃德温满鬓风霜,安吉丽娜也变得形容枯槁。事实上,她的日子更难熬,唯有无尽的等待。镜子残酷地照着她的容颜,曾经拥有的美貌一点一滴地溜走了,末了,她发现,青春嘲弄地笑着,踮起脚舞了一个旋,彻底离她远去。长期伺候抱怨不休的病人,她的甜美变成了尖酸;住在小地方见不到世面,她的气量变得狭隘。她的朋友们都已嫁人生子,而她沦为责任的苦囚。

她疑心埃德温是否依然爱她,疑心他是否还会回来,常常感到绝望。十年过去了,十五年过去了,二十年也过去了。突然,埃德温来信说,他的事情终于有了着落,他赚到了钱,够他们舒适生活。若她仍想嫁他,他会立即归来。天可怜见,安吉丽娜的母亲,这个从头到尾的累赘,选对了这个时候撒手人寰。可是,久别重逢,安吉丽娜沮丧地发现,埃德温还是那么年轻,不错,他已两鬓飞霜,但这一点反倒成全了他。他一向生得好看,现在更是一枝花的好年纪,非常英俊。她感觉自己都老掉牙了,也很清楚自己的小气和乡气,埃德温旅居多国,眼界之宽令她相形见绌。老之将至,他轻松愉快;可她的朝气却已消失殆尽,生活的苦难早已扭曲了她的灵魂。用一个二十年前的旧约把一个机警活泼的男人与自己捆在一起,未免丑恶,所以她要解除婚约。他的脸色变得煞白。

"难道你不再爱我了?"他绝望地叫。

刹那间,她意识到,在埃德温眼里她还是一如往昔——噢,多么狂喜!多么欣慰啊!在他看来,她依然是旧时模样,她的形容已经烙刻在他心底,即令此刻站在他面前的这个活生生的女人,在他眼里依然芳龄十八。

他们于是缔结良缘。

"我一个字都不信。"格蕾小姐讲完这个皆大欢喜的故事时,我坚持说道。

"我坚决认为你应该相信。"她说,"我深信事实就是如此,我更深信他们会一直幸福到老。"然后又犀利地陈词一番,"也许他们的爱情基础是个幻影,但既然他们觉得真实,又有何不妥?"

适才所讲的这个田园牧歌般的故事出自格蕾小姐的想象力。现在,女主人、兰顿,还有我,一共三人,一齐等待克雷格夫妻登门。

"您注意到没有,住在隔壁的人,往往会迟到?"格蕾小姐问法官。

"没有。"他答得尖刻,"我自己从来都守时,也要求别人守时。"

"要不要来杯鸡尾酒?"

"千万不要,小姐。"

"我还有些雪利酒,大家都说不错。"

法官从她手里拿过酒瓶,端详着商标,薄嘴唇上现出一抹微笑。

"这算是个文明的饮料,格蕾小姐。如蒙允许,让我自己来。我还没见过哪个女人懂得倒酒。揽女人揽腰肢,拿酒瓶拿瓶颈。"

他心满意足地啜着陈年雪利酒,格蕾小姐望了一眼窗外。

"噢,克雷格两口子在等小宝宝回家呢,难怪会迟到。"

顺着她的目光,我看到保姆正推着小车回家,经过格蕾家的房子。克雷格把宝宝从车里抱出来,高高举到空中。宝宝奋力去扯他的胡子,欢畅地叫着。克雷格太太站在一旁,看着他们,脸上的笑容使她粗糙的五官都变得悦目起来。窗户是开着的,我们听到她说:

"快来,亲爱的,我们迟到了。"

他把宝宝放回推车,两人一起来到格蕾小姐门前,摁响门铃。女仆引他们进来。他们同格蕾握手,由于我站得近,格蕾先

把我介绍给他们,然后转向法官:

"这位是爱德华·兰顿爵士——这是克雷格先生与太太。"

法官理应伸出手,走向前,但他却一动不动。他把眼镜往上推了推,盯住新来的客人。这副眼镜,我曾不止一次见他戴过,用于在法庭上制造毁灭性效果。

"老天,真是个讨人嫌的主儿。"我暗自说道。

他任由眼镜又滑落鼻梁,说:

"你们好!我没有记错吧,咱们以前见过?"

听他这么问,我把眼光转向克雷格夫妇。他们站在一起,紧紧挨着,就像要团结起来互相保护似的。两人没有吭声,克雷格太太看着好像被吓到了。克雷格先生的脸红涨得发紫,沉了一沉,眼睛瞪得几乎要脱落下来。不过只一瞬,他就用浑厚低沉的嗓门说:

"没见过。当然,爱德华爵士,我对您可是久仰大名。"

"认识大傻瓜的人多,大傻瓜认识的人少。"他说。

此时,格蕾小姐一直拿着摇酒器摇酒,接着把鸡尾酒递给两位客人。她没注意到有什么异样。我没弄明白他们这番话的意思,或者,压根儿就没什么意思。这个小插曲——如果算是小插曲的话——稍纵即逝,我差点以为是自己会错意,他们间的尴尬不过就是陌生人被突然介绍给名人的那种不适应罢了。我于是调整回轻松愉快的状态。我问克雷格夫妇,觉得里维埃拉如何,他们的房子住得是否舒服。格蕾小姐也加入谈话,不外是与生人闲聊时的家长里短。他们谈得轻松愉快,克雷格太太说他们很喜欢海浴,又抱怨住在海边买鱼却不易。我注意到,法官没有参与聊天,而是低头看着自己的脚,好像浑然不觉周围人的存在似的。

仆人宣布开饭。大家进了餐厅,因为只有五个人,用的是一张小圆桌,交谈也只是泛泛。必须承认,主要还是格蕾小姐和我在说话。法官一言不发,不过他这个喜怒无常的家伙常常如此,我也不去理会。我注意到,他对煎蛋饼情有独钟,再次布菜时又取了一份。克雷格夫妇给我的印象有点腼腆,不过也不奇怪。待到上第二道菜时,他们说话自如多了。我没觉得他们有多么风趣,除了自己的宝宝,自家雇的两个怪怪的意大利女仆,以及偶尔去蒙特卡洛的几把小赌,他们好像对别的都不太感兴趣。我不禁想,格蕾小姐与他们结交是个错误。紧接着发生了一件毫无征兆的事情,克雷格突然从椅子上起身,头朝下栽倒在地板上。我们都跳了起来,克雷格太太扑在丈夫身上,抱着他的脑袋,痛苦地失声叫道:

"没事吧,乔治?没事吧!"

"把他的头放下,"我说,"他只是晕倒了。"

我摸摸他的脉搏,感觉不到跳动。我说他晕倒了,但不能确认是不是中风。像他这样体重超标又有多血症病征的人,很容易中风。格蕾小姐把餐巾浸湿,轻轻拍着他的额头,克雷格太太显得心烦意乱。我注意到兰顿仍然一言不发端坐在椅子上。

"如果是昏迷的话,你们挤在他身边也不能帮他醒来。"他尖刻地说。

克雷格太太转头憎恶地看了他一眼。

"我打电话叫医生。"格蕾小姐说。

"不用,我觉得没必要,"我说,"他就要醒过来了。"

我能感觉到他的脉搏跳得有力了一些,过了一两分钟他就睁开了眼睛。弄明白发生什么事情之后,他大口喘着气,挣扎着想站起来。

"别动,"我说,"静静躺一小会儿。"

我给他喝了一杯白兰地,他的脸上又有了血色。

"我感觉没事了。"他说。

"我们扶你到隔壁房间,你可以在沙发上躺一会儿。"

"不用了,我不如回家,只有一步路。"

他从地板上爬起身。

"是的,咱们回家吧。"克雷格太太说。她又转向格蕾小姐:"实在对不起,他以前从没发生过这样的事。"

克雷格太太和我一左一右搀着乔治的手臂,格蕾小姐打开房门;乔治尽管还有点摇摇晃晃,但现在能自己走了。到他家的时候,我提出可以进去帮他脱衣服什么的,但是夫妻二人都像没有听见。回到格蕾家时,他们两人已经开始吃甜品了。

"真奇怪,他怎么会突然昏倒,"格蕾小姐说,"窗户都开着,今天也不是特别热。"

"同感。"法官说。

我注意到,他瘦削苍白的脸上有些自得之意。我们喝过咖啡,由于法官和我预备去打高尔夫,我们上了车,朝山上我自己的家开去。

"格蕾小姐怎么会和这种人认识?"兰顿问我,"他们给我的印象相当平庸,次一个等级。我就不该以为他们和她水准相当。"

"女人嘛,你懂啦。她要保持生活私密,克雷格家搬到隔壁时,她拿定主意不和他们有一点瓜葛;可是当她发现对方也不想和她有关系时,她就坐不住了,非得认识人家不可。"

我给他讲了格蕾小姐编出来的邻居的故事,他面无表情地听着。

"恐怕你的这个朋友格蕾小姐是头多愁善感的蠢驴,亲爱的伙计。"听到结尾时,他说,"跟你说,女人就应该嫁人。养上五六个孩子,她就没这些胡思乱想了。"

"关于克雷格两口子,你知道些什么?"我问他。

他冷冷地白了我一眼。

"我?为什么我应该知道他们的事?我觉得,他们再平常不过了。"

他那种严苛冰冷的神气,还有不愿多谈的刺耳口吻,给我留下了强烈印象,只可惜难描难画。开车回家的路上,我们谁也没有说话。

兰顿六十多岁了,虽说他玩高尔夫从来不打远球,却绝不会偏离直线,推球入洞一击即中,所以,尽管我经常赢到击球的机会,他还是把我打得落花流水。晚饭后,我带他去了蒙特卡洛,他在轮盘赌桌赢了一两千法郎,玩得很开心。一连串好事下来,他明显心情大好。

"真是愉快的一天。"我们分头去睡的时候,他说,"我真是太开心了。"

第二天上午我去工作,直到午饭时才又与他相见。快吃完的时候,有电话找我。

回到餐桌,我的客人已经在喝第二杯咖啡了。

"是格蕾小姐打来的。"我说。

"哦?她说什么?"

"克雷格一家溜了,昨晚上消失不见了。他们家的女仆住在村里,今天早晨来的时候,发现屋子搬空了。他们——克雷格两口子,保姆,还有孩子——带着行李偷偷溜了。桌子上留了钱,是付给女仆的工资,整个租期的房屋租金,还有商铺的欠账。"

法官什么话也没说。他从匣子里取出一根雪茄,细细打量一番,从容地把它点着。

"你怎么看这事儿?"我问道。

"亲爱的伙计,非得要用美国式直白的问法吗?用英国式问法不行吗?"

"是美国式直白的问法吗?只有这样才能清楚表达我的意思啊。您不会认为我傻到看不出你和克雷格夫妇认识吧?再者,如果他们像虚构人物似的突然人间蒸发,我可以做出合理推断,当初你们认识的情形绝不会有多令人愉快。"

法官呵呵一笑,冷冷的蓝眼睛中居然有了笑意。

"昨晚你给我的白兰地着实不错。"他说,"过午饮酒有悖我的原则,可如果一个人沦为原则的奴隶,未免太过呆板了。我就犯一次规,喝上一杯。"

我拿来白兰地,看着法官给自己倒了一大杯,带着明显的满足啜了一口。

"你还记得温福德谋杀案吗?"

"不记得了。"

"也许那时你不在英格兰吧。遗憾呐——不然你倒可以去听听旁审。你会觉得有意思。一度非常轰动,报纸上全是这桩案子。"

"温福德小姐是个富裕的老小姐,上了点岁数,和一个服侍她的陪侍住在乡间。于她的年纪,她算是相当健康的了,因此,她的突然离世令所有的朋友都大吃一惊。她的医生,一个叫布兰顿的家伙,签了证明文件,她及时下了葬。遗嘱也当众宣读了,说她把所有的财产——在六万到七万英镑之间——留给了自己的陪侍。亲戚们都气坏了,可也毫无办法。遗嘱是律师起草的,律师的书记员和布兰顿医生做的见证。

"但是,温福德小姐有一个跟了她三十年的女仆,一直都认为自己会获得遗赠;她声称,温福德小姐许了她衣食无忧。所以,当她发现遗嘱提都没提自己,不由勃然大怒,告诉前来参加葬礼的温福德家的一个侄子和两个侄女,她可以肯定温福德小姐是被人施了毒;还说,如果他们不去警察局,她就自己去报警。好吧,他们倒没去找警察,但去找了布兰顿医生。医生笑了,告诉他们温福德小姐心脏虚弱,接受他治疗多年。她安详地在梦中故去,正和自己预测的一样。他还建议子侄们,不要理会女仆;因为她对那个叫斯塔灵小姐的陪侍,一向又恨又妒。布兰顿医生很受敬重,照看温福德小姐时间也很久了,而且那两个侄女常常陪伴姑姑,对医生也很熟悉。他又没有得到遗嘱的好处,似乎也没有什么理由怀疑他所说的话。亲戚们无计可施,回了伦敦。

"不过,女仆不甘心,到处散布她的说法,最终警方不得不予以注意,当然是不情不愿地——我必须得说——下令开棺。验尸发现,温福德小姐死于过量服用巴比妥,验尸陪审员发现,给她服药的正是斯塔灵小姐,于是警察逮捕了她。伦敦苏格兰警场派来一位侦探,搜集了意想不到的证据。有很多关于斯塔灵小姐和布兰顿医生的闲话,他们被人瞧见,经常双双出现在本不该出现的地方,除了刻意为之,再没有其他合理解释。村里人还有个普遍的印象,感觉他们只等着温德福小姐一死就好结婚。这让案情发生了变化。长话短说吧,警方找到了足够的证据,支持他们有正当理由逮捕医生,并指控他和斯塔灵小姐谋杀老妇。"

法官又喝了一口酒。

"案子呈给我判决。原告起诉,被告二人疯狂相爱,斯塔灵花言巧语,诱骗雇主遗赠财产,伙同布兰顿杀死可怜的老小姐,目的是谋财成婚。温福德小姐睡前习惯喝一杯可可,由斯塔灵小姐为她备好;原告律师称,斯塔灵于是将药片溶入可可,致温德福死亡。被告选择为自己作证,在证人席做了一番蹩脚的陈述,谎话连篇。尽管多人作证,曾亲见他们夜里互相揽腰同行;尽管布兰顿的女仆作证,曾亲见二人在他家接吻,他们赌咒发誓,称彼此仅仅是朋友关系。而且医学检查证实,斯塔灵小姐仍是处子之身,也真够奇怪。

"布兰顿承认,由于温福德小姐主诉失眠,他曾经给过她一瓶巴比妥片。但是,他声明自己曾告诫她,服药绝对不能超过一片,且仅在绝对必需的时候才能服用。被告试图证明,过量服药或是出于偶然,或是出于自杀愿望。此话漏洞百出。温福德小姐是个快乐正常的老太太,十分享受生活;死亡发生之时,还有两天她的一个老朋友就要前来小住一周。她从未跟女仆抱怨过睡眠问题——事实上,女仆一直认为她睡得很好。没有理由相信,她会不小心服用足够致死剂量的药片。我个人毫不怀疑,这是医生和陪侍设下的圈套,动机明显,也很充足。我做了案情总结陈词,也希望陈述得公平;毕竟我的工作是向陪审团摆出事实,而且在我看来,事实确凿,足以定罪。接着,陪审团出去合议。我想你不会懂得,当你坐上法官席,不知怎的好像与法庭通灵似的。你必须提防这种感觉,确保自己不被左右。那天,我的感觉从未那么强烈过,感到法庭上的所有神魂都确信此二人犯下了所指控的罪行。我丝毫也不怀疑,陪审团会做出有罪裁定。但陪审员有时可真说不清。他们出去了三个小时,一返回法庭我立刻就知道我错了。谋杀案的审判中,如果陪审团做出有罪裁定,他们是一眼都不会看向罪犯的,他们会转移视线。我注意到,有三四个陪审员瞄了被告席一眼。果然,他们做出了无罪裁定。克雷格夫妇的真名就是布兰顿医生与布兰顿太太。我敢百分之百断定,这两个人犯下了残酷无情的谋杀罪,完全应该被绞死。"

"你觉得,是什么原因使陪审团认定他们无罪?"

"这个问题我也问过自己,你知道我能给出的唯一解释是什么吗?决定性的原因是事实证明他们从未成为情夫情妇。你想想看,这就是整桩案件中最离奇的一点。那个女人谋划杀人以得到所爱的男人,却没有打算和他做不合法的风流事。"

"人的天性可真是奇怪,是吗?"

"确实。"兰顿说着,又斟了一杯白兰地。

(阎　勇 译)

狮皮之虞

从报上读到弗雷斯蒂耶上尉因抢救太太养的宠物犬而丧生于森林火海的消息，很多人都大为震惊。有人说，从未想到他竟有这份肝胆；也有人说，他的作为恰在意料之中。不过，这些人里，有的意在赞赏，有的却未必如此。这次不幸事故之后，弗雷斯蒂耶太太暂时栖身哈代家的别墅里，哈代两口子是他们夫妻的新相识。弗雷斯蒂耶上尉生前并不喜欢他们，至少不喜欢弗雷德·哈代，但弗雷斯蒂耶太太认为，若是挺过那可怕的一夜，弗雷斯蒂耶必会改变自己的看法。甭管哈代名声如何，他必会认识到此人拥有那么多的美德；而弗雷斯蒂耶素有君子之风，必会毫不犹疑地坦陈自己错看了哈代。在失去了意味着世上一切的这个男人之后，若非哈代家非凡的善良以待，弗雷斯蒂耶太太都不知道自己如何能够维持心神不致涣散。在她无边的痛苦之中，唯有哈代夫妻不离不弃的关怀是她的慰藉。他们几乎亲眼见证了她丈夫的伟大牺牲，谁也不能比他们更了解他的作为多么令人赞叹。她永远不会忘记亲爱的弗雷德·哈代向她传达噩耗时所说的话，正是这番话语使她不仅承受了这场可怕的灾难，更有勇气直面惨淡的未来。她心里非常清楚，她深爱的那个英勇无畏的男人，那个骑士风度的高贵绅士，正希望她以这样的勇气面对之后的人生。

　　弗雷斯蒂耶太太是一个非常善良的女人。人们如果觉得一个女人乏善可陈,常会善意地如此形容,现今这种说法已被当作一种冷淡的客套话。当然,我说弗雷斯蒂耶太太善良并无这层意思。弗雷斯蒂耶太太既不漂亮迷人,也不聪慧伶俐;相反,她滑稽可笑,相貌平常,还挺愚蠢。可是,对她了解愈深,你就愈觉得不得不重复这句话:她是一个非常善良的女人。她个头堪比普通男子;长着一张阔嘴巴,大大的鹰钩鼻子,蓝灰色的眼睛,近视;双手粗大难看,皮肤沟壑纵横,满是风霜痕迹。但她浓妆艳抹,长发染成金色,烫着密匝匝的卷儿,梳理得相当精致。总之,她煞费苦心地与自己咄咄逼人的阳刚外表对抗,却只落得了一个滑稽艺人男扮女装的效果。她的声音倒的确是女性的声音,可总让人觉得,等她演完了这场戏,就会立刻变回低沉的男人嗓门,一把扯下金色的假发,露出一个光秃秃的男人头顶。她在衣着上面花费不小,都是从巴黎制衣匠那儿定制的最时髦货色,可作为一个年届五十的成熟女士,她的品位却令人不敢恭维,挑的衣裳全都是适合穿在娇小玲珑青春如花的假模特儿身上的。她还总是把昂贵的珠宝披挂全身,行动起来却又笨手笨脚,若是走进一间摆放着珍贵玉器的客厅,她准有本事把摆设品给扫到地板上;若是和人共进午餐而人家又有一套心爱的玻璃器皿,她几乎一定会把其中一只摔成碎渣。

　　然而,这么一副别别扭扭的外壳之下却隐藏着一个温柔浪漫、理想主义的灵魂。发现这个灵魂需要时间,相识之初,人们未免把她看作是一个滑稽可笑的人物;待到了解深入一点(在吃了她笨手拙脚的苦头之后),她让人觉得烦恼;可当你确实发现了如此温柔浪漫、理想主义的灵魂时,你会懊恼自己竟然浑然不觉,简直就是个蠢蛋,这个灵魂正透过那双浅蓝瞳仁的近视眼向外张望着你呢,虽然颇为腼腆,其中饱含的诚挚却是只有傻瓜才会视而不见。那些娇俏的细棉布啦,春光烂漫的蝉翼纱啦,纯洁无瑕的丝缎绫罗啦,它们裹着的可不是一具粗陋的躯体,而是一个少女般清新的灵魂。你会忘记她打碎了你的瓷器,忘记她貌似一个男扮女装的大汉,你眼中的她正是她眼中的自己,正是她的本来面貌——如果本真可以形之于外的话,你看到的她就是一个有着金子般心灵的小可爱。逐渐了解她以后,你会发现她单纯得像个孩童;对于人家给予的任何一点注意,她都心怀感激,让人有所触动;她自己的善意也无穷无尽,有求必应,不管多么啰嗦,她做起来就好像你不是在麻烦她,而是在侍奉她似的。她素来纯粹无私地爱人,确实罕有其匹。人们清楚,她的脑中从来也没有闪现过一丝不善甚或恶意的念头。承认了以上种种之后,你会再一次脱口而出:弗雷斯蒂耶太太是一位非常善良的女人。

不幸的是,她确实蠢得无可匹敌。见了她丈夫你就会明白这一点。弗雷斯蒂耶太太是美国人,而弗雷斯蒂耶上尉是英国人。弗雷斯蒂耶太太出生在俄勒冈州波特兰市,一九一四年第一次世界大战爆发时来到欧洲。当时,她第一任丈夫新丧,她加入医疗队,到了法国。按照美国人的标准,她不算阔绰,但以咱们英国人的标准,她经济上非常宽裕。照弗雷斯蒂耶夫妇的生活方式来看,我估计她每年入账三万美元上下。不用猜,她会给人服错药物,包扎的伤口还不如不包扎,易碎的器皿没有不打碎的。倘非如此,我敢肯定她是个受人爱戴的护士。我认为她绝不是厌恶本职工作而没能全力投入,她绝不吝惜力气,也从来都不会失去耐性。我的看法是,正是那些可怜人滋养了她柔软的内心，有不少人正是因为她那金子般心灵里的爱意与善良，才怀着更大勇气最终朝向那未知的世界迈出苦涩的一步。打仗到了最后一年，弗雷斯蒂耶上尉由她看护，宣布停战以后，他们很快便结了婚。他们在戛纳群山后头一幢漂亮别墅里安了家，没多久便在里维埃拉的社交圈里出了名。弗雷斯蒂耶上尉是个桥牌好手，高尔夫健将，网球打得也不错。他有一艘游艇，夏日时分，他们夫妻便在各岛之间举办非常精彩的聚会。步入婚姻十七年，弗雷斯蒂耶太太依然爱慕着英俊的丈夫，只要你认识她够久，就不可能没听过她用西部腔调娓娓道来的他们的恋爱史。

"那真是一见钟情呢。"她说，"他被送来的时候我正好休班，等我上班看到他躺在我看管的病床上时，噢，老天，我感到心脏一阵剧痛，有那么一会儿我以为是疲劳过度所致呢。他是我这辈子见过的最帅的男人了。"

"他伤得重吗？"

"哎，他没有真的受伤。你知道，这可非同一般，他历经数年战争，每一仗都会打上好几个月，当然每天不下二十次冒着生命危险，可他就是那种不知恐惧为何物的人；他连皮都不曾刮破。他来住院是因为生了痈疽。"

这可真不像罗曼蒂克的小恙，不像是发展激情恋爱的好由头。弗雷斯蒂耶太太略有些拘谨，尽管弗雷斯蒂耶上尉的痈疽与她很有利害关系，可向旁人说明痈疽的具体位置，她总是有点儿难以启齿。

"就在后背的下部，其实还要低一点，他可讨厌我给他敷药啦。英国男人都太过害羞，我都发现很多次了。他简直都到害臊的地步了。您也许会以为，鉴于这种情况——您懂我的意思，这种情形下相识应当能够使我们关系亲密。可事实并非如此。

他对我非常疏远。每当我轮值,走到他病床边时,我常常无法呼吸,心跳得也厉害,自己都弄不清楚到底是怎么了。我并不是一个天生笨拙的人,以前从来也不会掉东西,打碎物件;说出来您都不信,每当我给罗伯特服药,我就老是掉勺子,摔杯子,真想不出他会怎么看我。"

弗雷斯蒂耶太太这么说的时候,听的人要想忍住不笑出声几乎完全不可能。她的笑容里满是甜蜜。

"想来您觉得这很荒唐可笑。可您瞧,我以前从来不曾有过这种感觉。我嫁给第一任丈夫的时候——唉,他是个鳏夫,孩子都已长大,人也非常出色,是我们州最著名的公民之一,但感觉就是不一样。"

"那您最终是怎么发现爱上了弗雷斯蒂耶上尉的呢?"

"哎,我倒不是非要您相信,我知道这很可笑,实际上是有个护士告诉我说我准是爱上了他,一经说破,我就知道确实如此。起先我沮丧极了。您瞧,我对他什么也不了解,他跟所有英国男人一样,那么矜持,我当时还听说他结过婚,有五六个孩子。"

"你是怎么发现事实并非如此呢?"

"我问他的呀。他告诉我自己是单身汉的那一刻我就下定决心,不管用什么手段,哪怕是欺骗,都要设法嫁给他。可怜的人儿,他承受着极大的病痛;您看,他白天黑夜都只能趴着,躺下来就是折磨,至于坐起来嘛——唉,自然是想都不用想。不过,我相信我承受的痛苦更甚于他的。男人们都中意显露曲线的丝绸衣裳,还有那些软乎乎、毛茸茸的东西,您懂我的意思,穿着护士服的我真是毫无优势。护士长又是那种典型的新英格兰老处女,对化妆深恶痛绝,所以那些日子里我压根就不化妆;我前夫也从来不喜欢女人打扮，那会儿我的头发也不像现在这么漂亮。他常常用那双美妙的蓝眼睛打量我，让我觉得他肯定认为我难看得成一景儿啦。当时他情绪低落，我想我应该竭尽所能让他欢喜起来，所以，但凡能有几分钟的空闲，我就过来和他说话。他说，想到自己这么一条壮汉竟然一连数周卧床不起，想到他的战友们却在战壕奋战，他就无法忍受。您和他聊聊就一定会发现，他就是那种只有子弹在身边呼啸才能令他感受到生命最真切的喜悦的男人，即令下一刻也许就是他们人生的最后时分。危险于他而言就是兴奋的刺激。不瞒您说，我常要在表格里记录下他的体温，而我总是写高一两度，这样医生就会以为他比实际情况要糟。我明白，他拼了命地想要医生放他出院，可我觉得确保他们不放他出院对他才有好处。当我聊个没完的时候，他常会体贴地望着我，我就明白，他盼着和我小小地闲聊。我告诉他，我是个寡妇，没有什么拖累，还说我打算战后在欧洲安顿下来。渐渐地，他变得随和一些了。虽说不大谈论自己，可他开始打趣我。您知道，他很有幽默感，有时候我真的开始觉着他也很喜欢我。终于，医生宣布他可以重返战场了。让我惊喜的是，在出院前的最后一夜，他邀我共进晚餐。我设法跟护士长请了假，我们把车一直开到巴黎。您想都想不出来，穿上军装的他有多么英俊潇洒。我从未见过谁像他这么仪表出众，连手指尖儿都充满贵族派头。不知什么缘故，他并没有像我期待的那样兴奋，按说他想回前线都想疯了。

"'你今晚怎么这么消沉？'我问他，'说起来，你也是得偿所愿了啊。'

"'我知道，'他说，'可即便是得偿所愿了，我还是有点儿难过，你猜不出为什么吗？'

"我简直不敢去想他话里的意思,觉得不如跟他开个小玩笑。

"'我不大擅长猜心思呢,'我哈哈大笑,'你想让我知道的话,最好还是告诉我吧。'

"他低头望着我,我看得出他很紧张。

"'你一直对我非常好,'他说,'你的好意,我将永远感激不尽。你是我认识的最伟大的女性。'

"听他这么讲,我真是心乱如麻。您知道,英国人有多么古怪:之前他可从来没有赞美过我。

"'我只是做了任何一名称职的护士都会做的事情。'我说。

"'我还能再见到你吗?'他问。

"'这可取决于你啦。'我答。

"我希望他没有听出我的声音在颤抖。

"'我不想离开你。'他说。

"我简直快说不出话来了。

"'你非走不可吗?'我问。

"'只要国王需要,国家需要,我定当效命。'"

弗雷斯蒂耶太太每每讲到此处,浅蓝色的眼睛里总是泪水盈盈。

"'可仗总有打完的一天呀。'我说。

"'等到战争结束,'他答道,'假如子弹还没有了结我这条生命,我也会身无分文。我甚至都不知道该怎么去谋生。你非常富有,而我是个叫花子。'

"'你是位真正的英国绅士。'我说。

"'当世界和平,民主无恙,绅士不绅士还有意义吗?'他酸涩地说道。

"到了这当儿,我的眼珠子都快哭出来了。他所说的一切那么美好,我当然懂他是什么意思。他是觉得向我求婚不够光明磊落,我觉得他宁可死了也不愿意让我认为他在图谋我的钱财。他是个高贵的君子。我知道自己配不上他,但我看得出来,如果我想得到他,就必须主动出击,把他拿下。

"'假装我不迷恋你也没什么用,我确实迷恋着你。'我说。

"'别让我更加为难啊。'他哑着嗓子说。

"我感觉自己都要活不成了,他说这话的时候我是那么深深地爱恋着他。这句话道出了我所有的心思。我朝他伸出了一只手。

"'你愿意娶我为妻吗,罗伯特?'我径直问道。

"'埃莉诺!'他叫道。

"到这个时候,他才告诉我,自打第一天瞧见我,他便爱上了我。起初他并没有认真,觉得我不过是个护士,也许会和我风流一段,可待他发现我并不是那种女人而且还有一笔财产的时候,他就下定决心要克制住自己的感情。您知道,他本以为谈婚论嫁是不可能的事。"

原来弗雷斯蒂耶上尉曾经想和自己结一段露水姻缘,或许没有什么比这个更让弗雷斯蒂耶太太感到得意的了。确实,以前不曾有别的男人向她提过这种非分要求,虽说弗雷斯蒂耶也没有,但是他曾经起过这样的心思,对她来说,简直就是永不枯竭的满足之源泉。他们成婚以后,埃莉诺那些强悍的西部亲戚提意见说她丈夫应该去工作,而不能靠吃软饭过活。对此弗雷斯蒂耶上尉完全赞同。他提出的唯一条件如下:

"有些事情是绅士所不能为的,埃莉诺。其他的我都乐意。上帝明鉴,我并非看重阶级地位,可如果一个人位列士绅,他就身不由己了。而且真的该死,一个人确实要向自己的阶级尽尽义务,今时今日尤其如此。"

埃莉诺认为他在长达四年的时间里,在一场又一场的血战中拿生命为自己的国家冒险,义务已经尽得够了。但是,她又太以他为骄傲,不愿意让人家议论说他吃软饭,娶她就是为了谋财。她拿定主意,若是他找到值得做的工作,她也绝不反对。不幸的是,聘他的职位都不甚重要,而且他拒绝工作也并非自作主张。

"你说了算,埃莉诺,"他对她说,"只要你一句话,我就接受这个职位。只是我那可怜的老司令若是地下有知,睡在坟里也不得安稳。不过那些都顾不得了,我首先要负责的是你。"

埃莉诺可听不得这个,慢慢地,他出去工作这件事也就算了。弗雷斯蒂耶夫妇几乎全年都住在里维埃拉的别墅里,很少到英格兰去;罗伯特说了,仗打完以后英国就不再有绅士的立足地,他的那些好伙伴——当然都是白人,所有那些他自"少年帮"时就把臂同游的铁哥儿们全都战死了。他本人很乐意在英国过冬,一周有三天可以跟着阔恩猎狐队①去打打猎,那才算是男人的生活。但可怜的埃莉诺在一群猎狐爱好者里必然会感觉像个局外人,他怎么能让她做出这样的牺牲呢。埃莉诺情愿做出任何牺牲,可是弗雷斯蒂耶上尉大摇其头。他已青春不再,打猎的日子也都远去了。养养西里汉姆梗狗和奥尔平顿肉蛋鸡,他就心满意足了。他们拥有大片土地,房屋建在高地上的一座

---

① 身穿红色外套的绅士带着猎犬骑马打猎的形象,早已成为英国的重要标志之一。狩猎是王子和高贵者的游戏,受到所有年龄段人士的追捧。英国著名的两大猎狐场之一是位于莱斯特郡的阔恩,始于1696年,阔恩猎狐队是全世界最古老的猎狐组织。

小山顶上,三面森林环绕,房前有个花园。埃莉诺说,他身穿旧花呢套装,跟兼职养鸡的驯狗员一同在自家地面上转悠,那情景真是令人心仪。也正是在这个时候,你才能看得出,他确实出身乡绅世家。看到他和驯狗员大谈奥尔平顿肉蛋鸡,埃莉诺既受触动,又觉好笑:那架势就好像在和大主管讨论雉鸡一般无二;他对待西里汉姆梗狗也郑重其事,好像养的是一群猎狐犬。那股劲头让人不由觉得,倘若养的真是猎狐犬,他一定会更加心满意足。弗雷斯蒂耶上尉的曾祖乃是摄政王时期最出名的纨绔子弟,正是此人毁家败业到了出售祖产的地步。他们家曾在什罗普郡拥有一块上好的祖地,延续了几百年之久,尽管现在已易手他人,埃莉诺还是非常想去看一看。但是,弗雷斯蒂耶上尉表示那对他实在过于痛苦,他永远都不会带她去那里。

弗雷斯蒂耶夫妇常常大宴宾客。上尉是个品酒高手,有一个令他非常骄傲的酒窖。

"他父亲是英格兰最著名的味蕾大师,"埃莉诺说,"他继承了这份禀赋。"

他们的朋友多为美国人、法国人和俄国人。罗伯特觉得他们总体说来比英国人更有趣,而埃莉诺喜欢他喜欢的所有的人。罗伯特还觉得,如今英国人已经够不上他们家的品位了。他在旧时岁月里相交的英国人属于雅好射击渔猎的绅士一族,而现在那帮倒霉鬼全都破了产。另外,虽说感谢上帝他不是什么势利眼,可是要让妻子和那些听都没有听说过的暴发户混在一起,他也决不会高兴。弗雷斯蒂耶太太远没有这么吹毛求疵,但她尊重丈夫的这类偏见,钦慕他的清高。

"当然,他也有心血来潮异想天开的时候,"她说,"可我想以我的立场,顺从他的意思才算忠诚。等您了解了他出身的那个阶层,您自然就会看得出他理所应当会有那些念头。我和他结婚这么多年,唯一一次见他发火还是在赌场里有个舞男凑过来邀我跳舞。我跟他说,这个可怜的小伙儿不过是在做生意,可他说,他不允许那么一个该死的猪猡开口邀他的妻子跳舞。"

弗雷斯蒂耶上尉的道德标准设得很高。他感谢上帝,自己并非心胸狭隘,可是人总要有个行为界限,不能因为住在里维埃拉这个风流度假地,他就应该和那些醉汉、浪子、堕落客们一起把酒言欢。他绝不纵容不正当的性行为,也绝不容许埃莉诺和声名可疑的女人来往。

"您瞧,"埃莉诺说,"他是个实打实的正人君子,我从来也不知道还有比他更洁身自好的男人。要是他有时候显得稍稍褊狭,也请您牢记,他自己不会去做的事情,自然也不会让别人做。毕竟,人们总会情不自禁地敬佩一个原则高尚而又不惜代价践行的人。"

弗雷斯蒂耶上尉常常会同埃莉诺说起他们在各处见到的本来觉得还不错的这个人、那个人,其实并不是道地的绅士,埃莉诺明白坚持己见没什么用。她明白,丈夫给了此人终审判决,她也预备照此接受。在将近二十年的婚姻生活之后,至少有一件事她十分笃定——罗伯特·弗雷斯蒂耶才是英国绅士的完美典范。

"我不知道,上帝可曾造出了比他更加完美的人。"她说。

麻烦就麻烦在,弗雷斯蒂耶上尉这个英国绅士太过完美了。四十有五的他(埃莉诺长他两三岁)依然十分英俊,一头浓密卷曲的灰发,蓄着潇洒的小胡须;皮肤饱受风吹日晒,显露出一个经常进行户外活动的男人的健康肤色。他身材高大瘦削,肩膀宽阔,从头到脚每一英寸都散发着军人气质。他举止粗率,精力充沛,常常坦诚地哈哈大笑。他的谈吐,他的做派,他的衣着,无一不典型,典型到令人难以置信的地步。他的乡村绅士做派是那么彻底,彻底得你要疑心眼前是演员在精彩演绎着某个角色。当你看到他漫步在小十字大道上,嘴里叼着烟斗,穿着打高尔夫的灯笼裤,戴着去沼泽时必然会戴的那种花呢帽,看上去活脱脱一位英国运动家,能把人吓一跳。还有他的谈吐,不管是那份教条主义,还是那些陈腐空洞的论调,还是他那和和气气、教养良好的鲁钝,无一不是典型的退役军官做派,典型得让人禁不住要认为他是在盛装演出。

当埃莉诺得知他们山下那栋房子被弗雷德里克爵士和哈代夫人租下时,她高兴极了。有这么一位同阶层的近邻,罗伯特一定大感欣慰。她向戛纳的朋友们打听新邻居的事情,大约这个弗雷德里克爵士是由于最近叔父去世才继承男爵爵位的,他要在偿清遗产税期间来里维埃拉住上两三年。据说此人年轻时十分狂野浪荡,到戛纳时已经五十大几,不过眼下他结了门正派的亲事,娶了一个体面的小妇人,养了两个小男孩。遗憾的是,哈代夫人曾经做过演员。要知道,罗伯特对女演员的态度一向有点儿古板。但是,人人都说,哈代夫人举止非常得宜,一派贵妇风范,绝不会令人想到她曾经的舞台生涯。弗雷斯蒂耶夫妇与她初识在一个茶会上,弗雷德里克爵士没有出席那次茶会。罗伯特承认,哈代夫人看起来确实非常体面端庄;所以一心想着睦邻友好的埃莉诺决定邀请他们夫妇二人同来吃午餐。弗雷斯蒂耶夫妇定下日子,又请了很多客人来与他们会面。当天,哈代夫妇到得相当迟,埃莉诺立刻就喜欢上了弗雷德里克爵士。他比埃莉诺预想的年轻很多,一头短发无一丝掺白,甚至还有某种吸引人的大男孩气。他块头不大,比埃莉诺个头还矮;眼睛闪亮带着友善,脸上总是挂着笑容。她还注意到,他打着罗伯特有时也会系的近卫团领带;他的衣着远没有罗伯特那么讲究,罗伯特从来都整齐得好像刚从橱窗里走下来似的。可弗雷德里克爵士把一身旧衣服穿得那么洒脱,好似颇不以服饰为意。埃莉诺相信,他年轻时一定有点狂放不羁。她也不想为此而苛责他。

"我要把丈夫介绍给您认识。"她说。

她喊罗伯特过来,罗伯特正在露台上跟其他客人聊天,未曾注意到哈代夫妇的到来。他带着一贯的热诚和气走上前来,以一贯迷倒埃莉诺的优雅跟哈代夫人握手。接着,他转向弗雷德里克爵士。爵士望了他一眼,满是困惑。

"我们以前见过吧?"他问。

罗伯特沉静地端详了他一下。

"应该没有。"

"我敢发誓我见过你。"

埃莉诺感到丈夫浑身一滞,她马上意识到一定有哪里不对劲。罗伯特纵声大笑。

"这话说来很是失礼,可是我非常确信,我此生还未尝一睹尊容。也没准儿我们在战场上曾经照过面。那会儿匆匆一遇的人实在太多了,对不对?哈代夫人,您来杯鸡尾酒吗?"

用餐的时候,埃莉诺注意到哈代频频望向罗伯特。很显然,他努力在记忆中搜索。罗伯特忙于招呼身旁的女士,没有捕捉到哈代投来的目光。他在竭诚招待芳邻,嘹亮的笑声响彻整个餐厅。他真是个绝妙的男主人。埃莉诺总是佩服他对社交事务的责任感:甭管挨着他坐的女客多么沉闷无聊,他都尽其所能竭诚以待。但是,当客人离去,罗伯特的欢乐便立刻褪去,仿佛一件披风滑落他的肩头。她能感觉到,罗伯特有些不安。

"那位亲王夫人很烦人吧?"她好心一问。

"就是个凶巴巴的恶毒老太婆,不过除此之外也还算好。"

"真蹊跷,弗雷德里克爵士以为他见过你。"

"我这辈子就没见过这个人。但他的事我都知道。埃莉诺,如果我是你,我会尽量少和此人打交道。我认为他够不着我们的水准。"

"可他的男爵爵位算得上英格兰最古老的了。咱们在《名人录》里查到过啊。"

"他就是个人所不齿的流氓。我做梦都想不到那个哈代上尉,"罗伯特更正了一下,"那个我旧日里曾经知晓的弗雷德·哈代,居然摇身一变成了弗雷德里克爵士。我永远也不会允许你邀请他到我的家里来。"

"为什么呀,罗伯特?我正要告诉你,我觉得他很有魅力呢。"

埃莉诺头一回觉得丈夫不讲道理。

"觉得他有魅力的女人多的是,为了这份魅力她们也破费了不少金钱。"

"你知道人们是怎么说三道四的。不能听风就是雨啊。"

他捉住她的一只手,恳切地凝望着她的眼睛。

"埃莉诺,你知道,我不是在背后嚼人舌根的那种人,我也不愿意告诉你我所知道的哈代所作所为;我只能请求你相信我的话,他不是你应该结识的人。"

埃莉诺对这样的请求不能够置若罔闻。得知罗伯特竟如此信重她,她激动不已:他明白,身处危机的时候只要他向她召唤,要她忠诚,她必不相负。

"罗伯特,没有人比我更清楚,"她一脸凝重,"你是个实打实的正人君子;我明白,如果你认为能告诉我的话一定会告诉我,可现在即便你愿意说出来,我也不愿意听,因为那样会显得我对你不像你对我那样信重。我乐意听从你的判断。我向你保证,哈代夫妇将永远不会再踏入咱们家一步。"

不过,罗伯特去打高尔夫的时候,埃莉诺经常独自外出用午餐,就经常会碰到哈代夫妇。她对弗雷德里克爵士态度非常僵硬,因为罗伯特讨厌的人,她也必须讨厌,但是爵士要么没注意,要么就是不在乎。爵士对她出奇的好,她也发现爵士很容易相处。这样一个坦率地认为女人都有些拿腔捏调,却依然对她们温柔以待的男人,很难让人讨厌起来;况且这个男人的举止风度还如此讨人喜欢。也许正是基于这一点,他不是她应该结识的男人,可是她情不自禁地喜欢他褐色眼眸中的神情。那样子带着两分嘲弄,让你戒备,可又是那么亲昵,让你觉得他绝无恶意。不过,埃莉诺对他的事情听说得越多,就越觉得罗伯特判断正确。他就是个肆无忌惮的无赖。人们对那些为他牺牲了一切却又被他随意厌弃的女人们数名道姓,虽说他现在收了心,一意倾注在妻儿身上;可江山易改,本性难移啊,只可能是因为哈代夫人的忍耐力远远超乎常人想象。

弗雷德·哈代早年是个十足的浪荡子。寻花问柳,赌十一点扑克牌,还是个赛马押错宝的倒霉蛋,他在二十五岁的年纪便站到了破产法庭上,也被迫丢掉了军衔。一些青春不再的半老徐娘觉得他魅力无可抵挡,他就坦然接受她们的供养,丝毫不觉羞耻。但是开战以后,他重返军团,还赢得了一枚优异服务勋章。然后去了肯尼亚,不失时机地成为一桩臭名远扬的离婚案的共同被告,被指控通奸;他开出支票,颇费了一番周折才得以从肯尼亚脱身。他的诚信观念十分松懈,从他手上买汽车或马匹很不可靠,而且,你要远离他热情推介的香槟酒方为上策。当他以诱人的魅力向你介绍一笔共同发财的投机生意时,你唯一能肯定的就是,不管他能从中赚取多少,你肯定会两手空空。什么汽车经纪、场外捐客、佣金代理,还有戏子,他都逐一干过。倘若世上还有公平,他就该在狱中了此残生,最不济也应当落个终老贫民窟的下场。可惜命运耍了个极不公正的花招,此人最终继承了男爵头衔和一笔充裕的收入,四十大几的时候还娶了一个漂亮伶俐的妻子,适时地添了两个健康好看的孩子,未来等待着他的是财富、地位和好名望。他对待人生还没有像他对待女人那么认真,而人生倒像女人似的对他宽容大度。回首往事,他总是洋洋自得:他过去生活得痛快淋漓,经历过起起落落;现在身体健康,问心无愧,正准备做个乡绅,安宁度日。他妈的,再把两个小子按部就班地抚养成人;等代表他们选区的那个老货蹬了腿儿,上帝保佑,他就自己弄个国会议员当当。

"我可以告诉议员们一两桩他们从不知晓的好事儿。"他说。

也许他说得没错,可是他也不停下来琢磨一下,可能那一两桩好事儿人家还不大想听呢。

一天下午,日落时分,弗雷德·哈代步入小十字街上一家酒吧。他性好交际,不喜欢一人独酌,四处张望,看看有没有熟人。他瞧见罗伯特,刚打完高尔夫,正在那儿等埃莉诺。

"哎呀,鲍勃,来喝一杯怎么样?"

罗伯特一个激灵。在里维埃拉没人称呼他为鲍勃。待他看清了对方是谁,就硬邦邦地答道:

"我已经喝过了,谢谢你。"

"再来一杯嘛。我老婆不许我在两餐之间喝酒,不过只要能甩得脱她,我总会在这个时候溜进来喝上一杯。不知道你怎么想的,反正我的感觉是上帝设了六点钟,就是给男人到点儿喝上一杯的。"

他一屁股坐在罗伯特身旁的一张大皮扶手椅里,叫了侍应,冲罗伯特和善地一笑。

"自打我们初次相见,多少事情都已随水东流啦。是不是,老弟?"

罗伯特微微蹙着眉头,飞了他一眼。旁观者也许会将之形容为警惕的眼神。

"我并不明白您到底是什么意思。据我所知,我们初次相见是在三四周之前,您和尊夫人赏光与我们共进午餐。"

"得了吧,鲍勃。我知道我以前认识你。起先我还有些迷糊,然后灵光一闪,想起来了。你是布鲁顿街上那家修理厂的洗车工,我以前在那里保养汽车。"

弗雷斯蒂耶上尉中气十足地大笑起来。

"十分抱歉,您可真的认错人了。我还从未听到过这么荒唐的事情。"

"我记性一流,从来不会忘记人的面孔。我打赌你也不曾忘记我。每回我不想自己去修理厂,总是让你来我的公寓取车,我可是没少打发你半克朗的小费吧。"

"您真是一派胡言。您来到舍下以前,我从来也没有见过您。"

哈代咧开嘴,快活地一笑。

"要知道我可是个狂热的摄影爱好者。不同时期我拍了不少的照片,有好几本相册呢。如果你知道我找到了一张你站在我新买的双座车旁边的快照,你会不会大吃一惊?那会儿你是真他妈漂亮,别看套着工装裤,脸上也脏乎乎的。当然,现在你发福了,头发也花白了,还蓄了小胡子,可还是那个家伙,错不了。"

弗雷斯蒂耶上尉冷冷地望着他。

"长相相似的人不少,您一定是弄混了。您那些半克朗给的肯定是旁人。"

"那好吧,如果你不是布鲁顿街那个洗车工,一九一三年到一九一四年间你在什么地方?"

"我在印度。"

"在你的军团里?"

"在打猎。"

"撒谎精。"

罗伯特的脸涨得通红。

"此处不是打架的好选择,但是,如果你以为我会待在这儿任由一个像你这样的醉鬼侮辱的话,你就大错特错了。"

"难道你不想听听我知道的你的其他底细吗?人一回想起事情来总是接二连三,你知道,我可是想起不少事儿呢。"

"我一点儿也不感兴趣。告诉你,你绝对、绝对弄错了。你把我和别的什么人搞混了。"

但是,他没有要走的意思。

"那会儿你就是个十足的懒骨头。我记得有一次我要早早到乡下去,吩咐你九点前把我的车洗好,可你没有按时准备好,我大发脾气,老汤普森跟我说,你爹曾是他的伙计,因为你穷困潦倒,他才发慈悲收留了你。你爹在一家俱乐部侍酒,是怀特家还是布鲁克家我记不清了,你自己也在那儿当小听差。你入伍进的是高士廉卫队①,如果我记得不错,有个人把你买出来做了

---

① 英军卫戍部队的近卫步兵连,于1650年成立于苏格兰的高士廉。

贴身跟班。"

"可真是荒诞不经啊。"罗伯特轻蔑地说。

"我还记得,有一次我休假回国去修理厂,老汤普森告诉我你参军进了不用去战场的皇家陆军勤务兵团,只要办得到,你是不打算多冒风险的,对不对?你一直都是长弓拉得满,牛皮吹得响,对不对?你那些英勇杀敌的故事我可都听说了。我猜你确实得到过军衔,不会连军衔都是假的吧?"

"我当然得到了军衔。"

"哎呀,很多奇奇怪怪的人物都在那个时候混到了军衔,你知道吗,老弟,如果我是你,如果我是在陆军勤务兵团服的役,我就不会系那条近卫团的领带。"

弗雷斯蒂耶上尉本能地把手伸向自己系着的那条领带。弗雷德·哈代则嘲弄地盯着他,颇为肯定地看到,尽管晒得黝黑,对方的脸还是白了一白。

"我系什么领带不关你的事。"

"别耍横嘛,老弟。没必要急赤白脸的。我虽说已经掌握了你的老底儿,可也没打算揭发你,你干吗不坦白承认了呢?"

"我没有什么好坦白承认的。告诉你,这一切都是无稽之谈。我还要告诉你,如果我发现你散播这些关于我的谎言怪谈,我会立即启动诉讼,告你诽谤。"

"省省吧,鲍勃。我没打算散播任何言谈。你以为我有这份闲心?我看这整桩事情就是闹着玩儿。我对你没什么恶感。我本人也很有点儿喜欢投机冒险,你毫不费力扯这么个弥天大谎,我也很是佩服。听差出身,然后当兵,做跟班,洗汽车,可看看你现在,一个多么体面的绅士,还有一幢堂皇的房子,款待里维埃拉所有的大亨,赢得了一场场高尔夫锦标赛,当上了航海俱

223

乐部副主席,还有我尚不知道的形形色色。你是戛纳的大红人,不会有错。真是了不起啊。我年轻时也算是做下过一些荒唐事,可你才真是够胆;老弟,我要向你脱帽致敬。"

"真希望我配得上你的赞美。可是我当不起。家父是印度骑兵部队成员,怎么说我生下来也算是个绅士。也许我并没有什么出众的成就,但我肯定也没有做过什么可耻的勾当。"

"噢,得了吧,鲍勃。我不会说出去的,你知道,哪怕是对我老婆。我从来不跟女人说那些她们不知道的事情。相信我,要不是立下这个规矩,我还得惹上更多麻烦。我本想着,如果周围有人让你感觉可以做回自己,你会挺高兴的。老得绷着不敢放松是吧?你把我拒之门外可就太傻了。我又没抓住你什么把柄,老弟。不错,我现在有男爵头衔,还有地产,可我年轻的时候也常常陷入困境,没给关进监狱对我来说就是个奇迹。"

"对其他很多人来说也是个奇迹。"

弗雷德·哈代发出一阵狂笑。

"调侃我呀,老弟。不管怎样,我觉得你跟你太太说不应该和我打交道,这话真有点儿过分。"

"我从未说过诸如此类的话。"

"哦,得了,你说过的。她是个宽厚的老大姐,就是有点儿饶舌,我说的没错吧?"

"我并不打算与你这样一个人议论我太太。"弗雷斯蒂耶上尉冷冷地说。

"哦,跟我就不用装什么绅士啦,鲍勃。咱俩是一对儿吃白食的浪荡种,没别的话好讲。要是你还有点儿脑子,咱们本可以在一起快活快活。你谎话连篇,要尽花招,是个大骗子,但是在尊夫人看来你可是个十足的正派人,这对你很有利。她就是宠你,对吧?可笑啊可笑,这些女人。她是个非常善良的女人,鲍勃。"

罗伯特的脸变得通红,双拳紧握,从椅子上欠起身来。

"见你的鬼去吧,不许再议论我太太。如果你再提到她的名字,我发誓要把你打趴下。"

"哦,得了,你做不出来。你这么绅士风度,怎么会对一个比自己矮小的人动手呢。"

哈代嘲弄地说了这一番话以后,紧盯着罗伯特,时刻预备着万一他挥拳相向就立刻闪开,但是这番话的效果却让他呆住了。罗伯特往椅子上一倒,松开了拳头。

"你说得不错。只有癞皮狗才会利用旁人的风度。"

这个回答如此的戏剧化,弗雷德·哈代咯咯笑出了声。但他很快发现,对方说这话是真心实意的,一脸严肃。弗雷德·哈代不是傻瓜;若不是有这份机智,过去二十五年他就不可能过得舒舒服服。而现在,他惊诧地望着眼前这个强壮的大块头,看起来此人非常具备典型英式运动家的公平竞争精神,已然坐回到椅子里。电光火石之间,他突然对此人有了深刻的理解。眼前的人绝非泛泛之流,为了游手好闲地享受奢侈生活而吃定一个蠢女人。她仅仅是他通向更高目标的手段而已。他被某个理想迷住了心窍,为此不惜一切。也许,这个念头当他还在时髦俱乐部当小听差的时候就萌发了——会员们慵懒自得,态度闲适,也许在他眼中便已妙不可言;之后当兵,做跟班,洗汽车,他又碰到过许许多多属于另一个世界的人,他透过英雄崇拜的朦胧薄雾看着他们,在心中充满了羡慕和嫉妒。他想要和他们一样,想要成为他们中的一员。这就是他梦寐以求的理想。他一心想要——真是太荒诞、太可怜了——成为一位绅士。战争,以及战争赋予他的军衔,给了他这个机会,而埃莉诺的金钱给了他物质保障。这个可怜虫二十年假扮一种人,二十年的苦心孤诣就是为了能够扮得丝毫不露痕迹。这真是既荒诞,又可怜。无意之间,弗雷德·哈代脱口说出他脑中闪过的想法。

"可怜的老伙计。"他说。

弗雷斯蒂耶飞快地瞥了他一眼。他不明白这句话是什么意思,也理解不了这句话的语气。他脸红了。

"你这话是什么意思?"

"没什么意思,没什么。"

"我认为没有必要继续这次谈话。显然,我无法让你相信你弄错了人。我只能重复一次:你说的没有一个字是真的。我并不是你以为的那个人。"

"好吧,伙计。随你自己的便。"

弗雷斯蒂耶叫来侍应。

"要不要我替你付账?"他冷冰冰地问。

"好吧,伙计。"

弗雷斯蒂耶慷慨地给了侍应一张钞票,吩咐他不必找零,没再多说一个字,也没再多看弗雷德·哈代一眼,高视阔步地走出了酒吧。

直到罗伯特·弗雷斯蒂耶丧命前那晚,他们没再照过面。

冬去春来,里维埃拉的花园变得五颜六色,光彩夺目。山坡上的野花开得有板有眼,绚烂缤纷。春归夏至,里维埃拉烈日炎炎,城镇的街道上热得明亮迫切,人们的血液流动速度都加快了;女人们戴着宽大的草帽,穿着宽松的阔腿裤四处溜达。海滩上熙熙攘攘,穿泳裤的男人和几乎全裸的女人躺着晒太阳。入夜以后,小十字街上的酒吧里挤满了不愿入睡、叽叽喳喳的人群,色彩缤纷得就像春天的花朵。多日无雨,海岸一线已经发生了几起森林火灾。罗伯特·弗雷斯蒂耶有好几次兴致勃勃地开玩笑说,倘若他们家的树林起火,他们获救的机会可是微乎其微。有一两个人建议他把房子后面的树木砍掉一些,可他舍不得:他们买下这块地的时候,林子的状况很不好,他们年年清除枯树,保持通风顺畅,把害虫除得干干净净,现在树林已蔚然壮观。

"唉,砍掉任何一棵树都像砍掉我的一条腿呢。它们起码都有百年树龄了。"

七月十四日,弗雷斯蒂耶夫妇去蒙特卡洛参加一个庆典晚宴,给仆人们放了假,前去戛纳玩耍。那天是法国国庆节,戛纳城里有悬铃木下举办的露天舞会,还有焰火,人们不论远近,都赶来纵情欢乐。哈代家也给仆人放了假,但是他们没有出门,两个小儿子都已打发上了床。弗雷德在摆弄纸牌打通关,哈代夫人在给椅子罩绣花。突然之间,门铃大作,还有人在拼命打门。

"这他妈的是谁啊?"

哈代去开的门,一个小伙子告诉他,弗雷斯蒂耶家的树林起火了。村里的一些男人已经上山扑火,但还需要尽可能多的人手,问他去不去。

"我当然要去。"他匆匆跑回去和太太打了声招呼,"叫醒孩子们,让他们上山瞧个热闹。天啊,旱了这么久,必该烧起来了。"

他冲出门外。小伙子还告诉他,他们已经给警察局打了电话,警察局会派士兵救火。有人正在设法打通蒙特卡洛的电话,知会弗雷斯蒂耶上尉。

"他赶到这儿得个把钟头。"哈代说。

他们往山上跑的时候,看到天边火光一片,到了山顶,眼前更是冲天的火焰。没有水源,唯一能做的就是尽力扑灭大火。很多人都在扑救,哈代迅速加入灭火大军。可是,人们刚刚扑灭一簇灌木丛火焰,另一簇又毕毕剥剥地燃烧起来,还没等看清,就燃成了一只烈焰熊熊的火炬。热浪滚滚,救火的人们支撑不住,渐渐被逼着后退了。微风吹动,火星从树上燃到灌木上。好几个星期没落一滴雨,万物像火绒般干燥,火星刚从树上落下,便在灌木上舔起火舌。抛却这个场景恐怖的一面,看着六十英尺高的巨大杉木像火柴一样燃烧,真令人充满敬畏赞叹。大火嘶嘶,好像工厂里的大熔炉。要想控制得住火势,最好的办法就是砍掉乔木和灌木,可人手太少,只有两三个人带了斧子。只能寄希望于军队,他们惯于对付森林火险。可部队迟迟未到。

"除非他们立刻赶到,否则我们绝无可能保住这幢房子。"

他瞧见自己的太太带着两个孩子上了山,正在冲他挥手。他满面尘灰,汗水顺着脸颊直淌。哈代夫人跑了过来。

"噢,弗雷德,那些狗,还有那些鸡。"

"上帝啊,还真是呢。"

狗舍和鸡场建在屋后林中空地上,那些倒霉的动物已经给吓得发癫了。哈代把它们放了出来,狗和鸡冲向安全地带。现在只能由它们自己逃命,之后再把它们圈起来。眼下,从很远处都能看到熊熊烈焰,但军队还是没有到,他们这小小一群帮手已经无力应对步步紧逼的大火。

"要是那些该死的兵还不赶到,这幢房子就完蛋了,"哈代说,"我想咱们最好还是能抢出点什么东西就抢出来吧。"

这是一幢石头房子,四周修了一圈木头围廊,肯定会像引火柴那样一点就着。弗雷斯蒂耶家的仆人们现下也都回来了。哈代把他们聚在一起,他的太太和两个儿子也搭了把手,一起把能搬动的东西都搬到房前草坪上,亚麻床单、银餐具、衣服饰物、挂画,还有其他一些家具。部队终于到了,满满两大卡车,他们马上动手挖壕沟,砍树木。哈代向负责的军官指出房屋存在的危险,央他首先砍倒房屋周围的树木。

"房子只能由它去了,"军官说,"我必须先得防止大火向山外蔓延。"

他们看到亮着灯的汽车火速自蜿蜒的道路上开过来,几分钟后,弗雷斯蒂耶和太太就从车上跳下来。

"狗呢?"他喊道。

"我把它们放出去了。"哈代答道。

"哦,是你。"

起先,他没有认出那个脏兮兮、满面烟灰和汗水的家伙就是弗雷德·哈代。他生气地皱紧了眉头。

"我想这房子可能会烧起来。能搬出来的我都搬出来了。"

弗雷斯蒂耶望着烈焰熊熊的森林。

"唉,我的树林完了。"他说。

"当兵的正在山坡上扑火。他们正努力抢救邻近的地产。我们最好过去看看还能救出来什么。"

"我过去。你不必了。"弗雷斯蒂耶不耐烦地吼道。

突然之间,埃莉诺痛苦地大叫一声。

"噢!看哪!房子!"

从他们站立的地方,可以看到屋后围廊猛然烧成了一片。

"没关系,埃莉诺。房子不会烧起来,烧的只是木头部分。拿着我的外套,我要去给当兵的搭把手。"

他把晚礼服一脱,递给太太。

"我跟你一起去。"哈代说道,"弗雷斯蒂耶太太,你最好到放着你家物品的地方去。我想我们已经把值钱的都搬出来了。"

"谢天谢地,最贵的珠宝我都戴在身上呢。"

哈代夫人是个有头脑的女人。

"弗雷斯蒂耶太太,我们把仆人聚在一起,能搬的都搬到我家去吧。"

两个男人朝士兵扑火的方向奔去。

"您把我家里的东西给搬出来了,真是高尚。"罗伯特生硬地说。

"不必客气。"弗雷德·哈代说。

没走出多远,他们就听到有人在喊叫。四处望望,隐约看到一个女人追着他们跑过来。

"先生,先生。"

他们停下脚,那个女人大张着双臂冲过来。原来是埃莉诺的女仆,她几乎精神错乱了。

"小朱迪,朱迪啊。我们出门时把它给关起来了。它在发情。我把它关在仆人浴室了。"

"我的上帝呀!"弗雷斯蒂耶大叫。

"是谁?"

"埃莉诺的小狗。我说什么也得把它救出来。"

他扭头就朝房子跑回去,哈代一把抓住他的胳膊,拉住他。

"别他妈冒傻气了,鲍勃。房子烧着呢,你进不去!"

弗雷斯蒂耶奋力挣扎着摆脱他。

"放手,见你的鬼去。你以为我会让一只小狗被活活烧死吗?"

"噢,闭嘴。这可不是演戏的时候!"

弗雷斯蒂耶奋力甩脱哈代,可哈代纵身一跃,把他拦腰抱定。弗雷斯蒂耶提起拳头,对着哈代的脸就是一拳。哈代一个踉跄,松开双手,接着又受了弗雷斯蒂耶一拳,倒在地上。

"你这个烂透了的暴发户。我要你好好瞧瞧何为绅士所为。"

弗雷德·哈代慢慢爬起来,摸摸自己的脸。真疼啊。

"天啊,明天我准得挂个青眼圈。"他摇摇晃晃,有点发晕。女仆突然歇斯底里地哭号起来。"闭嘴,你这个贱人,"他生气地嚷嚷,"一个字都不许跟你的女主人提。"

弗雷斯蒂耶已然没了踪影。足足过了一个多小时,人们才找到他。他躺在浴室门口的楼道里,已经断了气,怀里还抱着那只死了的西里汉姆梗犬。哈代久久地望着他,过了很长时间才说出话来。

"你个傻瓜,"他生着气,咬着牙咕哝出这几个字,"你这傻透了的傻蛋!"

他最终为自己的欺世盗名付出了代价。就像一个抱持着某种恶习的人,结果反被恶习所制,为其奴役;他撒谎撒得太久,久到连他自己都信以为真。鲍勃·弗雷斯蒂耶假扮绅士那么多年,最终已然忘记了一切不过是个骗局,不由自主按照他那个愚蠢呆板的头脑所构思的绅士典范去行事。他早已辨识不清真假之间的界限,为了伪造的英雄主义搭上了自己的性命。然而,弗雷德·哈代不得不把这个噩耗告诉弗雷斯蒂耶太太。弗雷斯蒂耶太太正和他太太一起待在山脚下他们家别墅里,一直以为罗伯特在和士兵们一起砍伐树木,清除灌木。弗雷德·哈代的措辞尽可能地温和,可还是不得不告诉她,不得不告诉她所发生的一切。起先,她好像完全没有抓住他话里的意思。

"死了?"她哭了起来,"死了?我的罗伯特?"

之后,弗雷德·哈代,这个浪荡子,这个愤世客,这个毫无节操的流氓,握住她的双手,仅凭一句话就让她承受住了悲痛。

"弗雷斯蒂耶太太,他是位真正侠义的高贵绅士。"

(辛红娟 译)

不屈服的女人

他回到厨房。那个男人还躺在地板上,躺在刚才被他打倒的地方,满脸是血,模糊不清地哼哼着。那个女人后背紧贴着墙,惊恐地盯着他的朋友威利。看到他走进厨房,她喘了口气,猛然大哭起来。威利仍然坐在桌旁,手里攥着左轮手枪,旁边放着喝了一半的葡萄酒。汉斯走到桌旁,将杯子倒满,一饮而尽。

"伙计,看来遭恶战啦。"威利说着,咧嘴笑了。

汉斯脸上血迹斑斑,挂着五条手指甲抓出来的血印。他轻轻用手摸摸脸颊。

"她差点把我的眼珠子给抠出来,这个贱货。我得抹点碘酒消毒。她现在老实了。就看你的啦。"

"我不知道。我吗?天晚了。"

"别犯傻。你是个男人吗?天晚了又怎样?我们迷路了。"

天还亮着,西斜的太阳光射进农舍厨房的窗户。威利犹豫了一下。他个头不高,皮肤黝黑,脸瘦长,入伍前是服装设计师,他不想让汉斯觉得自己娘气。他站起身,朝汉斯进来的那扇门走去。那个女人看出了他的意图,发出一声尖叫,猛地冲上前去。

"不要,不要。"她用法语叫道。

汉斯一步抢到她面前,抓住她的肩膀,把她猛地向后一推,她一个趔趄跌到地上。他拿起威利的左轮手枪。

"都不许动。"他粗声喊道,他的法语明显带着德国腔。他朝房门方向点头示意。"你去。这里交给我。"

威利走出房门,不一会儿又折身回来。

"她昏过去了。"

"那又怎样?"

"我做不到。那样不好。"

"蠢货。简直就是个娘儿们。娘儿们①。"

威利脸红了。

"我们还是上路吧。"

汉斯轻蔑地耸耸肩。

"我喝完这瓶红酒才走。"

他感觉很放松,非常乐意再逗留一会儿。打早上他就一直在执行任务,骑了好几个小时摩托车,四肢疼痛。幸运的是他们不必赶远路,只到苏瓦松——也就十或十五公里。他不知道还能不能找到床位睡觉。当然,要不是那姑娘愚蠢,这一切就不会发生。他们——他和威利——之前迷了路,停下来问一个在田里干活的农民,农民故意指错了路,他们发现自己走到一条岔路上。他们来到这个农庄问路,问得十分客气,因为上头有令,只要法国人老实听话,就必须好好对待。门是那个姑娘开的,她说不知道去苏瓦松怎么走,他们就强行进去;接着,那个女人,汉斯猜是姑娘的母亲,告诉他们怎么走。他们一家三口,农民、农民的妻子和女儿,刚刚吃完晚饭,桌子上还有一瓶葡萄酒。这瓶酒

---

① 原文是德语。

提醒了汉斯，他正渴得冒烟儿，天气热得让人发昏，他从中午开始就滴水未进。他向他们要了一瓶酒，威利还补充说会付个好价钱。威利人不错，就是胆小。说到底，他们才是战胜国啊。法国军队哪儿去了？他们早狼狈逃窜了。还有英国人，抛下一切，急匆匆像兔子似的跑回他们的岛国。征服者想拿什么就拿什么，难道不是吗？威利曾在巴黎一家时装店干过两年。没错，他法语讲得好，因此才给他派了这个差事，可他受法国人影响也不少。这个颓丧的民族，和他们待久了对德国人来说真没什么好处。

农民妻子往桌上放了几瓶葡萄酒，威利从口袋里掏出二十法郎递给她。她连谢谢都没说一声。虽然汉斯法语没有威利讲得好，却也基本能表达意思，他跟威利一直用法语交流，威利会给他纠正错误。正因为威利在这方面对他帮助很大，他才跟威利交了朋友，他知道威利羡慕自己。羡慕他高高的个子，颀长的身材，宽宽的肩膀；羡慕他金灿灿的卷发，还有蓝汪汪的眼睛。他任何一次练习法语的机会都不放过，现在又开始试着讲法语，但那三个法国人不肯迁就配合。他告诉他们，自己也是农民的儿子，仗打完了，正准备回农场。他曾被送到慕尼黑上学，因为母亲想要他做生意，但他的心不在做生意上，被录取后就去了一个农学院。

"你们是来问路的，现在知道怎么走了，"姑娘说，"喝掉你们的酒，快走。"

之前他几乎瞧都没瞧那姑娘一眼。她不漂亮，但是长着好看的黑眼睛和挺阔的鼻子。她脸色十分苍白，穿戴很普通，但不知为什么，这姑娘看上去不像外表那样普通。她有一种与众不同的气质。开战以来，汉斯常听战友聊法国姑娘，说她们有德国姑娘不具备的某种东西。威利说那是雅致,可当他问威利是什么样的雅致时,威利只说必须亲眼见到才能明白。当然,他也听到另外一些人说法国姑娘唯利是图,冷酷无情。好吧,一周后他们会到巴黎,他就能自己弄个明白。据说,统帅部已经安排了妓院让大兵们去逛逛。

"喝完你的酒,咱们就上路。"威利说。

可汉斯觉得待在这里很舒服,并不着急赶路。

"你看上去不像乡下姑娘啊。"他对姑娘说。

"那又怎样?"她反问道。

"她是个教师。"她母亲说。

"这么说你的教育程度不低啊。"她耸耸肩膀,汉斯操着蹩脚的法语,饶有兴致地继续说,"你应该明白,眼下对法国人来说是再好不过的结局了。宣战的不是我们,是你们。现在我们要把法国变成一个像样的国家。我们要把法国变得井井有条。我们要教你们怎么做工。你们要学会服从,学会守纪。"

姑娘握紧拳头,望了他一眼,眼中满是怒火与仇恨。但她什么也没说。

"你喝醉了,汉斯。"威利说。

"我清醒得像个法官。我只是告诉他们事实,而且他们也不妨马上了解一下。"

"他说得对,"姑娘用德语嚷道,再也无法克制,"你醉了。现在就走,走。"

"喔,你懂德语呀,是吧?好啊,我走。但你必须得先吻我一下。"

姑娘往后退了一步,躲开他,可他一把攥住她的手腕。

"爸爸,"她大喊,"爸爸。"

农民朝这个德国人扑过去。汉斯放开她,用尽全力给了农民脸上一拳。农民蜷曲着倒在地板上。姑娘还没来得及逃脱,就被汉斯一把搂进怀里,她狠狠抽了他一记耳光……他呵呵狞笑起来。

"你就是如此回应一个德国士兵索吻的要求吗?你要为此付出代价。"

他用力扭住姑娘的双臂,把她往门外拖去,姑娘的母亲冲过来,揪住汉斯的衣服,死命把他拉开。汉斯一手贴身搂紧姑娘,另一只手用力把那女人揉了一个踉跄,退到墙边。

"汉斯,汉斯。"威利大叫。

"闭嘴,滚一边去。"

他用手捂住姑娘的嘴,不让她喊出声,挟着她离开房间。经过就是这样。必须承认,这个姑娘是自找的,她不该扇他耳光。要是她满足了他的要求,给他一吻,他早就走了。他瞥了一眼还躺在地上的农民,被他滑稽的脸相弄得不能自已,哈哈大笑。他又看了一眼畏畏缩缩贴在墙边的那个女人,眼里带上一丝笑意。她害怕要轮到她自己了吗?还轮不上她。他记起一句法国谚语。

"万事开头难。有什么好哭的,老娘儿们。不过是迟早的事情。"他把手伸进后裤兜,掏出一只钱夹,"喏,这是一百法郎,给那位小姐买条新裙子。她的那条没剩下什么了。"他把钞票放到桌上,戴上头盔。"咱们走。"

他们走出去,哐当一声关上房门,骑上摩托车,绝尘而去。女人扑进客厅,她女儿躺在矮沙发上,被他扔在那里后没有改变过姿势,哭得肝肠寸断。

三个月后,汉斯再次来到苏瓦松。他已同得胜之师在巴黎会合,还曾骑着摩托车穿过凯旋门。后来,他和大部队一起开到图尔,再开到波尔多。他们几乎没遇到什么抵抗,他所见到的法国士兵都关在牢里。战役简直是一场他想都想不到的盛大狂欢。停火以后,他在巴黎消磨了一个月,给巴伐利亚的家人寄了风景明信片,买了各种礼物。威利非常熟悉巴黎的情况,因此就留在了巴黎,但汉斯和分队余下的人又被派往苏瓦松,加入控制该地区的驻军。苏瓦松是个不错的小城,他在部队宿舍里住得很舒服:吃得很丰富,香槟一瓶还合不到一个德国马克。接到继续驻扎命令时,他忽然想到,去看看曾经被他占有的那位姑娘应该挺有意思。他给她买了一双丝袜,表示不曾有过不快。他记路的能力很强,知道能够毫无困难地找到那间农舍。一个无所事事的下午,他把丝袜装进口袋,发动引擎。秋高气爽,万里无云,田野景色美丽,起伏有致。尽管已经九月,天气却一直很好,没有下过雨,甚至哗啦啦作响的白杨树也丝毫没有现出夏日将尽的迹象。他转错了一个弯,耽搁了一会儿,即令如此,到达目的地也只花了不到半个钟头。当他朝门口走近时,一条杂种狗冲他狂叫。他没有敲门,旋开门把手,径直走进去。那姑娘正在桌旁削土豆。看到一个当兵的男人,她跳了起来。

"你要干什么?"话音刚落,她就认出了他。她退到墙边,手握小刀,"是你?畜生!"

"别激动。我不会伤害你。瞧,我给你带了一双丝袜。"

"拿走,带着你的丝袜快滚!"

"别傻啦。把小刀放下。要是想比画两下,受伤的只会是你自己。你不用怕我。"

"我不怕你。"姑娘说。

她手里的刀子跌落在地板上。汉斯摘下头盔,坐下来,用脚把刀子划拉过去。

"要不要我帮你削土豆?"姑娘不作答。汉斯弯腰捡起刀子,从盆里拿了一个土豆,削了起来。姑娘铁青着脸,双眼充满敌意,背抵着墙站着,瞪着汉斯。汉斯对她微笑,努力消除敌意。"你干吗这么动气?我也没怎么伤害你,你知道。我那会儿很兴奋,大家都很兴奋,谈论着攻无不克的法军和马其诺防线……"他话没说完就笑了起来,"还有,我当时喝酒喝大了。说不定你的遭遇可能比遇上我更糟糕呢。女人们都跟我说,我长得不赖哩。"

姑娘鄙夷地上下打量他一番。

"滚出去。"

"走不走可就看我自己啦。"

"你还不走的话,我爸爸会到苏瓦松找将军投诉。"

"那将军要操心的事可就太多啦。我们接到的命令是与老百姓亲善。你叫什么名字哇?"

"不关你的事。"

姑娘的两颊涨得通红,眼睛里喷着两团怒火。她比他记忆中的要漂亮。看来自己眼光还不赖。她有城里人的雅致,不像农村人。他又记起,她母亲说她是个教师。她应该也算是位淑女了,他觉得捉弄她特别有趣。他知道自己孔武壮硕,用手拢了拢金色的卷发,想到多少姑娘都不会放过主动投怀送抱的机会,他笑了起来。那张被夏天的日头晒黑的脸孔,更衬得他眼睛幽蓝。

"你父母呢?"

"在地里干活。"

"我饿了。给我一点面包、奶酪,再来杯葡萄酒。我付钱。"

姑娘发出一阵刺耳的笑声。

"我们有三个月没见着奶酪了。也没有足够的面包填肚子。一年前,法国兵牵走了我们的马,现在,德国佬弄走了我们的奶牛,我们的猪,我们的鸡,什么都弄走了。"

"喂,他们可是付了钱的。"

"他们给的那些没用的纸头能拿来填肚子吗?"

她开始流泪。

"你饿吗?"

"噢,不饿。"她辛辣地答道,"我们有土豆、面包、萝卜和莴苣,吃得简直像国王。明天我爸爸会去苏瓦松,看看能不能买点马肉。"

"听着,小姐,我不是坏人。我会给你们带点奶酪,估计也能弄点火腿。"

"我不要你的礼物。我就是饿死也不碰你们这些猪猡从我们这里偷去的食物。"

"稍等。"他语气和善地说。

他戴上头盔,站起身,说一声"小姐,再会"①,便走出门去。

他按律不应该在乡间偷偷兜风,得等到被派外出执行任务的时候,才能再次来到农庄。十天之后,他和上次一样径直走进农舍,在厨房里看见了农民和他的妻子。快中午了,那个女人正在搅动炉子上的锅,男人坐在桌边。他进来的时候,他们看了看他,却没有显得惊讶。显然,他们的女儿跟他们说过了上次的来访。他们没有吱声。女人继续做饭,男人板着脸,盯着铺在桌上的漆布。可这样压根儿不足以败坏汉斯的兴致。

---

① 原文是法语。

"日安,大伙儿。"他快活地说,"我给你们带礼物来啦。"

他把带来的包裹打开,摆出一块很可观的格鲁耶尔奶酪,一块猪肉,还有两盒沙丁鱼罐头。女人转过身,汉斯看到她眼中的一丝贪馋,笑了。男人阴郁地看着这些食材。汉斯对他阳光灿烂地咧嘴一笑。

"很抱歉,我第一次来的时候咱们闹了点儿误会。可是你本来不该干涉的。"

正说着,姑娘进来了。

"你来干什么?"她厉声喝道。接着,她目光落到他带来的东西上。她把东西一卷,朝他扔去,"拿上快走,拿走。"

可她母亲往前跳了一步。

"安妮特,你疯了。"

"我不要他的礼物。"

"这些吃的本来就是他们从我们这里偷走的。看看这沙丁鱼,是波尔多沙丁鱼呀。"

她母亲把东西捡了起来。汉斯打量着姑娘,浅蓝色的眼睛里有一丝嘲弄的笑意。

"安妮特是你的名字,是吧?真是美丽的名字。你连这点食物也舍不得给父母吗?你说过,你们三个月没见过奶酪了。我弄不到火腿,我尽力了。"

农民的妻子把那块猪肉拿在手上,抱到胸前,让人觉得她简直要抱着吻一吻了。眼泪顺着安妮特的面颊滚滚而下。

"真丢人。"她哽咽着说。

"噢,得啦,一点儿格鲁耶尔奶酪和一片猪肉没什么丢人的。"

汉斯坐下来,点着一支烟卷,接着把烟盒丢给老头。农民犹豫了一下,可这个诱惑实在太大了,他抽出一支,把烟盒还回去。

"拿着吧,"汉斯说,"我能搞到不少。"他吸了一口,从鼻孔呼出一阵烟气,"我们干吗不友好相处呢?做下的事也撤销不了。战争毕竟是战争,而且,你也懂我的意思。我知道安妮特受过教育,我想让她对我有个好印象。我们预计还要在苏瓦松待上一阵子,我可以时不时给你们带点东西,帮你们渡过难关。你知道,我们想尽办法要和城里的人交朋友,可是他们不干。我们打街上经过,他们都不正眼瞧一瞧。毕竟,那是个意外,就是上次我和威利来的时候发生的事。你们不用怕我。我会像尊重自己的姐妹那样尊重安妮特。"

"你为什么要来这儿?为什么不能不打搅我们?"安妮特问。

他的确答不上来。他不愿意说,自己想要一点人类的友情。在苏瓦松地区,他们被沉默的敌意包围着,那磋磨着他的神经,有时他甚至想走到一个把他视若无物的法国人跟前,把他打翻在地,还有时候,他实在受不了,几乎想要大哭一场。如果能到一处有人欢迎他的地方走走,那该多好。他说对安妮特没有欲望,这倒都是实话。她不是那种让他想入非非的女人。他喜欢身材高大,胸脯高耸,像他自己一样蓝眼金发的女人;他喜欢强健、丰腴的女人。这姑娘有种让人却步的东西——一种他说不清的雅致,精巧的窄鼻梁,深色的眼眸,苍白的长脸盘——所以,若非他被德军大捷刺激得兴奋,若非既得意扬扬又筋疲力尽,若非空腹喝了那么多葡萄酒,他决计不会对她做出那种事情。

之后两周,汉斯都没能脱身出来。他把食物留在农舍,笃定那对老夫妇早把东西吞下肚了。他想知道安妮特会不会吃一些;如果在他转身的那一刻,她就和他们一同大嚼,他也不会吃惊。法国人啊,软弱而又堕落,他们可抵御不了免费享受的诱惑。她恨他,没错儿,上帝啊,她有多恨他啊。可是,猪肉就是猪肉,奶酪就是奶酪。他对她念念不忘,想到她居然如此厌憎自己,他就心头发痒,因为他一直深受女人喜爱。这些天要是她爱上了他,那就有意思了。他可是她的第一个情人,他曾在慕尼黑听那帮同学喝着啤酒大谈什么女人永远只爱第一个,第一个才是真爱。他若是看上哪家姑娘,还从来没有失过手。他顾自笑了,眼里闪过一丝狡黠。

终于,他又找着机会去了农庄一趟。他搞到一些奶酪、黄油、白糖、一听香肠罐头,还有一些咖啡,骑上摩托车出发了。但这次没能见到安妮特,她和爸爸下地干活了。那个老女人正在院子里,看到他带来的包裹,整张脸都亮堂起来。解开系绳的时候,她的手有点颤抖。看到他带来的东西以后,她眼里噙满泪水。

"您真是太好了。"她说。

"我可以坐下来吗?"他彬彬有礼。

"当然。"她朝窗外望了望,汉斯猜她是想确认安妮特没有回来,"我给您倒杯酒好吗?"

"很乐意。"

他眼光犀利,看得出她对食物的贪馋令她即使说不上友善,至少是乐意跟他讲和了。她往窗外的那一瞥,几乎使他们结成了同谋。

"上回的猪肉怎么样?"他问。

"难得的美餐。"

"下回我来的时候想办法多给你们弄点儿。安妮特喜欢吗?"

"你留下的东西她碰都不碰。她说宁愿饿死。"

"真傻。"

"我也这么说她。我说,反正食物都放这儿了,不吃掉也不能落得什么好处。"

二人聊得颇为友好,汉斯边谈边啜着酒。他这回弄清楚了,女人的称呼是庇利埃大妈。他问她家里还有没有别的人,她叹了口气说,家里没别人了。本来有个儿子,仗一打起来就被动员入伍,死了。倒不是战死的,得了肺炎,死在南锡市一家医院里。

"很抱歉。"汉斯说。

"也许比活着还强一些。他和安妮特在许多方面都很像,是受不了战败的耻辱的。"她又开始叹息,"噢,可怜的朋友啊,我们是被出卖了的。"

"你们干吗要替波兰人打仗?他们和你们有什么关系呢?"

"您说得对。要是我们让你们的希特勒占领了波兰,他就不会打我们的主意了。"

汉斯起身离开时,说他很快会再来。

"我不会忘记带猪肉的。"

之后,汉斯交了好运,被派了一个差事,每周需要到附近一座小城跑两趟,这样他也能更频繁地到农庄去了。他很上心,从不空着手去,但是同安妮特的关系没有一点和缓。为了向她卖好,他用上了在其他女人身上灵验的简单伎俩,却只徒然遭到她的嘲笑。她薄唇紧闭,冷冰冰毫不妥协,简直视他如粪土。不止一次,她把他惹得怒火三丈,恨不能扳住她的肩膀,把她的魂魄从身体里摇晃出来。有一回,他发现她独自一人,在她正要起身离开的时候,他拦住了她的去路。

"站着不许动。我想和你说说话。"

"说吧。我是个女人,没有防卫能力。"

"我想说:据我所知,我也许还要在这里驻扎很长一段时间。你们法国人的日子不会好过,而且会变得更加难过。我对你们有用处。你干吗不像你的父母一样理智一些呢?"

不错,老庇利埃已经回心转意;也不能说他很热情,因为他确实还十分冷淡,但却彬彬有礼。他甚至要汉斯给他带点烟叶,汉斯不肯收钱,他还道了谢。他也喜欢听听苏瓦松的消息,汉斯带来的报纸总是被他一把抢过去。汉斯,作为一个农家子弟,议论起农庄来也很在行。从前,庇利埃家的农庄打理得很好,大小合适,有一条水源丰沛的小溪流经村庄,灌溉便利,水草丰美,绿树成荫。可现在,没有人手,没有肥料,家畜被夺,日趋破败,老人为此悲叹,汉斯倾心听着,带着理解和同情。

"你问我为什么不能像我父母一样理智是吗。"安妮特说着,将衣服拉抻,现出了身形。他不能相信自己的眼睛。眼前所见引起他从未有过的灵魂深处的震动,血液直冲上他的面颊。

"你怀孕了。"

她重新坐回到椅子里,把脸埋在手掌里,哭得非常难过,心都要碎了一样。

"耻辱啊!耻辱。"

他跳起来,把她拥进怀里。

"亲爱的。"他喊道。

但她猛地站起身,一把将他推开。

"别碰我。走开,走开。难道你把我害得还不够吗?"

她夺门而出。他独自待了几分钟,头脑混乱,思绪旋转,就这样慢吞吞地骑车回到苏瓦松。上床以后,好几个小时都无法入睡,安妮特和她膨胀的身躯占据了他的大脑。她坐在桌旁哭得撕心裂肺,真可怜。她的子宫里睡着他的孩子。他开始感到昏昏欲睡,可是一个激灵又彻底清醒,一个念头突然涌入脑海,突然得就像炮火把一切轰成碎片:他爱上她了。这真是太惊人,太震撼了,他简直不知如何是好。不错,他会常常想起她,可从来不是这么一种想法,过去他想要让她爱上自己,那就是个绝好的笑话;要是有朝一日她主动奉上他以暴力夺取的,那简直就是一个胜利;但是,把她绝非看作一个跟其他女人没什么两样的女人,这样的念头还从未在他的脑海中闪过。她既不是他喜欢的类型,也没有多漂亮,简直乏善可陈。为什么他竟会突然对她怀有这样反常的情感?而且,这份情感并不让人愉悦,反而让人痛苦。然而,他确实明白这样的情感是什么:是爱,是让他体会到在人生中从未有过的幸福的爱。他想把她抱在怀里,想爱抚她,想亲吻那双婆娑的泪眼。他对她没有欲望,没有男人对女人的那种欲望,但是他想抚慰她,想要她对他微笑——多奇怪啊,他还从未见她笑过;他还想望着她的眼睛——美好的眼睛,美丽的眼睛——带着和善的温柔。

整整三天,他都没有机会离开苏瓦松;整整三天,三天三夜,他无时不想着安妮特和她将要生育的孩子。三天之后,他得以再去农庄。他想要与庇利埃大妈单独见面,而且运气不错,就在他快到的路上碰到了她。她去树林里捡柴火,正背着一大捆柴,准备回家。他停下摩托车。他心里明白,她对自己表现出友善不过是基于他带来的给养,但是他不在乎,她客客气气就好;反正,只要他能给她带东西,她就预备好客客气气地对待他。他说要跟她谈谈,请她把柴捆放下。她照做了。天空灰蒙蒙的,布满了阴云,但也不冷。

"安妮特的事我知道了。"他说。

她吓了一跳。

"你怎么发现的？她决意不想让你知道。"

"她跟我说的。"

"那个傍晚你做的好事！"

"我先前不知道。为什么你不早点告诉我呢？"

她开始讲述起来，既不痛苦，也不怪罪他，倒像是在讲述一场天灾，好比一头母牛难产死了，又好比春天突降寒霜，摧残了果树，损毁了庄稼。那就是一场人类只能逆来顺受的不幸。在那个可怕的夜晚之后，安妮特就高烧不退，在床上躺了很多天，会连续尖叫好几个钟头。他们以为她要神经错乱了，可是根本找不到医生。村里的医生都被征用了，甚至在苏瓦松也只剩下两名医生，而且都上了岁数，即便有可能送到消息，他们又怎么能过来庄上呢？他们被勒令禁止出城。退烧以后，安妮特仍然虚弱，下不了床，待她能下床以后，还是那么虚弱，那么苍白，十分可怜。这次打击太惨重了，一个月过去了，又一个月过去了，月经没有来潮，她也未曾注意，因为她的周期总是很不规律。还是庞利埃大妈首先怀疑到事情不妙，她问过安妮特，两人都吓坏了，可又不能断定，也就没有告诉庞利埃。到了第三个月，事情已经不用再怀疑。安妮特怀孕了。

他们家有一辆旧雪铁龙小汽车，开战以前，庞利埃大妈每周两次在上午把农产品拉到苏瓦松的市场，但德军占领以后，他们没有产品可卖，不值得再去，汽油也几乎搞不到。但他们设法弄到了一点，开车进了城。路上能看到的汽车都是德国人的军车，四处逛荡的都是德国士兵，街上悬着德语指示牌，公共场所挂着司令员签署的法语公告书。许多店铺都关闭了。他们找到认识的那位老医生，医生证实了他们的猜测。但他是个虔诚的天主教徒,反对堕胎,不肯帮忙。他们抹着泪求他,他却只耸耸肩膀。

"你不是唯一的一个。"他说,"忍受磨难吧。"

另一位医生他们也认识,又赶到他那里。摁了很久门铃,没人应门。最后,一个面容哀戚的黑衣女人开了门,可当他们说到要看医生时,她哭了起来。原来,医生是共济会会员,被德国人当人质逮捕了。一家德国军官经常光顾的咖啡馆发生炸弹爆炸事件,死了两人,伤了数人。如果在规定期限内没有交出罪魁,医生就会被枪决。那女人看着挺和善,庞利埃大妈便对她讲了自家的麻烦。

"那些畜生。"她同情地看着安妮特,"我可怜的孩子。"

她把城里一个接生婆的地址给了他们,让他们说是她介绍的。接生婆给了他们一些药物,安妮特服了以后痛苦不堪,以为自己活不成了,却没有进一步的效果。腹中肉块仍在。

庞利埃大妈讲给汉斯的便是这些。他好一阵子没有说话。

"明天就是礼拜天了,"他开口说道,"我没有公务。我会过来,咱们商量商量。我会带些好东西来。"

"我们没有针了。你能带几根来吗?"

"我尽力。"

她把柴捆扛到背上,步履蹒跚地往家走。汉斯返回苏瓦松。第二天,他没敢骑摩托车出门,租了一辆自行车,把食物包裹捆在车架上。包裹比平日来得大,里面放了一整瓶香槟酒。暮色四合时分,他来到农庄,这个时间他们肯定全部收工回家了。他走进厨房,里面一派舒适温馨。庞利埃大妈在做饭,她丈夫正读着一张巴黎晚报,安妮特在补袜子。

"瞧,我给你们带针来了,"他边说边打开包裹,"这些料子是给你的,安妮特。"

"我不要。"

"是吗?"他咧嘴一笑,"你得给宝宝做衣服啊。"

"他说得没错,安妮特。"她妈说道,"我们什么都没有啊。"安妮特头也不抬,继续缝补袜子。庞利埃大妈贪婪的目光把包裹里的东西检视了一遍,"一瓶香槟!"

汉斯呵呵笑了。

"一会儿我就告诉你这瓶酒是用来做什么的。我盘算好了。"他踌躇了一下,然后拉过一把椅子,面对着安妮特坐下,"我也不知道怎么开口。我为那天晚上的糊涂事道歉,安妮特。那不是我的错,是当时的情境。你肯原谅我吗?"

她怒目相向。

"永不原谅。你能别纠缠我吗?你把我的生活毁得还不够吗?"

"哦,可事情已经发生了。也许,我不会毁掉你的生活。自从知道你怀了孩子,我感觉很特别。一切都不一样了,我很骄傲。"

"骄傲?"她恶狠狠地瞪他一眼。

"我要你生下孩子,安妮特。你没能流产,我很高兴。"

"你竟然这么说?!"

"听我说。知道了以后,我满脑子就没想别的。不出半年,战争就会结束,我们春天就会打得英国人跪地求饶。那时候我会退伍,我要娶你。"

"你?为什么?"

尽管晒得黝黑,他的脸还是涨红了。用法语他说不出口,所以他改说德语。他知道她懂德语。

"因为我爱你。"

"他说什么?"庞利埃大妈问。

"他说他爱我。"

安妮特猛地把头朝后一仰,爆发出一阵刺耳的大笑。她笑得越来越响,不能自已,泪水汩汩而下。庞利埃大妈使劲拍打着她的脸颊。

"别在意,"她对汉斯说道,"是歇斯底里。她的身体状况你清楚。"

安妮特大口地喘着气,终于平静下来。

"我带这瓶酒来庆祝咱们订婚。"汉斯说。

"最苦的苦果就是,"安妮特说,"我们竟然败在白痴手下,就败在这样的白痴手下。"

汉斯用德语继续说下去。

"直到发现你要生宝宝的那天,我才明白自己爱着你。真是电光火石。我想自己一直是爱你的。"

"他说什么?"庞利埃大妈问。

"没什么要紧的。"

他又讲回法语。因为他想让安妮特的父母听一听他要说的话。

"我愿意现在就娶你,只是他们不让。别把我想得一无是处。我父亲有钱,我们家在村里名声不错。我是家中长子,物质上不会匮乏。"

"你是天主教徒?"庞利埃太太问。

"是的,我是天主教徒。"

"这倒是个安慰。"

"我的家乡很美,土壤也肥沃。慕尼黑和茵斯布鲁克之间最好的农用地就是我们的。我爷爷在一八七〇年普法战争后买下的。我们有一辆车,有无线电,还装了电话。"

安妮特看向自己的父亲。

"世上再没比他更圆滑得体的了,这位绅士。"她大声讥诮道,望了汉斯一眼,"对我这样一个从战败国拖着私生子的女人来说,可真是个美妙的去处!真是一个通向幸福的机会,不是吗?绝好的机会。"

一向少言寡语的庞利埃,第一次开口说话。

"不行。我不否认,你做出了不错的姿态。经过战争,我们都做下了和平时期做不出来的事。人毕竟是人啊。不过,我们的儿子死了,现在安妮特就是我们的全部。我们不能让她嫁到外地。"

"我料到你们会这么想,"汉斯说,"我也想好了怎么回话。我会留下来。"

安妮特飞快地瞥了他一眼。

"你是什么意思?"庞利埃大妈问道。

"我有一个弟弟。他可以留在家里帮助父亲。我喜欢这片乡野。能干加上巧干,一个人可以把你们的农庄弄出个样儿来。仗打完以后,会有很多德国人在这儿安家。事情明摆着,你们法国没有足够的男人来耕作你们拥有的土地。那天有个家伙在苏瓦松给我们做了个报告,说有三分之一的农场都荒芜了,就是因为你们劳力不够。"

庞利埃和妻子交换了一下眼神,安妮特看出他们动摇了。自打儿子死后,他们想的就是这些。等到他们老得干不动了,一个强壮的女婿正好可以接手。

"这样说来,事情就不同了,"庞利埃大妈说,"这个求婚可以考虑。"

"管住你的嘴。"安妮特粗暴地大声说道。她身体前倾,怒火中烧,恶狠狠盯着这个德国人,"我和镇上男校的一位同事订婚了,战争结束就结婚。他没你高大强壮,也没你英俊;他矮小瘦弱,唯一的美就是闪现在他脸上的智慧,唯一的力量就是他灵魂里的伟大。他不是野蛮人,是个文明人;他身后站着千年的文明史。我爱他,我全身心地爱他。"

汉斯的脸阴了下来。安妮特竟然心有他属,这个念头压根儿就没进过他的脑袋。

"他现在人在哪里?"

"你以为他能在哪里?在德国,在牢里挨饿。而你却在吞着我们国家的脂膏。我跟你说过多少次了,我恨你!你求我原谅,不可能!你还想做出赔偿,你这个白痴!"她把头向后一仰,脸上带着无法忍受的痛苦,"被你糟蹋了。噢,他会原谅的。他很温柔。可我被一个念头折磨着,也许有一天他会怀疑,我不是被强暴的——我是为了黄油奶酪丝袜把自己卖给了你。这样做的姑娘不止一个。有那个孩子卡在我们中间,你的孩子,一个德国种,我们的日子会是什么样儿?像你一样的大个子,一样的金发,一样的蓝眼睛。噢,我的上帝呀,为什么我必须遭这份罪?"

她站起身,飞快地离开厨房。剩下的三个人沉默了一阵子。汉斯惆怅地看看他的香槟酒,叹了口气,起身要走。庇利埃太太跟上他。

"你说要和她结婚,是认真的吗?"她问他,声音压得低低的。

"是的,字字认真。我爱她。"

"而且你不会把她带走?你会留下来在庄上干活?"

"我承诺。"

"我老伴肯定不会长生不死。在家你得和弟弟分家产,在这儿都是你的。"

"这说得也是。"

"我们就没赞同过安妮特嫁给那个教师,不过那会子儿子还活着,说她要是愿意嫁给那人,有什么不可以的?安妮特爱他爱得发狂,可既然我们可怜的儿子死了,现在不一样了。就算她愿意嫁,她又怎么可能一个人支撑农庄?"

"农庄要是卖掉就太可惜啦。我懂得一个人对自己家土地的感情。"

他们走到大路边。她抓起他的手,握了握。

"尽快再来呀。"

汉斯明白,她已经是自己这边的了。他骑车回苏瓦松的路上,想到这一点,内心感到很安慰。可安妮特心有他属,又让人恼火。幸运的是,那人是个囚犯;待他能放出来的时候,孩子早都生出来了。这也许能改变她:女人嘛,谁说得清楚呢?他们村有个女人爱丈夫爱得厉害,简直都成了笑话,可一有了孩子,连瞧一眼丈夫她都受不了。说不定他们的事情也会这么逆转呢。他已经向她求婚了,她肯定从中瞧得出他是个正派人。上帝啊,她的头向后仰的样子多么可怜,而她的口齿又是多么伶俐!那样的语言!舞台上的演员也不能把意思表达得更好,而听上去又是那样自然。不承认不行,这些法国人确实善于辞令。噢,她可真聪明。即便是被她尖刻地讥讽,听着也是享受。他自己受的教育并不差,但是和她比就是秉烛映日,相距遥遥。文化,她身上透着文化。

"我就是头笨驴。"他一边骑车,一边大声说。她刚才说了,说他高大强壮英俊,若非有点儿意思,她能这么说吗?她还说了,孩子会有他的金色头发,蓝色眼睛。要说他的外貌没有打动她,那他就不是人。他暗自笑了。"我要慢慢来。耐心等待,让天性发挥作用吧。"

好几个星期过去了。苏瓦松的司令官年长随和,鉴于春天等待着他们的大任务,他不过分使唤手下士兵。德国报纸上说,英格兰正被他们的空军轰得稀烂,人人惊恐不安。潜艇击沉大批英国军舰,英国全国都在挨饿。翻天覆地的变革就在眼前,夏天到来之前,一切都会了结,德国人将会占领全世界。汉斯给家里写信,说他要娶一个法国姑娘,嫁妆是一个极好的农庄。他建议弟弟借钱买下他的那份家产,这样他就可以趁着战乱汇率低买下便宜地皮扩大自己的庄子。他和庇利埃在庄上转了一圈,老头儿安静地听着汉斯的构想:农庄要重新蓄养家畜,他是德国人,有门路;拖拉机旧了,他可以从德国搞一台全新的,外加一台机动犁。要想农庄有回报,现代发明少不了。后来,庇利埃大妈告诉他,她丈夫说他是个不错的小伙子,懂的也多。现在她对他非常友好,坚持要他每个礼拜天过来一起吃午饭。她还给他起了个法语名字,叫"让"。他总是乐于伸手帮忙,时间一天天过去,需要安妮特做的事情越来越少。有这么一个肯下力气干活的男人,真是帮了大忙。

安妮特的敌意还是那么强烈,除了回答汉斯直接问她的话,她从不跟他搭腔,而且说完就飞快回到自己房间。当天气冷到房里待不住的时候,她就坐在厨房炉子旁缝缝补补或者阅读,再不会多看他一眼,好像他这个人完全不存在似的。她现在气色很好,两颊红扑扑的,在汉斯眼中美丽极了。即将要做母亲,她有了一种奇异的端庄,瞥她一眼,都叫他欢喜不已。一天,在去农庄的路上,他瞧见庇利埃大妈招手要他停下。他赶紧刹车。

"我等你一个钟头啦,还以为你不会来了。你一定要回去。皮埃尔死了。"

"谁是皮埃尔?"

"皮埃尔·加文。就是安妮特想嫁的那个教师。"

汉斯内心雀跃起来。真走运!现在他终于得到机会了。

"她正伤心吧?"

"她现在不哭了。我想跟她说说,她凶得很。要是今天见到你,她都能捅你一刀。"

"那人死了又不能赖我。你听谁说的?"

"有个囚犯跟他关系好,逃到瑞士,给安妮特写了信。今天早上收到的。说是囚粮不够吃,集中营里发生暴动,领头闹事的人都被枪毙了。皮埃尔也是一个。"

汉斯没说话。他只觉得那人活该。他们把战俘集中营当成什么了?丽兹大酒店吗?

"给她点时间,让她从震恸中走出来,"庞利埃大妈说,"等她平静一些,我再去和她谈。我会写信告诉你什么时候能再来。"

"好吧。你会帮我的,对吗?"

"这点你可以放心。我丈夫和我达成一致意见。我们反复商量过了,结论是,唯今之计就得接受现实。我丈夫不是傻瓜,他说目前只有合作才是法国最好的机会。而且,再怎么说,我并非不喜欢你。可以肯定,做安妮特的丈夫你比那个教师强。况且,孩子就要出世了,其他的更不必说了。"

"我希望是个男孩。"汉斯说。

"会是个男孩的。我肯定。我用咖啡渣和纸牌占卜过了,每次都说是个男孩呢。"

"差点忘了,这是给你们带的报纸。"汉斯掉转车头,正准备上车的时候想了起来。

他递给她三份巴黎晚报,老庇利埃每晚都读。他从报上读到,法国人必须要认清现实,接受希特勒将要在欧洲建立的新秩序。他还读到,德国潜水艇正横扫大洋,德军总参谋部已经规划了战役的每一个细节,将要一举拿下英国。美国人准备不足,软弱无力,内部没有统一意见,必不能及时出手相援。他又读到,法国必须抓住这天赐良机,在德意志帝国重获新欧洲无上地位之时与其精诚合作。这些言论还不尽属于德国人,有些还是法国人自己写的。读到财阀与犹太人应该被消灭,法国穷人终于到了扬眉吐气的时候,他赞许地连连点头。那些聪明人讲得不错,说法国本质上是个农业国,其脊梁乃是勤劳的农民。真是明理。

在得到皮埃尔·加文死讯十天之后的一个晚上,快要吃完晚饭时,庇利埃大妈和丈夫筹划好了,对安妮特说道:

"几天前我给汉斯写了信,叫他明天来。"

"谢谢你的提醒。我会待在自己房间里不出来。"

"噢,算了吧,女儿,蠢也蠢得够啦。你一定要看清形势呀,皮埃尔死了。汉斯爱你,想要娶你。他长得帅,随便哪个姑娘嫁给这样的丈夫都会自豪。没他帮忙,咱们怎么再养牲口?他还要自己出钱买拖拉机和犁呢。你一定要让过去的都过去。"

"你在白费口舌,妈妈。我以前能够自己养活自己,以后也能。我恨他。我恨他的虚荣,他的傲慢。我恨不得要杀死他:他死了都不能让我满意。我希望能像他折磨我一样折磨他。要是能找到个法子,像他伤害我一样狠狠地伤害他,我死也心甘。"

"你真是傻透了,可怜的孩子呀。"

"你妈妈说得对,女儿。"皮埃尔说道,"我们战败了,必须接受后果。我们必须和战胜者达成最有利的协议。我们比他们脑筋好使,这手牌打好了,我们就能占上风。法国烂透了,都是让犹太人和财阀们弄坏的。读读报纸吧,你会明白的!"

"你以为我会相信那张纸片上的一个字儿吗?早就卖给德国人了,否则你以为他干吗要带来给你看?给这种报纸摇笔杆的人全都是叛徒,叛徒。噢,上帝啊,但愿我能活着看到他们被群众撕成碎片。全都给收买了,收买了——给德国人的钱收买了。都是些猪猡。"

庞利埃大妈生气了。

"你有什么好反对那个小伙子的?他是对你用了强——那会儿他不是喝醉了嘛。女人身上发生这种事又不是头一遭,也不会是最后一回。他打了你爸爸,你爸爸血流得跟杀猪似的,可你爸爸对他有怨气没有?"

"那是个不愉快的意外,我已经忘记了。"老庞利埃说。

安妮特嘎声大笑起来。

"您真应该去当牧师。您用纯正的基督精神宽恕了伤害。"

"这又有什么不对?"庞利埃大妈生气地说,"难道他没有尽力弥补吗?要不是他,你爸爸这几个月哪来的烟叶?要不是他,我们非得饿肚皮不可。"

"要是你们还有一点自尊,要是你们还要一点脸面,就该把那些礼物砸到他脸上。"

"你也从中得了好处,不是吗?"

"没有,没有。"

"这不是真话,你心里清楚。他带来的奶酪、黄油、沙丁鱼,你统统都不吃,可是你喝的汤里面我放了他带来的肉。今天晚上你刚吃的沙拉没有那么干巴巴,也是因为他给了我油。"

安妮特长叹一声,双手捂住了眼睛。

"我知道。我尽力不去吃,可是管不住自己,我太饿了。是啊,我知道汤里有他送的肉,我喝了;我也知道色拉是用他给的油拌的。我想拒绝,可是太渴望了。吃掉它的不是我,是藏在我身体里的贪婪的野兽。"

"说这些都没有用。吃了就是吃了。"

"带着耻辱,带着绝望,我吃了。他们先是用坦克飞机摧毁了我们的力量,现在我们无力自卫,他们又用饥饿来摧毁我们的精神。"

"你这么夸张,也不能怎么样,女儿。虽说你有文化,可是没理智。忘掉过去,给你的孩子一个父亲,对一个能顶两个用的农庄劳动好手不要再说三道四,这就是理智。"

安妮特厌倦地耸耸肩膀,他们只好闭嘴不说。第二天,汉斯来了。安妮特阴郁地看了他一眼,没说话,也没动。汉斯笑了。

"谢谢你没有跑开。"他说。

"我父母要你过来,可他们去了村里。这对我正合适,因为我要和你清楚明白地谈谈。坐下。"

他脱下外衣,摘掉头盔,拉一把椅子到桌子旁。

"我父母要我和你结婚。你挺聪明的,用你的东西,你的诺言,把他们说动了。你带给他们的报纸上说什么他们都信。我想要告诉你,我永远都不会嫁给你。这世上,任谁都不会令我像对你那般仇恨。"

"我说德语吧。你能听得懂我的话。"

"应该能懂。我教过德语。我在斯图加特给两个小姑娘当了两年家庭教师。"

他讲起德语,但是她继续讲法语。

"我不只是爱你,我钦佩你。钦佩你的出色,你的优雅。你身上有一种我不懂的东西。我尊敬你。噢,我明白,即使现在有这种可能,你也不愿意嫁给我。可是,皮埃尔已经死了。"

"不许提他。"她大哭起来,"那是击垮我的最后一根稻草。"

"我只想说,为了你的缘故,我很遗憾他死了。"

"被德国狱卒冷血地用枪打死了。"

"也许随着时间的推移,你的哀恸会减少一些。你知道,当你爱的人死了,你以为自己永远也过不了这个坎儿,但是你会挺过去的。那时,给你的孩子一个父亲难道不会好一点吗?"

"就算是别的什么事都没有,你觉得我会忘记你是德国人而我是法国人吗?要是你没有德国人独有的那种愚蠢,你就能看得出,只要我活着,这个孩子就是我的耻辱。你以为我没有朋友吗?带着一个跟德国兵生的孩子,我有脸面对他们吗?我唯一要求你做的就是不要纠缠我,让我一个人在羞辱里活着。走吧,走吧——看在上帝分上,走吧,永远不要再来。"

"可他也是我的孩子。我要他。"

"你?"她震惊地叫起来,"一次酒后兽性发作带来的私生子对你有什么意义?"

"你不明白。我非常骄傲,非常开心。就在知道你怀了孩子之后,我才意识到自己是爱你的。起先我不能相信,这对我太意外了。你难道就看不出我的意思吗?这个将要出世的孩子对我来说就是世上的一切。噢,我都不知道怎么说才好;这在我的心上灌注了我自己也不明白的感情。"

她望着他,眼里闪着奇异的光芒,简直可以说是胜利的光芒。她快速笑了一声。

"我不知道是更仇恨你们德国人的野蛮,还是更鄙视你们的善感。"

他好像没有听见她的话。

"我满脑子想的都是他。"

"你断定这是个男孩?"

"没错。我要把他抱在怀里,教他学走路。等他大一点,就把我会的都教给他。我要教他骑马,教他射击。庄上的小溪里有鱼吗?我要教他钓鱼。我要成为世上最骄傲的父亲。"

她异常严肃地盯着他,绷着脸,面容冷峻。她的头脑里产生一个念头,一个可怕的念头。他朝她和解地笑笑。

"也许等你看到我有多么爱咱们的儿子,你也会爱上我的。我会做个好丈夫,我的可人儿。"

她什么也没有说,继续阴沉地盯着他。

"你就不能好好跟我说句话吗?"他问。

她的脸涨红了,两手紧紧攥着。

"别人会瞧不起我,我也永远做不出让自己瞧不起的事来。你是我的敌人,永远都是我的敌人。我活着只为了见到法国解放。这一天会来的,也许不是明年,不是后年,也许要在三十年以后,但终究会来的。其他人爱怎么样随他们去,可我永远都不会向侵略我的祖国的人妥协。我恨你,也恨你带给我的这个孩子。是的,我们被打败了,但在最终结果来临之前,你会看到我们并没有被征服。现在,你走开。我心意已决,世上一切休想让我改变。"

他沉默了一两分钟。

"你安排好医生没有?所有费用我承担。"

"你以为我们要把这件丢人事闹得人尽皆知吗?一切必须

该做的,我母亲都会承担。"

"可是想想看,万一出意外怎么办?"

"你也想想看,少管点闲事怎么啦?"

他叹了口气,站起身。他掩门离开后,她望着他沿着小道朝大路走去,愤怒地意识到他的一些话在她心中激起了她对他从未有过的情感。

"噢,上帝呀,赐给我力量吧。"她大声说。

他向前走着,那条他们养了很多年的老狗追着他跑,怒冲冲地对他狂吠。好几个月以来,他努力与这条狗交好,可它对他的殷勤全不买账;每当他试着拍拍它,它就后退,喉中猖猖,亮出利齿。现在被狗追着,汉斯心里正烦躁不堪,再也控制不住挫败感,恶狠狠地踹了它一脚,老狗蹿进灌木丛中,嗷嗷叫着,一瘸一拐地跑了。

"这个畜生,"她叫道,"撒谎,撒谎,一派谎言。我太软弱了,差一点要开始同情他了。"

门边挂着一面镜子,她照了照。她打起精神,冲着镜子里的人笑了。那与其说是笑容,不如说是一副决定终结一切的痛苦表情。

到了三月,苏瓦松兵营一派忙碌,一会儿阅兵,一会儿强化训练。到处都在传言,他们肯定会开拔,但具体去哪儿普通士兵只能猜测。有人认为,他们终于要准备好去占领英国,有人说是要进军巴尔干,还有人说是乌克兰。汉斯被支得团团转,直到三月第二个周日下午才得以脱身去农庄。天气又阴又冷,下着冻雨,看上去很快就会狂风大作,雪花纷飞。田野间阴沉沉的,一片惨淡。

"是你啊!"他进门的时候,庇利埃大妈叫了起来,"我们以为你死了。"

"我一直都抽不出身。我们现在随时都会开拔,不知道哪一天。"

"孩子今天早晨出生了。是个男孩。"

汉斯的心在胸腔里剧烈跳动起来。他张开双臂,一把抱住老妇人,亲吻她的两颊。

"主日出生的孩子,一准是个幸运儿。我们开了那瓶香槟吧。安妮特怎么样了?"

"她很好,生产得很顺利。昨夜开始阵痛,今天早上五点就生出来了。"

老庇利埃紧挨着火炉,抽着烟斗。望着这个激动兴奋的小伙子,静静地笑着。

"头生子嘛,当爹的就是稀罕。"

"他的头发可密了,和你的一样是金色的;眼睛蓝蓝的,和你说过的一样,"庇利埃太太说,"我从来没见过这么可爱的孩子。他会长得跟爸爸一个模样。"

"噢,我的上帝,我太幸福了。"汉斯大喊,"世界太美丽了!我要看看安妮特。"

"我不知道她是否愿意见你。我不想让她情绪低落,免得影响奶水。"

"不,不,别为了我让她难受。她不想见我没关系。先让我看一眼孩子吧。"

"我看看怎么办,能不能把他抱过来。"

庇利埃太太出了房门,他们听到她重重地踢踢踏踏上楼的声音,可不一会儿又吧嗒吧嗒下来,一头冲进厨房。

"娘儿俩都不在。她不在房里,孩子也不见了。"

庇利埃和汉斯大叫一声,来不及细想,三个人都张皇地跑上楼。冬日午后凄厉的光线照着屋里寒酸的家具,那架铁床,那只廉价衣橱,那只五斗柜,一片愁云惨雾。屋里一个人也没有。

"她在哪儿?"庇利埃太太尖声叫道。她跑到楼道里,打开所有的门,喊着女儿的名字,"安妮特,安妮特。噢,简直是疯了!"

"也许在客厅。"

他们冲到楼下久已不用的客厅,门打开后,迎接他们的只有冰冷的空气。他们又打开储藏室。

"她出去了。要出大事了。"

"她怎么出去的?"汉斯满是焦灼。

"从前门出去的,你这个笨蛋。"

庇利埃跑到前门查看。

"没错。门闩拉开了。"

"噢,我的上帝呀,上帝呀,真是疯了,"庇利埃大妈嚷嚷,"这得要了她的命。"

"我们必须去找她。"汉斯说。他下意识地跑回厨房,他每回进进出出都是经过这个门,老两口跟着他。"走哪条路?"

"到溪边去。"老妇人喘着气说。

他猛地停住脚,恐惧得像要石化一样。他两眼发直,瞪着吓呆了的老妇人。

"吓死我了,"她大喊,"吓死我了。"

汉斯猛地拉开门,安妮特走了进来。她只穿着睡衣,罩着一件薄薄的人造棉长袍,上面印着粉红浅蓝的花朵。她浑身湿透,头发披散着,湿乎乎地贴着头皮,一缕缕乱糟糟地垂在肩膀上,脸色一片死白。庇利埃大妈扑过去抓住她的胳膊。

"你去哪儿啦？噢，我可怜的孩子，你湿透了。真是疯了！"

安妮特一把推开她。看着汉斯。

"你来得正是时候，你。"

"孩子呢？"庞利埃大妈喊叫着。

"我必须立刻动手。我怕等下去自己会没了勇气。"

"安妮特，你做了什么？"

"做了不得不做的事情。我把他带到溪边，浸在水里，直到断气。"

汉斯发出一声号叫，仿佛一匹受了伤奄奄一息的野兽；他双手蒙住眼睛，像个醉汉一般跌跌撞撞地冲出房门。安妮特倒在椅子里，攥着拳头，抵着前额，失声痛哭起来。

（阎　勇　译）

逃之夭夭

我一直坚信,一旦一个女人决意嫁给一个男人,除了立即逃之夭夭,再无他法可救这个男人脱困。当然,也不尽如此。本人曾经有个朋友,瞧见不可避免的命运阴森森地向他迫近,从某港口搭船便走(一把牙刷便是他全部的行李,对于危险和立即行动的必要性认识得多么充分啊),周游世界整整一年。待他自觉平安无事(他说,女人水性杨花,不出十二个月准把他忘个干净),在同一个港口登上陆地时,头一个瞧见的便是他曾要逃离的那位娇小女士,正高高兴兴地在码头上冲他挥手呢。这种境况下仍能脱身的男人,我只见过一位。他名叫罗杰·查令,爱上露丝·巴洛的时候已不再年轻,有着丰富的经验教他小心行事。但是,露丝·巴洛颇具天赋(或者应该称之为"特质"?),能使大多数男人卸下心防,她正是借此让罗杰缴械,丢掉了自己的常识、谨慎和世事洞明。他就像九柱戏里的柱子,一排推倒再难扶。此天赋乃是以情动人。曾两度丧夫的巴洛太太,有一双我所曾见过最能打动人的乌溜溜的妙目;那双妙目好似随时会含泪,告诉你世界非她所能应对,让你觉得这个可怜的宝贝儿所受的苦远超常人所应承受。假如你是罗杰·查令这样的男人,高大健壮又阔绰,你几乎一定会对自己说:我必须挡在这个无助的小人儿前面,免得人生的种种危险把她伤害。噢,给这样一双可爱的妙目抹去忧愁,该是多么美妙!我听罗杰话里的意思,人人都待巴洛太太非常糟糕。她显然是那种不幸的人儿,万事不曾顺利过。她嫁丈夫,丈夫会打她;她雇捐客,捐客会骗她;她聘厨子,厨子会醉酒。她要养只小羊羔,羊羔也必得死掉。

当罗杰告诉我,他终于说服那女人嫁给自己时,我祝他快乐。

"我希望你们也能成为好朋友,"他说,"你知道,她有点怕你,觉得你心肠冷硬。"

"真不知道她怎么会那么想。"

"你是喜欢她的,对吗?"

"非常喜欢啊。"

"她以前过得真糟,可怜的宝贝儿。我为她感到难过极了。"

"是啊。"我附和道。

我不发表其他意见。事实上,我认为她蠢笨,而且耍花招。我个人还有个看法,就是她结实强悍得很,跟铁钉子没区别。

初次见面时,我们一起玩桥牌。她跟我搭档,却两次出将牌吃掉了我最好的牌。我脾气好得像个天使,不过坦白地说,我觉得如果真有人要眼泪汪汪,那也得是我,不是她。当夜牌局快要结束的时候,她输给我一大笔钱,表示要寄支票给我,可压根儿就没寄;当时我不由得想,下次见面,她也不必摆出一副可怜相,应该是我才对。

罗杰把她介绍给朋友们,给她买漂亮首饰,带她东走西晃,到处都去。他们宣布,婚礼将不日举行。罗杰十分快乐,因为他在做一件大善事,而且是他极乐意为之的善事。这种情形实不多见,所以,即便他有一丁点儿高兴得过了头,也不足为奇。

后来非常突然,他又放弃了这场恋爱,个中缘由我并不知情。不大可能是他厌倦了她的谈吐,因为她本来就没什么谈吐;也许只是她那副楚楚可怜的样子不再能够撩拨他的心弦。他眼睛睁开了,又成了过去那个饱经世故的精明人。他敏锐地意识到,露丝·巴洛决意要嫁给他;他暗下发誓,绝不能给勾得和她结婚。可眼下他是左右为难。他现在恢复了神智,清楚地知道自己要对付的是哪种女人。如果他要求对方解除婚约,她会狮子大开口(以她那种切切哀求的方式),为自己的感情伤害索价。另外,男人要抛弃女人总是很棘手,因为大家容易认为是男方品行不端。

罗杰把成算埋在胸中,言谈举止中分毫不流露他对露丝·巴洛已经变心。他对她的愿望还是那么处处留意:带她下馆子,陪她去看戏,给她送鲜花。真是既体贴,又迷人。他们拿定主意,一找到适合的房子就结婚。他当时住的是单人套间,她租住公寓;于是他们着手看房,找合意的居所。地产经纪给罗杰送来看房许可证,他带着露丝颇看了好些房子。但要找到可心的房子实在太难。罗杰向更多的经纪发出看房申请,房子看了一幢又一幢,里里外外、上上下下,从地下室的天花板打量到屋顶的小阁楼。房子不是太大,就是太小;不是离中心区太远,就是太近;不是太贵,就是太破要大修;不是太闷,就是太通风;不是太暗,就是太无遮无拦。无论如何,罗杰总能挑出毛病,找出不合适的地方。当然啦,他是很难讨好的;要是他心爱的露丝住不上十全十美的房子,他可受不了——而十全十美的房子还有待发现。找房子是件既累人又烦人的活儿,很快露丝的脾气变得急躁起来。罗杰央求她耐心:某地某处,肯定矗立着他们正在苦苦找寻的房子,再坚持那么一点点,他们必能找到。他们看过的房子不下百千所,他们爬过的台阶不下千万级,他们巡视过的厨房更是数不胜数。露丝精疲力竭,不止一次大发雷霆。

"要是你不赶紧找到房子,"她说,"我只好重新考虑自己的立场。唉,你要老是这样,我们多少年也结不成婚呐。"

"可别这么说,"他答,"我乞求你有点儿耐心。我刚刚接到一批簇新的单子,这些经纪都是我刚刚才知道的,手头上至少有六十幢房子呢。"

他们再度踏上征途,开始找寻,看的房子多之又多,两年间都在看房。露丝变得少言寡语,牢骚满腹:她那楚楚动人的美目中多了阴沉沉的神色。人类的忍耐是有限度的。巴洛太太虽然耐心得像个天使,却终于反叛了。

"这个婚你是想结还是不想?"她质问他。

她声音里的强硬异乎寻常,不过罗杰不为所扰,答得还是那么温情款款:

"当然想结啦。一找到房子咱们立马就结婚。你看,我刚刚听说有一处房子可能适合咱们。"

"我身体不舒服,再也不想去看什么房子了。"

"可怜的宝贝儿,你看着真是相当疲倦呢。"

露丝·巴洛开始卧病不起。她不愿意见罗杰,罗杰不得不安于给她的住所打电话问病,以及送上一些鲜花。他殷勤照旧,日日写信,告诉她又打听到什么房子,可以一同去看看。一周之后,他收到信函如下:

罗杰:

　　我觉得你并非真的爱我。我找到了一个人,他急切地要照顾我,今天我就嫁给他。

露丝

他专门派了信差复信如下：

露丝：

　　你的消息彻底击垮了我，这个打击我永远也挺不过去。当然，我首要考虑的还是你的幸福。随信奉上七张看房许可，邮差今天早上刚刚送到，相信你们能从中找到完全属意的房子。

罗杰

（阎　勇　译）

百事通先生

还没认识麦克斯·柯拉达,我就笃定不会喜欢他。战争刚结束,远洋航线十分繁忙,舱位非常难订,只能听天由命,由着票务代理安排。压根就别指望独占一间单人舱房,因此弄到一个双人舱,我也颇感欣慰。不过,听到室友名字时,我心头一沉。这个人名让人想到打不开的舷窗和不透气的暗夜。十四天里(从旧金山到横滨)和人共用一间舱房已经够糟的了,要是同住的乘客名叫史密斯或者布朗什么的,我的沮丧也能少一点。

登船以后,我发现柯拉达的行李已经放在床下。行李的样子叫人讨厌:手提箱上贴的标签过多,个头过大。盥洗用品已经取出,我发现他是大名牌科蒂的主顾,脸盆架上摆着这个牌子的香水、洗发水,还有发蜡。一套乌木牙刷和头发刷上镶着姓名缩写的金字母,很适合清洁擦洗。对这个柯拉达我真是一点也喜欢不起来。我找到吸烟室,叫了一副纸牌,准备玩单人打通关。还没开始,一个人就走过来打招呼,问我是不是姓甚名谁。

"我是柯拉达。"他坐下来补充了一句,咧嘴笑了,现出一排闪亮的白牙。

"噢,是吗,我们住同一间舱房。"

"要说我还真是幸运。谁也不知道会分到跟谁一间。听说您是英国人,我真是高兴坏了。咱们英国人在海外就应该抱成一团,我特别认这个理儿。您该明白我的意思。"

我眨眨眼睛。

"您是英国人?"我问得可能有点太不加掩饰。

"纯正英国。您不会以为我看着像美国人吧?英国到骨子里啦,我这个人。"

为了证明,柯拉达先生从袋中取出护照,轻飘飘地在我鼻子底下晃了晃。

乔治国王治下真是有许多古古怪怪的臣民。柯拉达先生五短身材,结实健壮,肤色发黑,胡须刮得干干净净,肉乎乎的鹰钩鼻子,眼睛很大,总像包着一汪水,长长的黑发油亮卷曲。他讲话极其流利,可毫无英国口音,手势多得叫人眼花缭乱。我很肯定,把柯拉达先生的那本不列颠护照仔细查看一下,一定会泄露出,他出生时顶着的那片天,可比英国的天空蓝多了。

"想喝点什么?"他问我。

我狐疑地打量着他。美国正在推行禁酒令,这艘船上彻头彻尾奉行这一套。渴起来,不拘姜汁汽水还是柠檬水,都不会那么反感。柯拉达先生微微一笑,带着东方人的狡黠。

"威士忌加苏打水,还是干马天尼,任你选。"

他从后口袋掏出两只小酒瓶,往我面前桌上一放。我挑了马天尼,他喊来服务员,要了一杯冰块,外加两只玻璃杯。

"这鸡尾酒很不错。"我说。

"啊,我这里还多得很。要是船上还有你的朋友,告诉他们,你有个哥们儿,这世上什么酒他都有。"

柯拉达先生很能聊。他聊纽约,聊旧金山,对戏剧、绘画,还有政治大发议论。他很爱国。米字旗确实是一块引人注目的布片儿,不过由一位来自亚历山大港或贝鲁特的绅士舞动这面旗时,我不禁会觉得有失它的体面。倒不是我愿意拿架子,我总以为,一个全然陌生的人在称呼我名字的时候,似乎应该缀上"先生"。可是,柯拉达先生无疑是想要我自在,对我免了这个虚文。我不喜欢他。他坐下来的时候,我把纸牌放到了一旁,可现在,我觉得不过是初次见面,我们的交谈已经够长的了,于是我又接着玩起了一个人的纸牌。

"三放在四上面。"柯拉达先生说。

打通关的时候,你翻开一张牌还没有来得及看清楚,别人就告诉你该往哪儿放,再没有比这个更让人着恼了。

"马上就通关了,通关了,"他嚷,"十放在杰克上面。"

怀着满腔的愤怒与怨恨,我打完了通关。接着,他一把抓走纸牌。

"你喜欢扑克戏法吗?"

"不,我讨厌扑克戏法。"我回答。

"来嘛,瞧我变一个。"

他变了三个戏法。我告诉他,我要去餐厅找位子吃饭了。

"噢,不用操心那个啦,"他说,"我已经给你占了座位。我想,既然我们住同一间舱房,不妨也同桌吃饭。"

我真不喜欢柯拉达先生。

现在,我不仅和他同居一室,共进三餐,在甲板上四处溜达也被他跟着。让他消停一下,简直是不可能。他从来就没有想过,别人压根就不需要他。他以为你看见他就像他看见你一样高兴。要是在你自己家,你满可以把他踹下台阶,冲着他的脸撞上房门,他都丝毫不会怀疑自己原来是个不受欢迎的客人。他哪里都搅和得上,不出三天就认识了整个船上的人,任何事他都管。他管理房间清扫,安排拍卖会,为体育活动敛份子钱做奖金,召集投环赛和高尔夫赛,组织音乐会,甚至还有化装舞会。他无处不在,无时不在,肯定是整个船上最招人嫌的那一个。我们叫他百事通先生,甚至当着他的面也这么称呼;他还视为赞美。吃饭的时候,他最让人受不了。半个多小时的时间里,大家都得听他发话。他又热心,又快活,嘴巴碎,还好辩。在任何事情上,任谁都没有他知道得多;如果你竟然有不同意见,那就是对他自负的冒犯。不管多么无关紧要的话题他都不会收口,直到把你带到他的思路上。他压根儿就没想过,自己也有可能出错。他就是个什么都懂的百事通。我们跟一位医生坐同桌,柯拉达先生本来想着可以由他全权安排,因为医生惰怠,我冷淡不在乎,只可惜同桌还有一位拉姆齐。这一个和柯拉达一样固执己见,而且还痛恨一味自以为是的行径。他们争论得没完没了,话说得尖酸刻薄。

拉姆齐在神户的美国领事馆供职,家在美国中西部,是个大胖子,皮紧肉松,把身上的那套成衣塞得鼓鼓囊囊。他是在返回神户复职的途中,刚刚飞回纽约去接在国内住了一年的太太。拉姆齐太太十分娇小漂亮,态度可亲,言谈幽默。领事馆工资不高,太太的穿着总是很朴素,但是她很懂得穿衣之道,有一种娴静之美,有别于其他女人。她有一种气质,也许从前在女性身上最普通不过,现如今很难在她们的举止中看见了。若非如此,我也不会特别注意到她。看到她,你很难不为她的谦恭所打动,就像外套上佩戴的一朵鲜花似的光彩夺目。

晚上用餐的时候,大家的谈话中偶尔提到了珍珠。当时报纸上大肆渲染灵巧的日本人正在养殖珍珠,医生说这一定会不可避免地让天然珍珠贬值。养殖珍珠的质量已经很好了,很快就能乱真。柯拉达先生积习不改,直奔新话题而去。他跟我们讲了有关珍珠的一切知识。我相信,拉姆齐对珍珠大概是一无所知,可是他不舍得放弃这个攻击的机会,五分钟不到我们就深陷激烈争论之中了。以前我见识过柯拉达先生的唇枪舌剑和夸夸其谈,可从未像现在这般来势汹汹。终于,拉姆齐的什么话激怒了他,他砰砰地砸着桌子,大声说:

"哼,我对此很有发言权。我这次去日本正是要考察养殖珍珠生意。我就是干这行的,随便哪个内行都会告诉你我讲的全是真的。世界上最好的珍珠我都懂得,对于珍珠,如果还有我不知道的,那肯定是不值一提的。"

这倒是新鲜事,因为多嘴如柯拉达,也从未告诉我们自己是干哪一行的。我们只是模模糊糊地知道,他是去日本谈生意。

他得意地环视一周。

"他们不管养殖出什么样的珍珠,像我这样的专家用半只眼睛都能认出来。"他指着拉姆齐太太佩戴的一条珠链,说,"拉姆齐太太,您信我一句话,您戴的这条项链以后一个子儿也不会掉价。"

拉姆齐太太一向谦恭,脸上泛红,偷偷把项链塞进衣服里。拉姆齐向前探身,看了所有的人一眼,眼中闪过一丝笑意。

"我太太戴的项链很漂亮,是吧?"

"我第一眼就注意到了,"柯拉达先生说,"当时我心说,天啊,这些珠子可真不错。"

"这条项链不是我买的,不过,我很有兴趣知道你估价多少。"

"噢,一般铺子里大概是一万五千美元。但是,如果是在纽约第五大道买的,要价三万我也不会吃惊。"

拉姆齐阴险地笑了。

"您一定会吃惊的,我太太在我们离开纽约的前一天,从一家百货店买了那条链子,花了十八美元。"

柯拉达先生满面通红。

"胡说。这条项链不仅是天然的,而且,这么大小的珠子里,我还从未见过如此精美的。"

"打赌吗?我赌一百美元,这条是仿货。"

"行!"

"噢,埃尔默,你不能拿一件肯定的事情打赌呀。"拉姆齐太太说。

她唇边带着笑意,语气温柔地反对。

"不能吗?这么容易赚钱的机会不抓住,岂不成天字一号大傻瓜了。"

"但是怎么证明真假呢?"她继续说,"只有我和柯拉达先生各执一词啊。"

"让我瞧瞧项链,如果是仿货,我立刻告诉你们。一百块我还是输得起的。"柯拉达先生说。

"摘下来吧,亲爱的。让这位绅士瞧个够。"

拉姆齐太太犹豫了一会儿,才伸手去解开搭扣。

"我解不开,"她说,"柯拉达先生相信我的话好了。"

突然间,我隐约觉得,某种不幸的事即将发生,可我却说不清楚到底是什么事情。

拉姆齐跳起身来。

"我来解开。"

他将项链递给柯拉达先生。这个自以为是的家伙从口袋中取出一个放大镜,细细查看。一抹胜利的微笑在他光滑黝黑的脸上浮现。他把项链还给拉姆齐。就在他要说话的当口。他忽然看到拉姆齐太太的面孔,那张脸一片煞白,似乎她马上就要昏过去了。她的眼睛睁得大大的,满是惊恐地盯着他,发出绝望的乞求。这副神色非常明显,我纳闷为何她丈夫竟然没有看见。

柯拉达先生已经张开了嘴,却愣住了。他的脸涨得通红,你几乎能看得到他内心里正在进行的自我斗争。

"我弄错了,"他说,"项链仿得非常精致,不过当然啦,一透过放大镜我就立刻认出来这不是真货。我觉得,十八块美金正对得起这倒霉玩意儿的价值。"

他掏出皮夹子,拿出一张一百美元的钞票,一言不发地递给拉姆齐。

"也许这能给你个教训,下次别再这么自以为是了,年轻人。"拉姆齐一边接过钞票,一边说。

我注意到柯拉达先生的手一直在颤抖。

此事可想而知迅速传遍了整艘船,当晚他就遭受到不少打趣。百事通先生被人拿住错处,这是多么有趣的笑话。不过,拉姆齐太太头痛,回舱房休息了。

第二天一早,我起床,开始刮胡须,柯拉达先生还躺在床上抽烟卷。忽然有一声窸窸窣窣的响动,一封信从门下塞了进来。我打开门往外看,一个人影也没有。我捡起信封,看到上面用印刷体写着给麦克斯·柯拉达。我把信递给了他。

"谁送来的?"他打开信封,"哦!"

他从信封里抽出来的不是信笺,而是一张一百美元钞票。他看看我,脸又涨红了。他把信封撕碎,递给我。

"麻烦你扔到舷窗外面好吗?"

我照做了,微笑着望望他。

"那珍珠是真的喽?"

"如果我有一个漂亮的小妻子,我才不会让她在纽约住上一年,而我自己却在神户。"他说。

那一刻,我开始没那么不喜欢柯拉达先生了。他伸手掏出皮夹,小心翼翼地收好那张百元大钞。

(阎　勇　译)

诗 人

　　我对名人素来不感冒。许多人为了与世间的大人物握手而饱受煎熬,而我对这份热情却从来没有什么耐性。每当有人提议,会一会某些地位上或学识上出类拔萃的人物,我总会找个彬彬有礼的借口,免受这份荣耀。因此,当我的朋友迭戈·托雷要介绍我认识桑塔·安纳的时候,我拒绝了。不过这一次我提出的理由很诚恳:桑塔·安纳不仅是位大诗人,还是位罗曼蒂克式人物,有着传奇的历险经历(至少在西班牙境内),去见见他的垂垂老态本来挺有意思;可他岁数大了,又有病,我觉得见一个陌生外国人只会让他厌烦。卡利斯托·德·桑塔·安纳是伟大文学传统的最后传人,在这个对拜伦风格无动于衷的世界上,他就是拜伦般的存在,他在系列诗篇中叙述了自己危难重重的一生,只不过这些诗歌的声誉却不为他的同代人所知。我无意评判这些诗篇的价值,我初次读到的时候二十三岁了,立刻便沉湎其中。他的诗歌有一种激情,一种英雄傲气,一种多彩的活力,令我大为倾倒。直至今日,那些响亮的诗行,难以忘怀的节奏,仍然和我愉快的青春记忆紧密交织,一读到它们我的心还是怦怦直跳。我一向认为,卡利斯托·德·桑塔·安纳当得起他在西班牙语民族中享有的盛誉。当时,所有的年轻人嘴边都挂着他的诗句,我的朋友们跟我讲起他的狂野作风,他的激烈言辞(他除了诗人身份,还是政治家),他的锐利机智,他的风流韵事,简直没完。他叛逆,有时无视法律,胆大妄为,不过最重要的是,他是个大情圣。他热恋某个名演员,某个天才歌唱家,我们都知道得清清楚楚——那些写满了他的恋爱、痛苦和愤怒的十四行诗,热情燃烧,我们可都是反复诵读直到会背——我们还得知,一个西班牙公主,波旁王族最骄傲的后裔,曾俯就于他的追求,可当他不再爱她的时候,她戴上面纱当了修女。她的皇家祖先腓力国王厌倦一个情人的时候,这个女人就会进修道院,因为国王的旧爱再和别人恋爱有失体统。难道说,卡利斯托·德·桑塔·安纳不比俗世的国王还要伟大吗?我们为这位女士的浪漫举动鼓掌叫好,这既为她自己增光,也给我们的诗人添彩。

不过,这些都是很多年前的事了。当诗人堂·卡利斯托无法再从这个世界获得什么,他带着轻蔑从中抽身,隐居在家乡艾锡哈,至今已二十有五载。正在我宣布有意到艾锡哈一游(我已在塞维利亚度过了一周)时,迭戈·托雷就提出给我引见。当然,我去艾锡哈不是因为诗人,而是因为那是一座迷人的安达卢西亚小城,令人浮想联翩,心生喜爱。好像堂·卡利斯托允许年轻文人偶尔探访,时不时和他们谈谈,仍带着他曾经在他的全盛岁月时点燃听众的那种激情。

"他现在什么样子?"我问迭戈。

"好得很。"

"你有他的照片吗?"

"要是有就好了。一过三十五岁,他就拒绝面对镜头。他说,希望后代子孙只记着他年轻时的容颜。"

我承认,我觉得这个虚荣的提议很有诱惑力。我知道,堂·

卡利斯托早年仪表堂堂,他在意识到青春一去不回头的时候写下了感人的十四行诗,带着苦涩与刺痛,冷眼目送曾被疯狂爱慕的那些面孔一一离去。

然而,我拒绝了朋友的提议。重读一遍熟悉的诗篇,我已经相当满足;余下的时光,我更愿意在艾锡哈那被阳光拂过的安静街道上四处溜达,自由自在。我到达的当晚收到这位大人物的亲笔信笺,着实令我大吃一惊。他在信里说,迭戈·托雷写信告诉他我会来此地,如果我次日十一点钟能去他家探望,他将十分高兴。到了这个份上,我唯有准时登门。

我住的旅馆在广场上。春日的上午,刚刚走出繁忙的广场,我就像步入了一座空城。这些街道,蜿蜒曲折,两边盖着白色房子,空空荡荡,只偶尔出现一个身着黑衣、步伐从容、刚刚礼拜归来的女人。艾锡哈是教堂之城,每走几步,你就会看到剥蚀的教堂墙面,或鹳鸟筑巢的尖塔。我还停下脚步,驻足看着一排小驴驹走过。它们红色的鞍鞯已经褪色,箩筐里驮着不知什么东西。艾锡哈曾经是要塞,许多白色房子的石头门楼顶上镶着威风凛凛的盾形纹章,新大陆的财富曾流向这一隅,在美洲聚敛了财富的冒险家们曾在此安度晚年。堂·卡利斯托就住在其中的一幢房子里,我站在铁栅门外,一边拉响门铃,一边愉快地想,他住在这样派头的房子里真是相称。高大的门楼有一种倾坍的辉煌,正符合我对这位诗人的华丽印象。我听到门铃响彻房屋,可无人应门。我又拉了第二次,第三次;最后出来一个唇毛很重的老太太。

"有何贵干?"她问。

她的黑眼睛挺好看,可显出一副不高兴的样子。我猜她是照顾老诗人的人。我递上自己的名片。

"我与你家主人有约。"

她打开铁门,让我进去,交代我在下面等着,待她上楼通报。从街道走进庭院,我立刻感到凉爽舒服。庭院面积宏伟,应该是早年追随美洲征服者的人建的。庭院中油漆斑驳,地砖碎裂,随处可见掉下来的大片灰泥。空气中弥漫着破败的气息,却也并不寒酸。我知道,堂·卡利斯托没有钱。他过去来钱常常很容易,但他从不看重,手头散漫。显然,他现在生活匮乏,又不屑于费心打理。庭院中央摆着一张桌子,两边各有一把摇椅,桌上的报纸还是两周前的。我思忖,炎炎夏夜,他坐在那里抽烟的时候,不知什么样的幻梦会占据他的心神。柱廊下的墙上挂着西班牙绘画,暗淡残破,零星摆放着几个文艺复兴样式的立橱,上面有修补过的虹彩陶盘。一扇门旁边,挂着一对旧手枪,我愉快地联想到,他多次决斗,这或许就是在最有名的那几次决斗中用过的武器。他曾经为舞蹈家佩帕·蒙坦内兹(我猜她现在是个没牙的糊涂丑老婆子了)争风吃醋,干掉了多斯·赫尔曼诺斯公爵呢。

眼前的景象,让我浮想联翩,它与这个浪漫的诗人般配得恰到好处,我不由为此处的意境大为倾倒。连这份破败都很高贵,给他戴上了光环,和他年轻时的辉煌一般无二;美洲征服者的精神在他身上闪耀,住在这样凋敝又堂皇的房子里了结他声名远播的一生,真是恰如其分。一个诗人生于斯死于斯的所在正该如此。我来的路上,心里很是无所谓,甚至一想到会面就觉得有些无聊,可眼下我开始有点紧张。我点燃一支烟,想着自己准点到来,不知什么事情耽搁了老人。四处安静得异常烦人。我感到,旧日的幽灵涌进了寂静的庭院,逝去的岁月又影影幢幢地复活了。旧时人们所拥有的激情与狂放,已从这个世界上永远消失了。我们再也不能建立那样无畏的功绩,燃起那样的万丈豪情。

这时,我听到一声响动,不由心跳加快,兴奋莫名。看到老人捏着我的名片,缓缓从楼梯走下,我屏着的一口气才呼出来。他个子高,极其瘦,旧象牙色的皮肤,一头皤然白发,刷子般的眉毛依然浓黑,显得大眼睛中闪烁着的光芒更加威严。到他这个岁数,双目还保有这种神采,实在不一般。他长着鹰钩鼻子,紧抿嘴唇。向前走来的时候,投过来的目光里没有丝毫笑意,冷冷地上下打量着我。他身着黑衣,一只手拿着一顶宽檐帽,行动沉着,举止端庄,和我所能期待的如出一辙。我注视着他,明白了他如何摄住人们的心神,触动人们的内心。他浑身上下充满诗人气质。

终于,他来到庭院,慢慢向我走近。他简直目如鹰隼。对我来说,这一刻值得永生铭记——他就站在我面前。古老西班牙诗歌风尚的传人——了不起的埃雷拉,怀旧动人的弗雷·路易斯,胡安·德·拉·克鲁兹,神秘晦涩的贡戈拉——啊!这位就是他们的承嗣者,源远流长的谱系中的最后一位,踏着他们的足迹,承继光大。不可思议地,我心中响起了堂·卡利斯托最负盛名的柔情诗篇。

我有些窘,好在预先打好腹稿,准备了致意的措辞。

"大师,作为一个外国人,能同您这样伟大的诗人结识,在下真是三生有幸。"

他那锐利的眼睛中闪过一丝忍俊不禁,严峻的唇线在这一瞬变得笑意弯弯。

"先生,我不是什么诗人,只是个猪鬃贩子。您弄错了,堂·卡利斯托住在隔壁。"

我竟是走错了地方。

(阎 勇 译)

格拉斯哥来客

不是每个初次来大城市的人都会像谢利一样幸运,能够如他开车进入那不勒斯时那样,目睹一起凶杀案:一个年轻人冲出商店,身后跟着一名手握匕首的男子,男子冲上去,在年轻人脖子上抹了一刀,年轻人登时横尸路边。谢利一向心肠软,压根不认为这是什么带有地方特色的事情。他内心充满恐惧和愤怒。不过,当他把这番情绪告诉同行的卡拉布里亚牧师时,高大健壮的牧师却哈哈大笑,嘲笑挖苦了谢利一番。谢利说,他当时简直想要打人。

我从未目睹过那般激动人心的场景,不过,我第一次去阿尔赫西拉斯时的经历也绝非寻常。阿尔赫西拉斯是座小城,环境凌乱,毫不惹眼。进城时已是深夜,我走进码头上的一家客栈。客栈十分简陋,不过,能看到直布罗陀海湾的全景。皓月当空。客栈前台设在一楼,我询问房间之后,一个邋邋遢遢的女招待把我带到楼上。店主正在玩牌。他似乎并不欢迎我的到来。将我上下打量一番,随意报了一个房号,之后就再也不理会我的存在,接着玩牌。

女招待将我带到房间之后,我问她有什么吃的。

"你想吃什么?"她回答说。

我很清楚,这家客栈不可能有太多选择。

"你们店子里有什么?"

"有鸡蛋,有火腿。"

瞧着客栈的光景,我也没有别的什么好选择。女招待领我走进一个逼仄的房间,墙壁刷了白灰,天花板极矮,屋里已经摆好第二天午餐用的长桌。一个身材高大的男子背对门坐着,弯腰凑在火盆前。圆形的黄铜火盆似乎能给安达卢西亚的寒冬带来一丝温暖。我在桌边坐下,等待简陋的晚餐。我不经意地看了那个陌生人一眼。他正在打量我,我们眼神交会的瞬间,他立即别过脸去。我等着鸡蛋端上桌。女招待给我端晚餐上来时,他再次抬起头。

"我想请你明天早上叫醒我,赶第一班轮船。"他说。

"好的,先生。"

从他口音能听出来,他是英国人。再看他宽阔的身材,轮廓分明的五官,我想他十有八九是北方人。在西班牙,壮硕的苏格兰人比英格兰人更常见。无论你去里奥廷托的矿场,还是赫雷斯的酒店,无论你去塞维利亚还是加的斯,总能听到特威德河以北的那种慢慢悠悠的谈吐。你能在卡莫纳的橄榄园里见到苏格兰人,能在阿尔赫西拉斯与博巴迪亚之间的火车上见到苏格兰人,甚至能在梅里达偏远的丛林中见到苏格兰人。

我吃完饭,走到火盆旁边。时值隆冬,海湾凛冽的寒风把我冻僵了。我搬张椅子往前靠,陌生人把椅子往后挪了一下。

"不用挪动地方,"我说,"这地方坐两个人绰绰有余。"

我点上雪茄,递一支给他。在西班牙,来自直布罗陀的优质雪茄总是很受欢迎。

"我倒不介意抽支雪茄。"他一边说,一边伸手接烟。

从他说话拖腔拖调的方式,我听出是格拉斯哥口音。不过,这个陌生人话不多,问一句吐个把字,顿时让我没了聊天的欲望。我们俩闷声抽着雪茄。他比我想象的更魁梧,肩膀宽阔,四肢发达,脸膛黝黑,一头短发染上了灰色。他五官结实,嘴巴、耳朵和鼻子硕大敦厚,满脸皱纹,蓝色的眼睛苍白无神。他不停地拔扯着粗糙、发白的胡须。这种神经质的动作让我觉得有点烦。突然,我发现他正在观察我,他看我的眼神格外专注,令人生厌,我于是抬眼打量他,希望他像刚进来时那样,把头埋下去。他果然把头低下去了,可旋即又抬起头,浓密长眉下的那双眼睛打量着我。

"刚从直布罗陀过来吧?"他突然问。

"对。"

"我明天就要走了——回国了。感谢上帝。"

最后几个字说得格外用力,我笑了。

"你不喜欢西班牙?"

"噢,西班牙还行。"

"在这里待了很久吗?"

"太久了。太久了。"

他喘着粗气说。我很惊讶,随意这么一问,竟让他如此激动。他跳起身,来回踱步。他跺着脚走来走去,仿佛笼中困兽一般,将身边的椅子推开,时不时叹息一声,不停地嘟囔着:"太久了。太久了。"我一动不动坐在那里,感觉局促不安。为了保持镇定,我拨开火盆上的余烬,露出里面的热灰。他突然站定,停留在我上方,仿佛我这么一动,让他意识到了我的存在。接着,他一屁股坐在椅子上。

"你觉得我古怪吗?"他问。

"跟普通人没什么分别。"我笑着回答。

"你就没看到我身上有什么奇怪的地方吗?"

他说这话的时候,凑到我跟前,让我看个仔细。

"没有。"

"如果你觉得奇怪的话你会告诉我,对吧?"

"对。"

我真不明白这是什么意思。我心下暗想:这人是不是喝醉了?有两三分钟时间,他一言不发,我也无意打破沉默。

"你叫什么名字?"他突然问道。我如实相告。

"我叫罗伯特·莫里森。"

"苏格兰人?"

"格拉斯哥人。我在这个讨厌的国家待了很多年。还有烟丝吗?"

我把烟丝袋递给他,他装满烟斗,就着炭火点着。

"我一刻也待不下去了。我已经待得太久了。太久了。"

他又有股冲动,想要站起身,来回走几圈。可是他压抑住这股冲动,抓住椅子。我从他的脸上看得出他在挣扎。我猜他之所以焦虑不安是因为慢性酒精中毒的缘故。我对酒鬼非常厌恶,于是决定找机会溜回房间上床睡觉。

"我一直打理橄榄园,"他继续说,"我受格拉斯哥及南西班牙橄榄油有限公司委派,在这里工作。"

"哦,原来如此。"

"我们发现了一种新的炼油工序,喏,经过适当处理,西班牙橄榄油能够媲美卢卡橄榄油。而且,我们的价格更低。"

他说得单调乏味,简直像在谈生意。他的措辞尽显苏格兰人的精确,他看起来完全清醒。

"你知道,埃希哈怎么着也算得上是个橄榄交易中心,我们在那里有个西班牙人代理业务。但是,我发现他从买家和卖家两头盘剥,只好把他解雇掉。我住在塞维利亚,那里更方便油品运输。不过,我发现很难找到值得信赖的人常驻埃希哈,去年我只好亲自去了那里。你知道那个地方吗?"

"不知道。"

"公司在镇外两英里远的地方拥有一大片种植园,就在圣·洛伦佐村周围,园中还有一处华丽的住房。房子坐落在山顶上,外表十分惹眼,通体刷成白色,喏,房子显得有些破败,屋顶上栖息着几只鹳鸟。房子空着,我觉得如果我住在那里的话,就省得在镇里租房啦。"

"里面肯定有点儿冷清吧?"我说。

"确实。"

罗伯特·莫里森闷声不响,默默抽了一两分钟烟。不知道他要讲述的事情到底是什么。

我看了一眼手表。

"你要赶时间吗?"他突然问道。

"那倒没有。时候不早了。"

"哎,那又怎么样?"

"我猜,你在那里没见到过几个人吧?"我又回到他的故事。

"没几个人。我跟一个老汉住在一起,他的老婆照顾我的饮食起居,有时我也去村里,和药店老板费尔南德斯,再加上药店里的一两个客人一起打牌。我还经常去打猎,骑马。"

"这么说,日子过得挺惬意啦。"

"截至去年春天,我已经在那里待了两年。上帝啊,天气从来没有像去年五月那么酷热难耐。谁都做不了事。劳力们索性躺在阴凉地里睡觉。羊被热死了,有些动物热得发了疯。牛也无法工作,它们弓着背站在那里,喘着粗气。火辣辣的太阳炙烤着大地,阳光刺眼,感觉眼睛都要从眼眶中跳出来。大地被晒出裂纹,作物都打了卷儿。橄榄树被烤焦了。简直像人间地狱。人一刻也睡不着觉。我从一间屋子挪到另一间屋子,想要透口气儿。当然啦,我把窗户都关起来,地上洒了水,即便如此也无济于事。晚上跟白天一样炎热。简直像住在火炉里。

"最后,我让人在楼下靠北的一间屋子里搁了一张床,因为一楼地面潮湿,这间屋子里从没住过人。我突发奇想,觉得无论如何,在这里兴许能睡几个小时安稳觉。不管怎么说,值得一试。结果呢,纯粹是徒劳,让人大失所望。我翻来覆去,床上很热,让人难以忍受。我下了床,打开通往凉台的门,走出去。夜色十分美丽。月光皎洁,我敢发誓,借着月光读书一点儿问题都没有。我有没有告诉你房子坐落在山顶上?我探身围栏,俯视着橄榄园。橄榄树冠连绵起伏,宛若波涛翻滚的大海。我想,正是眼前那番景象让我泛起了思乡之情。我想起了冷杉丛中的凉风,想起格拉斯哥街上的喧闹。不知你信不信,我甚至闻到了那种气息,闻到了大海的气息。上帝啊,我宁愿拿我所有的财产换得一个小时故乡的空气。人们说,格拉斯哥气候恶劣。你可别上当。我喜欢那里的雨,那里灰色的天空,那里昏黄的大海和海浪。我忘记自己是置身西班牙乡村的橄榄园中,我张开嘴,深深地呼吸,仿佛是在呼吸海雾。

"突然,我听到声响。男人的声音。声音不大,知道吗,十分低沉。声音悄然穿透宁静,就像——唉,鬼知道像什么。我心头一惊。真是难以想象,这个时候,谁还会在橄榄园?午夜刚过。男人大笑的声音。笑声十分怪异。就是那种咯咯的笑声。

笑声似乎沿着山头往上爬——断断续续地,往上爬。"

莫里森看着我,看我听到他用以表达自己无名感受的"断断续续"一词后的反应。

"我的意思是说,笑声像痉挛一样,阵阵袭来,就像有人朝桶里扔石子。我探出身往前看。天上一轮满月,月光如昼,但是,我什么都没看到。笑声停了下来,我继续盯着声音传来的方向,看是否有人影移动。过了一会儿,笑声再度响起,声音更大了。已经不是咯咯的笑声,而是捧腹大笑。笑声打破了深夜的宁静。我不知道笑声是否吵醒了我的佣人。那声音听起来像有人喝醉了酒,恣意咆哮。

"'谁?'我怒吼一声。

"我得到的唯一回应是一阵更加疯狂的笑声。实话告诉你吧,我有些怒不可遏。想要下去看个究竟。我可不会让一个酒鬼半夜三更在我的地盘鬼哭狼嚎。突然,一声尖叫传来。上帝啊,我吃了一惊。接下来是一连串嚎叫。这个男人笑的时候声音低沉,但他的尖叫——号叫,像猪被割断了喉管。

"'我的上帝啊。'我喊了一声。

"我翻过栏杆,朝响动的地方冲过去。我以为有人正在杀人。一阵宁静过后,突然传来一声撕心裂肺的尖叫。之后,是啜泣和呻吟声。这么跟你说吧,像是有人奄奄一息的声音。接着是一声长叹,然后悄无声响。一切又归于平静。我东奔西跑,却没发现任何人的影踪。最后,我只好爬上山,回到自己的卧室。

"你可以想象,那天夜里我睡得怎么样。天色一亮,我就朝窗外笑声传来的方向看去,令人惊讶的是,橄榄园中一处凹地里耸立着一幢白色的小房子。那个地方不属于橄榄园,我也从来没去过。我以前没有从房间的那个位置往外看过,所以根本不知道那里有栋房子。我向当地人乔斯打听一番。他告诉我说,那栋房子里曾经住过一个疯子,还有他的哥哥和佣人。"

"噢,原来如此,"我说,"这可不是个好邻居。"

苏格兰人立即弯下腰,抓住我的手腕,把脸凑到我面前,眼里迸出恐惧的神情。

"那个疯子已经死了二十年了。"他低声说。

"我下了山,走到那栋房子跟前,在房前房后转了一圈。窗户紧闭,百叶窗遮得严严实实,门上落了锁。我敲了敲门,晃了晃门把手,按了门铃。门铃的响声清晰可辨,但是没人应门。这是一幢两层建筑,我朝楼上看了一眼。百叶窗遮得密不透风,里面没有任何生命的迹象。"

"唔,房子的状况怎么样?"我问。

"哦,糟透了。墙上的白灰已经剥落,门和窗户上的油漆也悉数褪去。屋顶上的瓦片散落一地,像被大风吹落在地上。"

"够蹊跷的。"我说。

"我去找我的朋友,药店老板费尔南德斯,他的说法跟乔斯如出一辙。我打听疯子的下落,费尔南德斯说没人见过他。他平时处于昏迷状态,但时不时会发一通癫狂,从大老远的地方就能听到他大笑不止,继而又拼命哀号。听得人毛骨悚然。有一次发病时死掉了,他的监护人马上搬走了。从那以后,再也没人敢到那房子里。

"我没告诉费尔南德斯我听到的声响。我担心他会嘲笑我。夜里,我待到很晚,保持警惕。但什么也没发生。没有出现任何异响。我一直等到天快亮才上床睡觉。"

"你再也没听到声响吧?"

"有一个月的时间没有听到。干旱继续,我仍在房子后部的储藏室里睡觉。一天夜里我睡得正熟,突然有种不祥的预感,似乎有什么事情要发生。我不知道该如何描述,但是感觉很奇怪,仿佛有人轻轻推了我一下,给了我警示,我突然惊醒过来。我躺在床上,跟上次发生的情况一样,我听到一声悠长、低沉的笑声,像是有人听到老掉牙的笑话之后的笑声。笑声从山谷中传来,越来越响。接着是开怀大笑。我跳下床,走到窗边。我两腿开始颤抖。站在那里,聆听放浪的笑声撕破夜空,令人毛骨悚然。笑声突然停了下来。紧接着是一阵痛苦的尖叫,再接着是可怕的啜泣。声音听起来不像人声。我的意思是,你可能觉得是动物被虐待时发出的哀嚎。不怕您笑话,我吓得浑身僵直。呆立在原地,动弹不得。过了一会儿,声音停下来,不是突然消失,而是一点一点,渐渐沉寂下去。我竖起耳朵,什么都听不到了。我爬回床上,把脸埋起来。

"这时,我回想起费尔南德斯说过,这个疯子的病是间歇性的,不发病的时候,病人很安静。费尔南德斯说,那叫间歇期。我不知道他这狂病发作是否有周期规律可循。我算了下我听到两次笑声的间隔时间,二十八天。根据现有情况,我很快发现:每逢月圆之夜,他就会发作。我不是那种遇事紧张、小题大做的人,我下定决心要查个水落石出。于是,我翻看日历,查看下次月圆的日子。到了那天夜里,我没去睡觉。我把手枪擦干净,装上子弹,准备了一个灯笼,坐在房前的栏杆上等着。我感到从容镇定。说实话,我很高兴,自己居然没有感觉害怕。晚风袭来,屋顶上发出飕飕的声响。风儿拂过橄榄树丛,仿佛海浪从海滩的卵石堆上摩挲而过。月光照在山谷中的白墙上。我的心情格外轻松愉快。

"后来,我听到一声响动,是我熟悉的声音,我差点儿笑出声来。我判断得非常准确,今天是满月,他的癫病如期而至。一切顺利。我跳过围栏,直奔房子而去。随着我的脚步越来越近,笑声也越来越响亮。我走到房前,抬头看了一眼。四下里没有灯光。我把耳朵贴在门上,仔细聆听。我听到那个疯子放声大笑。我用拳头砸门,同时拉响门铃。似乎敲门声逗得他很开心。他笑声震耳。我继续敲门,越敲越响,我敲得越厉害,他笑得越疯狂。最后,我用尽气力喊了一声。

"'快他妈的给我开门,不然我就踹门了!'

"我往后退了几步,用力踹门闩。我用尽浑身力气撞门。门露出一条缝隙。我再次用全力撞击,该死的门终于洞开。

"我一只手从口袋里掏出手枪,另一只手举着灯笼。门打开之后,笑声更加响亮。我走进屋里。屋内的臭气差点把我熏晕。哎,想想看,房间的窗户二十年都没敞开过了。屋里的喊声能把死人惊活,但有那么一阵子,我无法分辨声音的方位。声音在四面墙壁之间回荡。我推开身边的一扇门,走进一个房间。房内空无一物,只有白色的墙壁,没有一件家具。声音越来越大,我循声找去。走进另一个房间,里面依然什么都没有。我打开一扇门,发现眼前是一串台阶。疯子似乎就在我头顶狂笑。我走上台阶,知道吗,走得非常谨慎,我不会贸然行事,台阶顶端是一个走廊。我沿着走廊向前走去,灯笼照着前方,走廊尽头是一个房间。我停下脚步。他就在那间房里。我和笑声中间仅隔着一扇薄薄的木门。

"那声音听起来令人胆战心惊。我一阵战栗,开始浑身颤抖,我不由地咒骂自己。这根本不是人的声音。上帝啊,我简直想撒腿就跑。我必须咬紧牙关,强迫自己留下来。但是,我没有勇气去转动门把手。这时,笑声突然停止,像是被匕首割断,接着传来一阵痛苦的嘶鸣。我前两次没有听到这种响声,应该是这种声音太低,传不到我房子里。接着,传来倒吸冷气的声音。

"'啊——。'我听到那个男人用西班牙语说,'你要杀死我。快拿开！噢,上帝啊,救救我。'

"他开始尖叫。残忍的家伙在折磨他。我撞开门,冲进去。带进去的风把百叶窗帘吹了起来,月光射进屋内,我的灯笼顿时黯淡下来。我耳朵里,就像我跟你面对面聊天一样,清晰地听到那个悲惨的家伙发出呻吟。那呻吟和啜泣,伴着恐怖的喘息,令人惊骇。这声音谁都受不了。他奄奄一息。我告诉你,我耳朵里听到这断断续续、令人窒息的呼喊。然而,屋内空无一人。"

罗伯特·莫里森坐进椅子里。这个身材魁梧的汉子表情怪异,好像画室中的人体模特,稍微一碰,就会栽倒在地。

"后来呢?"我问。

他从口袋里掏出一方肮脏的手帕,擦了擦额头。

"我不想再在北边的房间里睡觉了,于是,管它热不热,我又搬回到自己的房间。哎,四个星期之后,大约凌晨两点,我又被疯子的笑声吵醒。笑声仿佛就在我身旁。不妨告诉你,我当时简直精神崩溃,于是,在一次那个疯子要发作的月圆之夜,我把费尔南德斯叫过来,让他晚上跟我待在一起。我留他打牌一直到凌晨两点,这时,我又听到响声。我问他有没有听到什么声音。'没有。'他说。'有人在笑。'我说。'你喝醉啦,伙计。'他说着开始大笑起来。是可忍孰不可忍。'闭嘴,你这个混蛋。'我吼道。笑声越来越大。我开始大叫。我双手捂住耳朵,可他妈的无济于事。我听到笑声,还听到痛苦的尖叫声。费尔南德斯认为我疯了。他嘴里没这么说,因为他知道,他要敢这么说,我会毫不犹豫要了他的命。他说他想去睡觉。第二天早上,我发现他早就溜走了。他的床上根本没有睡过的痕迹。他离开我之后就溜之大吉了。

"从那以后，我再也无法在埃希哈待下去。我派了一位代理人后就赶紧回到塞维利亚。在塞维利亚，我感觉很安全，但是，随着周期的临近，我又开始恐惧。当然，我安慰自己，别傻啦，可你知道，我他妈的就是不由自主。实际上，我担心那声响会追随我的脚步，我很清楚，如果我在塞维利亚能听到的话，那我这辈子无论走到哪里都会听到。我不比任何人胆小，可真该死，凡事总得有个穷尽吧。血肉之躯怎么受得了这般折腾？我知道，我总有一天会疯掉。我开始酗酒来麻醉自己，我惶惶不可终日，躺在床上数日子。最后，我知道事情会再度发生。果然，我又听到了那些声音。在塞维利亚，距离埃希哈六十英里远的地方！"

我不知道该说什么。好一阵子没有说话。

"你最后一次听到那些声音是什么时候？"我问。

"四个星期前。"

我迅速抬头看了一眼，心头一惊。

"你看什么呢？今晚该不会是月圆吧？"

他眼里流露出又惊又怒的神色。他张大嘴巴想要说什么，最终又闭上了嘴。你或许会觉得他声带突然瘫痪了。他终于能够开口的时候，声音怪异、喑哑。

"是的，是月圆。"

他盯着我，浅蓝色的眼睛射出红光。我从未见到有人如此惊恐。他迅速站起身，冲出房间，门在他身后砰的一声巨响。

我必须承认，那天夜里，我睡得不很踏实。

（辛红娟 译）

赴宴之前

斯金纳太太凡事喜欢赶早。她已经打扮停当,穿着黑色丝绸裙衫,这既符合她的年龄,也可显示对新近亡故的女婿的哀悼。她正准备往头上戴顶羽饰丝绒帽,心里有些忐忑,担心帽子上装饰的白鹭羽毛会招惹宴会上必会遇上的朋友们说闲话。当然,杀害这些美丽的白色鹭鸟以获取羽毛的举动令人震惊,在交配季节残杀鹭鸟更是要不得。不过,这些羽毛美丽而时尚,谁要是拒绝的话,那可真是傻瓜,而且,拒绝的话,还会伤了女婿那份情意。他可是为了讨岳母欢心,从遥远的婆罗洲带回来的。凯瑟琳当时见到这些羽毛就很不高兴,出了那桩事情后,她肯定希望当初母亲没有接受这些羽毛就好了。凯瑟琳从不喜欢哈罗德。斯金纳太太站在梳妆台前,将丝绒帽戴上——这可是她唯一拿得出手的漂亮帽子,用发针别上一枚煤玉发饰。要是有人问起羽毛的话,她也好有话可说。

"我知道这种事挺可怕的,"她会说,"我自己决计是不会买的,但这是我可怜的女婿上次回国休假时给我带回来的。"

这就能够解释帽子的来历,帽子上的白鹭羽毛也就有了合理说法。大家都很善良。斯金纳太太从抽屉里拿出一方干净手帕,在上面喷了些科隆香水。她从来不用香水,一直觉得用香水过于轻佻,但科隆香水能令人神清气爽。她差不多全部收拾好了,向穿衣镜后面的窗户外看去。卡农·海伍德家的花园聚会真会挑好日子。天气煦暖,碧空如洗。树木还没有褪去春天的稚嫩。她看到小外孙女儿在房子后面的花园里,忙着用耙子整理她自己的那片小花坛,不由会心地笑了。斯金纳太太希望琼的气色不像现在这么苍白。让她待在热带这么长时间,真是个错误。对这个年龄的孩子来说,外孙女显得过于严肃,从来没见过她四处奔跑。总是一个人静悄悄地玩自己的游戏,浇自己的小花坛。斯金纳太太轻轻拂动裙子前摆,拿起手套,走下楼梯。

透过窗户,凯瑟琳正在写字桌旁紧张地准备名单,她是女子高尔夫俱乐部的荣誉秘书。赛事期间,总是有做不完的事。但她也已经准备停当,可以去赴宴了。

"终究还是穿了这件无袖套衫啦。"斯金纳太太说。

午饭时,大家讨论凯瑟琳该穿无袖套衫还是黑绸连衣裙。这件无袖套衫是黑白两色,凯瑟琳觉得很漂亮,不过,看不出是家逢丧事的样子。可米莉森特赞成她穿这件套衫。

"没必要都穿得像刚参加完葬礼回来一样,"她说,"哈罗德已经去世八个月了。"

在斯金纳太太看来,这么说话听起来很是冷漠无情。从婆罗洲回家后,米莉森特行为一直很怪异。

"你不会现在就打算脱掉丧服吧,亲爱的?"她问。

米莉森特没有回答妈妈的问话。

"人们已经不像从前那样穿丧服了。"她说。她顿了一顿,接着往下说,斯金纳太太觉得她语气古怪。显然,凯瑟琳也注意到这一点,她疑惑地看了姐姐一眼,"我确信,哈罗德不想让我为他这样居丧。这样没完没了。"

"我早早穿好衣服,就是因为我有事情想跟米莉森特聊聊。"凯瑟琳接口道,算是回答了母亲探询的眼神。

"哦?"

凯瑟琳并没打算解释。她放下名单,皱着眉头拿起一封信再看了一遍,有位女士来信抱怨组委会不该将她的高尔夫球让棍待遇从二十四杆降到十八杆。担任女子高尔夫俱乐部荣誉秘书,颇需要些机智。斯金纳太太开始戴上新手套。遮阳篷让室内显得阴沁、凉爽。她望着哈罗德生前托她保管的那只艳丽的大木制犀鸟。这个标本怪异、凶残,哈罗德却对它情有独钟。标本带有宗教意义,卡农·海伍德曾对之大加赞赏。沙发上方的墙壁上,挂着一些她记不清名字的马来武器。几张桌子上摆放着哈罗德不时送的银器和黄铜摆件。她很喜欢哈罗德,她的眼神开始不由自主地在钢琴上搜寻哈罗德的照片,上面还摆着她的两个女儿、外孙女、她妹妹,还有她妹妹儿子的照片。

"哎,凯瑟琳,哈罗德的照片呢?"她问。

凯瑟琳四下里望了一圈。照片不见了。

"谁把它拿走了吧。"凯瑟琳说。

凯瑟琳很吃惊,迷惑不解地起身走到钢琴前。照片已经重新摆放过,中间没有留下空当。

"或许米莉森特拿去放在卧室了吧。"斯金纳太太说。

"我早就应该察觉了。而且,米莉森特有好几张哈罗德的照片。都被她锁起来了。"

女儿的房间里居然没有摆放哈罗德的照片,斯金纳太太对此也觉得蹊跷。事实上,她曾说起过这件事,但米莉森特没有回答。米莉森特从婆罗洲回来之后,出奇地寡言少语,斯金纳太太想要对她表示同情,她似乎毫不领情。女儿好像不愿意提起自己的遭遇。每个人承受悲痛的方式各不相同。斯金纳先生说，最好让米莉森特独自一个人静静。想到丈夫，她又想起赴宴的事情。

"你们的爸爸问我他该不该戴大礼帽，"她说，"我说为保险起见，还是戴上好。"

这将是个十分盛大的场面。海伍德家从博迪糖果店买了冰块、草莓和香草精，在家做冰镇咖啡。社交名流都会出席。他们受邀会见香港主教，主教住在卡农家，跟卡农是大学同学。主教会谈到他在中国的传教经历。斯金纳太太的女儿在东方生活了八年，她的女婿是婆罗洲的驻扎官，她因而对这次见面兴味十足。自然，这次演讲对她来说，比对那些跟殖民地毫无瓜葛的人更有意义。

诚如斯金纳先生所说："只知道有英国的人，又能了解英国多少？"

斯金纳先生正好走进房间。他是名律师，继承了父亲的职业。他在林肯因河广场有事务所，每天早上前往伦敦，晚上回家。他能陪伴妻女出席卡农家花园聚会，完全是因为卡农精心将聚会安排在星期六。斯金纳先生身穿燕尾服和灰椒色毛呢裤子，看起来神采奕奕。他的衣着算不上华丽，但十分整洁，一看就知道是位受人尊敬的家庭法律顾问。不是光明正大的业务，他的律师事务所从不受理。如果客户想让他们帮着处理不体面的事体，斯金纳先生就会板起面孔。

"敝所不受理此类案件，"他说，"敬请另就高明。"

他会在记事本上写下名字和地址，将这一页撕下来，递给客户。

"我要是你，就会去找找这些人。你只要提到我的名字，他们会竭诚为你服务。"

斯金纳先生脸上刮得干干净净,秃顶。苍白的嘴唇绷得紧紧的,面容消瘦。蓝色的眼睛有些腼腆。他的双颊毫无血色,脸上满是褶子。

"你穿上新裤子啦。"斯金纳太太说。

"这么好的机会可得要穿新裤子。"他回答说,"我在想需不需要在西装翻领上戴朵花。"

"要是我就不戴,爸爸,"凯瑟琳说,"戴上不好看。"

"很多人都会戴的。"斯金纳太太说。

"只有小职员这类人才会戴,"凯瑟琳说,"要知道,海伍德家请的人可是三教九流都有。再者,我们还在服丧期间呢。"

"我不知道主教讲完后会不会募捐。"斯金纳先生说。

"我觉得不会。"斯金纳太太说。

"我觉得那样做可真是不雅。"凯瑟琳附和说。

"为了保险起见,"斯金纳先生说,"我来替你们捐款。不知道十先令够不够,或者该捐一镑?"

"要捐的话,我觉得您得捐一镑,爸爸。"凯瑟琳说。

"到时候相机行事吧。我不会比别人少给,可也没必要比别人多给。"

凯瑟琳将文书收进写字桌抽屉里,站起身,瞥了一眼手表。

"米莉森特准备好了吗?"斯金纳太太问。

"时间还早呢。邀请上说是四点开始,我想,我们不能早于四点半之前太多。我嘱咐戴维斯四点一刻开车过来。"

通常是凯瑟琳开车,但遇上今天这样盛大的场合,园艺工戴维斯就会穿上制服兼当司机。这样,到达的时候显得更体面,再说,凯瑟琳穿着新连衣裙,也不想开车。看着妈妈将手指一根一根塞进新手套中,她想起自己也得戴上手套。她闻闻手套看上面是否还残留着清洁剂的味道。味道很淡。她想,别人不会注意的。

终于,房门打开,米莉森特走进来。她穿着寡妇的丧服。斯金纳太太总是看不习惯,不过,她当然知道米莉森特必须穿满一年丧服。太遗憾了,她不适合穿丧服,尽管有的人适合。有一回,斯金纳太太试戴过米莉森特的无边帽,白纱带、黑面纱,让她看起来很优雅。当然,她希望亲爱的阿尔弗雷德比她长寿,否则,她永远都不会脱下丧服。维多利亚女王就一直没有脱下丧服。米莉森特的情况不同。她还太年轻,只有三十六岁:三十六岁就守寡当真不幸。她再嫁人的机会也不大了。凯瑟琳现在也不太可能嫁人,她三十五了。上次米莉森特和哈罗德回国时,她建议他们带凯瑟琳跟他们一起回去。哈罗德看起来很乐意,可米莉森特不答应。斯金纳太太不明白米莉森特为什么要那样。如果带出去,倒可以给凯瑟琳一些机会。当然,他们并不是要赶她出门,可女大当嫁呀。在国内,他们认识的男人都已经成了家。米莉森特说国外的气候恶劣。的确,她本人的脸色就很不好。现在,没有人会觉得两姐妹中米莉森特更漂亮。凯瑟琳越长越好看,当然,有人说她太瘦了。不过她现在剪了头发,而且风雨无阻地打高尔夫球,脸色红润。斯金纳太太觉得她美貌动人。没有人会说可怜的米莉森特漂亮,她已经彻底失去了身材。她本来个头就不高,现在又有点发福,显得矮胖臃肿。她太胖啦。斯金纳太太心想,这是因为她身处热带,缺乏锻炼的缘故。她的肤色昏黄晦暗。蓝色的眼睛曾经十分出众,现在却苍白无神。

"她的脖子得注意保养啦,"斯金纳太太心想,"已经长了骇人的双下巴。"

就这一点,她向丈夫提过一两回。丈夫说,米莉森特已经不再年轻,会出现这样的变形,但她也不能完全放任自己。斯金纳太太下决心跟女儿郑重地谈谈,不过,她当然会考虑到女儿遭受的不幸,打算等服丧一年满了再说。她很想借这个理由推迟一些时候谈论这个话题,一想到要跟米莉森特谈话,她就有些发怵。米莉森特跟过去大不相同。米莉森特总是拉着一张脸,让她妈妈浑身不自在。斯金纳太太头脑里想到什么都会大声说出来,可米莉森特有个令谈话人尴尬的习惯,你跟她说话时(哪怕是随便说点事),她一声不吭,你真不知道她到底听见了没有。有时候,斯金纳太太实在是恼火极了,却只能时时提醒自己可怜的哈罗德去世才八个月,如此才克制住不在女儿面前把话说得太难听。

寡妇静静走进来,阳光透过窗户落在她阴沉的脸上,凯瑟琳背对窗户站着,盯着姐姐走来。

"米莉森特,我有事想跟你说。"凯瑟琳说,"我今天上午跟格拉迪斯·海伍德打高尔夫球了。"

"打赢了吗?"米莉森特问。

格拉迪斯·海伍德是卡农唯一还没有嫁出去的女儿。

"她告诉我一些有关你的事情,我想你应该知道。"

米莉森特的眼睛越过妹妹,望着在花园中浇花的小女孩儿。

"妈妈,您有没有吩咐安妮把厨房里的茶端给琼喝?"她说。

"吩咐过了,她到时候跟佣人们一起用茶。"

凯瑟琳冷冷地看着姐姐。

"主教回国途中在新加坡待了两三天,"她继续说,"他很喜欢旅游。他到过婆罗洲,结识了很多你认识的人。"

"他会很高兴见到你,亲爱的。"斯金纳太太说,"他认识可怜的哈罗德吗?"

"认识,他在瓜拉索洛见过哈罗德。他记得很清楚。他说,听说哈罗德去世,他很震惊。"

米莉森特坐下来,慢慢戴她的黑色手套。斯金纳太太见她听到这些话竟然一言不发,感到非常奇怪。

"噢,米莉森特,"她说,"哈罗德的照片不见了。你拿了吗?"

"拿了,我收起来了。"

"我以为你愿意将照片摆在外面。"

米莉森特又开始一声不吭。这个习惯真是令人恼火。

凯瑟琳略微转身,直面着姐姐。

"米莉森特,你为什么告诉我们哈罗德是发烧死掉的?"

寡妇一动不动,定定地看着凯瑟琳,但她黝黄的皮肤出现一抹红晕。她没有回答。

"这话是什么意思,凯瑟琳?"斯金纳太太惊问。

"主教说哈罗德是自杀身亡。"

斯金纳太太惊呼一声,但她丈夫冲她摆手,示意她安静。

"真的吗,米莉森特?"

"是真的。"

"那你怎么不告诉我们?"

米莉森特停了一下,用手指无聊地拨弄着身边桌上的文莱黄铜摆件。这个摆件也是哈罗德送的。

"我觉得这么说对琼更好,让她相信爸爸是因为发烧死去的。我不想让她知道内情。"

"你让我们很尴尬。"凯瑟琳皱紧眉头说,"格拉迪斯·海伍德说,她觉得我很不够意思,不告诉她真相。我费了好大一番工夫才让她相信,我对真相一无所知。她说,她爸爸很生气。她爸爸说,这么些年来,我们两家交情深厚,而且他是你的证婚人,两家关系这么好,他觉得我们应当信得过他。不管怎么说,就算我们不想告诉他真相,也没必要对他编造谎言。"

"在这一点上,我必须同意他的说法。"斯金纳先生不悦地说。

"当然,我跟格拉迪斯说,这事不能怪我们。我们只是转述你的说法而已。"

"真希望这件事没有让你打球丢分。"米莉森特说。

"说真的,亲爱的,我觉得这么说太不合适了。"她爸爸厉声说。

他从椅子上站起身,走向空壁炉,叉开燕尾服后摆,习惯性地站在壁炉前。

"这是我自己的事,"米莉森特说,"如果我不想告诉别人,我不觉得有什么不可以。"

"如果连自己的妈都不告诉,那真是对你妈太无情了。"斯金纳太太说。

米莉森特耸耸肩膀。

"你应该知道,真相总有一天会水落石出的。"凯瑟琳说。

"为什么?我真没想到,这两个爱嚼舌根的老牧师除了我之外没什么别的东西可谈。"

"当主教说他去过婆罗洲的时候,海伍德一家自然而然就会问他认不认识你和哈罗德。"

"这都不是问题的关键。"斯金纳先生说,"我觉得你当然应该告诉我们真相,以便我们决定该怎么办才好。作为律师,我可以告诉你,长远来看,如果你想隐瞒真相的话,结果只会变得更糟。"

"可怜的哈罗德,"斯金纳太太说,眼泪顺着她涂了胭脂的脸庞流下来,"这简直太可怕了。他一直是我的好女婿。到底是什么烦恼让他做出这种可怕的举动?"

"是气候。"

"我看你最好原原本本把事情经过告诉我们,米莉森特。"她爸爸说。

"让凯瑟琳告诉你们吧。"

凯瑟琳犹豫不决。她要讲的内容十分可怕。她们这样体面的家庭里发生这样的事,真是太可怕了。

"主教说他割断了自己的喉管。"

斯金纳太太喘了口气,激动地走到寡妇女儿身边。她想将女儿揽入怀中。

"我可怜的孩子。"她啜泣说。

但米莉森特抽开身。

"请别烦我啦,妈妈。我真受不了。"

"是真的吗,米莉森特?"斯金纳先生说,眉头紧皱。

他觉得米莉森特表现得很没教养。

斯金纳太太用手帕小心翼翼地擦拭眼睛,叹了口气,摇了摇头,回到自己的椅子上。凯瑟琳忐忑不安地摆弄着脖子上戴的长项链。

"要我的朋友告诉我自己姐夫临死的细节,这的确很荒唐。这让我们一家子显得像傻瓜。主教很想见你,米莉森特。他想告诉你他有多么同情你。"凯瑟琳顿了一下,但米莉森特什么也没说,"他说米莉森特和琼当时不在,等她回来,就发现哈罗德躺在床上,死了。"

"这一定令人非常震惊。"斯金纳先生说。

斯金纳太太又开始哭,但凯瑟琳轻轻将手搭在她的肩上。

"妈,别哭了,"她说,"眼睛哭红了,会惹人笑话。"

好一阵子谁也没说话。斯金纳太太擦拭着眼睛,终于控制住自己的情绪。这个时候,她头上还戴着可怜的哈罗德送她的鹭羽帽子,她心里开始觉得别扭。

"我还有别的事情要告诉你。"凯瑟琳说。

米莉森特不慌不忙地抬眼看着妹妹,目光沉稳、警惕。她的表情就像是在等待某种声响,生怕会错过一样。

"我不想说伤害你的话,亲爱的,"凯瑟琳接着说,"不过,还有些事情,我想你们应该知道。主教说哈罗德喝醉了。"

"噢,亲爱的,多可怕呀!"斯金纳太太惊呼,"这真让人震惊。是格拉迪斯·海伍德告诉你的吗?你怎么回答的?"

"我说这绝非实情。"

"这就是隐瞒事实的后果。"斯金纳先生愠怒地说,"事情总是这样。如果你想隐瞒事实,各种各样的流言蜚语要比真相恶劣十倍。"

"新加坡的人告诉主教说,哈罗德酒精中毒引发精神错乱而自杀身亡。我想,看在全家人的份上,米莉森特,你该否定这种说法。"

"如此诽谤死者,真是太可怕了。"斯金纳太太说,"琼长大以后,也很难接受。"

"事情是这样吗,米莉森特?"爸爸问,"哈罗德饮酒一直很节制。"

"算了吧。"寡妇说。

"他喝酒吗?"

"十足的酒鬼。"

这个回答出乎所有人的意料,出言讽刺,可让另外三个人吃惊不小。

"米莉森特,你怎么能这样说你死去的丈夫?"她妈妈惊叫说,攥紧戴着手套的手,"真是不可理喻。你回来之后行为古怪。我永远无法相信,我的女儿对丈夫去世是这个态度。"

"先别管这个啦,孩子他妈,"斯金纳先生说,"这一点我们留着以后再谈。"

他走到窗前,向外看了一眼阳光明媚的小花园,又踱回屋子中间。他从口袋里掏出夹鼻眼镜,丝毫没有戴上的意思,用手帕擦拭镜片。米莉森特看着他,眼里透出一股玩世不恭的神情。斯金纳先生怒火中烧。他已经完成一个星期的工作,星期一上午之前,可以清闲一阵。尽管他告诉妻子,这次花园聚会很令人讨厌,但他想尽快回到花园里安静地喝茶,他迫不及待想这样。他对在中国传教没什么兴趣,觉得跟主教会面会有些意思。可现在呢!他可不喜欢摊上这样的事。最令人难受的是,突然有人告诉他,他的女婿是个酒鬼,自杀身亡。米莉森特若有所思地抚弄着她的白色袖口。她的冷漠惹恼了爸爸。但是,他没有责问她,而是朝小女儿发作了。

"凯瑟琳,你为什么不坐下?屋里有的是地方坐。"

凯瑟琳挪过一张椅子,一言不发地坐了下来。斯金纳先生在米莉森特面前停下来,面对着她。

"当然,我明白你为什么对我们说哈罗德死于发烧。可我认为这么做是错误的,因为这种事情迟早会真相大白。我不知道主教告诉海伍德一家的情况在多大程度上是事实,不过,如果你肯听我的建议,你就得尽可能详细地告诉我们真实情况,这样我们才能相机行事。我们可不敢奢望这事到卡农·海伍德和格拉迪斯那里会就此打住。在这种地方,人们肯定会四处宣扬。不管怎么说,如果我们知道真相的话,就更好应付一些。"

斯金纳太太和凯瑟琳觉得他说得很在理。大家等待米莉森特的反应。她面无表情地听着。脸上突如其来的红晕已经消失,她的脸色恢复正常,苍白的脸上毫无生气。

"我觉得要是告诉你们真相,你们不会乐意听的。"她说。

"要知道,你大可以相信我们对你的同情和理解。"凯瑟琳严肃地说。

米莉森特瞥了她一眼,嘴上拂过一丝笑容。她不慌不忙地打量着他们三个人。斯金纳太太感觉很不舒服,米莉森特看他们三个人的眼神好像他们是裁缝店里的服装模特。米莉森特似乎生活在另一个世界里,跟他们三个人毫无瓜葛。

"你们知道,我跟哈罗德结婚的时候并不爱他。"她若有所思地说。

斯金纳太太正要发出惊叹,她丈夫迅速做了个几乎不易察觉的手势,经过这么多年婚姻生活,她顿时心领神会这手势的含义,没再作声。米莉森特继续往下说。她的语气十分平淡,漫不经心,波澜不兴。

"我当时二十七岁,除了他似乎没人愿意娶我。确实,他当时四十四岁,看起来很老,但他很有身份,对吧?我不可能有更好的机会。"

斯金纳太太又想哭起来,但她想起了聚会。

"我现在才明白你为什么把他的照片收起来。"她伤心地说。

"别这样,妈。"凯瑟琳喊道。

这张照片是哈罗德跟米莉森特订婚时拍的,照片上的他非常帅气。斯金纳太太一直觉得他是个出色的女婿。他身高体壮,或许有点儿肥胖,不过帅气得体,派头十足。那时,他已经显露出秃顶的迹象,不过,现在的男人秃顶都早。他说,遮阳帽、防晒帽这类的对头发不好。他蓄着黑色络腮胡,脸膛被太阳晒得黝黑。当然,他最出众的地方要数那双大大的棕色眼睛,琼的眼睛跟他一模一样。他聊起天来趣味横生。凯瑟琳说他自命不凡,斯金纳太太可不这么认为,她不介意颐指气使的男人。她很快就发现,哈罗德被米莉森特迷住了,这样一来她就越发喜欢哈罗德了。哈罗德对斯金纳太太也是百般殷勤,当他谈论他的地区事务、描述他捕获的大型猎物时,斯金纳太太总是侧耳倾听,仿佛她真的很感兴趣。凯瑟琳说他自高自大,可斯金纳太太这一代人,能欣然接受自高自大的男人。米莉森特很快也看出了苗头,尽管她什么都没对妈妈说,但妈妈很清楚,如果哈罗德向女儿求婚,女儿一定会同意。

哈罗德跟一些侨居婆罗洲三十年的人住在一起,这些人都说那地方不错,女人在那地方没理由过得不好。当然,孩子到了七岁必须回国,但斯金纳太太觉得为这个问题烦恼为时尚早。她邀请哈罗德来吃饭,她告诉他,他们一家喝茶时间总会全部在家。他似乎一直闲着,当他一一拜访完老朋友之后,她告诉他,如果他能来家里小住两周,她家人肯定会非常高兴。正值两周的小住接近尾声时,哈罗德和米莉森特订了婚。婚礼办得很有排场,两口子去威尼斯度蜜月。回来后,他们动身前往东方。轮船在不同的港口一靠岸,米莉森特就会给家里写信。她看起来很开心。

"瓜拉索洛的人们对我很好，"她说，瓜拉索洛是森布鲁州的主要城市，"我们跟驻扎官住在一起，所有的人都邀请我们去赴宴。有一两次，我听到人们请哈罗德喝一杯，但他拒绝了。他说他已经结婚，要重新开始。我不明白大家为什么笑了。驻扎官的妻子格雷太太告诉我说，他们很高兴哈罗德成了家。她说，一个单身汉在边远的任所非常孤独。我们离开瓜拉索洛的时候，格雷太太跟我道别的口气很古怪，让我惊讶不已。她好像非常严肃地将哈罗德托付给我。"

大家安静地聆听米莉森特的故事。凯瑟琳的眼神片刻不离姐姐毫无表情的脸。不过，斯金纳先生眼睛直勾勾地盯着面前的马来武器，包括短剑和帕兰刀，武器正挂在他妻子坐着的沙发上方的墙壁上。

"直到一年半后我再次回到瓜拉索洛，才发现大家的态度为什么那么古怪。"米莉森特喉咙发出怪响，仿佛轻蔑的笑声回荡在其中，"这时，我了解到很多以前不知道的情况。哈罗德回英国就是为了找个老婆。他可不在乎这个老婆是什么样的人。你们还记得我们如何费尽心力博得他欢心吗，妈？我们其实根本没必要费那番周折。"

"我不明白你是什么意思，米莉森特，"斯金纳太太不无刻薄地说，因为她不喜欢女儿含沙射影地说她当时设下的圈套，"我是看他被你迷住了才那样的。"

米莉森特耸耸肥厚的肩膀。

"他是个不折不扣的酒鬼。他以前每晚上床都要拿一瓶威士忌，不等到天亮就喝个精光。秘书长警告他，如果不戒酒的话，他就得走人。他说再给哈罗德一次机会，哈罗德可以回英国休假。他建议哈罗德讨个老婆，这样一来，返回工作岗位时就有人照顾他。哈罗德娶我是因为他需要有人看护他。瓜拉索洛的人们甚至打赌,看我能在多长时间内让他保持清醒。"

"但是他爱你呀,"斯金纳太太插话说,"你不知道他以前在我面前怎么谈论你,在你提到的这段时间里,当你去瓜拉索洛生琼的时候,他给我写了一封信,谈到你的时候爱意浓浓。"

米莉森特又看了她妈妈一眼,暗黄的脸上现出赭红。她搁在膝盖上的双手开始微微颤抖。她想起结婚伊始的时光。政府的一艘汽艇将他们载到河口,当晚他们在平房里过夜,哈罗德将平房戏称作他们的海滨别墅。第二天,他们乘坐普拉胡帆船溯流而上。她读过相关的小说,一直以为婆罗洲的河流神秘莫测,艰险异常,却发现湛蓝的天空上点缀着朵朵白云,郁郁苍苍的红树林和棕榈树,伴着流淌的河水,在阳光下熠熠生辉。沿河两岸,丛林密布,人迹罕至。远处,在苍穹尽头,层峦叠嶂,高低起伏。早上的空气清新爽快。她似乎走进一片友好、富饶的土地,感觉心旷神怡。他们欣赏沿岸那些坐在缠绕的树枝上的猴子。有一回,哈罗德指着一根木头似的东西,说那是鳄鱼。助理驻扎官身穿帆布衣服,头戴遮阳帽,站在栈桥上恭候他们,十几名着装整齐的士兵列队向他们敬礼。有人将助理驻扎官介绍给她认识。他叫辛普森。

"啊,先生,"他对哈罗德说,"真高兴您回来了。少了您,真是让人寂寞呀。"

驻扎官的平房耸立在一座小山丘上,四周是一座花园,里面散乱地长着各式各样的鲜花。房子有些简陋,稀稀落落几件家具,但屋内十分凉沁,房间也很开阔。

"下面是村庄。"哈罗德指着说。

她顺着他手指的方向看去,椰树丛中一阵锣响。响声让她心中泛起一阵暖意。

尽管她没什么事做,日子依然过得飞快。清晨,一个男孩会给他们端来早茶,他们在凉台上,享受芬芳的早晨(哈罗德身穿汗衫和纱笼,她则穿着睡袍),直到更衣吃早餐。之后,哈罗德去办公室,她则花一两个钟头学习马来语。午餐后,他回到办公室,她小睡一会儿。两个人喝杯茶振奋精神,一起出去散步,或是打高尔夫,哈罗德在平房下面的一片平坦空地上开辟了九洞高尔夫球场。六点钟,夜幕降临,辛普森先生过来喝一杯。他们一直聊到晚餐时间,有时,哈罗德和辛普森先生下国际象棋。和煦的夜晚温馨醉人。萤火虫将阳台下方的灌木丛装扮得柔光点点,树木正开着花,空气中弥漫着甜蜜的芬芳。晚饭后,他们阅读六个星期之前从伦敦寄来的报纸,接着,上床睡觉。米莉森特很享受婚后的日子,她有自己的房子,很高兴有当地仆人服侍。仆人身着色彩鲜亮的纱笼,光着脚在平房里走来走去,动作安静,态度温和。做驻扎官的妻子,让她觉得很有身份。哈罗德让她非常钦佩:他表达流利,威风凛凛,气宇轩昂。她不时前往法院大楼听他裁判案件。纷繁芜杂的事务,加上他卓尔不凡的履职能力,都让她尊敬不已。辛普森先生告诉她,哈罗德先生对土著人的理解不亚于土著人本身。他处事果决、机智老练,待人和蔼可亲,跟这个羞怯、多疑、睚眦必报的种族打交道,这些品质十分必要。米莉森特开始对丈夫油然而生敬佩之情。

两人结婚快一年的时候,两个英国博物学家去内陆途经此地,跟他们一起住了一段时间。他们随身带有总督的推荐信,哈罗德说他想盛情款待二人。他们的到来打破了生活的沉闷,给大家带来了欢乐。米莉森特邀请辛普森先生过来吃饭(他住在要塞里,只有星期天晚上跟他们一起吃饭),晚饭后,几个男人坐下来打桥牌。米莉森特离开他们,上床睡觉。但是,打牌的声音很吵,她无法入睡。她不知道什么时候被吵醒了,哈罗德跌跌撞撞走进卧室。她什么也没说。他似乎是想要上床前洗个澡,浴室就在房间下面,他走下楼梯。哗啦一声传来,他显然是摔倒了,紧接着开始骂骂咧咧。他一准是难受得要命。她听到他朝身上浇了几桶水,过了一会儿,他小心翼翼地爬上楼梯,钻上床。米莉森特假装睡着了。她觉得非常厌恶。哈罗德喝得酩酊大醉。她决定上午跟他好好谈谈这件事。博物学家们会怎么看他呀?不过,到了早上,哈罗德表现得十分体面,她再也没有决心提起这件事。八点钟,哈罗德跟她与两位客人一起吃早餐。哈罗德扫了一眼餐桌。

"粥,"他说,"米莉森特,客人们早餐或许可以来点儿辣酱油,不过,我觉得他们不会喜欢别的。我嘛,来点威士忌加苏打水就成。"

博物学家笑起来,感觉有些不好意思。

"你丈夫真可怕。"其中一人说。

"我想,我如果让你们来此地的第一个晚上神智清醒地上床睡觉,我肯定没有尽好地主之谊。"哈罗德兜着圈子,冠冕堂皇地说。

米莉森特面带不悦地笑笑,想到客人跟丈夫一样醉得一塌糊涂,心里顿时如释重负。第二天晚上,她陪着众人坐了一阵,这群人适时地散了。她很高兴,陌生访客踏上旅程,他们的生活又归于平静。几个月后,哈罗德外出巡查辖区,回来时,患上严重的疟疾。这是她第一次亲眼见到这种传闻已久的疾病。哈罗德康复之后,变得十分虚弱,对此她并不觉得奇怪。她发现他举止异样。他从办公室回来之后,闪亮的眼睛瞪着她。他会站在阳台上,略有些前后摇摆,但依然不失庄重,对英国的政治局势滔滔不绝。当他忘记说到哪里的时候,会狡猾地看着她,这眼神令人感到不安,因为他天生是个庄重的人。他说:

"这讨厌的疟疾,真把人摧残了。啊,太太,你根本不知道它给一个帝国建造者带来多大压力。"

她发现辛普森先生开始显露出焦虑,有那么一两回,当她和辛普森独处的时候,他似乎有话要说,可他生性腼腆,话到嘴边又咽了下去。这种感觉越来越强烈,一天晚上,不知道为什么,哈罗德在办公室待得比平时更晚,她于是找到辛普森,单刀直入。

"你有什么话要告诉我吗,辛普森先生?"她突然问道。

他脸红了,迟迟疑疑。

"没什么。您怎么会认为我有什么话想对你说呢?"

辛普森先生是个骨瘦如柴的年轻人,二十四岁,一头俊俏的卷发,总要费尽周折才能将头发抹平。他的手腕红肿,满是蚊虫叮咬的伤口。米莉森特不依不饶地望着他。

"如果事关哈罗德的话,你不觉得将实话告诉我更好吗?"

辛普森脸涨得通红,在藤椅上不安地扭动身体。她不肯善罢甘休。

"我担心您会觉得我太无耻了,"他最后说,"我讨厌在自己的长官背后说他坏话。疟疾这东西讨厌极了,人得一场疟疾下来,会觉得失魂落魄。"

他又犹豫片刻,嘴角耷拉,似乎想要哭出来。在米莉森特面前,他就是个孩子。

"我会守口如瓶的,"她笑着说,她想掩饰自己的忧虑,"请一定告诉我。"

"我觉得非常遗憾,您丈夫在办公室里存了一瓶威士忌。他经常控制不住地喝上一口。"

辛普森先生因为情绪激动,声音沙哑。米莉森特突然感到浑身一阵颤抖。她稳住情绪,心里十分清楚,要想让他道出全部实情,就不能吓到这孩子。他不情愿说。她敦促他,哄骗他,唤醒他的责任心,最后还哭了起来。后来,辛普森告诉她,哈罗德酗酒约莫已经两个星期,他可能会变得像结婚之前一样糟糕。那时,他常常喝得酩酊大醉。尽管她使出浑身解数,但关于婚前的具体情形,辛普森先生拒不透露半个字。

"你觉得他现在正在喝酒吗?"她问。

"我不知道。"

米莉森特突然感觉又羞又恼。因为那地方储存有枪支弹药,被称作要塞,同时用作法院。要塞位于驻扎官的平房对面,有独立的花园。太阳快要落山了,不需要戴帽子,她站起身走了过去。她发现哈罗德坐在他主持司法的大厅后面的办公室里,面前摆着一瓶威士忌。他一边抽烟,一边对三四个马来人说话,马来人站在他面前,极尽阿谀奉承,却又挂着嘲弄的微笑。她满脸通红。

土著人一溜烟跑开了。

"我来看看你在做什么。"她说。

他站起身,因为自己对她一向彬彬有礼,却不料趔趄了一下。他觉得自己站不稳,脸上却装出无比庄重的神情。

"请坐,亲爱的,请坐。我被公务缠住了。"

她一脸愤怒看着他。

"你喝醉了。"她说。

他盯着她,眼睛鼓胀,肥胖的大脸上露出一副傲慢的表情。

"我不明白你在说什么。"他说。

她已经准备好发一通怨气,好好规劝他,可突然,泪水夺眶而出。她瘫坐到椅子里,捂着脸。哈罗德看了她一阵子,接着,他自己脸上也淌下两行泪水。他走到她身边,张开双臂,重重地跪了下去。他一边哭,一边抱住她。

"原谅我,原谅我。"他说,"我向你发誓,以后决不这样。这都是该死的疟疾惹的祸。"

"真丢人。"她哭得抽抽噎噎。

哈罗德像孩子一样哭泣。这个身材魁梧、威风凛凛的男人自卑起来,倒真是让人感动。米莉森特抬起头来。他眼中充满哀求和懊悔,看着她的眼睛。

"你愿不愿意郑重承诺永远不再沾酒?"

"愿意,愿意,我讨厌喝酒。"

就是那个时候,她告诉他有了身孕。他喜出望外。

"我可一直盼着呢。有了孩子,我会好好约束自己。"

他们回到平房。哈罗德洗了个澡,睡了一会儿。晚饭后,他们静静地聊了很久。他承认说,结婚之前,他不时醉酒伤身。在这个边远任所,很容易养成坏习惯。他答应米莉森特的所有请求。在她返回瓜拉索洛生孩子之前的几个月里,他是个完美无瑕的丈夫,和蔼、体贴、自尊、温柔。他简直无可挑剔。一艘汽艇前来载她,她要离开六个星期,他信誓旦旦地保证,说她不在的时候滴酒不沾。他将双手搭在她的肩上。

"我从不食言,"他庄严地说,"不过,哪怕没有誓言,你觉得在你经历这么多之后,我还会做出惹你心烦的事吗?"

琼出生了。米莉森特住在驻扎官那里,驻扎官的妻子格雷太太是个和蔼的中年女人,对她关爱有加。从早到晚,两个女人没什么事做,只能聊天。时间久了,米莉森特就听说了丈夫过去酗酒的所有事情。她发现自己最难接受的一个事实是,驻扎官警告哈罗德,他要保住自己的职位,唯一的条件是返回岗位的时候带个老婆来。这让她隐约感到一种憎恨。当她发现丈夫酗酒多么严重时,感到莫名的焦虑。她有一种可怕的感觉,在她离开的这段时间,哈罗德抵挡不住诱惑。她带上孩子和一个保姆回到任所。她在河口待了一晚,派一位信使乘独木舟前去报信。汽艇抵达的时候,她的眼睛搜索着栈桥。哈罗德和辛普森先生站在那里。着装整洁的士兵列队欢迎。她的心碎了,因为哈罗德有些踉跄,仿佛站在摇晃的船上努力保持身体平衡。她知道,他又醉了。

这次归来并不愉快。她已经忘记静静坐在那里听她讲述的妈妈、爸爸和妹妹。此刻,她打起精神,再次意识到他们的存在。她讲述的似乎是年代久远的往事。

"那个时候,我知道自己恨他,"她说,"我恨不得杀了他。"

"哦,米莉森特,别这么说,"她妈妈喊道,"对死者,可不能这么说。"

米莉森特看着妈妈,冷漠的脸上闪过一丝愤怒。斯金纳先生不安地动了动。

"接着说。"凯瑟琳说。

"他发现我知道了他的全部底细后,就变得无所顾忌。不到三个月,他因酒精中毒,再犯癔症。"

"你为什么不离开他呢?"凯瑟琳说。

"离开他有什么好处?离开他,他两个星期内就会被开除。谁来养活我和琼呢?我只能继续待下去。他清醒之后,我并没有抱怨。他一点儿都不爱我,但他喜欢我。我跟他结婚不是因为我爱他,而是因为我想结婚。我尽一切努力,不让他沾酒。我说服格雷先生禁止瓜拉索洛的威士忌送到任所,但他从中国人手里购买。我盯着他,就像猫盯耗子一样。他太狡猾了。过了一阵,他又发作了。他玩忽职守。我担心他遭人揭发。我们距离瓜拉索洛有两天的路程,这正是我们的安全保障。不过,我猜准是有人揭发他了,因为格雷先生给我写了一封私信警告我。我把信拿给哈罗德看。他大发雷霆,可我看得出来,他担心不已,接下来的两三个月里滴酒未沾。再后来,他老毛病又犯了。如此反反复复,直到我们上次回国探亲。

"回国之前,我央求他小心自己的言行。我不想让你们任何人知道我丈夫本来的面目。在英国的时候,他表现得一直很好,起航之前,我又警告他。他越来越喜欢琼,以琼为骄傲,琼也很黏他。琼跟她爸爸一直比跟我亲近。我问哈罗德,想不想让女儿长大之后知道自己是个酒鬼,我发现我终于找到制服他的办法。我告诉他,我不会放任他酗酒,如果让琼看到他喝醉,我会立即将琼从他身边带走。那天晚上,我跪着感谢上帝,因为我找到了挽救丈夫的办法。

"哈罗德告诉我说,要是我支持他的话,他愿意再努力一次。我们下定决心一起努力。他做了很大努力。当他觉得酒瘾难耐时,就来找我。你们知道,他一直自命不凡。在我面前,他显得十分卑微,像个孩子。他对我产生依赖。或许,他娶我的时候并不爱我,可这时他开始爱我,开始爱我和琼。我曾经恨他,因为很丢人,因为他喝醉酒,假装一本正经的时候令人厌恶。可这个时候,我心底有种奇怪的感觉。那感觉不是爱,而是一种奇怪而羞怯的温柔。他不仅是我丈夫,更像是我长期以来不思疲惫悉心照料的孩子。他为我感到很自豪,知道吗,我也很自豪。

他的滔滔不绝再也不会让我生气,我只觉得他郑重其事的样子很滑稽,很有趣。他完全戒了酒瘾。他甚至能拿自己的酒瘾开玩笑了。

"这时,辛普森先生已经离开,又来了一个年轻人,名叫弗朗西斯。

"'我是个酒鬼,已经改邪归正啦,知道吧,弗朗西斯,'哈罗德有一次对他说,'要不是我太太帮忙,我早就被解雇啦。我太太是世界上最优秀的女人,弗朗西斯。'

"你不知道我听到他这么说,心里是什么感觉。我感觉我付出的一切都是值得的。我也很开心。"

米莉森特突然沉默了。她想起了那条宽阔、昏黄、浑浊的河流,她曾经在河畔生活了那么久。黄昏时分,白鹭在抖动的阳光下,成群结队地向河流下游飞去,白鹭飞得很低很快,渐渐消失。好像一只无形的手在无形的竖琴上急速弹奏出的一串雪白音符,甜美、纯洁、宛如春天。它们沿着绿色的河岸翩然飞舞,隐没在暮色之中,仿佛心满意足的人儿甜美的思绪。

"后来,琼生病了。三个星期的时间里,我们心急如焚。最近的医生在瓜拉索洛,我们只得仰赖一个土著医生给她治疗。琼康复之后,我带她到河口去,呼吸新鲜的海风。我们在那里待了一个星期。自从我生琼时离开过任所,这是我第一次跟哈罗德分开。距离我们不远的地方,有个小渔村,建在木桩上,但是说真的,我们很孤独。我对哈罗德朝思暮想,突然意识到我爱他。普拉胡帆船来接我们的时候,我喜出望外,因为我想告诉他这一点。我想,这对他来说肯定意义非凡。我真是难以形容自己的心情多么欢快。当我们往上游划的时候,领头的人告诉我说弗朗西斯先生已经去了上游地区,去逮捕一个谋杀亲夫的女人。他已经去了好几天。

"哈罗德没有到栈桥上接我,这让我很惊讶。他对这种事情一向非常用心。他过去常说,夫妻之间应该像对待熟人一样相敬如宾。我想不到是什么事情让他无法分身。我爬上平房所在的小山。女仆在我身后抱着琼。平房里安静得出奇。里面似乎没有仆人。我不知道发生了什么事。我想,很可能哈罗德没料到我这么快就会回来,他出去了。琼口渴了,女仆带她到仆人房里喝水。哈罗德不在客厅。我喊了一声,没人答应。我感到很遗憾,因为我希望他在那里。我走进我们的卧室。哈罗德根本没有出去。他躺在床上,睡得正酣。我当真觉得有点儿滑稽,因为他从来都不睡午觉。他说午睡是白人养成的陋习,根本毫无必要。我轻轻走到床边。我想跟他开个玩笑。我掀开蚊帐。他仰面躺着,只穿了一件纱笼,身边放着一只空酒瓶。他喝醉了。

"又开始了。多年以来我费尽心机,到头来全打了水漂。我的梦想彻底破碎。我感到无比绝望。怒不可遏。"

米莉森特的脸再次涨得暗红,她紧紧抓住椅子扶手。

"我抓住他的肩膀,用尽全力摇晃他。'你这个禽兽,'我喊道,'你这个禽兽。'我怒火冲天,不知道自己做了什么,也不知道自己说了什么。我不停地摇晃他。你不知道他看起来多讨厌,那个肥胖的大个子,半身赤裸。几天没刮胡子,一脸浮肿,脸色淤紫,用力地喘着气。我对他大声咆哮,他完全没有理会。我想把他从床上拽起来,可他太重了,像根木头一样躺在那里。我恨他。我比任何时候都更恨他,因为我一个星期以来对他心生爱意。他却让我失望。他让我彻底失望了。我想告诉他,他是个多么肮脏的禽兽。他毫无反应。'睁开你的狗眼。'我吼道。

我决心让他看着我。"

寡妇舔了舔自己干涩的嘴唇。她呼吸急促。好半天说不出话来。

"按他当时的情形,你真该让他继续睡下去。"凯瑟琳说。

"床边墙上挂着把帕兰。你们知道,哈罗德钟爱古董。"

"帕兰是什么?"斯金纳太太问。

"别傻了,孩子他妈,"她丈夫生气地说,"你身后墙上就有一把。"

他用手指向马来砍刀,不知为何,眼睛却不由自主地停留在那把刀上。斯金纳太太迅速缩到沙发一角,动作略显恐惧,仿佛有人警告她说身边盘着一条蛇。

"转瞬间,鲜血从哈罗德的喉咙喷涌而出。他的脖子上出现一道深深的红色伤口。"

"米莉森特,"凯瑟琳惊叫一声,跳起来,差点跳到姐姐跟前,"上帝啊,你到底是什么意思?"

斯金纳太太站起身,瞪大眼睛,大张着嘴,惊恐地望着她。

"帕兰刀不在墙上了。就在床上。哈罗德圆睁着大眼。那双眼睛跟琼的一模一样。"

"我不明白,"斯金纳先生说,"按你描述的情况来看,他怎么可能自杀呢?"

凯瑟琳抓住姐姐的胳膊,生气地摇晃她。

"米莉森特,看在上帝的分上,解释啊。"

米莉森特抽回胳膊。

"帕兰刀挂在墙上,我已经告诉过你们。我不知道发生了什么。到处都是血,哈罗德圆睁着大眼睛。他顷刻毙命。他没有说话,只是喘了一口气。"

最后,斯金纳先生开了口。

"你这个可恶的女人,这是谋杀!"

米莉森特脸上红一块黄一块,轻蔑而又憎恨地看了爸爸一眼,倒在椅背上。斯金纳太太惊叫一声。

"米莉森特,不是你杀的,对吧?"

这时,米莉森特的举动令在场的人觉得血管里的血凝成了冰块。她咯咯笑了起来。

"还能是谁呢?"她说。

"我的上帝啊!"斯金纳先生喃喃叫道。

凯瑟琳僵立在那里,双手放在胸前,好像受不住心跳的速度。

"后来呢?"她问。

"我惊叫起来。走到窗边,打开窗户。我喊女佣过来。她带着琼穿过院子。'别让琼进来,'我喊道,'别让她进来。'她喊了厨师,让厨师看着孩子。我催她快点儿。她赶到时,我让她看哈罗德。'老爷自杀啦!'我喊道。她惊叫一声,冲出屋子。

"没人敢靠近。大家都被吓得灵魂出窍。我写信给弗朗西斯先生,告诉他事情的经过,请他立即回来。"

"你说告诉他事情的经过,是什么意思?"

"我说,我从河口返回的时候,发现哈罗德已经割断了自己的喉咙。你们知道,在热带地区,人死之后得迅速掩埋。我买了一口中国棺材,让士兵们在要塞后面挖了一处墓穴。弗朗西斯先生赶到的时候,哈罗德已经下葬将近两天了。弗朗西斯不过是个孩子,我想怎么样就怎么样。我告诉他,我在哈罗德手中发现一把帕兰刀,毫无疑问,他精神错乱发作,杀了自己。我把空酒瓶拿给他看。仆人们作证说,自从我去海边后,哈罗德一直都在酗酒。我在瓜拉索洛也讲了同样的故事。每个人对我都很和善,政府还给我发了抚恤金。"

有一阵子,谁也没有开口说话。最后,斯金纳先生恢复了冷静。

"我是干法律的。是个律师。我们的工作一直受人尊敬。你简直让我陷入灾难。"

他思索着,茫然无绪的头脑中搜索着合适的词眼。米莉森特轻蔑地看着他。

"您准备怎么办?"

"这是谋杀,毋庸置疑。你认为我该视而不见吗?"

"别说傻话了,爸爸,"凯瑟琳犀利地说,"您不会连自己的女儿都告发吧?"

米莉森特再次耸耸肩。

"是你们逼我说的。我已经独自忍受了很久。该你们大家忍受了。"

正在这时,女仆打开门。

"戴维斯已经把车开来了,先生。"女仆说道。

凯瑟琳反应快,几句话就把女仆打发出去了。

"咱们该动身了。"米莉森特说。

"我现在不能去参加聚会,"斯金纳太太惊恐地喊道,"我太紧张。怎么面对海伍德一家呢?主教想要认识你。"

米莉森特做了个无所谓的手势。她眼睛里尽是讽刺的神情。

"我们必须得去,妈,"凯瑟琳说,"如果我们不去,反而会显得古怪。"她转身愤怒地对米莉森特说:"噢,我觉得这整件事都让人憎恨。"

斯金纳太太无助地看着丈夫。他走到她身边,伸出手,扶她从沙发上站起来。

"恐怕我们必须得去,孩子他妈。"他说。

"我竟然戴着哈罗德亲手送给我的羽毛帽子。"她呻吟说。

斯金纳先生扶着她走出房间,凯瑟琳紧紧跟在后面,米莉森特跟在一两步开外的地方。

"要知道,你们习惯了就好了,"她轻声说,"一开始我也会不断想起这件事,可现在,我两三天都不会想它。又不会有什么危险。"

他们谁也没理她。一家人穿过大厅,走出前门。三位女士坐到汽车后座,斯金纳先生坐在副驾驶位上。这是一辆旧车,没有电动启动装置。戴维斯走到引擎罩旁,用曲柄发动汽车。斯金纳先生转过头,生气地瞪了米莉森特一眼。

"你真不该告诉我这事,"他说,"我觉得你太自私了。"

戴维斯坐进驾驶座,一家人驱车前去参加卡农家的花园聚会。

(辛红娟 译)

露 易 丝

　　我永远也弄不明白,露易丝为何总跟我过不去。她不喜欢我,我知道她极少放过任何在背后讲我坏话的机会,用她特有的柔声细气方式。她太矫情了,有话从不直说,这里暗示一下,那里叹口气,再时不时轻轻挥动一下漂亮的双手,就能把意思传达得明明白白。论起热讽冷嘲,她是个中高手。我们相识二十有五年,过从甚密。然而,我绝不相信她会顾及老朋友的交情。她认为我粗野、俗气,还有些愤世嫉俗。对于她居然没有理所当然地同我断绝关系,我自己也想不明白。她不会做那样的事,相反,她从不会落下我独自一人,经常约我与她一起午餐、晚饭,一年总有一两回请我到她乡下的房子度周末。终于,我总算弄明白她如此待我的动机。她怀疑我不信任她,正是因为这个原因,她才能够做到一面不喜欢我,一面又跟我过从甚密。唯独我一个人把她当作一个喜剧性人物,这让她很烦恼;我不承认自己错了,不认栽,她是不会安心的。也许,她隐约猜到我看出了她藏在面具下的脸;也许,她认定现在我独自端着,迟早总会认可她的面具。我从来都不确定,她是否真是一个彻头彻尾的假面人。我也不知道,是否她欺骗世界的同时也欺骗了自己;抑或她内心深处确实有如此幽默。也许正是这颗有着些微幽默的内心吸引了我,就像两个骗子惺惺相惜,彼此共守着一个避人耳目的秘密。

露易丝结婚前我就认识她了。那时,她是个娇娇弱弱的姑娘,生着一双忧郁的大眼睛。她父母紧张地爱护着她,小心翼翼地呵护,似乎是因为她生过一场病(估计是猩红热),自此心脏虚弱,需要无微不至的照拂。汤姆·梅特兰向露易丝求婚时,她父母惊恐不安,深信婚姻的艰烈远非柔弱女儿所能承受。可是,他们的经济状况不大好,而汤姆·梅特兰是个有钱人。汤姆许下诺言,要倾其所能对露易丝好,最终他们把女儿托付给他,就像转交一件圣物一般。汤姆·梅特兰高大强壮,非常英俊,是个出色的运动家。他溺爱露易丝。因为露易丝有心脏病,他不敢指望能长久地拥有她,所以下定决心,要尽其所能,让露易丝在人世上不多的几年过得开心。他放弃了擅长的体育活动,不是因为露易丝要他这么做——露易丝喜欢他打高尔夫或打猎——而是因为每次他一打算离开她出门一天,都会碰巧遇上她心脏病发作。如果他们意见不一,她会立刻让步,因为她是一个男人能够娶到的最顺从的妻子。不过,她虚弱的心脏不会放过她,之后她就得卧病,娇弱地躺上一个星期,一声也不抱怨。惹她生气简直是禽兽所为,汤姆做不出来。后来,他们颇起了一点争执,争论到底应该由谁来让步;汤姆费了好大的劲儿才说服她保留自己的意见。有一回,眼见露易丝在自己喜好的远足活动中一口气走了八英里,我委婉地暗示汤姆·梅特兰,露易丝比我们大家以为的要强健。汤姆大摇其头,叹着气说:

"不,不是这样,她脆弱得要命。全世界最好的心脏专家都看过了,他们都说,她的命就系在一根细线上。但是,她的精神是打不垮的。"

汤姆把我暗示说露易丝体力不错的说法告诉了她。

"明天我就该遭报应了,"她以她一贯的幽怨腔调对我说,"我就要踏上死神的门槛了。"

"我有时觉得但凡是你自己喜欢的事情,你的身体就挺棒的。"我喃喃说道。

我早就注意到,如果某次晚会办得有意思,她跳舞到凌晨五点也没问题;可是,如果晚会很无聊,她的身体就会出状况,非得汤姆早早送她回家不可。我想,恐怕她不喜欢我这么回答她的话,尽管她对我笑得楚楚动人,我从她蓝幽幽的大眼睛里可看不出一丝笑意。

"你可不能只图自己痛快,就盼着我倒地断气啊。"她回敬我。

露易丝比她丈夫活得久。汤姆死于重感冒。有一日,他们出海,露易丝害怕着凉,需要船上所有的毯子。汤姆身后留给她一份可以舒适度日的财产,还有一个女儿。露易丝悲痛欲绝,能挨过这次打击实属奇迹。她的朋友们以为她会追随可怜的汤姆,很快也踏上黄泉路呢。因此,他们早就打心里怜惜他们的女儿伊丽丝,认定她会成为孤儿。他们加倍地关心露易丝,连手指头都不让她抬一抬,坚持把能做的都替她做了,以救她于水火。他们不这样不行,因为如果要她去做任何累人或不便的事情,她的心脏准会跟她过不去,把她送到死神的门上。露易丝说,没有男人照顾她,她六神无主;身体这么虚弱,她都不知道怎么把可怜的伊丽丝抚养成人。朋友们问她,为何不再嫁他人。噢,有这样脆弱的心脏,怎么可能再嫁人呢?尽管她知道,亲爱的汤姆当然会期望她再嫁,而且对伊丽丝来说这样也最好不过;可是有谁耐烦照顾一个像她这么不幸的病人呢?然而,事情怪就怪在,不止一个年轻男子表示愿意接手这份责任。汤姆死后第二年,露易丝允许乔治·霍伯豪斯牵着她走向婚礼的圣坛。乔治是个漂亮挺拔的小伙子,家境也不错。能获得照顾这个脆弱的小女人的特权,他心存感激,我还从未见过这么深怀感恩的人。

"我活不长了,不会麻烦你太久的。"露易丝说。

乔治是名军人,有着大好的前途,但辞职退役了。她的健康状况逼迫她只能在蒙特卡洛过冬,在多维尔避暑。乔治抛掉职业生涯的时候有过犹豫,露易丝开始连听都不愿意听他提起;不过最后她还是让步了——她总是让步的那一个,而乔治则预备让妻子人生的最后几年过得能多快乐就多快乐。

"我的命不长了,"她说,"我尽量少添麻烦吧。"

接下来的两三年间,露易丝尽管心脏不好,还是努力打扮得漂漂亮亮,参加所有最热烈的聚会,跳舞赌博,手面豪阔,甚至与高高瘦瘦的年轻男人打情骂俏。不过,乔治·霍伯豪斯的精力不如露易丝的前夫,充当她的第二任,辛苦一天下来,总得喝杯烈酒,才能打起精神。本来这个嗜好很有可能让他越来越沉迷,这可是露易丝绝对不会喜欢的;幸运的是(露易丝的幸运)战争爆发了,乔治重返军旅,三个月后就战死了。露易丝受到沉重打击,同时感到如此危机之下,她万不能屈从于一己悲哀;因为即便心脏病发作,也不会有人听闻。为了分散心思,她把自己在蒙特卡洛的别墅改造成医院,接待军官疗养。朋友们都告诉她,她可熬不过那份紧张和压力。

"肯定会累死我的,那还用说,"她说,"我很清楚。不过那又怎样?我必须尽点力。"

她没有累死。相反,她一生中从没有这么快活过。法国境内,没有比她的疗养院更受欢迎的了。我在巴黎偶然碰到她,当时,她正在瑞兹大饭店和一个英俊高大的年轻法国男人用午餐。她解释说,她正在公干,处理疗养院的有关业务。她还跟我说,军官们太让她愉快了。他们知道她身娇体弱,一点事也不叫她做,对她体贴照顾,唉——就像他们全都是她的丈夫一样。说到这儿,她叹了一口气。

"可怜的乔治,没承想,我这么一颗虚弱的心脏,居然活得比他还长!"

"还有可怜的汤姆呢!"我说。

我不明白,她为什么不喜欢我提汤姆。她对我哀怨地笑了一下,美丽的眼睛里泪水盈盈。

"你老是这么说话。我还能活几年啊,你这么忌恨我。"

"顺便一问,你的心脏好多了,是吧?"

"好不了啦。今天早上我刚看了一个专家,要我做最坏的准备呢。"

"喔,到现在你都快准备了二十年了,是吧?"

战争结束后,露易丝在伦敦安顿下来。现在她年过四十,瘦弱依旧,眼睛大大的,面颊苍白,可看上去绝对不超过二十五。伊丽丝过去一直住校,现在已经长大成人,搬过来与母亲同住。

"伊丽丝会照看我的,"露易丝说,"当然啦,跟我这么个老病号一起生活一定挺难为她的,好在时间不会太长。我肯定她不会介意的。"

伊丽丝是个好姑娘。从小就被告诫说母亲的健康时时都有危险。孩提时代,她就不许弄出声响,她早早就意识到绝对不能让母亲烦心。尽管露易丝说,她听不得女儿为了她这么个讨厌的老太婆牺牲自己,可女儿就是不听。这根本不是牺牲不牺牲的问题,而是为可怜的娘亲做点力所能及的事,是她的福分。露易丝一声长叹,由着女儿劳碌不休。

"孩子觉得自己有用,心里高兴。"她说。

"你就不觉得她应该多出门,多做点儿别的?"我问。

"我也老跟她这么说啊,可就是不能说服她开心出去玩。老天可鉴,我从没想过为着我的缘故给任何人添麻烦。"

当我去劝伊丽丝的时候,她却说:"可怜的妈妈,她想让我出门见见朋友,参加聚会,可是我每次刚抬脚,她就会心脏病发作,所以我宁可待在家里。"

眼下,伊丽丝恋爱了。对方是我的一个朋友,一个非常好的小伙子,向她求了婚,她也点头了。我喜欢这个孩子,看到她终于得到机会过上属于自己的生活,我很欣慰。她似乎也从未想到还能有这样的机会。不过,有一天小伙子来找我,很伤心地告诉我说,婚礼要无限延期了,因为伊丽丝觉得不能扔下妈妈不管。当然,这其实和我没什么关系,但是我找了个机会去见露易丝。她一向喜欢在下午茶时分招待朋友,现在由于年岁增长,她着意结交了一群画家和作家。

"啊,我听说伊丽丝不准备嫁人了。"到了一阵子之后,我对她说。

"我不知道呀。她只是不打算像我希望的那样快结婚。我曾跪下求她,求她不要顾虑我,可是她断然拒绝扔下我不管呀。"

"你就不觉得这挺难为她吗?"

"太难为她了。当然,也许就熬几个月而已,不过我讨厌让任何人为我牺牲。"

"我亲爱的露易丝,你已经葬送了两任丈夫,我一点也看不出你没有理由至少再葬送两个。"

"你觉得这样说话有意思吗?"她质问我,尽量使语气咄咄逼人。

"你真的没有想到过吗,你身体向来不错,想做的事情一件都没落下,你的心脏病只妨碍你做无聊的事情。你难道就不觉得奇怪吗?"

"噢,我就知道,我就知道你怎么想我的。你从来就不相信我有病,是不是?"

我直直地盯着她。

"从不相信。我认为你二十五年来一直都在耍弄欺骗。我认为你是我认识的人中,最自私、最恶毒的女人。你已经毁了那两个娶了你的倒霉男人的生活,现在你就要毁掉亲生女儿的生活。"

如果露易丝听到这话发作一次心脏病,我倒不会吃惊。我料定她会勃然大怒,可是她只是对我温柔地笑了笑。

"我可怜的朋友,过不了多久,你就会为这么对我说话而深深后悔。"

"你打定主意不让伊丽丝出嫁了?"

"我求她出嫁。我知道这会要了我的命,可是我不在乎。没人真正在乎我。我就是大家的累赘。"

"你跟她说了她结婚会要你的命?"

"都是她逼的。"

"说的跟什么事都是别人逼你的一样,都不是你自己打定主意干的。"

"她要是乐意,明天就嫁给她的情郎好了。我说了会要我的命,就会要我的命。"

"好,咱们试试看,怎么样?"

"你对我就没有一点儿同情吗?"

"像你这么有趣的人,谁同情得起来呢。"

露易丝苍白的脸颊上泛起一点微微的红晕,她还竭力微笑着,目光里却满是强硬与愤怒。

"伊丽丝一个月内就出嫁,"她说,"要是我有个三长两短,希望你和她能够宽恕自己。"

露易丝说到做到。日子定下了,豪华嫁妆置备好了,请柬也都发出去了。伊丽丝和那个小伙子容光焕发。婚礼当天,上午十点,露易丝,那个魔鬼般的女人,心脏病发作——真的死了。临死时温柔地宽恕了伊丽丝断送了她的命。

(阎 勇 译)

诺　言

　　我太太是个很不守时的女人。所以,当我们约好在克拉里奇饭店共进午餐时,我故意晚到十分钟也没见到她,对此我毫不意外。我给自己点了杯鸡尾酒。正值旺季,饭店大堂只剩两三张空桌子。一些吃饭早的人已经在喝咖啡,其他人跟我一样在慢慢品尝干马天尼酒;穿上了夏日连衣裙的女士们看上去快乐迷人,男士们则温文尔雅。估计我还要再等上一刻钟,却没有谁的外表足以吸引我,帮助我消磨时间。尽管人们衣冠楚楚,举止文雅,穿着入时,风度翩翩,可都跟一个模子里刻出来的一样,我这样打量着他们,只是出于无聊地打发时间,绝无好奇可言。已经两点钟了,我饥肠辘辘。我太太跟我说过,她既不能戴松石镯子,也不能戴手表,因为镯子会变绿,而手表会停针。她把这归咎于命运的恶意。对松石镯子我没什么发言权,可我有时想,如果她上上发条,手表倒是不会停针。正在胡思乱想间,一个服务生走过来,带着酒店服务员一贯惺惺作态的模样(仿佛他们传的消息比用的字眼儿还要不吉利),低声告诉我,有位女士刚刚打来电话,说她有事绊住了,无法跟我共进午餐了。

　　我犹豫了一番:独自在挤挤攘攘的饭店吃饭很没意思,可去俱乐部时间又嫌太晚,我最终还是决定就在此处解决午餐。我信步走到餐厅。能被时髦餐厅的领班叫得出名字,似乎令许多讲究人颇为自得,我却一向不以为然。不过,眼下如果能够不被冷眼相迎,我肯定会感到欣慰。可惜,领班绷着一张不怀好意的脸,跟我说每张桌子都订出去了。我无助地环视这间宽敞富丽的餐厅,突然非常高兴地看到一个熟人:伊丽莎白·福蒙特夫人,我的一个老朋友。她对我笑笑,我注意到她独自一人,便走了过去。

"可怜见我这个饥肠辘辘的人,容我和你坐在一起好吗?"我问道。

"噢,请坐。可是我快吃完了。"

她的小台面挨着大柱子,我落座以后发现,尽管餐厅人多,我们却几乎不受打扰。

"我真是走运,"我说,"我都快饿晕了。"

她笑得十分可人,不是一下子就满面春风,而是徐徐绽放,魅力渐增。笑意先在唇边逗留一会儿,然后渐渐升到亮晶晶的大眼睛里,温柔地徘徊不去。人人都说,伊丽莎白·福蒙特长相不俗。她是个年轻姑娘的时候,我压根儿还不认识她,但许多人都告诉我,她那会儿美丽可爱得都能叫人落泪,对此我深信不疑。即便眼下,她已年过半百,还是美得无人能及。只凭着残褪的美貌,仍把鲜花般的标致少女衬得黯淡无光。我不喜欢涂脂抹粉的脸,看上去都一个样;我认为,女人涂粉、抹胭脂、画口红,反倒使她们光彩暗淡,特色尽失,实在蠢到家了。然而,伊丽莎白·福蒙特化妆不是为了模仿天然,而是为了提升造化:你顾不上打听她的手段,只会赞叹修饰的效果。她把化妆品用得张扬大胆,非但无损那张完美的面孔,反而增加了她的韵致。我猜她的头发染过,看上去乌黑亮泽。她腰身笔挺,仿佛从没学会懒懒散散歪靠。她身材苗条，穿着一条黑缎裙子，线条美妙，简单利落。除了一条长长的珍珠项链，她身上的另一件珠宝就是镶着大颗绿宝石的结婚戒指，熠熠生辉，把她的手衬得越发白皙。但也是这涂着红指甲的手将她的年龄暴露无遗；她的手完全不像姑娘的手那么柔软、圆润，手背上带着小窝。看着这双手，你不免心生遗憾：它们很快就会变得像老鹰的枯爪。

伊丽莎白·福蒙特不是个一般的主儿。她出身高贵，是圣厄斯公爵七世的女儿。十八岁时，嫁给了一个很有钱的男人，自此开始以奢侈放荡、花天酒地为业。她骄纵无度，不计后果，不到两年，丈夫便因她的惊天丑闻而提出离婚。接着，她嫁给了丑闻所涉的三个被告中的一个，十八个月后从那人身边逃开，接着便走马灯般的更换情人。她艳名远播，美貌惊人却行为放浪，一直是人们关注的对象，隔三岔五她就会惹出点儿是非来，引得爱嚼舌头的人讲闲话，让体面人觉得她臭名昭著。她是个赌棍、荡妇，花钱如流水。然而，她虽说对情人不忠，对朋友可是始终如一。总有少数人不在乎她的所作所为，觉得她绝对是个很好的女人。她坦率直爽，兴致勃勃，勇气十足。她从不作伪，待人大方，真挚诚恳。正是在她人生的这个阶段，我才与她结识。现在上流社会的女士们声名扫地时，已经不屑于靠宗教排解，常常会把兴趣寄托到艺术上。在自己的阶层里碰一鼻子灰的时候，她们有时会屈尊，着意与作家、画家，还有音乐家交往。我发现她是个让人愉快的同伴，属于极少数上天眷顾可以无所畏惧地暴露自己想法的人（由此也节省了不少宝贵时间），言辞机敏俏皮。她总是乐意讲她那辉煌的过去，并且讲得幽默风趣。她的谈吐尽管未经教导，却很出色，不管怎么说，她是个诚恳的女人。

她后来做过一件很惊人的事。她四十岁的时候，和一个二十一岁的男孩结了婚。朋友们都说,这是她这辈子干的最疯狂的事。那些曾对她不离不弃,和她同甘共苦的人,为了这个缘故,和她断绝了交情,因为这个男孩是个好人,而她竟然占人家年幼无知的便宜,实在是太无耻了。越了界限是不行的。人们等着看好戏,因为伊丽莎白·福蒙特跟任何男人都维持不了六个月。哎,不对,人们简直是盼着出事,似乎这个倒霉的男孩唯一从妻子身边逃掉的机会,就是等着她闹出丑闻。他们全错了。我不清楚,到底是时间转移了她的性情,还是彼得·福蒙特单纯的爱打动了她,总之,事实就是她成了他的贤妻。他们穷,她又铺张,可终归她却变成了节俭的主妇;突然之间,她变得爱惜名节,爱嚼舌根议论丑闻的声音也就鸦没鹊静了。没有人怀疑她全身心地爱着他。做了多年的话题人物,伊丽莎白·福蒙特现在不再遭人议论,她的故事似乎已经了结。她已然洗心革面,而我会冒出一个有趣的念头:多年十足十地令人尊敬之后,待她年老回首往事,而过去,那荒唐的过去,似乎已跟她无关,仅属于一个早早离世、留下斑驳记忆的人。毕竟,女人都有一项叫人嫉妒的本领,就是遗忘。

可是,谁能知晓命运里藏着什么呢?只眼睛一眨的工夫,一切全都变了。享受了十年理想的婚姻生活,彼得·福蒙特却疯狂地爱上了一个叫芭芭拉·坎顿的姑娘。她很可爱,是一度官至外交部次长的罗伯特·坎顿勋爵的小女儿,美得干干净净,脑袋空空。当然,她一点儿也无法与伊丽莎白夫人比肩。许多人都已经知道此事,可是没人说得清伊丽莎白·福蒙特是否听到过风声。人们都心痒痒的,想看看她怎么对付这个局面,这可是她的经历里未曾有过的。总是她抛弃情人,还未曾轮到别人抛弃她。我个人以为,以她的勇气和干练,她会速战速决,除掉小可爱坎顿小姐。眼下我们正边吃边聊,这些想法一直在我脑海里盘旋。她的举止态度依旧愉快、迷人、坦率,一点看不出有什么烦心事。她的言谈依旧轻轻松松,说到各种话题,都很活泼地发现可笑之处,也很有见识。我很开心。我想,肯定是某种奇迹般的力量让她对彼得的变心毫不知情,难道,她是太爱彼得了,所以无法想到彼得会爱得比她少吧?

我们喝掉咖啡,又抽了几支香烟,然后她问我时间。

"差一刻三点。"

"我要结账了。"

"让我一起付,好吗?"

"当然可以。"她笑了笑。

"你急着走吗?"

"我和彼得约了三点见面。"

"噢,他好吗?"

"好得很。"

她对我微微一笑,还是那样徐徐绽放的笑容,令人赏心悦目。但是,我分辨出她的笑里好像有一丝嘲弄。她犹豫了一刹,若有所思地看着我。

"你喜欢意想不到的情况,对吗?"她说,"你永远也猜不到我准备去办的事情。今天上午我给彼得打了电话,告诉他三点碰头。我打算要求他和我离婚。"

"不会吧!"我叫了起来,脸涨红了,不知道说什么好,"我以为你们相处得非常好。"

"全世界都知道的事,我竟不知道,你觉得这可能吗?我还没有蠢到那个地步。"

对她这样的女人撒谎、佯装不知是不可能的,我也装不出不懂她是什么意思。我沉默了一两秒钟。

"你为什么要彼得把你离掉?"

"罗伯特·坎顿是个老保守。我非常怀疑,如果我先提出离婚,他是否会让芭芭拉嫁给彼得。至于我嘛,你是知道的,多离一次少离一次无所谓……"

她耸了耸美丽的肩膀。

"你怎么知道彼得要娶她呢?"

"他深深地爱着她,一头栽进去了。"

"他跟你这么说的?"

"没有。他甚至还不清楚我已经全部发现了。可怜的宝贝,他一直苦恼极了,一直努力不来伤害我的感情。"

"也许只是一时意乱情迷呢?"我试着说,"也许会过去呢?"

"怎么会呢?芭芭拉年轻漂亮,非常可爱。他们彼此那么般配。而且,就算是这一段过去了,又会有什么好处?他们正爱得死去活来,当下的爱情是最要紧的。我比彼得大十九岁,如果一个男人不再爱一个足以做自己母亲的女人,你以为他还会回心转意吗?你是一个小说家,对于人性的了解远比这个深刻吧。"

"为什么你要做出这个牺牲呢?"

"十年前,他向我求婚的时候,我就许诺他,他想要自由,我就会放手。你看,我们两个的年龄太不相称,我觉得只有这样才够公平。"

"那么你是要遵守一个他没有要求你遵守的诺言了?"

她那纤长的双手微微一颤,我感觉那颗绿宝石暗暗闪出不祥的光芒。

"噢,你知道我必须这样做。一个人必须要有君子之风啊。

跟你说实话,我今天到这里吃饭,也是因为我下了决心。就是在这张桌子,我们一起吃饭的时候,彼得向我求的婚。我当时也正坐在此刻的位置。恼人的是,我现在还和当初一样爱着他。"

她顿了一分钟,咬了咬牙,说:"好啦,我得走了。彼得讨厌不守时让他等候的人。"

她望了我一眼,眼神带着一丝无助,我突然注意到,她几乎无法从椅子上站起身来。然而,她笑了笑,猛地一跃而起。

"你愿意我送送你吗?"

"最远送到饭店门口。"她笑了。

我们穿过餐厅,走过大堂,来到门口。门童拉开旋转门,我问她要不要叫一辆出租车。

"不用,我宁愿走走,天气多好啊。"她朝我伸出手,"碰见你真是太好了。明天我就出国,但整个秋天会待在伦敦。一定要给我打电话。"

她微笑着,点点头,转身走了。我目送她走到戴维斯街。空气温和,依然像春天似的,屋顶上空,小朵小朵的白云悠然飘浮在蓝天之上。她身姿笔直,抬着头,显得那么勇敢。她是这么一个苗条可爱的人儿,走过的时候,路人纷纷侧目。我看见她向一个对她脱帽致意的熟人优雅地躬身回礼,我想,那熟人永远不会料到,这女人此刻心正滴着血。容我再重复一遍,她是一个非常诚恳的女人。

(辛红娟 译)

上校夫人

故事发生在战前两三年。

佩里格林上校夫妇正在吃早餐。尽管只有两人就餐,他们还是分坐长餐桌两端。墙上挂着乔治·佩里格林家祖辈的画像,皆为领一时风骚的画家所作,画里的先人们正俯瞰着夫妇二人。管家送来早晨的函件,有几封给上校的信、公函、《泰晤士报》,还有给夫人伊薇的一个小包裹。乔治·佩里格林看过信件,打开《泰晤士报》读起来。夫妇二人吃完早餐,从桌旁起身。他发现妻子还没有打开包裹。

"是什么东西?"他问。

"几本书而已。"

"要我帮你打开吗?"

"好的。"

他不喜欢用剪刀剪绳子,因此,颇费了些力气才解开绳结。

"都是一样的书啊。"他打开包裹后问道,"你干吗要六本一模一样的?"说着,他信手翻开一本,"是诗歌。"他瞄了一眼标题页,上面赫然印着:《金字塔坍塌之时》,伊·凯·汉密尔顿著。伊娃·凯瑟琳·汉密尔顿①,正是他妻子未嫁时的闺名。他望

---

① 伊薇为伊娃的昵称。

着她,惊讶地笑了:"你写了一本书吗,伊薇?真是个小滑头。"

"我以为你不会感兴趣。想要一本吗?"

"哎,你知道诗歌不怎么对我的路数,不过——好吧,我想要一本,我会读的。我现在就拿到书房,今天上午有不少事情要处理。"

他拿起《泰晤士报》、信件,还有那本诗集,走出餐厅。他的书房宽大舒适,摆着一张大书桌,真皮扶手椅,墙上还挂着他称之为"狩猎胜利纪念"的动物标本。书架上摆放着工具书、农牧园林书、垂钓射击书,还有一些关于上次战争的书。正是在上次战争中,他获得一枚十字勋章和一枚优质服务勋章。当时他未婚,在威尔士近卫营服役。战争结束,他退役了,过起了乡绅的安稳日子。他的房子非常宽敞,离谢菲尔德市大约二十英里,是祖上在乔治三世时修建的。他的庄园约有一千五百英亩,经营得法;他是位太平绅士,对职责尽心尽力。狩猎季节,他一周有两天骑马纵狗去猎狐。他是个神枪手,擅长高尔夫,虽说现在已年过半百,仍然痴迷于打网球。称他为全能运动员也不为过。

近来,他有些发福,不过体形依然堪称健美。他身形高大,一头卷曲的花白头发,只是头顶略见稀薄。他五官长得不错,湛蓝的眼眸,目光坦诚,气色很好。他热心公益,本地的各种组织他都担任主席,还是保守党的忠实党员,跟他的阶层与身份地位非常相配。他把自家庄园里大家的福利视为自己的职责,看到伊薇足以担起扶危济困的工作,他深感欣慰。在村庄外围,他把一幢小别墅建成医院,自己掏钱给护士付工资。对于受了他好处的人,他只有一个要求,就是在选举的时候,郡里也好,普选也罢,给他投上一票。他为人友善,对下属和气,对佃户周到,在方圆一带的士绅中颇有人望。每次人家当面夸他是个快乐又热诚的好人,他都感到美滋滋的,同时又会有些腼腆。他心心念念想要成为这样一个老好人,别无他求。

非常不幸,他们没有自己的孩子。他本可以成为一位出色的父亲,和蔼而不失威严,把儿子们教养成人,继承绅士家风。男孩子要送到伊顿公学念书,要学习钓鱼、射击,还有骑马。可惜,他只有一个侄子做继承人,是他丧生于车祸的弟弟的儿子,倒还不错,可一点也不肖似父亲,唉,跟您说吧,简直跟他父亲是天上地下。说出来您都不信,男孩那愚蠢的母亲居然送他去了一个男女合校的地方读书。伊薇也曾叫乔治伤心失望。诚然,她是一名淑女,自己也有点儿小钱,把家里打理得非常好,招待客人也非常大方得体。村里人都爱戴她。结婚的时候,她娇小可爱,皮肤奶油般白皙细腻,一头浅褐色头发,亭亭玉立。她很健康,网球打得也不坏,乔治搞不明白,她怎么会生不出孩子。当然,现在她容貌已衰,年届四十有五,皮肤变得干黄,头发不再光泽闪亮,人瘦得像麻秆似的。她总是整整齐齐,衣着得体,却已不再费心装扮,从不化妆,连唇膏都不涂。有些夜晚,她会打扮一番出席晚会,你能看得出她曾经颇具风韵,但现在普普通通——就是那种一点也不起眼的女人。无疑,她是一个好女人,也是一个贤妻,不能生育算不上是个错处;当然对于一个渴望有人继承自己血脉的男人来说此事令人痛苦异常。伊薇的问题就在于一点活力都没有。他觉得自己在求婚的时候是爱她的,至少那份爱足够让一个男人想要成家过日子。可随着时间的推移,他发现两人的共同语言甚少:她不喜欢打猎,垂钓让她觉得无聊。自然而然,他们渐行渐远。说句公道话,他得承认妻子从来没有烦过他,他们也从来没有当众发过脾气,吵过嘴。对她而言,丈夫自行其是似乎理所应当。他隔三岔五会去趟伦敦,可是她从来也没有想要与他同行。他在伦敦交往了一个姑娘——严格来说算不上姑娘，因为她至少有三十五岁了。是个妖娆的金发女郎，他只需提前发个电报，便可以与她一起吃饭看戏，一起过夜。好吧，一个男人，健康，正常，总得给自己的生活找点乐子。有时他会冒出这样的念头：假如伊薇不那么贤良，眼下这个金发女郎或许能成为一个不错的太太人选。不过，此类想法不会在他脑里存留太久，他很快就将其抛诸脑后了。

读完报纸，为了做个体贴的丈夫，乔治·佩里格林按铃叫来管家把报纸给伊薇送去。他看看表，刚好十点半，十一点他约了一个佃户，还有半个小时可以消磨。

"还是看一眼伊薇写的书吧。"他自言自语道。

他微笑着拿起书。伊薇在自己的起居室里放了很多阳春白雪的文学书籍，对此他毫无兴趣，可既然太太读着有趣，他也不加反对。手上的这一本诗集不会超过九十页，这倒不失为一件好事。他赞同埃德加·爱伦·坡的观点：诗歌应当短小精悍。不过，当他翻开诗集，却发现伊薇写的几行长诗，长短不一，韵脚不同。他不喜欢这样的诗。他记得自己小时候刚入学时学过的一首诗是这样开始的：烈焰熊熊甲板燃，儿郎无惧立其间。① 后来入读伊顿公学，又学了一首：毁灭攫住了你，无畏的国王。② 再后来就是《亨利五世》——这是必修课，一点五个学分。他有些惊愕地盯着伊薇写的书。

"简直不能称为诗。"他说。

所幸并非全书如此。穿插在古怪篇章之中的，还有三四个

---

① 英国诗人费莉西娅·赫曼名作《卡萨比安卡》首句。
② 英国诗人托马斯·格雷名作《游吟诗人》首句。

词一行的,接着又是十或十五个词一行的,另外有一些短短的小诗,押韵合辙,谢天谢地,诗行终于整齐了。还有几页,页眉写着"十四行诗",出于好奇,他数了一下,果然一共十四行。读了一遍,都还过得去,但是他不太明白它们到底要表达什么意思。他反复默念着:毁灭攫住了你,无畏的国王。

"可怜的伊薇。"他叹了一声。

这时,等着会见的农民已被领进书房,他把书放下,打声招呼,两人谈起正事。

"我读了你的书,伊薇。"坐下来吃午饭时,他说,"挺棒。印刷出版花了你一大笔吧?"

"没花钱。我运气不错,把书送到出版商那里,他们就接受了。"

"出版诗歌也花不了多少钱嘛,亲爱的。"他说得温存而关切。

"是的,诗歌确实花不了多少钱。上午班诺克找你什么事?"

班诺克就是打断他读诗的佃户。

"他找我贷点款买一头纯种公牛。他人不错,我琢磨着想借给他。"

乔治·佩里格林看得出来,伊薇不想讨论她写的书,因此,转变话题他也并不内疚。标题页上,伊薇用的是自己的闺名,他很欣慰;因为他对自己非比寻常的姓氏非常骄傲,即便他并不以为有谁会听说这本书,可万一有什么穷酸文人在报纸上拿伊薇的努力逗乐子,他绝不会感到开心。

接下来的几周里,他觉得明智的做法就是对伊薇在诗歌方面的尝试不闻不问,好在她也从不提起。夫妻二人达成了默契,此事本可以当作一个不太名誉的小插曲很快过去,可是后来出了件怪事。他去伦敦公干,带了达芙妮出去吃饭。达芙妮就是他交往的那个姑娘,每次到城里他都要找她快乐地消磨几个小时。

"噢,乔治,"她说,"是不是你太太写了一本广为谈论的书啊?"

"你到底在说什么?"

"啊,我认识一个写评论的家伙。那天晚上和我去吃饭,他带了本书。'什么书?给我读的吗?'我问。'噢,我觉得这本书不对你的胃口,'他说,'是本诗集。我正在写评论呢。''诗歌我读不来。'我说。'这可是我读过的最销魂的诗了,'他说,'卖得十分火爆。而且写得真他妈的好。'"

"谁写的呢?"乔治问。

"一个姓汉密尔顿的女人。我那朋友说这不是真名,真名应该是佩里格林。'这就有意思了,'我说,'我认识一个姓佩里格林的。''陆军上校嘛,'他说,'住谢菲尔德附近。'"

"你真不该和你的朋友谈起我。"乔治着恼了,蹙起眉头。

"别发火嘛,亲亲。你把我看成什么人啦?我只跟他说:'咱们说的不是同一个人呢。'"达芙妮说着,咯咯笑起来,"我那朋友说:'人家说佩里格林是个不折不扣的老顽固。'"

乔治很有幽默感。

"你完全可以告诉他们,比老顽固还顽固呢。"他哈哈大笑,"要是我太太写了本书,我肯定第一个知道,对吧?"

"说的是啊。"

总之,达芙妮对这个话题不感兴趣,乔治·佩里格林上校开始谈论其他话题,她也就乐得把这事忘了。他也不再放在心上。

他认为这没什么,写评论的那个蠢货只是想捉弄一下达芙妮而已。达芙妮对诗集的态度让他发笑,因为她说,原本听说写得多么多么棒,结果一看却只不过是一堆切成长短行的胡言乱语。

次日,作为好几家俱乐部的会员,乔治打算在圣詹姆士街上的那一家用午饭,下午早些时候可以赶上返回谢菲尔德的火车。进餐厅前,他坐在舒服的扶手椅里,先喝上一杯雪利酒。这时,一个老朋友走过来。

"哎,老弟,日子怎么样?"他说,"做名人的丈夫感觉如何?"

乔治·佩里格林看了看这位朋友,感觉从他的眼神中看到了一丝忍俊不禁。

"我不知道你在说什么。"他答道。

"得了吧,乔治。谁不知道伊·凯·汉密尔顿就是尊夫人啊。诗集能这么成功的可不多见。听我说,亨利·达什伍德正要和我一起吃饭,他很想与你见个面。"

"亨利·达什伍德又是何方神圣?干吗非要见我?"

"喔,亲爱的伙计,你整天在乡下都忙什么去啦?亨利可是国内最好的评论家。他给伊薇的书写了篇精彩的评论呢。你不会说伊薇没拿给你看吧?"

乔治还未来得及开口,这位朋友就叫了一个人过来。此君又高又瘦,高高的额头,长长的鼻子,蓄着胡须,整个人好像一根柱子,正是乔治一见就会心生反感的那种人。互相引见之后,亨利·达什伍德坐了下来。

"尊夫人是否碰巧也在伦敦?我十分想与她见上一面。"

"没有,内人不喜欢伦敦,更喜欢待在乡下。"乔治生硬地说。

"因为我的评论,她给我写了一封很客气的信,我非常高兴。您知道,干我们评论这行的,挨踢的时候多,得赏钱的时候少。她的诗集清新独特,非常现代,却毫不含混,让我为之绝倒。而且,不管是自由体无韵诗,还是古典格律诗,她似乎都能信手拈来,毫不费力。"亨利·达什伍德是评论家,所以他觉得应该再品评一番,"有时候,音韵方面还有些欠缺,不过艾米莉·狄金森也有这个毛病。她的一些抒情短诗简直酷似兰德手笔。"

这一堆话让乔治·佩里格林不知所云,在他眼里,这个评论家仅仅是个令人生厌的文人骚客。不过乔治讲究礼貌,嘴上不免客套客套。亨利·达什伍德就像没听见似的,自顾滔滔不绝。

"但是,这本诗集真正出色之处是字里行间搏动的那股激情。太多的年轻诗人像得了贫血症似的冷冰冰毫无生气,文绉绉的叫人乏味,可这本诗集里有的是赤裸裸的质朴的激情。诚然,如此深沉、如此诚挚的感情真是可悲可叹——啊,我亲爱的上校,海涅说得再正确也不过了:诗家之痛,诗歌之幸。您知道吗,一遍遍读着这些令人心碎的诗行,我常常会想到古希腊著名的女诗人萨福。"

乔治·佩里格林再也忍不下去了,他站起身来。

"您对内人的小书说了那么多动听的话,真是好得很。我肯定她会感到高兴的。可惜我必须去填饱肚子,还要赶火车。我得去塞口饭了。"

"真是个白痴。"他上楼去餐厅时自言自语,有些烦躁。

他返回家中正赶上晚饭。伊薇上床睡觉以后,他进了书房,去找那本书。他得再瞅上几眼,看看究竟是什么东西让那些家伙大惊小怪。可是书没有找到,肯定是被伊薇拿走了。

"真够蠢的。"他咕哝着。

他都已经跟她说了,他觉得书好得很。还要指望一个男人再说些什么呢?好吧,这也没什么要紧。他点燃烟斗,翻开一本《野外》杂志,读到入睡。大概一周以后,他碰巧要去谢菲尔德一趟,中午到自己所属的一家俱乐部用餐。快要吃完的时候,哈沃瑞尔公爵进了餐厅。这可是本地的大人物,像磁石一样引人围绕。乔治·佩里格林上校当然也认识他,不过仅限于问候"您好吗"。所以,当公爵到他桌边停步时,他很惊喜。

"非常遗憾,尊夫人不能前来和我们一起度周末。"公爵说,热诚中带点腼腆,"我们预备着来好多人呢。"

乔治有些摸不着头脑。他猜,哈沃瑞尔夫妇邀请了他和伊薇共度周末,而伊薇拒绝了,还对他一字不提。他镇定地对公爵说,他也深感遗憾。

"希望下次运气能好点。"公爵和气地说着,走开了。

乔治·佩里格林上校气坏了,到家以后,他对妻子说:

"喂,我们受邀去哈沃瑞尔家是怎么回事?你究竟为什么说我们去不了?我们还从没有接到过邀请呢,他家的狩猎场可是全郡最好的。"

"我倒没想到这一层。我以为去了只会让你厌烦。"

"真见鬼,你至少该问问我想不想去啊。"

"对不起。"

他仔细打量着她,她的表情里有一丝他看不太懂的东西。他眉头皱起来了。

"想来他们也请上我了?"

伊薇面上一赤。

"哦,事实上,他们没有请你。"

"他们请你而不请我,真他妈的无礼。"

"我想,他们以为你不喜欢这种聚会。你知道,公爵夫人喜欢作家这类人,她要招待亨利·达什伍德,那个评论家,不知为什么评论家说很想见我。"

"伊薇,你拒绝这个邀请是太正确不过了。"

"这一点至少我还能做到。"她笑了。之后,她犹豫了一刻说:"乔治,我的出版商想在月底为我举办一个小小的餐会,当然啦,他们请你同去。"

"哦,那种餐会不是我的风格。不过,如果你愿意,我会和你一起去伦敦,自己再找个人吃饭。"

那个人只会是达芙妮。

"我估计餐会会非常无聊,不过他们坚持非办不可。聚会次日,美国出版商还要在克拉瑞奇酒店举办一次鸡尾酒会,他们准备出版我的书。如果你不介意,我希望你也能来。"

"听着就知道会把人烦死,不过,你执意要我去,我就去吧。"

"你真好。"

乔治·佩里格林被鸡尾酒会弄得头晕目眩。人太多了。有些人看上去没有那么差劲,有几个女人装扮也还得体,不过男人们在他看来都非常惹人厌烦。人们介绍他时,无非说他是佩里格林上校,伊·凯·汉密尔顿的丈夫。男人们似乎跟他没什么好谈的,女人们可是咋咋呼呼:

"您一定为太太深感自豪吧。多么美妙!您知道吗,我一口气坐着读完,就是放不下,读完以后我又从头读到结尾,震颤得不能自已。"

英国出版商对他说:

"二十年啦,我们从来没出过这么成功的诗集。我从来没读到过这么好的评论。"

美国出版商对他说：

"是第一流的诗集，在美国一定会无敌火爆。您等着瞧好了。"

美国人还送给伊薇硕大一捧兰花。乔治心想：真他妈荒唐。当他们步入会场时，人们纷纷对伊薇表示兴趣，明显是在对她说着一些赞美的话，她愉快地微笑着，并回以一两句谢谢。虽然她兴奋得有一点脸红，但看上去相当从容自在。乔治认为这一切都是在瞎扯，但也不无赞许地注意到，他太太应对得恰到好处，非常得体。

"好吧，有一件事可以肯定，"他心说，"看得出她是一位淑女，比其他任何在场的人都要端庄得多。"

他喝了不少鸡尾酒。有一件事叫他烦恼不已，他隐隐感觉到，被引见结识的一些人用颇值得玩味的眼神打量他，他不清楚是怎么回事。还有一次，他从坐在沙发上的两个女人面前走过，感到她们正在议论自己，他走过去以后，几乎可以肯定这两个女人在他背后窃笑。酒会终于结束了，他十分高兴。

返回酒店的出租车上，伊薇对他说：

"亲爱的，你真是太棒了，真是大出风头。姑娘们都为你欢呼，说你简直太帅了。"

"还姑娘们呢，"他悻悻地说，"老妖婆差不多。"

"闷坏了吧，亲爱的？"

"闷得不得了。"

她按了按他的手，深表内疚。

"明天我想搭下午的火车回去，希望你别介意。上午我还有些事情要做。"

"没关系。要买东西吗？"

"我确实很想买一两样东西。而且还必须得去拍照。我讨厌拍照,不过他们认为应该拍。美国版诗集要用,你知道。"

他什么也没说,但不是什么都没想。他想,美国人看到他妻子的肖像照,发现原来是这样一个相貌平庸干瘪的小女人,一定会吓一跳。在他的印象里,美国人喜欢妖冶迷人的那种美。

他一直在心里琢磨着那个令他烦恼的问题。第二天早上,伊薇出了门,他去了自己的俱乐部,到楼上的图书室,查找近期的《泰晤士报文学增刊》《新政治家》,还有《旁观者》。果然,找到了伊薇的书评。他读得马马虎虎,不过足以看清楚这些书评都是一片溢美之词。随后,他去了皮卡迪利大街自己常去买书的那家书店,决心要把伊薇这本该死的书认真读一读,却不想问她把给他的那一本弄哪儿去了,他打算自己买一本。还没进去,先看了一眼橱窗,首先映入眼帘的就是《金字塔坍塌之时》。多么愚蠢的书名!一个年轻人走过来,问他要买什么。

"就是随便看看。"开口要买伊薇的书,他有些不好意思。他想,可以自己找到然后拿给售货员。可是找了一圈都没看到,他小心地装出随便的口吻,问跟在身边的那个年轻人:"顺便问一下,你们这里有没有一本叫作《金字塔坍塌之时》的书?"

"新版今天一早才到货。我去给您取一本。"

不一会儿,年轻人带着书回来了。他个子不高,身材结实,顶着一头乱蓬蓬的红发,戴着眼镜。乔治·佩里格林高大魁梧,身材笔挺,一副军人风范,压了他一头。

"这个就是新版喽?"他问。

"是的,先生。第五版。卖得简直像畅销小说一样快。"

乔治·佩里格林略一踌躇。

"你认为这本书为什么这么成功?人人都跟我说,现在没人读诗了。"

"哎,这本诗集很棒,您知道。我自己也读过。"这个年轻人明显受过文化熏陶,可还是带点伦敦东区的下等口音。乔治的态度不由得优越起来。"大家喜欢这本书里的故事。您知道,充满性感,而又有十分悲剧的气息。"

乔治皱起眉头。他断定这年轻人读书不得要领。还没有谁告诉过他这本该死的书里写了故事,从那些书评里也看不出来。年轻人自顾自说下去:

"当然,只是个昙花一现的故事,希望您懂我的意思。依我看,作者的灵感似乎是来自个人经历,就像豪斯曼写《什罗普郡的浪荡儿》一样。她将写不出其他别的东西了。"

"多少钱?"乔治冷冰冰地问道,打断了他的喋喋不休,"不必打包,我放到口袋里。"

十一月的上午,天气湿冷,他穿着大衣。

在火车站,他买了晚报和杂志,和伊薇各自舒服地坐在一等包厢正面对面的两个角落,读了起来。五点钟,他们一起去餐车喝茶,聊了一会儿。到站以后,坐上接他们的车,回到家中。沐浴更衣之后,他们用了晚餐,伊薇说累极了,便去上床睡觉。走之前,她习惯性地吻了吻他的额头。他回到厅里,从大衣口袋取出伊薇的诗集,到书房去读。读诗对他来说不是很容易,尽管他认认真真,一字不漏,可得到的印象还是很不清晰。之后,他又从头读了一遍,越读越不自在。他并不蠢,再次读完以后,明明白白地理解了里面说了什么。诗集部分是自由体,部分是传统格律,但相关的故事是连贯的,智力再差的人也能看明白。那是一个激情爱恋的故事,一方是年长的已婚妇女,一方是年轻的小伙子。乔治·佩里格林把每一步发生了什么弄得清清楚楚,就像做简单加法计算总和那么容易。

诗集以第一人称写就,开头是青春已逝的女人醒悟到一个年轻人爱着自己时的那份惊讶颤抖。她犹豫着不肯相信,认为自己在自欺欺人。尔后,她突然发现自己也热情如火地爱着那个男人,不由得惊恐万分,告诉自己一切太荒唐,年龄差距如此之大,若是她忘情投入,给自己带来的只会是不幸。她尽力阻止男方向自己表白,可是终有一天,男方告诉她他爱她,也迫使她承认自己也爱着他。他求她私奔,可她离不开丈夫,离不开家庭;而且,她日渐老去,他青春正盛,他们能指望什么样的未来呢?她怎么能指望他爱她不衰呢?她求他发发慈悲,但他的爱情冲动而鲁莽。他要她,他要她全部的身心,最终她屈从了,战栗着,恐惧着,渴望着。霎时,整个世界,所有无聊乏味的寻常日子,都爆发出闪耀的光彩,而恋曲涓涓流诸她的笔端。她爱慕这个年轻男子,爱慕他的阳刚之躯。她赞美他宽广的胸膛,他的窄臀,健美的双腿,平坦的小腹,读到这里乔治阴郁地红了脸。

销魂,达芙妮的朋友曾经说过。说得没错。还很恶心。

诗集还有一些伤感的小片段,果不其然,男方最终离开了女方,她哀悼未来岁月的空虚。这些片段终结于一声长叹,叹这一切痛苦都值得,因为毕竟她拥有过一度的极乐。她写下了他们共度的绵长而战栗的春宵,写下了让他们安详地枕在彼此臂弯入睡的柔情,写下了他们无惧危险,偷来片刻时光幽会的狂喜,写下了他们不胜激情,臣服于激情的召唤。

她本以为不过是几周的暧昧,但是私情奇迹般地延续着。有一首诗写的是三年过去了,他们的心中仍然充满爱恋,未曾有丝毫减少。在另几首诗里,她恳求他让一切回到从前,似乎男方还一直催促她与他远走高飞,去意大利的山中小镇,去希腊的小岛,去突尼斯四面环墙的小城,生生世世在一起。他们的幸福很不牢靠,但也许正是由于他们面临的困难,和幽会的不容易,他们的爱情却长久保持着最初令人心醉神驰的激情。然后,突如其来,年轻人死了。怎么死的,哪里死的,什么时候的事情,乔治竟没能觉察。之后,是长歌当哭,心碎悲痛,但她既不能沉湎其中,又必须把痛苦隐藏。她不得不强颜欢笑,操办餐会,出门赴宴,保持行动如常。她生命的火光已经熄灭,悲痛已经把她压垮。最后一首诗由四个小节组成,诗人悲恸地接受爱情的逝去,感谢统治人类命运的黑暗力量,至少还赐予她片刻至大的幸福,而这种幸福达到了可怜的人类所能希冀的极致。

凌晨三点,乔治·佩里格林才终于把书放下。他仿佛听到伊薇的声音回响在字里行间,一次又一次,他所熟悉的伊薇的措辞习惯向他劈面而来,仿佛他和伊薇一样熟知诗里的那些细节。他毫不怀疑,她讲述的就是自己的故事,她曾经有过一个情人,这个情人死了,再清楚没有了。他最大的感受不是愤怒,也不是恐惧或沮丧——尽管他又恐惧又沮丧——而是万分惊奇。伊薇竟然偷情,竟然偷得热烈狂野,真是难以置信,仿佛他书房壁炉架上密封在玻璃匣里的鳟鱼(他捕到的最好的)突然之间摆起了尾巴。他明白了俱乐部里和他说话的人眼神中为何有一丝忍俊不禁;他明白了达芙妮谈起这本诗集时,为何像是在分享一个密不告人的笑话;他明白了鸡尾酒会上他走过那两个女人时,她们为何会窃笑不已。

想到这里,他大汗淋漓。忽而,他感到火冒三丈,跳起来想立刻叫醒伊薇,责令她给自己一个解释。但走到卧室门前他停住脚步。是啊,他有什么证据?仅凭一本书。他想起自己曾告诉伊薇这本书好得很。是的,他那时还没有读,但是假装读过了。如果承认这一点,自己岂不成了大傻瓜?

"不能太冲动。"他小声咕哝。

他打定主意,要等上两三天,好好想想,然后再决定下一步怎么办。他上了床,却久久不能入睡。

"伊薇,"他不停地自言自语,"伊薇,说什么也想不到啊。"

第二天早晨,他们和平时一样在早餐时会面。伊薇还是一贯的平和娴静,泰然自若,还是那个不费心把自己装扮得年轻一点儿的中年妇女,那个和他称之为"那事儿"毫无瓜葛的女人。他打量着她,好多年都没有认真看过她了。她安详如故,灰蓝色的双眸波澜不兴,坦率的双眉间一点儿罪恶的迹象也没有。跟往常一样,她聊起一起鸡零狗碎的事情。

"在伦敦忙乱了两天,回到乡下真是太好了。今天上午你计划干什么?"

真是让人捉摸不透。

三天以后,他去见了自己的老朋友兼律师,哈利·布莱恩。律师住在离佩里格林家不远的地方,多年来二人经常到彼此的领地上打猎。他一周内有两天做乡绅,其他五天则摇身一变为谢菲尔德的忙碌律师。此人又高又壮,经常叫叫嚷嚷,纵情大笑,显然乐意被人首先看作一个运动家,热诚的好人,偶尔才是个律师。哈利·布莱恩为人精明,老于世故。

"哈,乔治,今天什么风把你给吹来啦?"佩里格林上校被领到办公室时,哈利·布莱恩亮起大嗓门问候,"在伦敦过得挺高兴吧?下周我也要带老婆去待几天。伊薇好吗?"

"我正是为了她才来的。"佩里格林说着,疑惑地看着他,"你读了她的书没有?"

过去的几天里,他思绪烦乱,变得非常敏感,立刻察觉到律师神情的一丝轻微变化。似乎顿时警惕起来。

"是的,已经拜读过。非常成功,对不对?很奇怪伊薇突然写起诗来。奇事年年有啊。"

乔治·佩里格林忍不住发火了。

"这本书让我成了十足的傻瓜蛋。"

"噢,胡说什么呀,乔治!伊薇写书又没有什么害处。你应该为她深感骄傲才是。"

"甭跟我废话。写的是她自己的事。你心里明白,大家都明白。只剩下我不知道她的情夫是谁了吧。"

"有一种叫作想象的东西,老弟呀。没有理由假设整桩事情不是想象臆造出来的。"

"哈利,你看,我们相识了一辈子,一起度过各种快乐的日子。对我说实话吧。你能看着我的脸,却还跟我说你认为这是臆造的?"

哈利·布莱恩在椅子里不自在地扭了扭身子,老朋友乔治话音里的痛苦让他不安。

"你可没有权利问我这样的问题。问伊薇吧。"

"我不敢。"乔治极其痛苦地顿了一顿,才回答他,"我怕她跟我说实话。"

一阵令人难堪的沉默。

"那家伙是谁?"

哈利·布莱恩直勾勾地盯着他的眼睛。

"我不知道。即便知道我也不会告诉你。"

"你这个猪猡。你看不出我的处境?你觉得让人看我笑话很愉快吗?"

布莱恩律师点燃一支香烟,好一阵子一言不发地喷着烟。

"我看不出能为你做些什么。"他最后说道。

"你雇有私家侦探吧,我猜?我要你派他们,派他们去查个水落石出。"

"派侦探查自己的妻子不妥当,老弟;另外,就算伊薇真的偷情,那也是多少年前的事了,现在不太可能找到什么线索。他们二人似乎把痕迹掩盖得非常仔细。"

"我不管。你派侦探。我要知道真相。"

"我不能,乔治。如果你一定要查,还是咨询别人吧。听我说,就算你找到证据,证明伊薇曾对你不忠,又能怎样?因为妻子承认十年前通奸而和她离婚,你会显得很傻。"

"无论如何,我也要跟她对质,讲个明白。"

"你现在就能跟她讲个明白。可是我清楚,你也清楚,真那么做了,她会离开你的。你想让她离开你吗?"

乔治郁郁寡欢地看了律师一眼。

"我不知道。我一直以为她是个再好不过的太太。把家打理得完美无缺,从来都没闹过仆人的问题;花园收拾得非常漂亮,村里人也是个个满意。可是去他的,我也得考虑自尊啊。知道她曾对我严重不忠,我还怎么能和她一起生活下去?"

"那你对她有没有过不忠?"

"多少有点吧,你知道的。毕竟,我们结婚已经二十四年了,伊薇对床笫之事从来不是很热衷。"

听到这里,布莱恩律师稍稍抬了抬眉毛,可乔治正说得专注,没有注意到。

"我不否认,偶尔我会找点乐子。男人的需要嘛。女人不一样。"

"我们只是替男人说话罢了。"哈利·布莱恩淡淡地笑了。

"我压根儿就不会料到伊薇竟会脱缰。我是说,她很讲究,非常谨慎。到底是什么促使她写出这本该死的书?"

"我想那段经历刻骨铭心,也许这样直抒胸臆对她是种解脱。"

"唉,她要是非写不可,为什么不用一个假名字?"

"她用了闺名。也许她以为这就可以了,要不是这本书惊人地走红,用闺名真的不会出事。"

乔治·佩里格林和布莱恩律师隔着桌子对坐,乔治的手肘支在桌子上,托着腮,因为种种想法皱着眉头。

"不知道那家伙是个什么人,真是糟透了。甚至都说不准他是否算得上一个绅士。我是说,据我所知,他有可能是个农场工或律师事务所的书记员什么的。"

哈利·布莱恩忍住不让自己笑出来,带着和善宽容的眼神答了话。

"我太了解伊薇了,我觉得那人不可能太差。不管怎样,我保证不是我手下的书记员。"

"我太震惊了,"佩里格林上校长叹一声,"我一直以为她是爱我的。除非她恨我,否则不会写这么一本书。"

"噢,我可不信。我觉得她根本就不会憎恨人。"

"你总不至于还假惺惺地说她爱我吧。"

"不会。"

"唉,她对我是什么感觉呢?"

哈利·布莱恩靠在转椅背上,若有所思地看着乔治。

"漠不关心,我只能这么说。"

佩里格林上校微微打了个哆嗦,脸也红了。

"说到底,你也不爱她,不是吗?"

乔治·佩里格林没有正面回答。

"没有孩子对我打击很大,可我从来都不会让她看出我的失望。我一直对她很好,合理范畴内,我也努力对她尽义务。"

律师伸出手来掩住嘴巴,免得乔治看到他笑得嘴唇直抖。

"这对我的打击大得可怕,"佩里格林兀自说着,"真是见鬼,即便十年前,伊薇就不是年轻姑娘了,而且天知道,她也不耐看。应该说长得很丑。"他深深地叹了一口气,"换作是你的话,你会怎么做?"

"什么也不做。"

乔治·佩里格林突然坐得笔直,板着严肃的面孔望着哈利。视察他的军团时,他总会摆出这副面孔。

"这种事我决不能善罢甘休。我已经成了笑柄,以后再也抬不起头来。"

"别胡说。"律师严厉地说,然后又换上让人愉快的和善态度,"听着,老弟:那个人已经死了,都是很久很久以前的事了。忘掉这件事。跟人谈谈伊薇的书,为它叫好,跟人说你为她感到多么骄傲。要表现得好像你对她非常自信,一直都认为她绝对不会不忠。世界发展得太快了,而人们的记性又都太差。他们都会忘掉的。"

"可我忘不掉。"

"你们都人到中年,她为你做了很多,也许比你以为的还多。没有她,你会孤单得要命。就算是你忘不掉,也没什么大不了的。你这榆木脑袋要能有那份通达,明白伊薇有太多你不曾看到的一面,也不失为一件好事。"

"滚开,你说得倒像是我犯了错。"

"不是,我不是说你犯了错,可是我也不十分肯定伊薇犯了错。我不认为她想和那个男人恋爱。你记得结尾的那几首吗？给我的印象是，尽管男方死了，伊薇大受打击，可是从某种奇特的角度她也乐于见到这个结果。对于联系两人之间的纽带有多么脆弱，她从头到尾都很清醒。男方第一次恋爱，就死在最轰轰烈烈的时候，永远也无从了解爱情其实很难持久；男方所体会到的只有爱情的极乐与美好。想到他得以幸免所有之后的痛苦，伊薇从无限的哀伤中得到了安慰。"

"太深奥了，老兄。不过我多少能明白你话里的意思。"

乔治·佩里格林郁闷地盯着桌子上的墨水台，一言不发。律师看着他的眼神虽然好奇，不乏同情。

"你能体会到，伊薇需要多大的勇气才做得到丝毫不显露内心的极度悲恸吗？"

佩里格林上校长叹一声。

"我完蛋了。我知道你说得对，覆水难收，哭也没有用。我要是再折腾，只会让事情变得更糟。"

"所以呢？"

乔治·佩里格林凄凉一笑。

"我听你的，什么也不做。就让人们以为我是个大傻瓜，都他妈见鬼去。真的，没有伊薇我不知道我能怎么办。可是跟你说，有一件事我到死也弄不明白：看在老天爷的分上，那家伙到底看上她哪一点了？"

（阎　勇　译）

珍珠项链

"真幸运,我的座位安排在你旁边。"我们入座准备用餐时,劳拉说。

"是我的幸运。"我客气道。

"是谁的幸运还得等着瞧呢。我特别希望有机会同你谈谈。我有个故事要讲给你听。"

听她这么说,我的心略微一沉。

"我宁愿听你讲讲自己,"我回答,"要不讲讲我也行。"

"噢,可是我一定要给你讲讲这个故事。我觉得你能用得上。"

"一定要讲的话,你就讲吧。不过,让我们先看看菜单。"

"你不想要我讲吗?"她有点委屈,"我以为你很乐意听呢。"

"我乐意。你大概是写了一个剧本,想念给我听吧?"

"发生在我的一个朋友身上的事情,绝对是真事。"

"这也没什么了不起。真实的故事永远不比编造的故事更真实。"

"这话什么意思?"

"没什么,"我说,"不过我以为此话说得在理。"

"希望你能让我讲下去。"

"洗耳恭听。我不打算喝汤,容易发胖。"

她苦着脸看了我一眼,又瞄了一眼菜单,轻轻叹口气。

"噢,好吧,你打算节制的话,我想我也必须克制一下。天知道,我再不能放任自己的身材了。"

"不过话又说回来,还有什么汤,能比得上这种加了大团奶油的汤呢?神仙般的享受啊。"

"甜菜浓汤,"她叹了口气,"我唯一真心喜欢的汤啊。"

"忘了你的浓汤吧。跟我讲讲故事,鱼端来之前,我们先不去想吃的。"

"好吧。故事发生的时候,我正好在场,正在跟利文斯通夫妇一道吃饭。你认识他们吧?"

"不,不认识。"

"好吧。你可以去向他们求证,我所讲的,字字属实。有个女客临开宴不来了——你知道,就有这种不体谅别人的人,他们得招待十三位客人,太不吉利,所以就把家庭女教师叫来吃饭。那位女教师姓罗宾森,相当不错,年轻,才二十一二岁,挺漂亮的。你知道,我永远不会雇用年轻漂亮的家庭女教师。谁能说得清呢。"

"可人们总是要往好的方面想啊。"

劳拉不理会我的话。

"通常的情形是,家庭女教师会思春,而不想着自己的职责。刚刚适应了你府上,又想着辞职去嫁人。但是,罗宾森小姐拿的推荐信很有分量,我也必须承认她是个值得尊敬的好人。应该是牧师家的女儿。

"宴会上有一个客人,我想你可能从没有听说过,但他着实是个名人。波塞利伯爵。全世界数他最懂得宝石。他的座位挨着玛丽·林盖特,玛丽对她的珍珠项链颇为得意,问伯爵自己佩戴的这一条究竟如何。伯爵说项链挺漂亮的,听到这句话,玛丽给惹着了,告诉他项链价值八千镑呢。

"'是的,确实值这个价钱。'伯爵说。

"罗宾森小姐坐在伯爵对面,那天晚上看上去相当不错。当然,我能认出来她的裙子是索菲的旧衣裳;可你要是不知道罗宾森小姐是个家庭教师,你就不会对此起疑。

"'这位小姐佩戴的项链十分漂亮。'波塞利说。

"'噢,不过是利文斯通太太的家庭教师罢了。'玛丽·林盖特说。"

"'那有什么关系呢,'伯爵说,'从珠子的大小来说,她戴的是我这辈子见过的珍珠里最精美的了。价值肯定有五万镑。'

"'一派胡言。'

"'我向你保证。'

"玛丽·林盖特俯过身去,嗓音尖利地嚷嚷道:

"'罗宾森小姐,你知道波西里伯爵说了什么吗?他说,你戴的这串珍珠项链价值五万英镑。'

"正巧在那个当口,大家的谈话稍稍顿了一下,结果全场都听见了。我们全都转过身看着罗宾森小姐。她脸有点红,笑了起来。

"'哎呀,那我可捡到大便宜了,'她说,'我花十五先令买的呢。'

"真的吗?!

"我们都笑了。这事儿绝对太荒唐。我们都听说过做妻子的糊弄丈夫,把昂贵的真珍珠项链说成假的。这种事简直太老套了。"

"谢谢你。"我说,想到自己正在写着的一个小故事。

"想想看,一个女孩拥有价值五万镑的珍珠项链,却还干着家庭教师,这不是太荒谬了吗。显然是伯爵弄错了。但接下来发生的事可不一般。简直是无巧不成书。"

"不能用这么老套的词,"我反驳她,"这个表达如今都用滥了。你没看过《英语惯用法大辞典》这部妙书?"

"求你别插嘴,我正讲到关键时刻呢。"

可我不得不又插一次嘴,因为一条鲜嫩的烤鲑鱼刚刚悄没声息地放到我左胳膊肘旁。

"利文斯通太太招待我们豪华大餐了。"我调侃道。

"鲑鱼会发胖吗?"

"太会发胖了。"我一边叉起一大块鱼肉,一边告诉她。

"得了吧。"她说。

"快接着说,"我央求道,"你正说到无巧不成书。"

"嗯,就在那时,管家弯下腰,对着罗宾森小姐的耳朵低语了几句。我想她脸色变得煞白。不搽抹胭脂可真是不明智,谁知道老天会怎么捉弄你呢。她显然受到惊吓,朝利文斯通太太探过身子说:

"'太太,道森说门厅里有两个人立刻要见我。'

"'好,那你去吧。'索菲·利文斯通说。

"罗宾森小姐起身离开,当然,大家脑子里都闪过同样的念头,但是我第一个说出了口。

"'希望他们不是来逮捕她的吧,'我对索菲说,'亲爱的,那对你来说太可怕了。'

"'你肯定那条项链是真品吗,波塞利?'她问道。

"'哦,相当肯定。'

"'要是偷来的,今晚她总不该有胆子戴出来吧。'我说。

"索菲·利文斯通虽然敷了脂粉,却也变得面如死灰。我看,她一定是在嘀咕,珠宝匣里是否件件都在。我当时只戴了条小钻石项链,可也本能地把手伸到颈下,摸摸项链是否还在颈上。

"'别胡说,'利文斯通先生说,'罗宾森小姐怎么可能有机会偷走一条贵重的珍珠项链呢?'

"'她也许是个窝赃的。'我说。

"'噢,可是她的推荐信那么有分量。'索菲说。

"'推荐信就那么回事。'我说。"

我实在忍不住,再次插嘴打断劳拉的话。

"看来你是安心不往正面上想。"我一语戳破她。

"我当然没听说过罗宾森小姐的什么负面消息,我也有充分理由相信她是个好姑娘。可是,如果她是个臭名昭著的贼,是国际扒手团伙的著名成员,那才够刺激呢。"

"就像电影里那样。恐怕这么刺激的事情只会在电影里出现。"

"呃,我们大气都不敢喘,悬着心等着。室内鸦雀无声。我盼着能听到厅里传来扭打的声音,或至少有被捂住嘴巴的尖叫声。我觉得安静里有股不祥的预兆。接着,门开了,罗宾森小姐走进来。我立刻注意到,那条项链不见了。她脸色苍白,神情激动,回到桌边,坐下来笑着往上一丢……"

"往什么上?"

"往桌子上一丢,你这呆瓜——一串珍珠项链。

"'这就是我的项链。'她说。

"波塞利伯爵倾身过去查看。

"'噢,可这串是假的。'他说。

"'早跟您说了是假的。'她笑了起来。

"'这不是你刚才戴的那一串。'他说。

"她摇摇头,笑容神秘。我们都被她的事吸引住了。家庭女教师如此引人关注,我不明白索菲·利文斯通怎么还会那么高兴。我个人觉得,当她提出要罗宾森小姐给大家解释解释的时候,态度颇有刻薄的嫌疑。好吧,罗宾森小姐说,她到了门厅,有两个人称他们是杰洛特商店来的。如她所言,她从那家店花十五先令买的项链,由于搭扣松了送去修理,那天下午才刚刚取回。商店来人说,他们给她拿错了项链,有人把真珍珠送去重串,某个店员给弄混了。真让人无法理解,居然有人蠢到把贵重的真货拿去杰洛特商店,那家店哪里会经手好东西,他们恐怕连真假都分不出来;不过你也知道,有的女人有多蠢。不管怎么说,罗宾森小姐适才戴着的项链是真的,价值五万。她自然把项链还给人家了——她又能怎样,我想尽管她肯定也有过一番挣扎,人家把她的项链也还给了她。然后,他们说虽然没有硬性规定——你知道人们努力公事公办的时候,会显得多么愚蠢夸张——但是他们奉命要付给她一份抚慰金,或者随便什么名义吧,一张三百镑的支票。罗宾森小姐把支票拿给我们看了。她高兴得跟什么似的。"

"哎呀,这真是幸运,对不对?"

"谁说不是呢。可结果这个幸运却毁了她。"

"哦,说来听听?"

"唉,轮到她休假的时候,她跟索菲·利文斯通说,打算去法国度假胜地多维尔待上一个月,把三百镑挥霍一空。当然,索菲试着打消她的念头,劝她把钱存进银行,可是她不听。她说,她以前从未有过这样的机会,以后也绝不可能碰上;她决定怎么说也要像个公爵夫人似的过上四周。索菲没有法子,只得由她。她卖给罗宾森小姐许多不想要的衣裳,因为她已经穿了整季,简直腻烦死了。她说她是白送的,我可不信她会如此大方——只能说卖得很便宜,接着,罗宾森小姐就动身了,独自一人去了多维尔。你猜之后怎么着?"

"猜不出,"我答,"希望她度过了有生以来最愉快的日子。"

"在应该返回的前一周,她写信给索菲,说她改变了计划,准备换行。她不会回来了,希望利文斯通太太能够原谅。当然啦,可怜的索菲气坏了。真相是,罗宾森小姐在多维尔傍上了一个阿根廷阔佬,跟他去了巴黎啦。打那以后,她就留在巴黎了。我曾亲眼在佛罗伦萨见过她,手镯直戴到胳膊肘,珍珠项链粗绳似的挂了一脖子。当然啦,我装作不认识她。人们说,她在巴黎布洛涅树林有处宅子,我知道她还有一辆劳斯莱斯。没几个月她就蹬了那个阿根廷人,又吊住了一个希腊富豪;我不清楚她现在跟了什么人,但不管怎么说长道短,她无疑是巴黎最伶俐的窑姐儿了。"

"当你说毁了她,我以为,你是严格按照表面意义用'毁了'这个字眼的。"我说。

"我不明白你这话是什么意思,"劳拉说,"不过,你不觉得可以把这件事写成一篇小说吗?"

"真是不幸,我刚刚写过一篇珍珠项链的小说。我总不能没完没了地写项链啊。"

"我倒是有点想自己写了。不过,我当然要把结局改一改。"

"噢,你打算怎么写结局?"

"好吧,故事里的她和一个银行职员订婚。这个人打仗的时候吃了不少苦,只剩下一条腿,或半张脸什么的;他们穷得要命,多少年都结不起婚,然后男的抖搂干净所有家底儿,在郊区买了一幢小房子,只待付清最后一笔钱就结婚。突然,女的拿给男的三百镑,两人都不敢相信有这般运气,高兴死了,男的在女的肩头痛哭一场,跟个孩子似的。然后,他们买下了郊区的小房子,成了家,把婆母接来同住,男的天天去银行上班,女的如果足够小心不怀孩子,仍可以白天做家庭教师。男的常常生病——有旧伤啊,你知道——女的伺候他,非常温馨、甜蜜的故事。"

"我觉得这种结局很无聊。"我斗胆说。

"确实无聊,可有情操啊。"劳拉说。

(辛红娟 译)

生性怯懦

两艘普拉胡帆船顺流而下,其中一艘领先几码,上面坐着两个白人。他们已在河上度过了七个星期,得知今晚能在一处像样的房子里住下,颇感欣慰。艾萨特自战后就一直待在婆罗洲,对达雅人的居室及盛宴早已熟悉;虽说坎品初来此地,处处都觉新奇有趣,现在也渴望有椅子可坐,有床可眠。达雅人热情好客,可他们的住处难称舒适,他们待客的方式也有些单调,已经开始让人厌烦。每一晚当旅人到达码头时,头人便举着旗子,与村里有头脸的人物鱼贯而下,到河边迎接,把他们带到长屋,人们列队绕着长屋敲锣打鼓。长屋其实是建在一个屋篷下的村落,下方用立柱支撑,需要顺着树干上粗粗凿就的阶梯攀缘入内。长屋两侧挤挤挨挨,盘腿坐着很多深棕皮肤的土著人,安静地望着白人打面前走过。干净的席子已经打开,客人落座,头人拿来一只活鸡,捉住鸡腿,在客人头顶绕三匝,呼唤鬼神见证,口中念叨着符咒。接着,很多人前来奉上鸡蛋,布上亚力酒。一位娇小羞涩的少女,带着如花般的优雅,面容凝重,宝相庄严,将杯子递到白人唇边,待他们饮尽,人群爆出一声喊叫。男人们于是开始列队跳舞,伴着锣鼓,踏着节拍,挥舞着盾牌和帕兰长刀。如此舞上好一阵子,才把客人们带到日常起居长台尽头的房间里,那里已经给客人摆好了晚餐。姑娘们用瓷汤勺给客人布餐。酒足饭饱,大家都有点醺醺然,一直聊到凌晨方休。

眼下,行程结束,他们的船即将靠岸。早上动身时,天色刚麻麻亮。初时,河水清浅,映着河底的鹅卵石,波光粼粼;树木倾斜在水面上,头顶只看得到一线蓝天。之后,河面陡然变宽,水手们不再用篙撑船,改划船桨。岸上树木浓密茂盛,茁壮恣肆,有竹子,有酷似一束束庞大鸵鸟翎毛的野西米椰,还有金合欢、椰子树、槟榔树,树叶或硕大无朋,或丛生如羽,白白的树干又高又直。各处都有枯萎裸露的大树骨干,或遭雷电击倒,或是年老衰亡,白生生的树干映衬着满目碧绿,极之生动。树木中的王者遍布各处,它们打败了其他树种,赫然耸立在丛林之上。另外便是寄生植物。在枝杈之间生长着枝繁叶茂的小灌木,还有郁郁葱葱的匍匐藤蔓,覆在伸展的叶片之上,好似新娘的头纱;有时,藤蔓环绕着高高的树干,形成华丽的鞘壳,花朵盛放的枝条攀附在一根根树枝上。植物疯狂生长的热情与迫切令人心惊,它们大胆恣肆,浪荡喧闹在神祇的袍裾上。

白日将尽,不再炎热逼人,坎品看看腕上破旧的银表,用不了多长时间就能到达目的地了。

"哈钦森是个什么样的家伙?"

"没见过。不过我相信他是个好人。"

哈钦森就是此地的行政长官,他们将要在他的府邸过夜,已经派出一名达雅人划着独木舟先行通报他们的到来。

"啊,我希望他那里有威士忌酒。我可是喝够了亚力酒,这辈子都不想再碰了。"

坎品是一名矿务工程师,森布鲁苏丹在去英国途中,于新加坡接见了他,见他闲散无事,便命他开赴森布鲁找矿,看看是否能够带来大额利润。他还命令瓜拉索洛的行政长官威利斯提供一切便利。威利斯派艾萨特照顾他,艾萨特的马来语和达雅语讲得跟当地土人没两样。这是他们第三次深入岛屿腹地,坎品不久即将回国述职。他们将搭乘苏丹·艾哈迈德号,这艘船后天黎明时分会经过河口,运气好的话,他们当天下午就能赶到瓜拉索洛。他们都很想回去,瓜拉索洛有网球场,有高尔夫球场、可以打台球的俱乐部,食物也相对好得多,还有开化地区才有的舒适。艾萨特也盼着去瓜拉索洛,到那儿他就能抛开坎品,与别人相伴了。他斜睨了坎品一眼。在他看来,坎品个头矮小,脑袋又大又秃,尽管已年过半百,却精干强壮。他目光敏锐,眼睛湛蓝,唇髭浓密花白,变色的缺口牙齿间总叼着一支老旧的欧石楠烟斗。他身上穿得很邋遢,卡其短裤破破烂烂,汗衫上烂了一个洞;头上戴的帽子也磨损了。他自打十八岁就开始闯世界,去过南非、中国,还有墨西哥。有他做伴是件不错的事情,故事讲得极为动听,碰到谁都可以喝上一杯又一杯。他们相处得非常愉快,但和他在一起,艾萨特总不能彻底放松。虽然一起说说笑笑,一起酩酊大醉,艾萨特总是觉得两人之间缺乏亲密感:他们俩看上去热络,实质上却仍限于寒暄插科。艾萨特非常在意自己留给他人的印象。在坎品欢乐外表的背后,他体会到某种冷酷;那双亮晶晶的蓝眼睛出卖了他整个人;他觉得坎品对自己有成见,但却弄不清坎品的真实看法,这让艾萨特隐约有些烦恼。很可能,这个平庸的小个子男人对自己的看法并非全然正面,每念于此他便颇感不快。艾萨特渴望被人喜爱,受人钦佩,想要得到众人的欢迎。他希望遇见的人都狂乱地迷上他,他因此可以随意拒绝他们,或者屈尊把友谊赐给他们。他巴不得和三教九流都熟悉,又害怕遭到拒绝而踌躇却步;有时他感到自己热情洋溢到令那些他想布施友谊的人惊讶和不自在的地步。

他虽然跟哈钦森从未谋面,却莫名地感觉到跟对方十分相熟,想来哈钦森对自己也该是这般,两人有许多共同的朋友可谈及。哈钦森曾就读温彻斯特公学,艾萨特很高兴可以告诉对方自己念的是哈罗公学……

普拉胡帆船转过一道河湾,矗立在略高地势上的一座平房首先映入眼帘。几分钟后,他们看到了栈桥,上面站着一小群土著,其中一个穿白衣的人正朝他们挥着手。

哈钦森高大壮硕,满面红光。这副外表常令人误以为他自信而活泼,当人们很快发现他实则腼腆甚至有几分羞涩时,难免会大吃一惊。他与客人们(艾萨特做了自我介绍,又引见了坎品)握手,领他们沿上坡路走到平房,虽说他努力彬彬有礼,却不难看出他不擅与人攀谈。客人们被带到凉台,桌子上摆好了玻璃杯、威士忌,还有苏打水。他们在长椅上舒舒服服地坐下来,艾萨特注意到哈钦森同生人相处有些许不自在,便开始热情洋溢、滔滔不绝地聊起来,谈起他们在瓜拉索洛共同认识的人,很快就巧妙地透露出自己曾就读哈罗公学。

"您是在温彻斯特读的书,对吗?"他问道。

"是的。"

"不知您认不认识乔治·帕克。他念的是温彻斯特,和我一个团。不过我猜他比您年轻。"

艾萨特认为他和哈钦森都上过这些不一般的上等学校,所以二人之间有某种纽带相连,借此把坎品排除在外,坎品显然不具有这样的优势。喝过两三杯威士忌,还不到半个小时,艾萨特便亲昵地称呼主人为哈奇,大谈特谈"我们团",谈打仗时在团里结下的友谊,谈同袍战友的诸般好。他还提及两三个哈钦森显然会知道的名字；坎品却不大可能和这个阶层的人有交集。坎品居然说自己和其中一个人相识，他因此毫不留情地着实奚落了他一番。

"比利·梅铎斯？多年前，我在墨西哥锡那罗州认识一个叫比利·梅铎斯的人。"

"噢，我敢肯定不是同一个人，"艾萨特笑着说，"比利可是世袭贵族，就是梅铎斯勋爵那一支的。你许是不知道整个斯宾卡罗都是他的吧？"

快开饭了。他们洗漱干净，装束停当，又喝了两杯杜松子酒，方才落座。哈钦森这一年都没太去瓜拉索洛，有三个月没能见到过一个白人，急于充分享受这次招待客人的机会。虽说没有葡萄酒，威士忌可不少，他甚至在饭后还拿出一瓶珍贵的法国本尼迪克特甜酒。他们兴致高昂，欢声笑语，无所不谈。艾萨特极之满意，觉得自己从来没有像喜欢哈钦森这样喜欢过别人，催着他尽快到瓜拉索洛来，他们好痛快地大吃一顿。坎品被排斥在对话之外，一半是由于艾萨特怀着模糊的恶意想要打压他，另一半是由于哈钦森为人腼腆。不一会儿，坎品就哈欠连连，表示要上床休息。哈钦森带他去了房间，回来时，艾萨特问：

"你还不想去睡吧，对吗？"

"一点儿也不！咱们再来一杯。"

他们坐下来聊天，都有了些微醉意。哈钦森很快便告诉艾萨特，他和一个马来姑娘同居，跟她生了两个孩子。他已经吩咐他们不要出来走动，免得被坎品瞧见。

"现在她应该睡下了，"哈钦森说道，瞥了一眼房门，艾萨特明白那是他的卧室，"不过，我想让你明天早上见见孩子们。"

话音刚落，传来一声微弱的哭声，哈钦森说着"哎呀，小鬼头醒了",便走过去打开门。过了一刻,他走出来,手上抱着一个孩子,后面跟着一个女人。

"他正在磨牙呢,"哈钦森说,"磨得不得安宁。"

那女人裹着纱笼,穿着一件薄薄的白上衣,打着赤脚,很年轻,深色眼眸很美。艾萨特同她说话时,她便报以令人愉快的微笑。随后,她坐下来,点燃一支香烟,落落大方地回答艾萨特那些文绉绉的问话,不扭捏但也没多大热情。哈钦森要给她倒杯威士忌兑苏打水,她拒绝了。两个男人又开始用英语谈话,她静静地坐着,轻轻摇晃着椅子,若有所思。

"她是个很好的姑娘,"哈钦森说,"管家操劳,从不惹事。当然,在这个地方,也只能这样了。"

"我可不会这样,"艾萨特说,"不管怎么说,一想到要结婚,就意味着一大堆麻烦事。"

"谁还想着要结婚啊?我可不会让白人女士到这么个鬼地方生活。"

"这只是品位问题嘛。如果我要生孩子,那么他们得有个白人母亲。"

哈钦森低头看看抱在怀里的黝黑小孩,淡然笑了。

"喜欢上这样的孩子也真是奇怪,"他说,"可只要是自己的孩子,皮肤有点柏油色也没多大关系。"

女人看了看孩子,起身说要带他回屋睡觉。

"我们都该去睡了,"哈钦森说,"天知道现在都什么时间了。"

艾萨特进了房间,把被随行跟班哈桑关上的百叶窗打开。他吹熄蜡烛,以免招引蚊子,坐在床边,望着温柔夜色。喝下去的那些威士忌让他异常清醒,一点儿睡意也没有。他脱掉帆布裤子,换上纱笼,点燃一支方头雪茄,好脾气荡然无踪,哈钦森望着混血孩子时的爱意让他着恼。

"压根儿就不该给生出来,"他心说,"这个世界上没他们什么机会。永远都不会有。"

沉思中,他两手抚过汗毛厚密的裸腿,禁不住打了个寒战。尽管他想尽办法锻炼肌肉,他的两条腿还是像扫把杆。他讨厌这两条腿,每一想到就烦闷不安,他的腿长得跟那些土著简直一个样。当然,这样的腿倒是特别适合穿长筒马靴,套上制服,简直仪表堂堂。他又高又壮,有六英尺多高,留着整齐的黑色小胡子,黑头发整齐光溜,眼睛乌黑,俊美灵动。他知道自己有副好相貌,很注意穿着,需要寒碜破旧他就穿得寒碜破旧,需要衣着光鲜他就穿得衣着光鲜。他热爱军旅生涯,仗打完了,军队不能继续待了,对他是个痛苦打击。他的生活理想很简单,有身制服穿,一年有个两千镑收入,能够安排些体面精致的餐宴,出席些晚会,如此就非常满足了。他渴慕伦敦。

当然,他母亲住在伦敦,对他一直颇多管制。要是他和一个体面家庭(略有收入)的姑娘订婚,盼着能娶她为妻,真不知怎么才能把她领给母亲相看。他早年丧父,后来被派驻到马来最偏远的邦里工作,艾萨特非常肯定,在森布鲁不会有人知道他母亲。可他始终生活在忧虑中,担心万一有人在伦敦碰到他母亲,会写信回来告诉人们她是个混血种。他父亲是工程师,娶亲时,母亲年轻貌美。可现在,她成了头发花白的肥老婆子,整天无所事事抽着烟。父亲去世时,艾萨特十二岁,彼时,他马来语讲得比英语流利得多。一位姑姑出资供他读书,艾萨特太太于是陪着儿子去了伦敦。她从前住惯了配备家具的公寓,各处装点着东方流苏和马来银器,房间里总是热烘烘的。到伦敦后,她跟所有的女房东都合不来,因为她总是随处乱扔烟蒂。艾萨特不喜欢她跟那些女房东相处的模式:先是熟稔得异乎寻常,接着开始失和,然后升级成恶斗,最后总是以她走人告终。她唯一的娱乐是看电影,一周里天天都要去看。她在家里随便穿着破旧花哨的罩袍,出门时倒要精心装扮——噢,装扮得乱七八糟,五颜六色堆满全身,让她潇洒的儿子没脸面。艾萨特常常同她争吵,她令他不耐烦,让他觉得丢人,却也令他怀有深切的柔情;两人之间有一种天生的联系,比普通母子情还要炽烈。纵然她有千般缺陷,让他着恼,可世上让他完全放松自在的人却也只有她一个。

由于父亲的职位,加上母亲总对他念叨马来亚,使他对马来亚所知颇多,战后退役他就找到份为森布鲁的苏丹效劳的差事。他一直都很出色。各项运动都在行,是强健、优秀的运动家;瓜拉索洛的休养所里摆着他在哈罗读书时赢得的跑步、跳远奖杯,还有随后获得的高尔夫和网球荣誉纪念。他谈资丰富,生性随和,各种聚会少他则失色十分。按说他应该很快乐,可却常常情绪低落。他非常渴望受人欢迎,却常感觉人们的喜爱已经离他而去,这一刻这种感觉尤其明显。他琢磨着,他在瓜拉索洛的那帮亲兄热弟是否会怀疑他身上流淌着土著的血液,他们万一发现会有什么反应,他是再清楚不过了。到了那时候,他们才不会说他欢乐和善,反而会说他冒昧得讨厌,说他效率低下粗心大意,和那些混血杂种一样;若是听到他说要娶白人为妻,必会窃笑不已。哦,多不公平啊!血管里的那一滴土著血又能造成什么区别,可正是由于这一滴土著血,他们就会提防他,怕他在关键时刻掉链子。人人都知道欧亚混血靠不住,迟早会让人失望;他也清楚这一点。但是现在,他自问,会不会正是因为人们预言欧亚混血会失败,他们才遭遇失败的。他们从来得不到机会,真是一群可怜虫。

这时,公鸡响亮地啼叫起来,夜一定非常深了,他开始感到阵阵凉意,于是上床休息。第二天早上哈桑端茶水来的时候,他感到头痛欲裂,吃早饭时简直不能看摆在面前的稀粥、咸肉和鸡蛋。哈钦森也感觉不舒服。

"昨晚上可真是痛快。"主人说道,笑了笑,遮掩小小的尴尬。

"我感觉糟透啦。"艾萨特说。

"早餐我打算喝一杯苏打威士忌了事。"哈钦森接着说。

艾萨特也吃不下什么,二人看着坎品香甜地大吃大嚼,都觉得反胃。坎品还揶揄他们。

"上帝呀,艾萨特,你脸色青绿,"他说,"我还真没见过这么难看的青绿色。"

艾萨特顿时涨红了脸。肤色偏黑一直是他的一块心病,他勉强挤出一丝欢乐的笑容。

"你瞧,我祖母是西班牙人,"他答道,"稍有不舒服,我的脸上就显出来了。记得在哈罗的时候,我把一个小子狠狠揍了一顿,就因为他管我叫倒霉的混血杂种。"

"你是蛮黑的,"哈钦森说,"马来人有没有问过你是不是也有他们的血统?"

"问过。真是鲁莽,去他们的。"

载着他们行李物品的船一大早就出发了,为着能够赶在他们前头到达河口,万一苏丹·艾哈迈德号船长提前到了,好跟他打个招呼,说他们要搭船同行。坎品和艾萨特打算午饭后马上动身,在激浪涌过前赶到歇宿的地方。激浪是由于特殊地势造成的潮汐涌向河流造成的,他们航经的河流恰巧有这种激浪。前一天晚上哈钦森跟他们提起过激浪,坎品从没见过,非常感兴趣。

"这条河上的激浪是婆罗洲最壮观的,非常值得一看。"

哈钦森还告诉他们,当地人期待这种时刻的到来,在浪峰上驭浪顺流而下,速度快得可怕,快得让人喘不过气。他本人也曾这样冲浪过一次。

"我再也不敢尝试第二回,"他说,"吓得我魂飞魄散。"

"我倒是想试试。"艾萨特说。

"是够刺激的,可是听我一句,人就坐在脆弱的独木舟上,你知道,万一土著人没有掌握好时机,你就会被甩进滚滚巨浪里,连百万分之一的生还机会都不会有……唉,我可喜欢不来这样的运动。"

"我年轻那会儿穿越过不少的激流呢。"坎品说。

"激流算个什么玩意儿。你就等着瞧瞧激浪吧。算得上我知道的最可怕的东西了。你们知道吗?光这一条河里,每年至少会淹死一打土著呢。"

他们大半个上午都消磨在凉台上,后来,哈钦森带他们参观了理事断案的地方。杜松子酒端上来,他们喝了两三杯。艾萨特感觉好多了,吃午饭时,终于胃口大开。哈钦森对他家的马来咖喱饭大加吹嘘,待到热气腾腾、鲜美多汁的饭菜放到面前,人人都开始狼吞虎咽,哈钦森拼命劝酒。

"除了睡觉,你们又没有什么事情可做。干吗不喝个一醉方休呢?"

他舍不得让他们立刻就走,暌违之后终于能有两个白人说说话实在是太好了,他吃得磨磨蹭蹭,还催客人多吃点,说等到了晚上他们就只能在长屋里吃那些脏兮兮的东西,除了亚力酒没有别的好喝。何不趁晴晒草,趁机大嚼呢。坎品提议一两回要动身,可哈钦森和艾萨特都觉得十分快活惬意,向他保证时间很充足。哈钦森派人取来那瓶珍贵的本尼迪克特甜酒,昨晚上他们干掉不少,今天出发之前何不喝它个精光。

等到哈钦森终于送他们到河边,大家都非常快活,双腿打晃。船中央用亚答树叶搭着篷子,哈钦森在下面铺好席子。船夫都是从监狱里押来给白人划桨的囚犯,穿着监狱标记的邋遢纱笼,倚靠着船桨等候他们。艾萨特和坎品同哈钦森握手道别后,在席子上躺下来。小船离岸,浑浊的河流宽广平静,在耀眼炽热的午后阳光里熠熠闪光,好像擦亮的黄铜。他们遥望前方,岸边绿树辉映交缠。他们都困倦了,可艾萨特却试着抵抗一下缓缓袭来的沉重睡意,甚至从中感到一种古怪的快意。他决心把雪茄抽完再睡,烟蒂最终烧到手指头,他才把它甩进河里。

"我要美美地打个盹儿。"

"起了激浪怎么办?"坎品问道。

"噢,不要紧。我们不用担心。"

他长长地打了个大哈欠,四肢像灌了铅。有一刻,他还能意识到睡意的甜美,接着就什么也不知道了。猛然间,他被坎品给晃醒了。

"我说,那是什么?"

"哪是什么呀?"

仍然睡意沉沉,他答得颇不耐烦,但双目顺着坎品手指望了过去。虽然没有听到什么声响,但他远远地望到两三波翻滚着白色水花的大浪正一股接一股地涌起,看上去并不十分可怕。

"噢,想来这就是激浪吧。"

"我们怎么办啊?"坎品嚷嚷。

艾萨特几乎完全醒了,坎品声音中的担心令他发笑。

"别紧张。这些伙计熟悉激浪,知道该怎么对付。我们可能会溅湿一点。"

话还没说完,激浪便异常迅疾地迫近了,咆哮如同怒海,艾萨特发现浪头比自己预想的高得多。他不喜欢浪头的样子,紧了紧腰带,免得小船倾覆时滑脱了短裤。不一会儿,浪头便到了跟前,仿佛巨大的水墙,悚然压在他们头上,大浪怕是有十英尺或十二英尺高,可赖以丈量它的唯有人的恐惧。很显然,没有什么船只抗得住这种浪头。第一波大浪袭来,把他们全都浇得透湿,灌了半船水,紧接着又是一波巨浪。船夫开始大叫,发疯似的推拉船桨,舵手喊嚷着发号施令。但在汹汹巨浪中他们无能为力,小船很快就完全失控,让人胆战心惊。水的力量掀得小船侧翻,拖着它在激浪之巅前行,大家都忙乱起来。大浪再次倾轧过来,船开始下沉。艾萨特和坎品惊慌失措地从栖身的船篷里爬出来,船瞬间就从脚下漂走了,他们发现自己落在水里,挣扎着,巨浪狂暴地朝他们涌来。艾萨特的第一冲动就是游到岸边,可他的跟班哈桑对他狂喊,让他抓住小船。不出一两分钟,人人都死死抱着小船。

"你没事吧?"坎品对他大喊。

"好着呢,这个澡洗得真快活。"艾萨特说。

他幻想着浪头会随着激浪涨满河流快速退去,至多几分钟就会水波不兴。但是他忘了,他们正在浪尖上裹挟不下,浪头不停地冲击着他们。他们死死抱着船舷边缘,还有亚答叶船篷的支架。接着,一个更大的浪头打中了小船,将船掀翻,把他们浇个正着,船舷抓不住了,只有滑腻腻的船底板,艾萨特的双手在滑腻腻的底板上绝望地滑落。好在小船继续翻转,他终于不顾一切抓住了船舷,但翻转并未停止,船舷再度脱手,他再度抓住船篷支架。小船翻动,慢慢翻倒,他又一次在船底摸索到一个抓手。小船如此这般周而复始可怕地翻转着,他知道这肯定是因为大家都抓着船的同一侧的缘故。他拼命喊叫,让船员爬到另一侧来,却无法让人明白自己的意思,人人都在号叫,波浪也在沉闷地怒吼,冲击着他们。每当小船翻转,把他们倒扣在下,艾萨特便被推进水里,只有在船舷或船底摸到一个可以抓手的地方,才能重新浮出水面。他拼命挣扎,很快便开始喘不上气,力气也越来越弱。他清楚自己坚持不了太久了,但却没有感到恐惧,他疲惫得厉害,已经无法在乎会发生什么事。哈桑就在他身旁,他跟哈桑说觉得自己快撑不住了,想要奋力一搏,游到岸边,河岸看上去也不过六十码远。但哈桑求他不要冒险。大家仍卷在轰隆隆翻腾着的浪潮中浮荡,小船仍在翻转,他们乱成一团,活像给关在笼子里的松鼠。艾萨特灌了不少水,感觉自己快完了。哈桑帮不上他,但有哈桑在身边就是慰藉,他熟知水性,是个游泳健将。突然,不知什么原因,有一两分钟船底朝下,艾萨特得以抓牢船舷,难能可贵地呼吸到了空气。就在此时,两艘独木船载着冲浪的马来人迅疾漂过,他们大声呼救,可马来人掉转面孔,继续前行。他们看到落水的有白人,不想跟任何可能落到头上的麻烦扯上关系。落水的人眼睁睁地望着他们漠然远去,那么冷酷无情,真是令人无比痛苦。突然间,小船又开始翻转,缓缓地,一次又一次,他们又开始筋疲力尽地重复着悲惨的挣扎,心脏简直都要跳出来了。不过,短暂的喘息帮了艾萨特,他又能多挣扎一会儿了。没过多久,他就再次无法呼吸,胸口简直要炸裂了。他力气已然耗尽,不知道能否撑着游到岸边。这时,他听到一声喊叫。

"艾萨特,艾萨特,救命,救命啊。"

是坎品的声音,是痛苦的嘶叫,这声音令艾萨特从头到脚神经震颤。坎品、坎品,难道坎品有什么值得他关心的吗?恐惧,一种盲目的兽性的恐惧,深深攫住了他,赋予他新的力量。他没理会坎品。

"救我,快,快。"他对哈桑喊道。

哈桑立刻领会了他的意思。此时,一只船桨奇迹般地漂过来,距他们很近,哈桑把桨推到艾萨特伸手可触的地方,一手插入他的腋下,两人猛地一蹬,离开小船。艾萨特的心怦怦直跳,感觉呼吸困难,极度虚弱无力。波浪冲击着他的脸,河岸看上去遥远得令人恐惧,他觉得永远不可能到岸边了。哈桑突然大叫说他触到河底了。艾萨特立直双腿,却什么也没有触到。他双眼紧盯着河岸,拼尽全力又游了几下,再次试图站起来,终于感到双脚陷入了厚厚的淤泥。真是谢天谢地。他继续扑腾,啊,河岸触手可及,但膝盖以下还陷在黑黑的淤泥里:他挣扎着站起身,不顾一切,终于逃脱残暴的水流,找到一块长满深深河草的小浅滩。他与哈桑一同倒下去,四肢摊开躺了好一阵子,活脱脱两个死人。他们气力耗尽,动弹不得,从头到脚糊满黑泥。

不一会儿,艾萨特头脑开始恢复了,一阵痛苦折磨着他,让他突然心绪不宁。坎品淹死了!太可怕了。他不知道,回到瓜拉索洛怎么解释这次灾难。他们会责难他,因为他本该记得激浪,本该在看到激浪涌起的时候命令舵手靠岸泊船。不,这不是他的错,这是舵手的错,熟悉河流的是舵手,看在上帝的分上,他为什么没有意识到要保证安全?他怎么竟认为可以驾驭得了那么可怕的激浪?艾萨特想起向他们汹汹压来的水墙,不由得四肢打战。现在,他必须要找到尸体带回瓜拉索洛,不知道还有没有其他溺死的船员。他觉得浑身虚弱得动弹不了,但哈桑已经起身绞干纱笼,俯瞰着河流,忽然转身对艾萨特说:

"老爷,有只船过来了。"

白茅草挡住了艾萨特的视线,他什么也看不见。

"快冲他们喊。"他说。

哈桑很快离开他的视野,设法爬到一棵悬垂在水面的大树枝上,高声喊叫,挥舞双臂。很快,艾萨特便听到好几个人的声音,他的跟班和船上的人飞快地说着什么,随后就回来了。

"他们看见咱们翻船了,老爷,"他说,"激浪一过去他们就来了。另一边有一处长屋,您过了河,他们会给咱们纱笼和食物,咱们还可以睡下。"

有一刻,艾萨特觉得自己不敢再次面对凶险的河水。

"另一位老爷怎么样了?"他问。

"他们不知道。"

"要是他淹死了,他们必须找到尸体。"

"还有一艘船去了上游。"

艾萨特不知如何是好,整个人都木了。哈桑抱着他的肩膀,把他扶起来。他艰难地穿过浓密的草地,来到水边,看到一艘独木舟,上面有两个达雅人。河水恢复了平静慵懒,激浪已经过境,没人能够想得到,平静的河面就在片刻之前还像汹涌的大海。达雅人把之前对跟班说的话又对他重复了一遍,艾萨特说不出话来,觉得但凡开口说一个字,都会绷不住号啕大哭。哈桑扶他上了船,达雅人开始摇桨过河。他很想抽一口烟,可是后兜里的烟卷火柴都浸透了。过河似乎慢得没个完,当夜幕降临,最早的几颗星星开始闪烁的时候,他们方才来到岸边。他上了岸,一个达雅人领他去长屋。但哈桑抓着他丢下的船桨,和另一个达雅人又划回河里。两三个男人和几个孩子出来迎接艾萨特,他攀到屋边,立刻被嘈杂难懂的语声包围。上了梯子以后,那些达雅人一路兴奋地议论着,问候着,引他来到年轻人休息的地方。很快铺好了白藤席子,给他搭就了一个卧处。他坐下来,有人给他端来一罐亚力酒,他长饮一口,这酒粗粝猛烈,灼烧着他的喉咙,却暖和了他的心脏。他扒拉掉衬衫和裤子,换上人家借给他的干纱笼。偶然间,他瞥见一弯黄色的上弦新月,感到一种强烈得几乎像肉欲一样的欢愉。自己本有可能成为随浪漂流在河上的一具尸体,想到这里,月亮在他眼里更是前所未有的可爱。他觉得饿了,开口索要米饭,一个妇女到房里去备饭。他感觉好多了,又开始琢磨回到瓜拉索洛要做的说辞。谁也不能怪罪他,因为他当时正在睡觉,自然他也没有醉酒,这一点哈钦森可以证明。而且,他怎么想得到,那个舵手居然是那么一个该死的蠢货?这事儿只能怪糟糕的运气。然而,一想到坎品,他就不由得打冷战。终于,一盘米饭端上来了,他正准备开吃,一个男人匆匆朝他跑来。

"老爷到了。"他叫道。

"哪个老爷?"

他跳了起来。门口一阵扰攘,他往前走了几步。哈桑从黑暗里朝他飞奔过来,然后他听到了一个声音。

"艾萨特,你在吗?"

朝他走近的正是坎品。

"哎呀,我们又在一起了。上帝保佑,这次脱险真是太侥幸了,是不是?看样子你已经把自己收拾得很舒坦啦。老天爷啊,我真想喝上一杯。"

坎品的衣服又湿又冷,贴在身上,乱糟糟浑身是泥,但精神还不错。

"我都不知道他们要把我带到哪里去,本打算在岸上过一夜的。我还以为你淹死了呢。"

"来点儿亚力酒吧。"艾萨特说。

坎品把嘴凑到罐子口,喝一口,咂咂嘴,又喝了一口。

"见鬼,这酒可真够烈。"他望着艾萨特咧嘴一笑,露出缺口变色的牙齿,"我说,老弟呀,你看着好像需要洗一洗才好些。"

"我待会儿就洗。"

"好得很,我也要洗。跟他们说,给我拿条纱笼。你是怎么逃出来的?"没等艾萨特答话,他接着说道,"我以为自己这回准完蛋了。这两位运动好手救了我一命。"他开心地冲着两个达雅囚徒点点头,艾萨特约略认出他们是船上的水手。"他们抱着那艘倒霉的船,就在我左右两旁,不知怎么的就知道我顶不住了,连一分钟也坚持不了。他们冲我打手势,表示可以冒险试着往岸边去,可我觉得自己没那个力气。天啊,我这辈子都没喘得那么厉害过。也不知他们怎么做到的,他们抓住我们睡觉的席子,卷成一个筒。真不愧是运动好手呀。我也不明白,他们干吗不只顾自己,还费劲救我。他们把席筒给我,就成了个极其破陋的救生带,我可真是明白了老话说的溺水者连根稻草都抓的意思了。我一把抓住那玩意儿,夹在他们俩中间,他们不知用了什么法子就把我拖上了岸。"

死里逃生捡了条命,坎品变得兴奋而唠叨,可艾萨特全然无心去听他说些什么。他仿佛再一次听到坎品痛苦的呼救声,就像现在他的话一样分明;他害怕极了,一股说不清楚的恐慌在他四肢百骸迅速蔓延。坎品还在那里喋喋不休,他这么做是不是为了掩盖什么想法呢?艾萨特探求地打量他那双亮晶晶的蓝眼睛,想找出话语背后流淌的意思。他的眼里是不是闪过一丝冷酷?是不是含着冷冷的嘲讽?他知不知道艾萨特把他扔给命运,自己却匆匆逃脱?艾萨特脸涨得厉害。可不管怎么说,那种情况下他又能做什么?那种时刻,还不是各人顾各人,落后的见阎王吗?然而,回到瓜拉索洛,万一坎品告诉人们艾萨特扔下他独自逃命,人们会怎么说?他本应该留下来,眼下他也真心希望自己当时留下了,可情势逼人,他做不到。谁又能谴责他什么?他们不曾见过那汹汹怒涛。噢,那样的水墙,他那么筋疲力尽,他真想大哭一场!

"你要是和我一样饿,就埋头好好吃你的饭吧。"他说。

坎品贪婪地大嚼起来,可艾萨特吃了一两口便没了胃口。坎品仍然讲个没完,艾萨特满腹疑虑。他觉得自己简直太清醒了,就又喝了不少亚力酒,很快就有了醉意。

"到了瓜拉索洛,我肯定会被狠狠地臭骂一顿。"他试探地说。

"骂你干吗?"

"分派了我照顾你,我却险些让你淹死,他们会觉得我办事不力。"

"这又不是你的错,全怪掌舵的那个该死的蠢货。说一千道一万,重要的是我们都得救了。保护神圣乔治在上,我当时以为自己完蛋了呢。我冲你大喊,不知你听见没有。"

"没有,我什么都没听见。当时乱嚷嚷成了一片,可不是吗?"

"也许之前你就游走了。不知道你啥时候游走的。"

艾萨特犀利地望着坎品。后者眼中有着古怪的表情,难道是自己的幻觉吗?

"当时乱糟糟一团,"他说,"我眼看着就撑不住了。跟班扔给我一根船桨,他让我误信你当时已经脱险。他说你已上岸了。"

船桨!他本该把船桨让给坎品,让哈桑这个游泳好手救自己。坎品飞快地瞥了他一眼,带着探寻,这难道又是他的幻觉吗?

"我真希望能多帮上你一点。"艾萨特说。

"噢,可是我能肯定,你光照顾好自己就够受的了。"坎品说。

头人给他们一杯接一杯地倒酒,两人都喝了不少。艾萨特的头开始晕眩,提议去睡觉。床已备好,蚊帐也挂上了。他们要在黎明出发,沿着河流继续他们的旅程。坎品的床铺和艾萨特的挨着,没几分钟艾萨特就听见了他的鼾声。坎品一躺下就睡着了。长屋里的年轻人和船上的囚犯一直聊到深夜。艾萨特头疼得要命,什么都无法思考。天一放亮,哈桑就把他叫醒了,他感觉好像一点儿没睡一样。衣服都已经洗净晾干,可等他们从狭窄的小路走到河边普拉胡帆船那里,衣服就又湿又脏了。他们不紧不慢地划着船,清晨是那么可爱,平静的河流绵亘不绝,在晨曦中闪烁着波光。

"天神护佑,活着真是太好了。"坎品说。

他肮脏邋遢,胡子拉碴,长吸几口空气,笑得嘴歪眼斜合不拢嘴。看得出来,他发觉呼吸空气的滋味非同一般的好。蓝天、阳光,还有树木的绿意,都叫他欢喜。艾萨特憎恶他。艾萨特很清楚,自打这个早晨开始坎品举止就跟从前有些变化。他不知道该怎么办,甚至有意去乞求他的宽恕。虽然之前表现卑鄙,可艾萨特心存愧疚,如果能再给他一次机会,付出什么代价他都愿意。可话又说回来,人人都可能做出和他一样的选择。坎品如果说出去,他就毁了。他在森布鲁会待不下去;在婆罗洲乃至所有英属海峡殖民地他都会声名狼藉。如果向坎品忏悔,坎品一定会许诺三缄其口。可是他说话能算数吗?他看了坎品一眼,分明是个滑头小矮子:这个人怎么能让他信赖呢?艾萨特想起了自己前一夜对他说过的话,自然不是实话,可谁又知道呢?不管怎样,谁又能证明,他不是真心认为坎品脱险了呢?任坎品怎么说,也不过是一面之词;他大可以一笑置之,耸耸肩膀,说坎品脑袋糊涂了,不知道自己在说些什么。另外,坎品信不信他的话也还不确定;当时为着求生挣扎得那样可怕,坎品也确认不了什么。重拾话题的念头诱惑着他,可他又怕那样做了必然会引起坎品疑心。他一定得管住舌头。唯有如此,他才能真正平安无事。到了瓜拉索洛,他要抢先说起这件事。

"要是有根烟抽,"坎品说,"我现在就圆满啦。"

"上了大船,总能有几根蹩脚烟卷。"

坎品笑了笑。

"人类真是不可理喻。"他说,"起先,能活着我就高兴极了,别的什么也不想。可现在我开始遗憾丢了笔记、照片,还有剃须刀。"

盘踞在艾萨特潜意识中的念头变得明晰起来,整个夜晚他都在抗拒这个念头。

"真希望他被淹死算了。我就没什么好担心的了。"

"船来了。"坎品突然叫了一声。

艾萨特四处张望。他们已经到了河口,苏丹·艾哈迈德号正在等候。艾萨特心一沉:他忘了船长是英国人,他须得跟他讲讲这次历险。坎品会怎么讲呢？船长名叫布雷登，在瓜拉索洛，艾萨特和他见过多次面。此人是个粗率的小个子，蓄着黑须，举止活泼。

"快点儿，"他们把小船划过去的时候，船长冲他们嚷嚷，"打天亮我就一直在等你们。"可当他们爬上甲板，他脸色突的一沉，"喂，你们出什么事了？"

"给我们点儿酒喝，全都讲给你听。"坎品一边说着，一边露出他那嘴歪眼斜的笑容。

"过来吧。"

他们在船篷下坐定，桌上摆着玻璃杯、威士忌，还有苏打水。船长下令后不几分钟，他们便闹闹嚷嚷地出发了。

"我们赶上了激浪。"艾萨特说。

他觉得必须说点什么。虽然喝着酒，他却感觉嘴巴干得可怕。

"神啊，是吗？没有被淹死，你们真是走运。都发生了什么？"

他问的是艾萨特，因为他们早前认识，但答话的却是坎品。他叙述了整桩事情，很精确，艾萨特紧张专注地听着。事情的前半截坎品说的是"我们"如何如何，待讲到落水的那一刻，就变成了"我"如何如何。开头是我们都做了什么，眼下变成了我出了什么事，把艾萨特撇出去了。艾萨特不知道是该放松还是该提高警惕。为什么他没有提到艾萨特呢？是不是因为他在拼命求生的挣扎中只想到了他自己还是——他已经知道了当时的真相？

"你那边又是什么情形？"布雷登船长掉头问艾萨特。

艾萨特正待开口，坎品又说：

"上到河岸前,我一直都认为他被淹死了。我不知道他怎么脱的身,想来他自己都不很了然。"

"那真是千钧一发。"艾萨特笑了笑。

坎品为什么要这么说?他接上坎品望过来的目光。他很肯定,后者眼中闪过一抹逗弄的意味。无法确定真相的感觉很糟糕。他内心恐惧,羞愧。不管眼下还是稍后,他都开不了口去问坎品在瓜拉索洛是否也会这么讲。这番说法不会引起任何人怀疑。即便无人知晓,坎品本人却知道真相。每想及此,艾萨特都觉得还不如杀了自己。

"好了,你们俩都活着,已经是了不起的好运气啦。"船长说。

去瓜拉索洛的航程很短,他们溯流而上,艾萨特阴郁地望着河岸。两岸是被潮水冲洗过的红树林与聂帕桐,稍远处是浓密的绿色丛林,四处点缀着一堆堆、一簇簇马来人的房屋,掩映在果林之中。他们停靠到码头时,天开始黑了下来。警局的戈林来到甲板上,同他们握手。他住在休养所。他一边着手检查土著乘客,一边告诉他们,还有一个叫波特的人现在也住在那里,大家晚饭时再碰面。仆人照管他们的东西,坎品与艾萨特漫步前行。他们洗过澡,换过衣服,八点半钟,四人齐聚在公共休息室喝苦杜松子酒。

"嗨,布雷登说你们差点被淹死,是怎么回事?"戈林进来时问。

艾萨特感到自己脸红了,可还没来得及回话,坎品又已经抢了先,在艾萨特看来,坎品抢先肯定是为了讲他那个故事版本。他羞臊得脸上发烧。坎品一句轻视他的话也没有讲,只字未提他的事情。他寻思着,戈林和波特这两个听众对于他居然被排除在外会不会感到奇怪。艾萨特注视着继续讲述的坎品,他讲得颇为幽默,没有掩饰他们面临的危险,而是拿它开玩笑,于是两个听众对他们当时所处的困境笑个不停。

"有件事情,我一直觉得很逗乐,"坎品说,"上了岸,我从头到脚都是黑泥。我觉得真应该跳进河里洗一洗,可你们懂得,我再也不想泡进那条倒霉的河里了。我对自己说:不要啊,天神在上,我还是脏着吧。等进了长屋,看到艾萨特跟我一样乌黑,我就知道他和我想到一起了。"

他们哈哈大笑,艾萨特也挤出笑容。他注意到,坎品讲这件事时,措辞与他讲给苏丹·艾哈迈德号船长的一模一样。这只能有一种解释:他知道真相,什么都知道,拿定主意知道要怎么去讲这件事。坎品以特别的角度列出事实,却故意漏掉肯定会让艾萨特丢脸的部分,真是太邪恶了。可是,他为什么迟迟不下手呢?对于在危难时刻狠心抛弃自己的人,他不会不感到蔑视和憎恨。电光火石之间,艾萨特突然明白了坎品的用意:他要把真相留着讲给行政长官威利斯听。想到要面对威利斯,艾萨特起了一身鸡皮疙瘩。他当然可以矢口否认,可他的否认能顶用吗?威利斯又不是傻子,他完全可以找哈桑;哈桑也信不过,他会出卖自己的。然后他就完了,威利斯会让他滚回国。

他头痛欲裂,晚饭后便回到房间,他要独自一人设计行动计划。突然,一个念头进入脑海,让他左右摇摆拿不定主意:他苦苦守护了这么久的秘密,其实对所有人都不是秘密。他突然之间无比肯定。为什么偏偏他生着这么明亮的眼睛和黝黑的皮肤?为什么偏偏他马来语讲得这么流利,而达雅语又学得这么快?他们都明白,这还用说吗。他居然一直以为他们相信自己关于西班牙祖母的那套说辞,真是蠢死了。他那么讲的时候,他们一定在肚里偷笑;他们一定在他背后称他是个倒霉的黑鬼。然后他又转到另一个折磨人的念头。他问自己,是不是因为流在他体内的那一滴土著的污秽血液,令他在听到坎品呼救的时候丧失了勇敢?可不管怎么说,那种情形下谁都会慌张恐惧;为什么他非得搭上性命去救一个自己一点儿也不喜欢的家伙?那岂不是疯了。可在瓜拉索洛,他们会说这仅仅是由于他们预料到的那个原因,没有什么可商量的余地。

最后他终于上了床,天知道他胡乱翻腾多少次方才睡着;刚一睡着,又被噩梦惊醒:仿佛再次置身狂暴的浪潮之中,小船翻啊,滚啊,他不顾一切地抓住了船舷,却又随即滑脱,痛苦万状,大水咆哮着淹没了他。天还没亮,他便十分清醒了。唯一的胜算就是去见威利斯,抢先说出这件事;至于该怎么来说,他已经翻来覆去仔细考虑过了,要用的每一个字眼都刻意选好。

他起了个大早,为了避开坎品,早饭没吃就出了门。他沿着大路一直走啊走,估摸到了行政长官上班的时间,才折回去。通报姓名以后,他被领进威利斯的房间。威利斯略微上了点岁数,头发花白,一张长脸泛着黄色。

"很高兴见到你平安归来,"他一边与艾萨特握手,一边说,"我听说你们差点被淹死,是怎么回事?"

艾萨特穿着干干净净的帆布裤子,戴着一尘不染的草帽,真是一表人才。他的黑头发梳得整整齐齐,小胡须也修剪利落了,举止态度颇有正直的军人之风。

"我想最好立即来向您汇报,先生,既然您吩咐我照顾坎品。"

"说吧。"

艾萨特按照他的版本讲了事情经过。他对危险轻描淡写,有意让威利斯认为危险并非严峻。要不是出发得那么晚,他们也不会意外翻船。

"我劝坎品早点走,可他喝了两三杯酒,实在是动都不想动了。"

"他喝醉了?"

"那我倒是不清楚,"艾萨特和善地笑着,"可我也不能说他还头脑清醒。"

他接着讲下去。设法迂回地暗示坎品有些头脑发昏,对于一个水性不好的人来说,激浪确实太吓人了。他,艾萨特,关心坎品胜过关心自己;他明白唯一的生机就是保持镇定,翻船的那一刻,他看到坎品被吓得惊慌失措。

"你可不能责怪他。"长官说道。

"我自然是为他尽了力,先生,但事实是当时我能为他做的也只有那么多了。"

"好吧,重要的是你们两个都脱了难。要是他死了,我们可就麻烦大了。"

"我想最好在您见坎品之前就来向您讲清事实,先生。我猜他可能会把潮水讲得颇为狂野。夸大并没有什么好处。"

"你们俩讲的大体上吻合得不错。"威利斯说着,微微一笑。

艾萨特茫然地望着他。

"今天早晨你没有见到坎品吗?我听戈林说你们出了点事,就在昨晚吃完饭后从堡里回家的路上顺便去看了一下。当时你已经上床了。"

艾萨特感到自己在发抖,他拼命地保持镇定。

"顺便问一下,你先逃掉的,对吧?"

"我并不清楚,先生。您知道,当时混乱不堪。"

"既然你比他先到对岸,那肯定是了。"

"那么我想是这样的。"

"好,谢谢你来告知我。"威利斯说着,从椅子上站起身来。

几本书被他碰到,跌落到地板上。这突如其来的砰砰落地声,把艾萨特吓了一大跳,他倒抽了一大口气。行政长官飞快看了他一眼。

"我说,你的精神状态很不妙啊。"

艾萨特控制不住地颤抖起来。

"非常对不起,先生。"他嗫嚅道。

"不用说,你肯定受惊了。这几天放松点。怎么不找医生要点药呢?"

"昨晚我睡得不大好。"

行政长官点点头,好像理解他似的。艾萨特出去时,碰到一个熟人,停下来祝贺他脱险。大家都知道了。他走回休养所,一边走,一边把刚才给长官讲过的话又对自己讲了一遍。真的和坎品讲的一样吗?他怎么也想不到,长官竟然已经从坎品那里听说过了。他早早去上床睡觉真是蠢透了!根本就不该让坎品离开自己的视线。长官听他讲的时候,为什么没有告诉他已经知道了呢?现在,艾萨特咒骂自己居然暗示说坎品喝醉了,糊涂了。他这么讲是为了贬低坎品,但现在明白这么做很愚蠢。此外,威利斯为什么特意提到他先逃脱的呢?或许他也只是暂不出手;或许他还要质询一下,威利斯可是个精明人啊。不过,坎品究竟说了些什么?他必须得弄清楚,无论如何都要弄清楚。艾萨特脑袋里沸腾着,沸腾得令他难以控制住种种念头,但他一定要保持镇静。他感觉自己就像一头被穷追不舍的猎物,他也不相信威利斯待见自己;因为粗心大意,他在办公室曾挨过威利斯一两次责备；也许威利斯只是等着搜集所有的事实再算总账。想到这里，艾萨特简直要抓狂了。

他走进休养所，在那里摊开腿脚坐在长椅上的，正是坎品。他正读着他们去丛林期间送过来的报纸。艾萨特看到这个把他玩弄于股掌之间的卑劣矮小的家伙，登时感到一股恨意涌来，充塞了整个心胸。

"喂，"坎品抬起头问道，"你去哪儿啦？"

艾萨特察觉到坎品眼中闪过一丝嘲讽。他握紧拳头，呼吸急促起来。

"你跟威利斯都说我什么了？"他突兀地问。

他问得突然，语气也很不客气，坎品略带吃惊地瞥了他一眼。

"我一直都没怎么说到你呀。怎么了？"

"他昨晚可是来过了。"

艾萨特直勾勾地盯着坎品。他竭力要猜出坎品的心思，眉毛愤怒地蹙在一起。

"我告诉他说，你头疼去睡了。他想了解一下我们遭遇的不测。"

"我刚刚见过他了。"

艾萨特在宽敞阴凉的房间里走来走去；尽管还早，太阳已经炽热得令人目眩发晕。他像一头笼中困兽，心中升腾着无名怒火，让他想要扼住坎品的喉咙掐死他，可似乎又没有抗击的对象。他有一种深深的无力感，疲倦而又难受，精神都快散架了。赋予他某种力量的愤怒忽地消失了，他变得垂头丧气，好像血管里流的不是血，而是水；一颗心直往下沉，膝盖也像在发软。他觉得，若是不加以小心克制，他一定会哭出来了。他为自己感到万般难过。

"见你的鬼去,我向上帝发誓,宁愿从未见过你。"他最终还是哀哀地哭出声来。

"这到底是怎么回事?"坎品惊呆了。

"得了,别装了。我们都装了两天了,我受够了。"艾萨特声音陡然提高,尖厉刺耳,从他这么魁梧的人身上发出这种声音真是怪异,"我受够了。我忙着逃命,扔下你溺水。我知道自己简直就是个混球。可我没办法。"

坎品慢慢从椅子上站起身来。

"你在说什么呀?"

他语气里流露的惊讶那么真切,吓了艾萨特一跳。一股寒战沿着后脊梁滚下。

"你叫救命的时候我吓慌了神。当时刚好抓住一支船桨,我就喊哈桑救我脱身了。"

"你这么做是最明智的。"

"我救不了你。什么都做不了。"

"那是当然。我呼救才真是蠢,那是浪费空气,而空气才正是我需要的。"

"你是说,你不知道?"

"那些伙计们扔给我席筒的时候,我还以为你仍然抓着船呢。我以为是我先抛下你逃命的。"

艾萨特双手抱头,发出一声绝望的号叫。

"我的上帝呀,我怎么这么傻。"

两人站了一会儿,瞪着对方,似乎要无尽地沉默下去。

"你现在打算怎么办?"艾萨特终于开了口。

"噢,亲爱的伙计,别担心。我自己就常常被吓到,我不会指责别人畏缩怯懦的。任谁我都不会说的。"

"好吧,可你知道真相。"

"我向你保证,你可以信任我。而且,我在这儿的活干完了,要回国了,就搭下一班去新加坡的船。"说到这里坎品顿了一下,若有所思地盯着艾萨特看了一会儿,"只有一件事我想请求你,我在这儿交了很多朋友,有那么一两件事我有点儿在乎:当你讲起我们翻船的事,如果能别说我表现得很差劲,我会很感激的。我可不想让这儿的伙计们觉得我没有勇气。"

艾萨特的脸涨成猪肝色,他想起自己对行政长官说过的话。坎品简直就像在他背后一直听着似的。他清了清喉咙。

"真不知道你为什么以为我会那么说。"

坎品呵呵笑了,满脸和善,蓝眼睛里兴味十足,满是愉快。

"生性怯懦啊。"他答道,接着咧嘴笑了,露出了缺口变色的牙齿,"来支雪茄吧,伙计。"

(阎　勇译)

天罚之人

航道局奉海军部王室代表之命出版了《航运指南》系列丛书,内容翔实,世上鲜有书籍能与之媲美。该系列丛书装帧精美,用不同颜色布面装订(装帧精致),定价却着实便宜。四先令就能买一本《长江导航》,涉及长江概述及航行指南,从吴淞江到最西通航点,面面俱到,包括汉江、嘉陵江,还有岷江的细致描述;三先令就能买一本《东方群岛导航》,介绍西里伯斯岛①东北角,摩鹿加和济卢卢的航道,班达海域阿拉弗拉海域,和新几内亚的西、北、西南海岸。不过,若你生性喜静,无意颠簸,又或者职责所系,拴在一处动弹不得,出门远航或有安全之虞,而这些讲求实际的书籍也能够带你开启一段心荡神驰的精神之旅。不管是丛书实事求是的风格,还是令人击节的布局,不管是将资料一一罗列的精细,还是渗透在字里行间的严谨务实,都未曾使其中的诗意减色半分。这份诗意透过书页吹来阵阵馨香,正如当你靠近东方海洋中的神奇岛屿时,充满香料气息的微风拂过,带来一股极其肉感的娇慵挑逗着你的感官。这套丛书告诉你何处下锚,何处登陆,何处可供给养,何处可得水源;还教给你如何

---

① 今称苏拉威西岛。

在各处观看信号灯和航标,观潮,望风,识气候。各地的人口与贸易也有扼要介绍,让人啧啧称奇的是,样样都写得如此从容,没有一字废话,却又一应俱全。这么说吧,涵盖所有未知世界的美丽与神秘,魅力与浪漫。这可不是一般的书,随意翻开,就能读到如下段落:"给养。除了少量禁猎的雨林野禽,此岛亦栖息着数量巨大的海鸟。礁湖内生长海龟,并有大量各种鱼类,包括灰鲻鱼、鲨鱼和角鲨;勿使用任何围网,但个别鱼类可用钓竿捕捉。棚屋内储有罐装食品与烈酒,为船难者提供救济。登陆不远处有水井,可汲淡水。"凭借这些,无需更多素材,只需运用想象力就足以开始一次穿越时空的旅行。

在我抄下以上段落的那一卷中,编纂者以同样的精细描述了阿拉斯群岛。群岛由一簇或者说一条链形小岛组成,"大部分区域地势低洼,树木丛生,东西延伸约七十五英里,南北跨度四十英里"。书中介绍说,关于岛屿的已知信息甚少;岛屿之间有水道相连,有数艘船只通航,但水道尚未完全探明,多处危险位置尚未确认;因此编者建议避开。群岛人口统计为八千左右,其中中国人两百、回教徒四百,其余为未开化的异教徒。主岛名为巴鲁岛,礁石环绕,住着一位荷兰总督。总督府邸坐落在一个小山峰上,白屋红顶,皇家尼德兰邮船公司的船只每两个月上行至马加萨港口,每四周下行至荷属新几内亚的马老奇港口,中间在此停靠,所见唯此房屋最为触目。

漫长的世界历史中曾有那么一瞬,阿拉斯群岛的居民由总督埃弗特·古意特先生统治,虽然铁腕,但他有一种敏锐的荒谬感,多少中和了他的严厉。他觉得自己在二十七岁时被任命到这个重要位置上像个玩笑,到了三十岁时,他仍然觉得这个任命很可笑。他管辖下的岛屿和巴达维亚①之间没有电报通讯,邮

---

① 即今日之雅加达。

件拖延很久才能到达,即便是他请求的指示,收到时也已经完全派不上用处。所以,他一直自行其是,至于上司找不找他的麻烦,全凭运气。此人个头矮小,身高不超过五英尺四英寸,极其肥胖,面色红润。为了图凉快,他剃了秃头,也不留胡须,整个脑袋又圆又红。眉毛颜色淡得几乎看不见,小蓝眼睛闪着精光。他心知自己缺乏庄重,为了匹配地位,穿得格外整洁漂亮,借以弥补。不管是去办公室,还是坐堂,抑或是在户外行走,他无时不穿着纤尘不染的白制服,立领双排扣式样,黄铜纽扣闪闪发亮,紧紧箍在身上,让他惊人的肥胖暴露无遗。尽管年轻,他的肚皮却又圆又凸;脸上一团和气,油亮亮地浸着汗水,不时摇动着手中的棕榈叶扇子。

不过,在他自己的住所,古意特先生喜欢只穿着一条纱笼,白白胖胖矮矮小小,看上去像个十六岁的滑稽肥仔。他起床早,六点就要给他备好早餐。早餐一成不变,一片木瓜,三只冷煎蛋,片得薄薄的荷兰红波奶酪,外加一杯黑咖啡。吃光以后,再抽一根荷兰大雪茄,如果报纸还没有翻来覆去读透,那就再读一遍。之后,穿戴整齐,去办公室。

一天早上,他正在忙碌如仪,仆人头头来到卧室,报告说琼斯先生求见。古意特先生当时身上只套着裤子,正站在镜子前欣赏自己平坦的胸肌。他猛地弓起后背,收起腹部,满意得不得了,把胸脯拍得叭叭响,好一副男人胸膛。仆人通报完毕,他与镜中的自己对望,相视而笑,带着点讥讽,暗想不知这个访客到底有什么图谋。埃弗特·古意特的英语、荷兰语、马来语讲得都非常流利,但他喜欢用荷兰语思考,在他看来,荷兰语有股令人愉悦的粗俗劲。

"请琼斯先生稍等,说我立刻过去。"他赤身套进上衣,扣好纽扣,精神抖擞地步入客厅。欧文·琼斯牧师站起身。

"早上好,琼斯先生,"总督说,"想在我办公前跟我聊几句?"

琼斯先生面容严肃。

"我来见您是为了一桩非常烦心的事,古意特先生。"他答道。

来客的严肃没有令总督不安,所说的话也没让他情绪低落。他蓝色的小眼睛里闪着亲切的光芒。

"坐下,亲爱的伙计,来根雪茄。"

古意特先生非常清楚,欧文·琼斯牧师既不喝酒,也不抽烟;可是每逢相见,他总是要请牧师喝酒抽烟,这种小小的捉弄总能够给他带来无尽快意。琼斯摇头谢绝了。

琼斯先生负责阿拉斯群岛浸信会的传教事务,总部设在面积最大、人口最多的巴鲁岛,但在群岛的其他几个岛屿上建有教堂,由土著助手管理。他年约四十,瘦高个,面色阴郁,一张长脸蜡黄憔悴,褐色的头发,两鬓已经斑白,前额开始谢顶。看上去就是一副无聊知识分子的形象。古意特先生既讨厌他,又对他有几分敬重。讨厌他是因为他气量小又教条。古意特本人天性快活,不信宗教,能使肉身享乐的好东西他都喜欢,打定主意只要情况允许就尽情享受,对于一个反对一切享乐的人他自然没什么耐心。他认为,岛上风俗正适合本土居民,而传教士却很起劲地破坏千百年来行之有效的生活方式,对此他颇不以为然。之所以喜欢琼斯,则是因为他忠实、热忱,是个好人。琼斯先生是澳大利亚人,一口威尔士腔,是团契里唯一合格的医生。知道自己生病时不能仅靠那位中医,真令人欣慰,没人比总督更清楚琼斯先生的本领多么有用,他做出了多么大的善举。流感猖獗时,他一人顶十人之力;除非是刮台风,再大的风暴也不能阻止他从一个小岛赶往另一个小岛去治病救人。

琼斯兄妹二人住在离村子半英里的一幢白色小房子里,总督初来之际,他到船上迎接,请总督在房子收拾好之前与他们同住。总督欣然接受,很快发现这二人过得十分简朴,简朴到令他无法忍受的地步。一日三餐都是寒酸的茶点,每当他点燃雪茄,琼斯先生便礼貌而坚决地让他掐掉,因为他们兄妹二人都强烈反对吸烟。二十四小时不到,古意特先生便搬进自己的房子,或者说满怀惊惧地逃走了,就像逃离瘟疫肆虐的小城。他喜欢讲笑话,喜欢大笑,但琼斯对可笑的话也一本正经,他讲最好笑的笑话时,琼斯先生都不曾有过一丝笑模样,实非常人可以忍受。欧文·琼斯作为传教士,是个值得敬重的人,可作为同伴简直一无是处。他的妹妹更加让人受不了。二人都没什么幽默感,琼斯先生天性阴郁,对职责兢兢业业,明显认定世界万物无可救药;而琼斯小姐则坚定乐观,不屈不挠地坚持万事都看光明面。她在同类身上孜孜以求的都是优点,凶猛得像个复仇天使。她在教会学校教书,也帮助哥哥行医。传教任务之外,琼斯先生自发建成一家小小的医院,他做手术的时候,妹妹担任麻醉师和助手,平时还兼任护理工作。话说,总督是个顽固的小个子,不管是琼斯牧师同人类软弱天性的不屈斗争,还是琼斯小姐不管不顾的乐观,他都有能耐从中榨出笑料。但凡能找乐子的地方必得找点乐子嘛。荷兰船只每两个月内有三次到此停留几个小时,他就可以同船长和轮机长好好地找点刺激;要是采珠船破天荒从澳大利亚东北部海角星期四岛或达尔文港来此停泊,他就能开心个两三天。那些人都是粗汉,采珠船上的人尤其如此。他们胆大皮厚,一肚皮精彩故事,船上满载烈酒,总督乐于邀他们到自己府邸好吃好喝好招待,不喝到人人大醉回不了船就算不得圆满。除了传教士,巴鲁岛上还有一个白人,叫金杰·泰德。此人简直是文明的耻辱,关于他连一句好话都听不到,令白种人蒙羞。尽管如此,但若非此人存在,总督有时会觉得巴鲁岛上的日子简直熬不下去。

奇就奇在,琼斯先生一大早就来求见古意特先生,不是为了对异教少年宣讲浸信会的神迹,而正是为了这个无赖。

"请坐,琼斯先生,"总督说,"有什么可以效劳?"

"我来见您是为了那个叫金杰·泰德的人,您现在打算怎么处置他?"

"怎么啦,出什么事了?"

"您没听说吗?我以为巡佐早就告诉您了。"

"若非事出紧急,我不鼓励下属到我的私人住所。"总督颇为庄重地说,"我和你不一样,琼斯先生,我工作是为了能闲下来,而闲暇时间不愿意受打扰。"

琼斯先生可不大喜欢闲聊,对泛泛而谈也没兴趣。

"昨天夜里在一家中国人店铺发生了一场丢人现眼的斗殴。金杰·泰德把那里砸得稀巴烂,还把一个中国人打得半死。"

"又喝醉了吧,我猜。"总督一副稀松平常的口气。

"那还用说。他有不醉的时候吗?他们叫了警察,他还打了巡佐。六个人一起上才把他塞进牢房。"

"真是个壮汉。"总督说。

"我以为您要把他递解到马加萨。"

传教士一脸愤怒,埃弗特·古意特却回以快活的眨眼。他不傻,已经明白传教士的来意。不过逗弄他一下会很有趣。

"幸好我有足够的权力自行处理这个情况。"他答道。

"您有权驱逐任何人,古意特先生,如果能够一劳永逸地驱除那个人,我认为一定可以省掉很多麻烦。"

"我当然有这个权力,但是我也肯定,你是最不愿意看到我滥用职权的人。"

"古意特先生,那个人的存在就是一桩公开的丑闻。从早到晚他就没有清醒的时候,还一个接一个地和土著妇女发生关系,真是臭名远扬。"

"这一点倒有趣,琼斯先生。我常听说,过量的酒精虽然刺激性欲,却妨碍性欲的满足。你跟我讲的金杰·泰德的所作所为似乎不能证明这个理论啊。"

传教士的脸涨成了猪肝色。

"眼下我无意谈论这些生理问题,"他冷冷地说,"此人的行为给白人的威信造成了难以估量的损失,其他地区为了劝导岛上居民减少堕落,付出了很多努力,都被这个坏榜样破坏得不轻。他就是个彻头彻尾的坏坯子。"

"容我问一下,你有没有尝试过去改造他一下?"

"他刚刚游荡到岛上时,我百般想要接触他,可都被他拒绝了。他头一回惹麻烦的时候,我去找他,直截了当地跟他谈,他把我骂了回来。"

"对于你和其他传教士在这些岛上所做的出色工作,没人比我更加赞赏啦。不过,你肯定替神行道时一直都穷尽了一切手段?"

总督为这番措辞颇为自得,因为话说得极其文雅,又暗含他以为应当的指摘。传教士严肃地打量着他,忧郁的褐色眼睛里满是诚恳。

"基督举起鞭子把兑钱商赶出圣殿的时候使用手段了吗？没有，古意特先生。手段是懒人赖以逃避职责的遁词。"

琼斯先生的言论让总督突然间想喝上一瓶啤酒。琼斯牧师俯身向前，恳切说道：

"古意特先生，您和我一样清楚此人的罪行，我没有必要再向您赘述。对他没什么借口好找。现在，他确实逾越了界限，这是个绝好的机会。我请求您行使您的权力，把他赶走，一劳永逸。"

总督两眼闪着精光，似乎从这番谈话中找到不少乐子。他琢磨着如果不强求以赞美或者谴责论人，人类不是要有趣得多嘛。

"可是，琼斯先生，你是要我向你保证，在我听到针对他的不利证据而没有听他本人申辩之前，就将他驱逐？我这么理解对不对？"

"我不知道他本人有什么好申辩的。"

总督从椅中站起身，尽力给他的区区五英尺四英寸之躯注入庄严。

"本人在此地根据荷兰政府的法律行使司法权。请允许我告知，你竟然企图影响本人的司法职能，我深感震惊。"

传教士有一丝慌乱，他从未想到，这个比他还要年轻十岁的傲慢的小家伙，居然还梦想着对他采取这样的态度。他正待张口解释或道歉，总督举起了一只肥短的小手掌。

"琼斯先生，我该去办公室了。再会。"

传教士尚在惊愕之中，只得鞠了个躬，走出房间，再无二话。要是他回转身看一眼总督，一定会大吃一惊。总督正咧嘴大笑，把拇指顶在鼻尖上，向传教士比画了个"见鬼去吧"的手势。

几分钟后,总督来到办公室。他那位有一半荷兰血统的办事员头头,向他报告了昨夜的斗殴事件,和琼斯先生的版本相当吻合。当天正好遇上开庭。

"先审金杰·泰德的案子吗,总督大人?"办事员问。

"没有理由先审他。上次开庭还留下两三个案子,我按顺序来吧。"

"我以为,他是个白人,也许您会不公开审理他,总督大人。"

"庄严的法律可不知道什么白色人种和有色人种的分别,我的朋友。"古意特先生有些自命不凡地说。

法庭是一间宽敞方正的屋子,摆着木头长凳,坐满了形形色色的土著居民,有波利尼西亚人、布吉人、中国人、马来人,房门一开,巡佐进来宣布总督驾到,他们全体起立。总督带着办事员进来,在小凳台上坐定,面前摆着一张刷了清漆的脂松案子,身后挂着一幅荷兰威廉明娜女王木版画像。他迅速发落了六桩案件,接着,金杰·泰德被带上堂来。他站在被告席,戴着手铐,两边各站一名狱卒。总督板着一张严肃的面孔看了看他,遮掩不住饶有兴味的眼神。

金杰·泰德还没有从宿醉的难受劲儿中缓过神来。他眼神空洞,站着直打晃。金杰年纪不大,约莫三十上下,中等偏高个头,相当肥胖,头顶着一蓬红卷毛,红头涨脸的。昨夜斗殴中,他也不是毫发无伤,青着一只眼圈,肿着打破了的嘴。他穿着的卡其布短裤又脏又破,汗衫几乎要从背上扯下来。前胸衣服撕破一条口子,露出浓密的红色胸毛和白花花的皮肤。总督看过案情记录,传唤证人。听过证词,见过被金杰·泰德拿酒瓶砸破头的中国人,听过巡佐情绪激动地讲述如何在抓捕金杰时却被他

打翻在地,以及醉酒狂怒的金杰·泰德如何把触手所及的一切砸烂,造成一场劫难。总督转过身,用英语问被告:

"喂,金杰,你有什么要为自己说的?"

"我喝醉了。我什么都不记得。他们说我把人揍个半死,我想应该没错儿。如果他们能给我点儿时间,我愿意赔偿损失。"

"会让你赔偿损失的,金杰,"总督说,"给不给你时间要看我。"

他一言不发地打量了金杰·泰德好一阵子。这个人还真叫人倒胃口,完全垮在那里,极其讨厌,看他一眼都会让人恶心地哆嗦。要不是琼斯先生那么多事,总督肯定会立刻下令把他驱逐出境。

"金杰,自打来到岛上,你就麻烦不断,丢人现眼,懒惰得无可救药,几次三番让人从街上抬走,醉得像头死猪,还屡屡引发斗殴。你没救了。上次你被带到这里来的时候,我就说过,如有再犯,我会严厉处置。这次你太过分了,都是你自找的。我判处你六个月的苦役。"

"我服苦役?"

"你服苦役。"

"对天发誓,出来我就干掉你。"

他爆发出一连串下流渎神的詈骂,古意特先生轻蔑地听着。要是用荷兰语的话,可比用英语骂得难听多了,金杰·泰德骂出口的没有一句他不能轻松盖过的。

"闭嘴,"他命令道,"我听够了。"

他又用马来语将判决宣布一遍,人犯挣扎着被带走了。

古意特先生心情大好,坐下来吃咖喱饭午餐。只需稍稍运用创意,人生就有趣得惊人。阿姆斯特丹的那些人把他的岛屿看作是流放地,甚至巴达维亚和苏腊巴亚也有人这么想。他们可不知道此地多么宜人,也不知道他能从没指望的事情中找到多少乐子。人们问他,会不会惦记俱乐部、赛马、电影院,还有赌场一周一次的舞会,还有那群荷兰娘儿们。才不会呢。他喜欢舒服自在。他起居的房间里摆放着结实的家具,有一种令人满足的牢靠感。他喜欢读轻浮的法国小说,陶醉于一本接一本读下去的刺激,毫无浪费时间的不安。对他来说,浪费时间是极大的奢侈享受。作为一个血气方刚的小伙子,当他的绮思转到情事上面的时候,仆人头头就会把一个身材娇小、皮肤黝黑、眼睛闪亮、裹着纱笼的尤物领进家门。他行事谨慎,不和她们建立固定的关系。他相信,变化才能保持心灵年轻。他享受自由,从不被沉重的责任感拖累。他不在乎气候炎热,炎热使一天五六次的冲凉具备了快感,几乎达到美感的境界。他还弹钢琴,写信给荷兰的朋友。他觉得没必要和知识分子交流。他喜欢大笑,从傻瓜和哲学教授身上,他都能发掘捧腹大笑的乐子。他认为自己是一位非常智慧的小男人。

如同所有在远东的体面荷兰人一样,古意特先生午餐先喝一小杯荷兰杜松子酒。此酒一股陈腐辛辣的味道,需要后天教习才懂得欣赏。古意特先生很喜欢,胜过喜欢任何鸡尾酒。每当饮上一杯,令他尤其感觉是在发扬民族传统。饮酒之后,他享用印尼米饭,天天如此。他在汤盘里高高堆满米饭,三个仆人在侧,一个伺候咖喱,一个伺候煎蛋,一个伺候佐料,他自在取用。随后,每个仆人再各自奉上一道餐食,或是咸肉,或是香蕉,或是腌鱼,在他的盘中堆成巨大的金字塔。全部搅上一搅,他就开吃,细嚼慢咽,吃得有滋有味。饭后,再来上一瓶啤酒。

他吃饭的时候不想事儿,注意力集中在面前的一大堆吃食上,愉快专注地吃着,总也吃不腻。丰盛的盘中餐扫光之后,想到第二天又可以吃印尼米饭,就像得到了补偿。他吃不厌米饭,就像我们吃不厌面包一样。喝过啤酒,点上雪茄,仆人端来咖啡,他往椅子上一靠,任由自己享受思维的乐趣。

判处金杰·泰德六个月苦役正搔着他的痒处,想到泰德跟其他囚犯一起修路的场面,他不禁笑了。把一个偶尔可作交心之谈的人驱逐出境,他才没有那么傻。何况,让传教士为此得意,有损他这个君子的德行。金杰·泰德诚然是个流氓无赖,但是总督对他心存友善。他们曾经结伴干掉一瓶瓶啤酒,采珠船从达尔文港开来时,他们也曾结伴彻夜作乐,高高兴兴、亲亲密密。金杰·泰德任意挥霍浪费着人生的无价宝藏,总督就喜欢他这股满不在乎的劲头。

一天,金杰·泰德混上从马老奇港出发、开往马加萨的轮船。船长不清楚他是怎么混上船的,他和土著一起挤进统舱,到了阿拉斯群岛,他感觉不错,就在那里下了船。古意特总督怀疑,吸引他的原因也许包括岛上插的荷兰国旗,意味着这是英国法律治外之地。不过,他的文件合乎程序,没有理由不让他待在岛上。据他说,他是来为一家澳大利亚公司采买珠母贝的,但很快就显示出他对商业活动并不当真。的确,饮酒占据了他太多时间,几乎腾不出什么工夫给其他事务。他每周收到两英镑,按月定时从英国寄来。总督推测,寄钱的人要他离得远远的才给这笔钱,怎么说这个数目也太少了,无法供他四处自由走动,对此金杰·泰德本人三缄其口。总督还从他的护照得知他是英国人,证件姓名爱德华·威尔森,曾在澳大利亚逗留。但是,对于他为何离开英国,在澳大利亚又干了些什么,他只字不提。总督也分辨不清金杰·泰德属于哪个阶层。看他穿着肮脏的汗衫,破破烂烂的裤子,头顶磨损的烂草帽,听他和采珠人讲着粗鄙下流的话,像个文盲,你会认为他肯定是一个弃船开小差的普通水手或者干体力活的;可是看看他的书写,你会吃惊,怎么看也得是受过一些教育才能有的手笔。若你有时和他独处,喝了几杯酒将醉未醉,他会讲一些水手和劳工绝对无从知晓的事情。总督相当敏感,体会到金杰·泰德同他说话的态度不是以下对上,而是身份平等。他的汇款往往还未收到就押出去了,每月汇款一到,借钱给他的中国人就站在他身边要账,余下的钱他接着买醉。这时候,他往往会滋生事体,一喝醉他就变得异常凶猛,容易做出一些出格的事,落入警察手里。至此,古意特先生满意于把他扔进监狱,等到他清醒了再和他谈谈。手头没钱的时候,他逮住谁就找谁讨酒喝,什么酒都行,兰姆酒也好,白兰地也罢,亚力酒也行,他来者不拒。古意特先生有两三回安排他到这座岛或那座岛上中国人的种植园里上工,但是他坚持不住,没几个星期就跑回巴鲁岛的沙滩上。他能把生活维持下去简直是个奇迹,当然,他自有一套办法。不同岛上的口音他一学就会,还懂得怎么把土著逗笑。他们瞧不上他,可是对他的好气力很敬佩,也喜欢和他在一起。结果他从来不会饿肚子,也从不缺睡觉的地方。最奇怪的,也是最让欧文·琼斯牧师怒火中烧的是,他能对女人为所欲为。总督也想不出她们都看中他哪一点,按说他对女人既随便,又粗鲁。女人们给他什么他拿什么,但是好像并不感恩。他图的是享乐,事后就把她们无情地撇到一边。有一两次,他给自己招来麻烦:一个愤怒的父亲夜里在金杰·泰德后背捅了一刀,古意特先生不得不给这位父亲判刑;还有一个中国妇女因为被他抛弃要吞鸦片自杀。有一回,琼斯先生怒气冲冲地来找总督,因为这个海滨流浪汉勾引了一个皈依他的信徒。总督同意此事确实该骂,却也只能建议琼斯先生把年轻女信徒看管紧一点。还有一回惹得总督不大高兴,因为他发现自己颇为垂涎而且约会好几周的一个姑娘,居然一直也钟情金杰·泰德。想到这一点,金杰·泰德做六个月的苦役真是让他开心,不禁又笑起来。人生在世,向对你要卑鄙伎俩的人公报私仇的机会委实不多。

几天以后,古意特先生出门散步,一半是为了活动筋骨,一半是为了看看自己筹划的事情是否都已经落实下去。他看见一队囚犯,正在狱警监视下干活。其中就有金杰·泰德,穿着囚服:一条纱笼,一件脏兮兮的马来式样上衣,还有他自己那顶破烂草帽。他们正在修路,金杰·泰德奋力挥着一把沉重的镐头。道路狭窄,总督发现,他必须在一英尺之内与金杰·泰德擦身而过。他想起金杰·泰德的威胁,知道金杰·泰德是个激烈冲动的主儿,被告席上他的话也说得明白,他可没有把总督判他半年苦工看作是开玩笑。如果金杰·泰德突然举起镐头袭击,普天之下没有谁能救得了他。当然,狱警会立即一枪击中金杰·泰德,但同时总督的脑袋也会给砸瘪。古意特先生带着胃里的奇怪感觉穿过这队囚犯。他们结对上工,彼此隔开几英尺。他下定决心,既不加快步子,也不放慢。走过金杰·泰德身旁时,后者把镐头往地上一扔,抬头望望总督,发现总督正眨巴着眼睛。总督忙把已到唇边的微笑收回去,官气十足地大步前进。但那一眨眼,满是嘲讽滑稽,丰美得令他深感满足。如果他不是荷兰文职机关的小吏,而是巴格达的哈里发①,他准会立马释放金

---

① 伊斯兰领袖的称号。

杰·泰德,遣奴隶带他去浴室,给他涂上香脂,裹上金袍,飨以盛宴。

金杰·泰德是惩戒性囚犯,一两个月后,总督恰好要派一队囚犯到偏远小岛上做工,就把他也算上了。岛上没有牢房,派去的十个囚犯就被摊派到土著家里,一日劳役之后便是自由身,由一位狱警看管。这个工作足以抵掉金杰·泰德余下的刑期。出发之前,总督去看他。

"听着,金杰,"他说,"给你十个荷兰盾,到那儿可以买买烟卷儿。"

"不能多给点儿吗?我每个月可是有八英镑固定收入呢。"

"我觉得够啦。你的汇款由我保管,等你回来就能拿到一大笔款子。到时候,你有足够的钱,想去哪儿都成。"

"我在这儿就挺舒服。"金杰·泰德说。

"等你回来,洗洗干净到我这儿来。咱们一起喝瓶啤酒。"

"就这么说定。我可就准备好尽情爽一爽。"

这才有了后面发生的事情。金杰·泰德被派去的岛屿叫作马菩提提,和其他小岛一样,到处是岩石和茂密的树木,礁石环绕。海岸上椰林中掩映着一个村庄,正对着环礁的口子;另一个村庄坐落在岛中半咸水礁湖上。一些居民已经皈依了基督教。小岛与巴鲁的交通依靠一艘不定期穿梭于各岛屿之间的汽艇,上面搭载乘客和土产。不过,村里人个个都是海上好手,如果他们要紧急联络巴鲁,就驾上一艘普拉胡快船,行上五十英里左右到达巴鲁。金杰·泰德的刑期只剩两周的时候,湖畔村庄的基督头领突然病倒,土药毫无效用,他疼得直打滚。送信的人到巴鲁岛请传教士来治病;可是交上霉运就没个完,琼斯先生眼下正闹着疟疾,躺在床上动弹不得。他和妹妹商量此事。

"听着像急性阑尾炎。"他跟妹妹说。

"你不能去,欧文。"她说。

"我不能由他病死。"

琼斯先生发烧一百〇四华氏度,头疼得厉害,整晚都神志不清。他眼睛睁得吓人,他妹妹知道他纯粹靠意志力才保持头脑清楚。

"你这种样子怎么能做手术。"

"是的,我做不了,只能让哈桑去。"

哈桑是配药师。

"你不能交给哈桑。他从来不敢独自施行手术,再说他们也不会让他做。我去。哈桑留下照看你。"

"阑尾你切除不了。"

"怎么不能?我见你做过,我可做过不少台小手术。"

琼斯先生觉得不太明白妹妹话里的意思。"汽艇来了吗?"

"没有,汽艇去别的岛了。我可以搭他们划来的普拉胡船去。"

"你?我没考虑你。你不能去。"

"我要去,欧文。"

"去哪儿?"他说。

看到他精神涣散,她把手搭在他枯瘦的额头上,抚慰着他。她给哥哥服了一剂药。他嘴里含含糊糊地说着什么,她知道他已神志不清。当然,她很担心哥哥,但也知道他的病没有凶险,可以放心地托付给帮她照看哥哥的教会助手和本地配药师。她轻手轻脚地走出房间,把洗漱用具、睡袍、换洗衣服放进包里。他们随时备好一个装有外科器械、绷带和消毒敷料的诊疗箱。她把包和诊疗箱交给从马菩提提过来的两个土著,告诉配药师自己的去向，交代他等她哥哥能听明白话的时候知会他，尤其交代让哥哥不要为自己担心。她戴上帽子，径直出了门。他们所住的教会离村子有半英里，她走得很急。码头尽头，六人划乘的普拉胡船正等在那里。她在船尾坐好，六人便飞快地挥桨起航。环礁内的海面水波不兴，但划过沙洲之后便是滚滚长浪。好在琼斯小姐不是头一次经历此类航行，她相信自己坐的小船经得起风浪。正值中午，阳光从湿热的天空直射下来。唯一让她烦心的是天黑以前赶不到，如果必须立刻施行手术，就只能靠着防风灯的微光。

琼斯小姐年届四十。从外表上看，你怎么也想不到她会有刚才那般果敢。她身上有股非同寻常的优雅，一副弱不禁风的样子，让人觉得风吹吹就倒，简直娇弱到矫情的地步。但你很快就会发现她性格果敢坚硬，与娇弱的外表极不相称。琼斯小姐身材高挑，胸部平坦，极其瘦削，一张蜡黄的长脸上，长满热痱。稀疏的褐色头发从前额直梳向后。她眼睛很小，瞳孔是灰色的，眼距过近颇显得有几分戾气。她的鼻子又长又窄，有点发红。严重的消化不良让她很遭罪，但虚弱的体质一点也不妨碍她彻底坚决地万事都看光明面。她坚信世界邪恶，男人更是邪恶得说不出口，但凡二者有一星半点的正派，她都能谦恭而得意地把它提炼出来，就像变戏法的从帽子里掏出一只兔子一样。她思维敏捷，主意多，能力强。一到岛上，她就看出，要救头领的命，一刻也不能耽误。任务非常艰巨，她教给一个土著做麻醉，自己动手施行手术。接下来的三天，她焦灼、勤勉地照料病人。一切都进展顺利，她觉得即便哥哥亲自来了，也不过如此啦。她一直等到病人拆线以后，才准备返回巴鲁。她已经施行了全部必要的医疗诊治，让这个小小的基督社团坚定了信仰，训诫了废弛之处,播下了善的种子,在上帝护佑之下,有望在此生根发芽。

往来于岛屿之间的汽艇,下午五六点钟才入港停靠。不过,当天是月圆涨潮之日,他们有望在午夜之前赶到巴鲁。赶来送行的土著把琼斯小姐的行李拿到码头,围在周围,不停地说着感谢的话。很快就围起了一群人。汽艇上装满了一袋袋椰子干,但琼斯小姐早已习惯了椰子干冲鼻的气味,不会感到不适。她尽可能收拾出一块地方舒适地坐下,趁着等汽艇起航的空当,与那些对她千恩万谢的人群闲聊。船上只有她一个乘客。突然,掩映着礁湖村庄的树林中涌出一群土著,中间夹着一个白人,穿着囚服纱笼和马来上衣,一头长长的红发。她一眼认出此人是金杰·泰德,身边还跟着一个警察。他们握了握手,金杰·泰德又和陪伴的村民握手。村民扛着一捆水果,还有一只罐子,琼斯小姐猜罐子里装的是土烧酒。土著把这些东西搬上船,她惊讶地发现金杰·泰德要和她同行,因为他的刑期已经结束,奉指示搭汽艇回巴鲁。他瞄了她一眼,走进船舱,但没有点头致意——琼斯小姐把头转向了一边。机械师启动引擎,他们轧轧地驶过礁湖里的水道。金杰·泰德费力地爬上麻袋堆,点燃一支烟卷。

琼斯小姐对他视而不见。当然,她太了解他这个人了。想到他又要出现在巴鲁,又要闹出丑事,酗酒,败坏女人,往所有正派人的肉里扎刺,她的心头一沉。她知道哥哥已经采取手段,要赶他走。她对总督非常不满,他怎可任由职责当前却如此不管不问。汽艇开过沙洲,行驶到开阔的海面,金杰·泰德拔下酒罐塞子,嘴对着罐口痛饮一口,然后把罐子递给两个机械师。船上就这两位船员,一个中年人,一个年轻人。

"我不希望你们航行途中喝酒。"琼斯小姐严肃地告诫年长的船员。

他冲她笑笑,喝了起来。

"一点儿亚力酒对谁都没害处。"说着,他又把罐子递给同伴,同伴也喝了一口。

"再喝我就向总督投诉。"琼斯小姐说。

年长的船员说了一句她听不懂的话,估计不会是什么好话,之后,又把罐子递回给金杰·泰德,就这么传来传去喝了至少一个钟头。海平如镜,落日辉煌。太阳沉落在岛屿背后,不一会儿,海上变成了奇幻的天空之城。琼斯小姐转身欣赏,心中充满了对尘世之美的赞叹感恩。

"唯有人是可耻的。"她轻声吟咏着雷金纳德·赫伯的名言。

他们的船朝正东方向航行。她知道,远处那座小岛,他们曾经从边上经过。岛上无人居住,岩石嶙峋,生长着密密的原始森林。船员点亮灯。夜幕四合,天空中蓦地繁星密布。月亮还未升起。忽然,船身震动了一下,接着开始奇怪地摇晃。引擎突突作响。年长的机械师喊来副手掌舵,自己爬到舱盖下面。船行得更慢了,引擎索性停了。琼斯小姐问年轻的船员是怎么回事,但他也不清楚。金杰·泰德从椰子干袋子堆上面爬下来,也钻进舱盖。他出来的时候,她很想问问出什么事了,但她的尊严让她张不开口。她一动不动地坐着,思绪翻腾。海上涌起一波长浪,汽艇轻轻漂动。机械师也出来了一下,打着引擎。引擎吱吱嘎嘎像疯了一样,但船总算动起来了,整只船身都在抖,行得非常缓慢,显然还是故障未除。琼斯小姐不再惊慌,开始变得恼怒。汽艇速度按说是六海节①,但现在简直像是在爬行,照这个

---

① 1海节等于1海里/小时,即1.852公里/小时。

速度,回到巴鲁早过了午夜。在舱盖下面忙活的机械师,冲着在上面掌舵的那位大叫。他们讲布吉语,琼斯小姐听不太懂。可过了一会儿,她发觉船已改道,好像朝着他们本不应该停留的无人岛背风面开过去很远。

"我们这是去哪儿?"她突然生出恐惧,问掌舵的人。

掌舵的人指了指前方的小岛。她站起来走到舱盖边,大声叫里面的人出来。

"怎么去那里?为什么?出什么事了?"

"我们赶不回巴鲁。"他说。

"必须回巴鲁,一定要。我命令你开到巴鲁。"

机械师耸耸肩膀,不理会她,再次钻进舱盖。后来,金杰·泰德过来告诉她:

"螺旋桨的一个叶片坏了。他认为最远只能开到那座小岛。我们只能在岛上过夜,早上退潮后,他就能换上新螺旋桨了。"

"我可不能和三个男人在一个无人岛上过夜!"她嚷嚷。

"多少女人都巴不得呢。"

"我坚持要去巴鲁。不管怎样,我们今晚一定要到巴鲁。"

"别激动,大姐。我们得把船拖上岸换螺旋桨,到了岛上,一切就都好了。"

"你竟敢这么对我说话!太无礼了!"

"你不会有事的。我们有足够吃的东西,上岸后我们随便吃点。喝上一口亚力酒,你准会美上天。"

"你们真是太无礼了。要是不去巴鲁,我把你们都关进监狱。"

"我们不去巴鲁,去不了啦。我们要去那个小岛,你要是不愿意,就跳下去游回巴鲁去好了。"

"哼!你们会为此付出代价的。"

"闭嘴,你这臭老娘儿们。"金杰·泰德不耐烦了。

琼斯小姐气得直喘,但她克制住了。即便身处大海中央,她也非常自尊,不屑与那个邪恶的混蛋对口舌。引擎突突响得可怕,汽艇继续缓慢爬行。四周一片漆黑,她已看不清正在赶往的小岛。从不习惯被人忤逆,她气呼呼地坐着,紧闭双唇,皱着眉头。月亮升起来了,能看到金杰·泰德蜷在椰子干麻袋堆上的身影。他的烟卷闪动着邪恶的微光。小岛的轮廓隐隐约约出现在眼前。他们抵达小岛,船员把船拖到岸边。琼斯小姐忽然抽了一口凉气。她不得不面对眼下的现实,愤怒已化为恐惧。她的心脏怦怦狂跳,四肢哆嗦,感觉自己要昏过去了。她恍然明白过来,谁知道螺旋桨出故障是圈套还是意外?她拿不准;不过,她知道金杰·泰德不会放过机会。他会强暴她。她太清楚他的德性了:对女人如狼似虎。他对教会的那个姑娘不就是这样吗?那么虔诚可爱的小姑娘,还是个好裁缝。他们本应该告发他,他本应该给判上几年徒刑,只可惜那个天真无知的姑娘太不争气,几次三番回去找他,当他甩了她另寻新欢的时候,她也只是怨他待自己不好。他们去找过总督,可总督竟然拒绝采取措施,以他一贯的粗鲁,说什么即便这个姑娘所言属实,此事看上去也不全然是次不愉快的经历。金杰·泰德是条恶棍。她是个白人。他怎么会放过自己呢?他一定不会放过这个机会。她了解男人。她一定要镇定,一定保持头脑清醒,一定要有勇气。要想让她牺牲贞操,绝对要付出高昂代价,要是他杀死自己——好吧,她宁愿死也不屈服。如果死了,就安息在耶稣的臂弯里吧。霎时间,一束强烈的光芒让她目眩,天父的宫殿在眼前显现,富丽堂皇,美轮美奂,像电影院,又像火车站。机械师和金杰·泰德跳下汽艇,站在齐腰深的水里,围着坏了的螺旋桨。她趁他们正全神贯注,把手术箱从大箱子里拿出来,把内中的四把手术刀藏在衣服里。要是金杰·泰德胆敢碰她,她就毫不犹豫地把手术刀插进他的心窝。

"你现在最好出来,小姐。"金杰·泰德说,"在岸上比待在船里舒服得多。"

她心下也这么想。至少在岸上她行动自由。她一声不吭,爬过椰子干麻袋。他伸出手来。

"我不要你帮忙。"她冷冷地说。

"真他妈见鬼。"他回道。

爬出船而不露腿有点困难,但是她很巧妙地做到了。

"真他妈运气,我们还有东西吃。我们生堆火,你最好吃点东西,喝点亚力酒。"

"我什么都不要。我只想一个人待着。"

"你饿肚皮又碍不着我。"

她没答话,梗着脖子,沿着沙滩往前走。她手里紧紧攥着那把最大的手术刀。月光让她得以看清前面的地形。她想找个藏身的地方。浓密的森林一直绵延到海滩,但由于怕黑(她终归还是个女人),她不敢往树林深处走。她不知道里面是不是潜伏着什么危险的动物或蛇。另外,直觉告诉她,最好让三个男人保持在视线以内,这样如果他们迫近,她可以有所准备。她很快就找到一个小岩洞。她四处望望。那几个男人似乎忙于手中的事情,看不到她。她悄悄地躲进去,自己和他们之间有一块岩石,她可以既藏起来,又能盯着他们。她瞧见他们拿着东西上船下船,瞧见他们生了火,把周围照得亮亮的,还瞧见他们围着火坐成一圈,吃吃喝喝,酒罐子从一个人传到另一个人,全部都要喝醉。之后会有什么事落到自己头上呢?金杰·泰德,她或许还能对付,虽说他的力气叫她害怕;可要是三个人一起上,她就无能为力了。她脑子里转过一个疯狂的念头,想要去找金杰·泰德,在他面前跪下,求他放过自己。他一定还有一点起码的体面,因为她一直都无比坚信,即便最坏的人也仍留有丝丝善念。他必定有过母亲,说不定还有姐妹。啊,可是你怎么能向一个被肉欲冲昏头脑又醉酒的男人求告呢?她开始觉得极度虚弱,害怕自己会哭出来。绝对不能这样。她需要调动所有的自制力。她咬着嘴唇,盯着他们,就像老虎盯着猎物;不,不对,是像可怜的小羊羔盯着三只饿狼。她瞧见他们往火上投了更多的木柴,火焰映出金杰·泰德穿着纱笼的剪影。也许在她身上逞欲之后,他就会把她丢给其他两人。要是出了这种事,她还有什么脸回去见哥哥?当然,哥哥会怜惜她,可是他待她还会像从前一样吗?这事会让他心碎的。也许,哥哥认为妹妹应该更加拼命地去反抗。为了哥哥,她也许把这事永远埋在肚子里比较好。自然,那三个男人也不会说出去的,因为说出去就会坐二十年的牢。可是万一她怀了孩子呢?出于骇怕,琼斯小姐本能地握紧拳头,险些让手术刀割伤。可要是她反抗,必然只能激怒他们。

"我该怎么办?"她低低地叫起来,"我到底为什么该遭这份罪?"

她双膝扑倒在地,求上帝拯救自己。她长长地祷告,恳切地祷告,提醒上帝她还是处女,如此说完,怕万一神祇记不住,又提到使徒保罗是多么看重这种完好的状态。祈祷完毕,她又透过岩石向外张望。那三个男人在抽烟,火堆渐渐熄灭了。眼下也许正是金杰·泰德的淫秽念头转到女人身上的时候,而这个女人只能任凭他摆布。她屏住了一声叫喊,因为金杰·泰德突然起身朝她这边走来。她感觉全身肌肉绷紧,尽管心跳得厉害,她还是牢牢握住了手术刀。金杰·泰德起身却是为了另一件事。琼斯小姐红了脸,别过头去。他又慢慢走回那两人身边,坐下来,再次把亚力酒举到唇边。琼斯小姐缩在岩石后面,瞪大眼睛盯着。火边的对话越来越有一搭没一搭,她不用看,凭直觉也猜到了,那两个土著裹在毯子里,安静下来预备入睡。她心里明白,这正是金杰·泰德等待的时机。等他们两个睡熟,他就会小心地爬起来,不弄出声响,免得吵醒他们,再鬼鬼祟祟地溜过来。到底是他不愿意与他们共同享用女人?还是他清楚这种行为太卑怯而不想让人知道?说到底,他是个白人,她也是个白人,他不至于堕落到容许她遭土著强暴的地步。一眼看穿他的计划,倒是给她提了个醒:只要他靠近,她就尖叫,高声尖叫,直到把两个机械师吵醒。她现在想起,年长的那个,虽说只有一只眼睛,脸上却挺和善。但金杰·泰德并没有起身。她感到浑身累透了,开始害怕自己根本没有力气反抗他。她经受得太多了。她撑不住,想闭一会儿眼睛。

待她睁开眼睛,天已完全大亮。她一定是睡着了,而且情绪起伏太大,极度疲劳,一直睡到天亮之后很久。这让她着实吓了一跳。她连忙起身,可是腿上有东西绊住了。她朝腿上看去,发现上面盖着两条装椰子干的空麻袋。夜里有人来过,给她盖在身上。是金杰·泰德!她低低地叫了一声,脑中闪过一个可怕的念头,自己在睡梦中已经被他侵犯了!不,不可能。可她曾在他掌握之中,没有防备,他却放过了她。琼斯小姐的脸涨得通红。她站起身,感到身体发僵,又整理了一下凌乱的衣裳,捡起已从手中跌落的手术刀,拿着两条麻袋,从藏身地走出来,走向汽艇。汽艇正在礁湖的浅水上浮着。

"快来,琼斯小姐,"金杰·泰德喊道,"我们修好了。我正要去叫醒你。"

她无法看他,感觉自己脸红得像只雄火鸡。

"来根香蕉?"他问。

她一言不发,接过香蕉。她饿坏了,狼吞虎咽吃了下去。

"踩在这块岩石上,就不会弄湿脚。"

琼斯小姐臊得想钻进地里,不过还是照他说的做了。他抓住她的手臂——老天爷啊!他的手就像铁钳,她绝对、绝对不可能挣得过他——扶她进了汽艇。机械师启动引擎,船从礁湖上驶出去,三个小时后,他们回到巴鲁。

由于已被正式释放,当晚金杰·泰德便去了总督府。他脱下囚服,穿上被逮捕时穿的那身破汗衫和卡其布短裤。他理了发,新发型像是戴了顶红色小卷帽。整个人瘦多了,不再浮肿松弛,看起来年轻、英俊多了。古意特先生的圆脸上绽开友善的笑容,跟他握手,请他坐下。仆人端上两瓶啤酒。

"我很高兴你没有忘记我的邀请,金杰。"总督说。

"不可能忘。我可是足足盼了六个月。"

"祝你幸运,金杰·泰德。"

"也祝你,总督。"

两人干掉了杯中酒,总督拍掌,仆人于是又送来两瓶。

"哎,我希望你没有因为我给你判刑就因此恨上我。"

"压根儿不会。有一下子确实挺生气的,但过了就好了。我日子真是不错,知道吗。岛上姑娘真多,总督,哪天你应该自己去看看。"

"你真是个坏种,金杰。"

"我承认。"

"啤酒不错,是吧?"

"好酒。"

"那就多喝点。"

金杰·泰德的汇款月月不落,总督已经给他攒下五十英镑。赔偿了中国人店铺的损失以后,还剩下三十多英镑。

"这笔钱不少,金杰。你应该拿着做点正事。"

"我是打算做正事。"金杰答道,"把钱花掉。"

"好吧,钱就是用来花的,我想。"

总督还给客人通报了一下岛上的新闻。过去半年也没有发生什么。阿拉斯群岛上,时间不怎么重要,而之外的世界完全不重要。

"有哪儿打仗吗?"金杰·泰德问。

"没有,至少我没注意到。哈利·杰维斯找到一颗很大的珍珠,说打算要价一千荷兰盾。"

"希望他卖到那个好价。"

"查理·麦考马克结婚了。"

"他就是一向有点软。"

仆人突然来通报,说琼斯先生问是否可以入内求见。还没等总督发话,琼斯先生就走了进来。

"我不会耽搁您太久的,"他说,"我一整天都在找这位先生,听说他在您这里,我想您也不会介意我直接进来。"

"琼斯小姐还好吗?"总督客气地问,"我确信,对她来说,没有比露天过夜更糟的了。"

"她自然受了点刺激,发烧了。我让她上床躺着,不过并不严重。"

传教士进来的时候,他们二人都站起身来;这时传教士走近金杰·泰德,伸出一只手。

"我要谢谢你。你做了一件高尚的好事。舍妹说得对,人总是应该在同类身上找好的一面;我以前错看了你,请你原谅。"

他这番话讲得很严肃。金杰·泰德惊异地看着他。他没有回过神来,任由传教士抓起他的手,紧紧握着。

"你到底在说什么?"

"舍妹落到你的手里,而你放过了她。我以前认为你坏得不可救药,现在我感到羞愧。她孤立无助,在你的掌握之中,你却对她慈悲怜悯,我从心底里感谢你。我和妹妹永志不忘。愿上帝永远保佑你。"

琼斯先生的声音有些发颤。他掉转头,松开金杰·泰德的手,大步流星地走出门去。金杰·泰德望着他,一脸茫然。

"这他妈的是什么意思?"他问。

总督纵声大笑。他努力克制,可是越克制就笑得越厉害。他浑身直抖,肥肚皮的褶子在纱笼下像波浪一样起伏。他往长沙发上一靠,笑得左摇右晃。不光是脸在笑,他全身都在笑,连肥肥的小短腿上的肌肉都乐得打战。他捧着笑痛了的两肋,金杰·泰德皱着眉头看着,完全不懂笑点在哪里,他生气了,抓住一只空酒瓶的瓶颈。

"要是你还不停下来,我就把你这颗该死的脑袋砸开。"他说。

总督抹抹脸,喝一大口啤酒。他长出了一口气,笑得肚子痛,说起话来都含糊不清。

"他谢你是因为你尊重了琼斯小姐的贞操。"他终于能够开口说道。

"我?"金杰·泰德叫起来。

过来好一阵子,他才回过味儿来,不过,明白过来以后,他火冒三丈,渎神下流的话从他的口中滚滚涌出,连粗痞的水兵听了都要吃惊。

"就她那个老母牛?!"他骂完以后说,"她哥哥把我当成什么了?"

"你在姑娘中那么惹火,可是很出名呢,金杰。"小个子总督咯咯直笑。

"拿着撑篙头赶我,我都不会碰她一碰,压根儿就没想过。没那个想法。我要扭断她哥那根恶心的脖子。喂,把钱给我,我要喝个醉。"

"你真搞了她,我不会责怪你。"总督说。

"那个臭娘儿们,"金杰·泰德嘴里骂骂咧咧,"那个臭娘儿们。"

他又惊又怒。传教士话里的意思实在太有损他的自尊。

总督拿出钱,金杰·泰德签字后,就把钱给了他。

"去喝个醉吧,金杰·泰德,"他说,"不过我警告你,再闯下祸,就要判十二个月啦。"

"我不会闯祸的。"金杰·泰德阴沉地说,他感觉受到伤害,"这是侮辱,"他对总督嚷嚷道,"没错儿,赤裸裸的侮辱。"

他晃晃荡荡地出了总督府,一边走一边嘟嘟囔囔:"卑鄙的猪猡,猪猡。"金杰·泰德足足醉了一个星期。琼斯先生又跑去找总督。

"我很遗憾地听说那个可怜人又走上了邪路。"他说,"舍妹与我深感失望。恐怕一次给他那么多钱太不明智。"

"那是他自己的钱。我没有权力扣留。"

"法律上没有权力,但是道义上肯定有。"

他给总督讲了小岛上的惊魂之夜。琼斯小姐凭着女性的直觉,意识到那个男人欲火焚身,打定主意占她的便宜,她决心保护自己到最后一刻,靠一把手术刀防卫。他还告诉总督,琼斯小姐祷告,流泪,掩藏自己,痛苦得难以言表,情知自己逃不过这场污辱。每当以为他过来了,她都惊骇不已。四周绝无援手,末了她支撑不住睡了过去;唉,可怜的人儿,她筋疲力尽,经受了任何人都难以忍受的折磨。后来,她醒来发现他给她盖上装椰子干的麻袋。他发现她睡着了,一定是她的纯洁无辜,还有她那份无助,打动了他,让他打消念头不去碰她;他给她温柔地盖上两条麻袋,悄悄地离开了。

"这表明他内心深处隐藏着某些优秀品质。舍妹觉得拯救他是我们的责任。我们一定要为他做些什么。"

"喔,如果我是你,会等到他把钱糟蹋光再去找他。"总督说,"不过,只要他不在牢里,你想怎么办都行。"

可金杰·泰德不想得到拯救。释放两周以后,他坐在中国人店铺外面的凳子上,心不在焉地望着街道,突然发现琼斯小姐沿街走了过来。他瞪了她一会儿,惊异感再次攫住了他。他咕哝了几句,无疑是大不尊重的话。当他发现琼斯小姐看见自己了,马上扭过脸去,虽然很明白她正在瞧着他。她走得很轻快,靠近他时,有意放缓了脚步。他以为她要停下来对他说话,马上站起身走进铺子,至少有五分钟都不敢冒险出来。半个钟头以后,琼斯先生亲自来了,径直走向金杰·泰德,伸出一只手。

"你好吗,爱德华先生?我妹妹说在这儿能找到你。"

金杰·泰德看了他一眼,很不友好,没有握伸出来的那只手,什么都没说。

"我们将十分高兴地邀请你下个星期天与我们共进午餐。我妹妹厨艺不错,要给你做地道的澳洲大餐。"

"真是见鬼。"金杰·泰德说。

"这么说可不太礼貌,"传教士说着,还笑了笑,表示没有受到冒犯,"你经常去总督那里,何不也来看看我们?时不时和白人聊聊总是很愉快的。何不让过去的都过去呢?我保证,你会受到热诚的欢迎。"

"我没有出门见客的衣服。"金杰·泰德不高兴地说。

"噢,不必在意。穿什么都可以。"

"不去。"

"为什么?肯定有个原因啊。"

金杰·泰德是个直脾气。他毫不犹豫地说出了我们收到不乐意的邀请时都想说出的那句话。

"不想去。"

"真遗憾。我妹妹会非常失望的。"

琼斯先生决心表现得一点儿也没受到冒犯,对金杰·泰德轻松地点点头,走开了。四十八小时以后,一个神秘的包裹送到了金杰·泰德寄宿的那家,装着一套帆布衣服、一件网球衫、一双袜子,还有鞋子。对于收礼物他很不适应,待到下次见总督的时候,他问总督,是不是他送的东西。

"绝对不可能,"总督回答,"我对你穿什么压根儿不在意。"

"那还会是谁?"

"这个问题问倒我了。"

因为公事需要,琼斯小姐时常要来见古意特先生。此事过去不久的一天上午,她来办公室见古意特先生。她很有能力,虽说她常执意让古意特先生做他自己压根儿不想做的事,但多是一些有益处的大事。所以,发现她此番到来是为了一件很琐碎的事,总督有点吃惊。当他表示不能管辖所谈之事时,她并没有像往常那样试图说服他,而是把他的拒绝当作定论接受了。她站起身要走,忽然像临时想起来似的,说道:

"噢,古意特先生,家兄非常想要邀请大家称为金杰·泰德的那位先生与我们共进晚餐。我已经给他写了一封短笺,邀他后天来。我觉得他挺腼腆的,不知道您能不能和他一起来。"

"你们真是太好了。"

"家兄觉得我们应该为这个可怜人做点什么。"

"女性的影响力,以及诸如此类。"总督庄重地说。

"您能劝他来吗?如果您跟他说说,他肯定会来,认识路以后,也好常来常往。看着这样一个年轻人垮下去实在可惜。"

总督抬头看看她,她比他高好几英尺。他觉得这个女人毫无吸引力,很奇怪地让他联想到晾在衣绳上湿答答的亚麻衬衣。他眨巴眨巴眼睛,但脸上仍然没有一丝笑容。

"我尽力而为。"他说。

"他多大岁数?"她问。

"据护照是三十一岁。"

"真名叫什么?"

"威尔逊。"

"爱德华·威尔逊。"她柔声说道。

"过着这种浪荡日子,他竟然还这么壮实,当真令人惊讶,"总督低声说,"他力大如牛。"

"红头发男人通常都非常强壮。"琼斯小姐说,声音像噎住了似的很不自然。

"说得没错。"总督说。

琼斯小姐蓦地红了脸。她急急忙忙向总督道了声再见,就离开了办公室。

"真见鬼!"总督嘟囔道。

他现在明白是谁给金杰·泰德送了新衣服。

当天,他就见了金杰·泰德,问他是否收到琼斯小姐的信。后者从口袋里掏出一个皱巴巴的纸团,丢给他。正是那封邀请信,上面写着:

亲爱的威尔逊先生:

　　家兄与我诚邀您下周四晚七点半来舍下餐叙。总督大人已允诺会一同前来。我们有从澳大利亚新来的唱片,想来您会喜欢。抱歉上次相见时我对您不太友善,但当时我对您不太了解,现在我有度量承认自己犯了错误。希望您能原谅我,与我交个朋友。

您诚挚的:玛莎·琼斯

总督注意到,她称呼金杰·泰德为威尔逊先生,还提到了自己的许诺,也就是说,当她说起邀请了金杰·泰德的时候,她早就预料他会答应。

"你打算怎么办?"

"我不会去,你要是问这个。真是死缠烂打。"

"可你得回封信。"

"不回。"

"听着,金杰,你穿上新衣服去他们家,就当帮我个忙。我不去不行,见鬼,你不能扔下我。去一次又害不着你。"

金杰·泰德狐疑地打量着总督,但总督一脸严肃,态度认真:他可猜不到这个荷兰人内里正笑得冒泡。

"他们到底想要我干吗?"

"我不知道。同胞交往的欢乐吧,我猜。"

"会有酒吗?"

"不会。七点钟到我府里,我们去之前小酌一番。"

"噢,那好吧。"金杰·泰德郁郁地说。

总督高兴得直搓小胖手。这次餐叙得有多少乐子啊。可是到了周四下午七点钟,金杰·泰德早已烂醉如泥,古意特先生只好独自赴宴。他对琼斯先生和他的妹妹实话实说,琼斯先生大摇其头。

"我想这样没什么用,玛莎,这个人没救了。"

有那么一会儿,琼斯小姐一声不吭,总督瞧见两行泪水顺着她的细长鼻子慢慢流下来。她咬着嘴唇。

"没有人是不可救的。人人心中都有善念。我会夜夜为他祷告,不要怀疑上帝的力量,那是罪过。"

对于相信上帝,也许琼斯小姐是没错,可是神圣的上帝对目标施加影响的方式却很像开玩笑。金杰·泰德开始比以前醉得还厉害,四处惹祸,连古意特先生都没了耐心。他下定决心,不再容留这个家伙在岛上,一定要在下艘船来巴鲁岛时把他驱逐出岛。可是接下来,去过阿拉斯某座小岛的一个人死了,死状奇怪,总督又得知那座小岛上还有几起死亡。他派了中国团契认可的那个中医去调查,很快就得到消息,这些人死于霍乱。接着,巴鲁岛上也死了两个人,他只好面对传染病已然发生的现实。

总督尽情咒骂,一会儿用英语,一会儿用荷兰语,一会儿用马来语。喝了一瓶啤酒,吸了一根雪茄,他开始思考对策。他知道那个中医派不上用场。他来自爪哇岛,是个神经质的小个子,土著不会照他的说法办。总督办事讲求效率,很清楚得做些什么,但是单凭他一个人不可能事事周全。虽说他不喜欢琼斯先生,但这一刻很庆幸有他可用,立即派人请他过来。他妹妹陪着一起来了。

"你知道我为什么要见你,琼斯先生。"他开门见山问道。

"知道。我一直在等您发话。因此,舍妹也一起来了。我们准备好了,一切资源由你调遣。她和男人一样能干,我想你是知道的。"

"我知道。有她助力,我十分欣慰。"

他们没有丝毫耽搁,立刻讨论起该要采取的行动。需要搭建简易医院,还要设隔离所,群岛上各个村落的居民必须强制接受适当的防疫。很多时候,受到感染的村庄和未感染的村庄从同一口井汲水,各村都要根据实际情况解决这个困难。有必要派人到各处指示村民,并确保执行,一定要严惩疏忽大意。最糟的是,土著不会听命于土著,本地警察对自己的威信都没有信心,他们下达的命令肯定会遭到忽视。明智的做法是让琼斯先生留在巴鲁,这里人口最多,最需要他的医疗救助;而古意特先生公务缠身,必须与总部保持联系,不可能亲自视察所有岛屿。琼斯小姐必须去其他地方,但一些边远岛屿尚未开化,非常危险,以前就曾经给总督惹过不少麻烦。他不想让妹妹去冒险。

"我不怕。"她说。

"我知道。可要是你让人割了喉,我麻烦就大了。另外,我们太缺乏人手了,我不敢冒险让你走。"

"那就让威尔逊先生和我一起去。他比谁都熟悉土著,而且会讲各种方言。"

"金杰·泰德?"总督瞪大眼睛望着她,"他才闹了一次酒精中毒谵妄症,刚刚恢复。"

"我知道。"她答道。

"你知道的可真不少啊,琼斯小姐。"

即使在这么危急的情况下,古意特先生也忍不住笑了。他犀利地看了琼斯小姐一眼,她冷静地迎着他的目光。

"没有什么比责任更能激发一个人的内在,我认为他可能有这个潜质。"

"把自己托付给一个臭名昭著的人这么多天,你觉得明智吗?"传教士问。

"我是把信任托付给上帝。"她庄重地回答。

"你觉得他能派上用场吗?"总督问,"他这个人你了解。"

"我确信他能。"说完,她脸红了,"别忘了,没人比我更了解他的自控力。"

"让人把他叫来。"

他让一个巡佐去送信,没几分钟,金杰·泰德就站到他们面前。最近一次发病明显对他影响很大,他一脸病容,精神不济,衣服破破烂烂,胡子拉碴,有一星期没刮了。他看上去狼狈不堪。

"听着,金杰,"总督说,"是霍乱的事。必须强制土著进行防疫,我们需要你的帮助。"

"为什么非得是我?"

"没有理由。就为了慈善。"

"没门儿,总督,我不是慈善家。"

"已经说定了。就这样。你可以走了。"

可当金杰·泰德掉头走到门边时,琼斯小姐拦住了他。

"是我的主意,威尔逊先生。你瞧,他们要我去拉布布和撒昆奇,那里的人太放肆了,我害怕一个人去。我想,如果你能去,我就安全多了。"

他极度厌恶地看了她一眼。

"你以为他们割开你的喉咙我会在乎?"

琼斯小姐望着他,眼睛里满是泪水。她要哭出来了。他站着没动,傻傻地盯着她。

"确实你没有理由非去不可。"她定定神,擦干眼泪,"是我太傻了。我不会有事的,我自己去。"

"一个女人去拉布布,真是蠢得要死。"

她对他笑笑。

"我也这么想。可是你瞧,这是我的工作,而且我不忍不去。如果我的要求冒犯了你,请你原谅,忘了吧。我得说,要你冒这样的危险,确实不太公平。"

金杰·泰德站住脚,盯着她好一会儿。他抬起一只脚,又抬起另一只,那张臭着的脸几乎发青了。

"去他妈的,照你说的办吧。"他终于开了口,"我跟你去。什么时候走?"

他们第二天就出发了,带着药品和消毒水,搭乘政府的汽艇。古意特先生把必需的工作一安排完,就坐着普拉胡快船去了另一个方向。传染病肆虐了整整四个月。为了把霍乱控制在局部地区,能做的都做了,但疾病还是从一个岛传到另一个岛。总督从早忙到晚,刚从某个岛上忙完回到巴鲁,又要动身去下一个岛。他分发食物、药品,给吓坏了的人们打气,事事都要监管,忙得像条狗。他没有看见金杰·泰德的影子,但从琼斯先生那里听说,试验效果好得想都不敢想,那个流氓展现了自己的风度。他对付土著自有一套,时而诱哄,时而强硬,时而挥出老拳,总算使他们为着自身健康实行了必要的措施。琼斯小姐真应该恭喜自己妙计成功。但是总督累坏了,乐不起来。等到传染病病程结束,他颇为庆幸,八千人口中只有六百例死亡。

终于,他能够给这个地区签一张健康无疫证明书了。

一天晚上,他穿着纱笼,坐在自家凉台上读一本法国小说,幸福地意识到自己又可以优哉游哉了。仆人头头进来通报,说金杰·泰德求见。他从椅子上站起身,宣他进来。这正是他想要的伙伴。刚才他闪过一个念头,今晚醉酒应该很愉快,可是一人独醉未免无聊,只能遗憾地把念头抛到脑后。现在老天把金杰·泰德送来,真是太及时了。上帝作证,他们会美美地开心一晚。熬了四个月,值得乐一乐。金杰·泰德进来了,穿着一身洁白的帆布套装,脸刮得干干净净,完全变了一个人。

"哎呀,金杰,瞧你,像是疗养了一个月,哪像是刚照顾完一群染上霍乱的垂死土著。再瞧瞧你的衣服,刚刚从衣帽间里出来的吗?"

金杰·泰德笑笑,颇为忸怩。仆人头头端来两瓶啤酒,倒进杯子。

"金杰,自己动手吧。"总督说着,端起一杯酒。

"我就不喝了,谢谢你。"

总督放下杯子,惊讶地看着金杰·泰德。

"哎,这是怎么了?难道你不口渴吗?"

"那就来杯茶吧。"

"来杯什么?"

"我在戒酒。我和玛莎要结婚了。"

"金杰!"

总督的眼珠子差点没瞪出来。他挠挠刮得光秃秃的头顶。

"你不能娶琼斯小姐的,"他说,"谁都不会想要娶她的。"

"噢,我要娶她。我就是为这事儿来的。欧文要在教堂为我们举办仪式,可我们也想按荷兰法律结婚。"

"玩笑归玩笑,金杰。打的什么主意?"

"她想要结婚。螺旋桨坏了我们在岛上过夜那次,她就爱上了我。相熟了之后你就知道,她是个不错的姑娘。这是她最后的机会了,你懂我的意思,我想为她做点什么。她想找个人照顾她,这点没什么可怀疑的。"

"金杰啊金杰,不消多久,她就会把你改造成一个该死的传教士的。"

"如果我们有间自己的小布道所,我想我会挺高兴的。她说我对付土著简直是个了不得的奇迹。她还说,欧文花上一年才能做到的事情,我五分钟就能在一个土著身上实现。她以前从来没认识过像我这么有磁力的人,浪费这样的天赋太可惜了。"

总督打量着他,一句话也没说,缓缓地点了三四次头。她果真把他套牢了。

"我已经让十七个人皈依我主了。"金杰·泰德说。

"是吗?我都不知道你信仰基督。"

"哎,我不知道我其实是信的。我跟土著谈一谈,他们就乖乖入了教会,像一群绵羊,真让我吃惊不小。啊呀,我说,归根结底教里是有些真东西的。"

"你真应该强暴了她,金杰。我不会对你下狠手的,不会判你超过三年,三年眨眼就会过去。"

"听着,总督,你怎么能让脑子里有这种想法?女人是很敏感的,你明白,她要是知道了会难过死的。"

"我能猜到她看上你了,可我从来没想到会发展到这一步。"总督情绪激动,在凉台上踱来踱去,"听我说,老弟,"他停下来考虑了一番才开口,"我们一起有过很多开心的时候,朋友就是朋友。不妨告诉你我的计划:我要把汽艇借给你,你去藏到某个岛上,等下一艘大船经过的时候,我嘱咐他们停一停,带你走。现在你只有一次机会,那就是赶紧跑路去吧。"

金杰·泰德摇了摇头。

"不行,总督,我知道你是好意,可我要娶那个姑娘,就是这样。你不懂,让所有那些该死的罪人悔过归主,是多么大的欣喜。天啦!她还会做糖浆布丁,长大后我就再没吃到过比那更好的了。"

总督非常烦躁。那个醉醺醺的流氓是他在群岛上唯一的伙伴,他可不想失去这么一个伙伴。他发现自己甚至挺喜欢他的。第二天,他去找了传教士。

"我听说你妹妹要和金杰·泰德结婚,怎么回事?"他问,"我这辈子就没听说过这么反常的事儿。"

"可这是真的。"

"你必须要阻止他们。这是在发疯。"

"舍妹已经成年,有权做自己喜欢的事。"

"你不会告诉我说你也赞成此事吧?!你了解金杰·泰德,他是个浪荡汉,十足十的浪荡汉。你告诫过令妹这是在冒险了吗?我是说,劝罪人悔过之类的都很好,但是得有分寸。难道金钱豹能改掉身上的斑点吗?"

总督有生以来头一次看到传教士双眼闪着光芒。

"舍妹是个非常坚定的女人,古意特先生,"他答道,"自从岛上那夜之后,金杰·泰德就没有逃掉的机会了。"

总督倒吸一口气。当上帝叫先知巴兰的驴开口说话时,驴子说道,我怎么对不起你了,你竟然打了我三次。把巴兰惊得不轻,总督就和这个先知一样。也许,琼斯先生到底还是个凡人。

"满天的神佛呀!"总督咕哝着。

没等他再说些什么,琼斯小姐大步走进房间。她容光焕发,看上去年轻了十岁。她双颊绯红,鼻子倒一点儿也不红了。

"您是来恭喜我的吧,古意特先生?"她喊道,伶俐活泼得像个小女孩,"您瞧,到底我是对的:每个人都有善良的一面。您不知道这段可怕的日子里,爱德华一直都多么出色。他是个英雄,是个圣人。连我都大吃一惊。"

"愿你幸福无比,琼斯小姐。"

"我知道我会的。噢,我要是怀疑这一点就罪过了,正是上帝促成了我们。"

"你是这么想的?"

"当然。您还看不出来吗?要不是霍乱,爱德华永远也发现不了自我;要不是霍乱,我们永远也不会彼此了解。这是上帝之手显灵,再清楚没有啦。"

总督不由得想到,为了促成这两个人而必须弄死六百条无辜的性命,这个显灵未免太过笨拙。但他不知道万能的神力如何作法,因而对此不置可否。

"您绝对猜不到我们打算去哪儿度蜜月。"琼斯小姐说,似乎还带着点顽皮。

"爪哇岛。"

"不对。如果您肯借汽艇给我们,我们想去那个曾经受困的小岛,那对我们俩都是非常温馨的回忆呢。就是在那里,我头一次想到爱德华其实这么善良美好。也是在那里,我想要他得到报答。"

总督好容易把气喘匀。他飞也似的离开了。他想,如果不马上喝瓶啤酒压压惊,自己一准会勃然大怒。他这辈子还从未受过如此震惊。

(阎　勇　译)

环 境 造 人

　　她坐在凉台上,等丈夫回来吃午饭。一俟早晨的清凉散尽,马来仆人就过来把遮帘放下了。她拉起一扇帘角,眺望着河流。正午赤日炎炎,河上一片死寂,泛着粼粼白光。一个土著正划着一条独木舟经过,小小的独木舟简直像浸泡在水中一样,水面上没露出多少。昼光的种种颜色,皆如灰烬,苍白倦怠,不外是深浅不一的炎热色调。(正如一支以小调谱写的东方乐曲,暧昧单调,挫磨着人的神经,让人竖起耳朵,焦躁地期盼音韵和谐,却总也盼不到。)知了起劲儿地发狂,高唱不休,刮人耳膜;重复而又单调,仿佛溪水无休止地击打着石头。突然,一阵响亮的鸟鸣淹没了知了的聒噪声,甜美圆润的鸟鸣声霎时拨动她的心弦,令她念起英国的画眉鸟。

　　她听到屋后碎石路上传来丈夫的脚步声,小路通向他办公的法庭。她从椅子上起身相迎。房屋下架空层由木桩支撑,丈夫三步两步跑上这一小段楼梯。仆人候在门前,接过他的草帽,他进了兼做餐厅与客厅的房间,见到她,欣喜得眼前一亮。

　　"喂,多丽丝,饿了吧?"

　　"饿坏啦。"

　　"我一分钟就能冲好澡,准备吃饭。"

"快点儿。"她微笑着说。

他闪进自己的更衣室,多丽丝听到他一边快乐地吹着口哨,一边漫不经心地扯下衣服丢在地板上。这份漫不经心,总是受她劝诫。虽然二十九岁了,可他还像个学生,永远也长不大似的。也许她就是独独钟情于他的这份孩子气,任是多少爱恋,他都不是那种情人眼里出美男的长相。说起来,他个子不高,圆滚滚的,红脸膛圆如满月,上面嵌着一双蓝眼睛,还生着不少粉刺。她曾仔细端详,却只得对他坦言,他的长相真让人找不到一点值得恭维的地方。她还曾经老跟他说,他压根儿就不是她喜欢的类型。

"我可从没说过自己是个美男呀。"他哈哈大笑。

"我也想不出自己到底看上你哪点了。"

当然,她对此心知肚明。他是个高高兴兴、快快活活的人,凡事不会看得太重,笑口常开,也常逗得她大笑。他觉得,人生充满趣味,而非严肃沉重;他笑起来很迷人。和他在一起,她觉得幸福快乐,一团和气。在他那双欢乐的蓝眼睛里,她看到的是一往情深,让她感动不已,更加为自己被如此宠爱而心满意足。蜜月里有一回她坐在他膝头,捧着他的脸,对他说道:

"你是个丑丑的小胖子,盖伊,可就是有魅力。我无法自拔地爱着你。"

说着,一股深情涌来,她不由得泪湿双眼,看到他也情到极处,面孔有些扭曲,声音颤抖地说:

"我竟然娶了一个脑筋不够用的女人为妻,实在可怕呀。"

她咯咯笑起来。他做出的这种别具一格的回答,正投合她的脾气。

很难想象,九个月前她还从未听说过这个人。他们相遇在一处海滨小城,当时她正与母亲度假,在那里消磨一个月。多丽丝当时担任一名议会议员的秘书,而盖伊正归国休假。他们宿在同一家旅馆,盖伊很快就把自己的一切都告诉了多丽丝。他出生在森布鲁,父亲为第二任苏丹服务了三十年,他自己一毕业就继承了父业。他对国家尽职尽责。

"说到底,英国对我是异乡,"他跟她说,"森布鲁才是我的家乡。"

现在,森布鲁也成了她的家乡。一个月休假结束,他便向她求婚。她心里清楚他会求婚,也打定主意拒绝。作为寡母的独女,她不能远离母亲,可到了那一刻,她竟鬼使神差,被一股突如其来的情愫裹挟得脚不沾地,不由自主地应承了他。眼下,他们已安顿下来,在他所管辖的小分署里生活了四个月。她非常幸福。

有一回,她告诉他,自己曾下定决心拒绝他的求婚。

"没拒绝我现在后悔了吧?"他问道,忽闪闪的蓝眼睛里盈满笑意。

"拒绝你我才是大傻瓜呢。管它是命运也好,机缘也罢,把那种想法从我心头剔除,都是我的幸运!"

多丽丝听到盖伊噔噔噔下楼去了浴室,他动静很大,光着脚也走得地板咚咚响。他发出一声惊呼,用土话嚷了几句,她听不懂。接着,她听到有人跟他讲话,声音不大,尽力压低嗓子的声音。居然有人拦住他去冲凉的路,真是太无礼了。他再度开口说话,尽管声音压得低低的,她还是听得出他在生气。另一个声音却抬高了,是个女人的声音。多丽丝估计是有人来找丈夫申诉什么事情。这样鬼鬼祟祟地溜进来,很像马来女人的做法。不过,显然她没能从盖伊那里得到什么,因为多丽丝听到盖伊说

"滚出去"。这句话她无论如何还是能听懂的。然后听到他闩上门,往身上浇水(这种洗浴装置到现在都令她觉得好笑,浴室设在卧室正下方,放一大盆水由人拿一个小铅桶往身上浇),没两分钟他就回到餐厅,头发湿漉漉的。他们坐下来吃午饭。

"好在我生性不多疑,也不拈酸,"她笑了,"可我不知道,该不该完全赞同你一边洗澡一边和女士热烈谈话呢。"

他一向满脸高兴,进来的时候有些阴郁,现在脸上又有了光彩。

"我真是不乐意看见她。"

"从你的口气我听得出来。其实,我觉得你对这个年轻人有些怠慢呢。"

"不知羞臊,居然藏在我冲凉的半路上等着。"

"她想做什么?"

"噢,不知道。她从部落里来,跟丈夫吵嘴或是别的什么吧。"

"不知道是不是今天上午在这儿晃悠的那个人。"

他眉头蹙起。

"上午有人在这儿晃悠?"

"是的。我先去了你的更衣室,看看是不是都收拾齐整了,之后,我下楼去浴室。我下楼时,瞧见有人从门里溜出去,我向外一看,发现有个女人站在那里。"

"你同她说话了吗?"

"我问她有什么事,她答了话,可是我听不懂。"

"我不会由着那些不三不四的人在这儿扒头探脑,"他说,"他们无权入内。"

他笑了起来,但是多丽丝以一个恋爱中女人的敏锐,察觉出他的笑意只挂在嘴角,而不是像惯常那样双目含笑。她纳闷究竟是什么让他心烦。

"今天上午你都干什么了?"他问道。

"噢,没什么。出去走了走。"

"去部落了?"

"是的。我瞧见一个男人牵着一只拴着链子的猴子上树摘椰子,真是够刺激。"

"是在逗猴子玩,是吧?"

"噢,盖伊,有两个看猴子的小男孩比别人皮肤白得多。我寻思着他们会不会是混血儿。我逗他们说话,可惜他们不懂英语。"

"部落里是有两三个混血小孩。"他答道。

"是谁的孩子?"

"他们的母亲是村里的一位姑娘。"

"他们的父亲是谁?"

"哦,亲爱的,在这个地方问这个问题很是危险呢,"他顿了一顿,"许多白人都有本地老婆,等他们回国或者结婚了,就打发本地老婆一笔钱回村子。"

多丽丝没再说话。他话里的无所谓在她看来有些冷酷。她再开口说话的时候,那张坦诚、美丽的英格兰面孔上几乎蒙上一层愠色。

"可孩子们怎么办?"

"我毫不怀疑他们都衣食无忧。只要经济状况允许,男人总会留下足够的钱让孩子们受到良好教育。长大以后,这些孩子们会到政府部门当办事员,你知道。过得不会差。"

她冲他一笑,略有苦涩。

"我反正无法认同这套做法。"

"你也不能太苛刻啦。"他也回之一笑。

"我不是苛刻。不过,谢天谢地你从来没找过马来老婆。我会恼恨的。想想看,要是那两个小娃娃是你的孩子可怎么办。"

仆人为他们更换碟子。他们的饭菜花样很少,午饭头道菜是河鱼,烧得淡然无味,要佐以大量的番茄酱才能入口,接着是一道炖菜,盖伊往里面淋上辣酱油。

"老苏丹觉得这里不适合白人妇女,"过了一会儿,他说,"他挺支持人们找本地姑娘,呃,持家。当然啦,现在都变了。现在国家很平稳,我觉得我们也更懂得怎么对付这里的气候了。"

"可是,盖伊,那两个孩子大的不过七八岁,小的也就五岁啊。"

"在分署的日子寂寞得可怕呀。唉,常常连着半年见不到一个白人。给派到这儿来的家伙,刚到的时候还是小伙儿呢。"他冲她迷人地笑笑,多少美化了一点那张平庸的圆脸,"总是有原因的嘛,你知道。"

他的微笑,她一向都没有招架之力,简直就是他最有说服力的武器。她的眼神又变得含情脉脉起来。

"肯定有原因。"她把手伸过小餐桌,按住了他的手,"你这么年轻就被我抓住,我真幸运。真的,要是有人告诉我,你也曾有过那种日子,我会伤心死的。"

他抓住她的手,握了握。

"你在这儿开心吗,亲爱的?"

"开心极了。"

她穿着亚麻连衣裙,看上去十分清爽。炎热似乎没有烦扰她。她的美说到底归于她的年轻,虽说那双棕色的眼眸也挺好看。但她神情坦率,招人喜爱,深色的短发亮泽齐整,让人觉得朝气蓬勃。可以确信,她一定是那位议员的得力秘书。

"我一下子就爱上了这个国家,"她说,"虽然我经常独自一人,可一点儿也不觉得孤单。"

自然,她也曾读过关于马来群岛的小说,印象中这是一片阴沉的土地,流淌着凶险的大河,生长着无法穿行的静默丛林。当一艘小小的沿海岸航行的汽船将他们送到河口,那里泊着接他们去分署的十二个达雅土著驾驶的大船,她就被眼前的美景震撼得无法呼吸,这种美丽让人心生亲切,而非敬畏,处处洋溢着欢乐,仿佛林中鸟儿的欢唱,是她始料未及的。河流两岸遍布红树林与聂帕桐,稍远处是茂密苍翠的森林。更远处青山绵延,层峦叠嶂,目之所及,迤逦不绝。她没有感到被桎梏的悒郁,反而觉得广天阔地,任由遐思狂想快乐地漫游。阳光下绿意闪烁,长空里欢乐无忧,亲切的大地微笑着迎接她的到来。

他们紧贴河岸,挥桨前行,头顶上空高高地飞翔着一对鸽子。突然,一道缤纷的闪光,宛若光芒四射的宝石,划过航道。原来是一只翠鸟。还有两只猴子垂着尾巴,并肩坐在树枝上。河面敞阔,河水浑浊,对岸丛林尽头晴空中飘浮着一行洁白的小云朵,好似一队跳芭蕾的女孩,身着白裙,紧张欢乐地在后台等待帷幕升起。那番情景,让多丽丝心中满怀欣喜。此时此刻,回想起那一切,望着丈夫,她眼中满是感激与柔情。

布置客厅给她带来多么大的乐趣啊!客厅很大。她刚来的时候,地板上的垫子肮脏破烂,没刷油漆的原木墙上挂着皇家美术协会凹版印刷的画作(挂得太高了)、达雅盾牌和帕兰刀。桌子上铺着颜色晦暗的达雅土布,摆着久未擦洗的文莱铜器、空烟盒,还有几件马来银器。屋里的一只粗糙木架子上摆了些廉价小说和封面破损不堪的旅行指南,另一只架子上堆满了空瓶子。典型的单身汉房间:凌乱而无生气。她觉得可笑,却又暗自心痛不已。盖伊以前在这里过得如此单调、不舒适。她双臂环住他的脖子,吻着他。

"你这个可怜的人儿。"她笑着说道。

多丽丝有一双灵巧的双手,很快就把屋子收拾得可以舒适宜居。她整整这个,理理那个,收拾不了的就扔掉。婚礼上收的礼物派上用场,房间变得温馨而舒适。玻璃花瓶里插着美丽的兰花,大花盆里种着一簇簇鲜花盛放的灌木。她无比自豪,这可是她自己的家啊(她长这么大只住过狭窄憋气的公寓),她为他把家布置得可爱妥帖。

"我还让你满意吧?"收拾完毕,她问丈夫。

"还行。"他微笑着说。

这种有意为之的不动声色非常合乎她的心意。他们如此相互懂得,真令人开心! 两个人都羞于表白情感,即便偶尔真情流露,也总是互相插科打诨。

吃完午饭,他扑倒在长沙发上,准备睡一会儿。她要去自己房间,经过他身旁的时候,他拉住她,扳着她吻住了嘴唇,这让她有些吃惊。他们鲜少大白天如此拥抱亲热。

"吃饱了就变多情郎啊,我的小羔羊。"她打趣道。

"去吧,两个钟头内可别让我看见你。"

"不许打呼噜。"

她走开了。他们起床很早,不出五分钟就都睡踏实了。

多丽丝是被丈夫哗哗哗冲凉的水声吵醒的。这座房子的墙简直就是回音壁,不论做什么,都逃不过对方的耳朵。她慵懒地躺着,不愿意动,但听到仆人端茶点茶具进来的声音,她赶紧跳下床,奔向自己的浴室。水不冷,清凉怡人,令人精神振奋。她回到起居室,盖伊正从球拍夹子中取出球拍,傍晚短暂的凉爽时刻,他们会打一会儿网球。六点钟天就黑了。

网球场离住处有二三百码。为了不浪费时间,用过茶点,他们就直奔球场。

"哦,快看,"多丽丝说,"今天早上我见过的那个姑娘在那儿呢。"

盖伊迅速扭头,眼光在那个土著女人身上停留片刻,但什么话也没说。

"她的纱笼真是漂亮,"多丽丝说,"也不知从哪里买的。"

他们从她身边走了过去。她生得轻盈娇小,长着一双他们族人的黑亮大眼睛,还有一头乌黑的好头发。他们经过时,她没有挪动地方,眼神古怪地盯着他们。多丽丝又看了一眼,发现她没有自己起初以为的那么年轻。这个女人略有些粗眉大眼,皮肤也黑,但是非常美丽,怀里抱着一个小孩。看到小孩,多丽丝轻轻一笑,但那女人唇角未动,没有回以微笑,冷着脸。她并不看盖伊,一个劲儿盯着多丽丝。盖伊径直走过去,就像没看见她似的。多丽丝别过脸,说:

"那个婴儿真是个小可爱呀。"

"我没注意。"

他脸上的神情令她困惑不已。他脸色煞白,本来就让她讨厌的粉刺更是红得不同寻常。

"你注意到那女人的手和脚了吗?生得像公爵夫人那样好看。"

"所有土著的手脚都生得好看。"他答道,但不像惯常那么高兴,反倒像逼自己开口似的。

多丽丝却依然兴致勃勃。

"她是谁,你认识吗?"

"部落里的一个姑娘嘛。"

说话间他们就到了球场。盖伊去检查球网拴紧没有的时候,回头望了望,那个姑娘仍旧站在原地。两人对视了一眼。

"我发球吧?"多丽丝说。

"好的,球都在你那边。"

他打得很糟糕。平时他让十五分还能赢她,但今天她轻轻松松就把他打败了。他打得非常沉默,平时他可是吵吵嚷嚷,叫个不停,不是失球时骂自己蠢,就是她接不着球时笑她笨。

"不在状态啊,小伙子。"她喊他。

"才不是呢。"他说。

他开始努力击球,想要打败她,可一个接一个都撞在网上。她从来没见到他这样板着面孔。是不是因为打不好,他有些按捺不住了?夜幕降临,他们打完球,那个女人还是分毫不差地站在原地,他们从她身边经过时,她还是那样面无表情地望着他们。

凉台上的遮帘已经拉起,两把长椅之间的桌面上摆好了酒瓶和苏打水。到了这个钟点,他们才会喝上第一杯酒。盖伊调了两杯金司令鸡尾酒。宽广的河流在他们面前伸展开来,黑夜迫近,河对岸远处的丛林被包裹在神秘之中。一个土著站在船头,摇着双桨,悄无声息地溯流而上。

"我的球打得像个蠢材,"盖伊开口打破沉默,"我有点儿不舒服。"

"真糟糕。不会是发烧了吧?"

"噢,不会。明天就好了。"

夜色四合,青蛙呱呱叫个不停,时不时也能听到几声短暂的夜鸟啁啾。萤火虫轻快地掠过凉台,柔和地闪烁着,周围的树木就像点燃了小小蜡烛的圣诞树。多丽丝觉得听到一丝叹息声,她隐隐地有些不安。要知道,盖伊一向是欢欢喜喜的。

"怎么啦,小伙子?"她柔声问道,"来跟妈妈说说。"

"没什么。再来一杯。"他轻松地说。

第二天,他又像平时一样高兴,邮件也恰好在这一天送到。沿海岸线航行的汽船每月两次行经河口,一次是在去煤田的途中,一次在返航途中。海外航行时有邮件送来,每逢这时,盖伊就会派小船去取。在他们波澜不兴的生活中,汽船的到来让人兴奋。头一两天,他们会把送来的信件、英国和新加坡报纸与杂志书籍很快地浏览一遍,接下来的几周里,再细细品读,遇上带插图的报纸杂志,两个人就会你争我抢。若不是多丽丝对邮件过于投入,她必能发现盖伊的变化。这种变化是如此难描难画,无法解释。他双眼中带了警惕,嘴角也由于忧心而微微下垂。

大约一星期后的一天上午,多丽丝正在遮了阴凉的房间里钻研马来语语法(她一直在刻苦学习马来语),听到院子里一阵扰攘。有仆人生气说话的声音,有另一个男子的声音,估计是送水工,还有一个女人的尖声咒骂。接着是推搡扭打,她奔到窗边,打开百叶帘,送水工正拽着那个女人的胳膊往外拖,仆人则用双手从后面推她。多丽丝立刻认出来,这个女人就是那天上午在院里游荡,之后又等在网球场外的那一位。她把一个婴儿紧紧抱在胸口,和另外两人愤怒地吵嚷着。

"住手,"多丽丝喊道,"你们在干什么?"

送水工闻声立即松了手,可仆人还在推搡,那女人一下子摔在地上。院里突然安静下来,仆人愠怒地双眼望天,送水工犹豫了一下溜掉了,那个女人慢慢地爬起身,抱好孩子,冷冷地站着,瞪着多丽丝。仆人对她说话,声音很轻,多丽丝即便懂马来语也听不清楚;那个女人容色不动,看不出是否听进了他的话,但还是慢腾腾走开了。仆人一直跟到大门口,回来的时候多丽丝叫他,他也假装听不见。她生气了,声音不禁提高了许多。

"马上给我过来。"她厉声喝道。

突然,仆人避开她愤怒的目光,朝房子走过来。仆人进来站在门边,绷着脸望向她。

"你们把那个女人怎么了?"她生硬地问。

"老爷说不准她来。"

"你们不能这样对待女人。我不允许。我会把刚才看到的一切都如实告诉老爷。"

仆人没有答言。他眼睛望着别的地方,但是她能感觉到他透过长长的睫毛偷偷观察自己。她把他打发走。

"你去吧。"

他一声不吭转身回了仆人宿舍。她有些恼火,再没心思接着练习马来语了。不一会儿,仆人进来铺桌布准备午餐,忽然又跑到门口。

"怎么了?"她问。

"老爷回来了。"

他出门去接盖伊的帽子。此人的耳朵真是灵敏,她还没有听见动静,他就捕捉到了脚步声。盖伊没有像平常一样三步两步跳上台阶,而是停下脚步,多丽丝立刻猜到仆人下去迎他是为了报告上午的事情。她耸耸肩膀,显然仆人是想抢先"告状"。

盖伊进来时面如死灰,令她大为惊骇。

"盖伊,到底发生什么事啦?"

他的脸腾地红了。

"没发生什么事啊。怎么会这么问?"

她被盖伊的样子吓住了,任他从身边经过进了房间,原本想要问的话硬生生咽了下去。他冲澡更衣的时间比往常久得多,回到餐厅时,午餐已经布好了。

"盖伊,"他们坐下进餐时,多丽丝说,"前些日子我们看见的那个女人今天上午又来了。"

"我听说了。"他答道。

"仆人们对她很粗鲁,我只好出面制止他们。你必须要管教管教他们。"

尽管他们的马来仆人听得懂她说的每一个字,但他的样子就和没听见一样。他把烤面包片递给她。

"已经告诫过她,不许来这里。是我让他们一看见她就撵走的。"

"他们非得这么粗暴吗?"

"她不肯走。我觉得他们动粗也是不得已。"

"看到他们这么对待一个女人真是受不了。她手上还抱着婴儿!"

"也不能说是个婴儿,都三岁了。"

"你怎么知道?"

"她的什么我不知道?!她没有任何权利到这儿来胡搅蛮缠。"

"她想要干什么?"

"想干她以前干的事。想要制造麻烦。"

有一阵子,多丽丝一句话也没说。她对丈夫说话的口气感到吃惊。他的话说得简省,好像这一切都不关她的事。她觉得他这么做让她非常不舒服。他显得紧张而烦躁不安。

"不知道今天下午还能不能打网球,"他说,"看起来像是有一场暴风雨。"

她醒来的时候,雨已经下起来了,出不了门。下午茶的时候,盖伊一言不发,心不在焉。她拿过针线,开始做活儿,盖伊坐下来读英国报纸,他还没有从头到尾仔细读过。但是,他坐立不安,在偌大的房间里踱来踱去,一忽儿又出去站到凉台上,呆望着大雨下个不停。他在想什么?多丽丝隐隐不安起来。

晚饭过后,他才开口说话。晚饭很简单,他一边吃,一边竭力表现得和平常一样快活,但明显很刻意。雨停了,繁星满天,他们坐在凉台上。为了不招引虫子,熄灭了客厅的灯。他们脚下,大河缓缓流淌,令人敬畏,安静而神秘,充满致命的力量,宛若命运,和缓中隐藏着可怖与冷酷。

"多丽丝,我有话要跟你说。"他突然开口道。

他的嗓音非常奇怪。似乎连保持语调平稳都是件困难的事情,难道这是她的错觉?因为他的痛苦焦灼,她感到心中有些刺痛。她轻轻握住他的手,他却将手抽走了。

"说来话长,也不太体面,我很难启齿。我讲完之前,请不要打断我,也什么都别说。"

黑暗中她看不清他的脸,但能感觉到他满面憔悴。她不再说话。他哑着嗓子说起来,声音很小,衬托得周遭格外寂静。

"我来这儿时刚满十八岁,刚从学校毕业就来了。先在瓜拉索洛待了三个月,接着就被派往森布鲁河上游驻地。当然,署里有一位行政长官和夫人。我住在法庭里,但通常和他们一起吃饭,夜晚也一起度过,很是开心了一些日子。后来长官病了,只得回国。由于开战,人手不够,就让我来负责驻地。当然,我很年轻,但是,我土话讲得和本地人没有分别,再加上父亲的几分面子。能够独当一面,我既高兴又自豪。"

他停下来磕磕烟灰,重新把烟斗装满烟丝。划火柴的时候,多丽丝虽然没有看他,却也发现他的手在颤抖。

"在此之前,我从来没有独处过。在家的时候,不用说有父亲,有母亲,通常还有一个助理。在学校,自然总有伙伴。离开英国,乘船途中,也都有人陪着。在瓜拉索洛和第一次任职的地方也一样。那里的人都像自家人似的。我似乎总是有人陪在一起。我喜欢与人相处,简直就是个聒噪鬼。我喜欢找快活,凡事都能让我发笑,总也想找人一起分享这份快乐。可是,在这儿就不一样了。白天自然还好,我有工作,要和达雅人交流,虽然那会儿他们还砍人首级,时不时也给我制造些麻烦,不过他们那帮人倒也通情达理。我与他们相处得十分融洽。自然,我非常愿意能有个白人一起吹吹牛、聊聊天,可是有他们陪着总归聊胜于无,甚至还让我感到更自在,因为他们并不全然拿我当外人看待。我也喜欢这份工作。可是,到了夜晚就寂寞了,只能独自坐在凉台上喝着杜松子酒和苦黑啤,好在还能读书,还有仆人围伺身旁。我的跟班叫阿布都,是我父亲的旧相识。读书读厌了,我就喊他一起聊会儿天。

"夜里才是真正难熬的时候。吃过晚饭,仆人们关好门窗,返回部落睡觉,剩下我孑然一人。除了时不时传来的野鸟的呱呱叫声。鸟声突兀,常常吓得我心惊肉跳。远处部落里传来锣鼓声或鞭炮声。部落里的人就在不远处纵情享乐,可我却必须留在岗位上。我对看书厌烦透了。我觉得坐牢也不过如此。一夜又一夜,夜夜如此。我试着喝上三四杯威士忌,但自斟自酌兴味索然,只会令我第二天更萎靡。我也试着吃完饭就上床,可怎么也睡不着。我常常躺在床上,浑身燥热,人也越发清醒,我真不知道该拿自己如何是好。天啊,真是长夜漫漫。你知道吗,我情绪非常低落,自怜自艾,有时还会哭出来——现在想起来我就忍不住想笑,可我那时还只有十九岁半。

"后来,有一天晚上吃完饭,阿布都收拾完了正要回去时,清清喉咙问我,一个人在房里过夜寂寞吗?'噢,不会,还行吧。'我说。因为我可不想让他知道我是个倒霉的傻瓜,可又盼着他清楚我的处境。他站住脚没有吱声,我明白他有话要说。'什么事?'我问,'直说吧。'他这才说,如果我愿意找个姑娘来一起住,他倒是认识一个乐意来的,是个非常好的姑娘,很可以推荐,不会添乱,家里总得有个人张罗,她还能为我缝缝补补……我情绪低落透了。整天都在下雨,也没能活动一下,我知道自己又要好几个小时睡不着觉了。他说,花不了我多少钱,她家里很穷,小小意思一下,两百马来元他们就满足了。'您先瞧瞧,'他说,'要是不中意就打发她走。'我问他人在哪儿,'就在这儿',他说,'我喊她过来。'他去了门口,姑娘和母亲一直在阶前等候,进屋后就坐在地板上,我给她们拿了些糖果。姑娘自然很腼腆,却足够沉静,我问她话,她就总是冲我笑笑。她年纪不大,简直还是个孩子,他们说她十五岁了。她长得很好,穿着她最好的衣裳。我们聊了起来,她话不多,但是一逗就笑。阿布都说,等她和我熟了之后,话就会多起来。他让她走过来坐在我身旁,她咯咯地笑着不肯,可是她妈妈要她过来,我也在沙发上给她腾了地方。她红了脸笑着,终于坐了过来,不一会儿就依偎在我身边了。仆人也笑了:'您看,她喜欢上您啦。想让她留下来吗?'我问她:'你愿意留下来吗?'她笑着捂住了脸,伏在我肩上。她十分温柔娇小。'很好,'我说,'让她留下来吧。'"

盖伊俯身向前,给自己倒了一杯威士忌,加了苏打水。

"现在我能说话了吧?"多丽丝问道。

"等一下,我还没有讲完。我没有和她恋爱,从开头就没有。留她只是为了屋里有个人。要是不这样,我猜自己准会发疯,要么就是酗酒,我实在熬不下去了,那会儿我太年轻,无法自处。除了你,我从没有爱上过别人。"他犹豫了一下,"她在这儿一直住到去年我休假回国。就是你看见的那个在附近晃荡的女人。"

"噢,我已经猜到了。她抱着的婴儿。是你的孩子吧?"

"对。是个女孩。"

"就这一个?"

"另外两个男孩,你前些日子在部落里见过。你提到过他俩。"

"她生了三个孩子?"

"是的。"

"还真是人丁兴旺啊。"

她察觉听了自己的话,他似乎做了个手势,但终究什么也没说。

"你突然带着妻子回来之前,她知道你结婚了吗?"多丽丝问。

"她知道我是打算结婚的。"

"什么时候知道的?"

"我回国之前,打发她回了村里。我告诉她我们的事情到此为止。答应她的我也给了,她也一直清楚这种关系只是暂时的。我厌倦了,告诉她我要娶一个白人为妻。"

"可那会儿你还从未见过我呢。"

"对,我知道。可是我下了决心回国去结婚。"他呵呵笑起来,似乎又和从前一样,"不妨跟你说吧,遇见你的时候,我正为结婚之事头疼呢。我对你一见钟情,接着我就明白自己是非你不娶的。"

"为什么不把这一切早点告诉我呢?你难道不觉得,给我一个考虑决断的机会,这样对我才公平吗?你应该想得到,一个女人发现丈夫曾和另一个女人同居十年,养了三个孩子,这对她会是多么大的打击。"

"我当时不敢奢望你会理解。这里的环境很特殊,这种事也很平常,六个男人里五个都是这么干。我知道这种事会让你震惊,我不想失去你。你知道,我当时那么爱你,现在也是,亲爱的。你认为你不必知道这些,我也没料到会再回到这里。回国休假以后,很少有人会被派回原驻地。我们俩刚到的时候,我提出给她笔钱让她去别的村子,刚开始她同意了,可后来又变了主意。"

"那你现在为什么要告诉我?"

"她一直来这里胡闹。我不知道她怎么发现你不知情的,她发现后就开始敲竹杠,我只好给她一大笔钱,并且吩咐下去不许她再出现在院子里。今天上午,她又来胡闹,就是为了引起你的注意。她想吓唬我。我不能任由事情发展下去了。我想到的唯一的办法就是对你坦白。"

他讲完以后,两人良久无语。末了,他覆住了她的手。

"你会理解我的,多丽丝,对吗?我知道我该死。"

她没有抽出手。他能感到她的手冰凉。

"她是因为嫉妒吗?"

"说起来,她住在这儿能捞到不少外快,现在捞不到了,我想她肯定不太痛快。可是,她从来没有爱过我,我也一样没有爱过她。土著女人从不可能真正喜欢上白种男人,你知道。"

"那孩子们呢?"

"噢,他们过得挺好啊。我出钱养活。男孩子一够年龄我就送他们去新加坡上学。"

"你对他们一点感情也没有?"

他犹豫了。

"我不想瞒你。要是他们有个好歹,我会很难过。头一个孩子快出生的时候,我认为我会爱他胜过对他妈妈。我知道,如果是个白皮肤小孩,我一定会非常喜爱。自然,孩子很小的时候确实有趣,也惹人怜爱,但我并没有特别感觉到他是我的骨肉。我觉得这就是问题所在:你看,我感觉不到他们是属于我的。我也责备过自己,因为这种想法不合情理,可事实就是,在我看来他们和别人家的孩子没什么两样。当然,那些对孩子问题喜欢扯上一大通的,大都是些没孩子的人。"

现在,她什么都知道了。他等她开口,可她一言不发,一动不动地坐着。

"你还有别的想知道的吗,多丽丝?"他忍不住问道。

"没有,我头疼得厉害,想上床休息。"她的声音听不出一点异常,"我不知道说什么好。当然,这一切都太出乎意料了,你得给我点时间想一想。"

"你一定非常气恼我吧?"

"不,一点儿也不。只是——只是我要一个人待一阵子。你别起身了,我休息去了。"

她从长椅上站起身,把手搭在他肩上。

"今晚太热了。你在自己的更衣室睡觉吧。晚安。"

她走了。他听到她卧室门落锁的声音。

第二天,她面色苍白,看得出一夜没睡。她的神态中不见苦涩,说话和平时一样,但非常不自然;她谈谈这个,谈谈那个,好像和陌生人聊天似的。他们俩从未吵过嘴,但是盖伊觉得,她说话的样子就像他们闹过别扭,重归于好但伤痕仍在的感觉。她眼中的神色让他捉摸不透,他从中读出的是一种奇怪的恐惧。刚吃过晚饭,她就说:

"今晚我不太舒服,想上床睡了。"

"噢,可怜的宝贝儿,我非常难过。"他痛苦地说道。

"没什么,过一两天就好了。"

"等一会儿我去你房里跟你道晚安。"

"别,你别来。我会试着尽快睡着。"

"好吧,亲我一下再走。"

他瞧见她脸红了。她似乎犹豫了一霎,然后俯过身来,眼睛并不看着他。他把她拥进怀里,想吻一下她的双唇,可她把脸扭开了,结果他只亲到了她的脸。多丽丝迅速走开了,盖伊再一次听到钥匙在门锁里轻轻旋转的声音。他将自己往沙发上一抛,试着读点什么,可是耳朵却支着,捕捉妻子房中最细小的动静。她说是要上床睡觉,可是听不见一点动静。这份安静让他莫名地紧张起来。他用手遮住灯光,能看见她房门下有一条光亮,她还没有熄灯。她究竟在做什么呢?他放下书本。要是她怒气冲冲,同他大闹一次或者大哭一场,他都不会吃惊,因为他还应付得了,但是她这么冷静,倒把他吓住了。还有,他从她眼中分明读出了恐惧,她到底恐惧什么?他把头天晚上跟她说过的话又细细回想了一遍,不知道还能有什么更好的方式把那桩事情说出口。再说了,他只不过做了男人常常都会做的事,而且那事在他们相识之前早就了结了。当然,出了那件事,只能说明他曾经犯过浑,但谁不是经一事才长一智的呢。他把手放到胸口。奇怪,那里竟隐隐作痛。

"想来这就是人们所谓的心碎了,"他心说,"真不知道这种情形还要持续多久?"

他要不要去敲门,说他一定要同她谈谈?把话讲明白要好得多,他一定得让她理解。但那份寂静让他止步。没有一丝动静!也许还是别去打扰她为好。当然,这件事对多丽丝是个打击。他必须给她充分的时间,让她冷静思考。毕竟,她明白自己对她的一腔深情。现在唯一需要的就是耐心;也许她内心正在进行激烈的挣扎,他必须给她时间,他必须耐得住性子。第二天早上,他问她睡得好些没有。

"好多了。"她说。

"你很生我的气吧?"他可怜巴巴地问。

她坦然大方地迎着他的目光。

"一点儿也不。"

"噢,亲爱的,我真高兴。我干的事简直禽兽不如,我知道这让你憎恨,可是你一定要宽恕我。这两天我痛苦极了。"

"我原谅你。也不责备你。"

他对她笑笑,带着悔恨,眼里一副挨了抽的小狗的神情。

"这两夜我自己睡,感觉可真是糟透了。"

她移开目光。脸色微微一滞。

"我把房间里的床挪走了,太占地方了。换了一张小行军床。"

"亲爱的,你在说什么呢?"

她望着他,目光坚定。

"我不打算跟你继续做夫妻了。"

"永远吗?"

她点点头。他疑惑地看着她,不敢相信自己的耳朵,他的心剧烈地绞痛起来。

"可这对我非常不公平,多丽丝。"

"你把我带出来,置身如此环境,你觉得有一丝公平没有?"

"可你刚才还说不责备我的。"

"没错儿。但是共同生活是另一码事。我做不到。"

"可我们怎么能够生活在一起却不做夫妻呢?"

她盯着地板。似乎经过了深思熟虑。

"昨晚你想吻我的嘴唇,我——我感到非常恶心。"

"多丽丝。"

她突然望着盖伊,眼神冰冷,充满敌意。

"我睡的那张床,是不是她生孩子睡过的?"她瞧见他脸红到了耳朵根,"天哪!太可怕了!你怎么可以?!"她绞着双手,手指扭曲变形像纠缠的小蛇。她极力平复自己的情绪,"我已经打定了主意。我不想太伤害你,但有些事你不能强求。我前前后后都想过了。自打你告诉我之后,我白天黑夜都在想那件事,想得筋疲力尽。我的第一本能反应是站起来,立刻就走。立刻。两三天后汽船来了就走。"

"我爱你,难道你就一点也不顾惜吗?"

"我知道你爱我。所以,我不会立刻就走。我想给我们彼此一次机会。我曾那么爱你,盖伊。"她语不成声,但没有哭出声来,"我不想胡搅蛮缠。天知道,我也不想绝情。盖伊,给我点时间好吗?"

"我不太明白你的意思。"

"我只想你让我一个人待着,别打扰我。我的那些想法让我自己都感到恐惧。"

他猜对了,她确实感到恐惧。

"哪些想法?"

"你别问了。我不想说伤害你的话。也许我能克服掉这些想法。天知道,我非常想要克服。我会尽力,我向你保证,我会尽力。给我六个月时间吧。我可以为你做任何事情,只除了那一件。"她做了个恳求的手势,"我们应该开开心心在一起。如果你真的爱我,你会——你会有耐心的。"

他深深地叹了一口气。

"好吧,"他说,"自然,我不会逼你做任何你不乐意的事。就照你说的来吧。"

他重重地坐下,坐了好一阵子,好像刹那间变老了,动一下都费劲。后来,他终于站起身。

"我要去办公室了。"

他戴上帽子,出了门。

一个月过去了。掩盖感情这件事上,女人比男人在行;生客来访绝对想不到多丽丝正经历着情感的煎熬。然而,盖伊的紧张却明显写在脸上,他那张和善的圆脸拉长了,眼睛里满是饥渴烦躁。他观察着多丽丝。多丽丝快快乐乐的,像过去一样打趣他;他们还一起打网球,聊起事情来一件接着一件。但是,她明显只是在演戏,盖伊终于按捺不住,又想对她解释他和那个马来女人的关系。

"噢,盖伊,提这些旧事没意义,"她轻快地说,"能谈的都已经谈过了,我一点也不怪你。"

"那你为什么惩罚我?"

"可怜的孩子,我不想惩罚你。总不能说是我的错吧,要是……"她耸耸肩膀,"人的本性真是奇怪。"

"我听不明白。"

"不需要听明白。"

这话听着刺耳,但她愉快友好的笑容把这话缓和了不少。每晚上床之前,她都俯身在盖伊颊上轻轻吻一下,嘴唇刚刚碰到而已,就像一只蛾子飞过,翅膀刚好掠过他的脸颊。

第二个月过去了,第三个月也过去了,倏忽之间,本来好似没完没了的六个月都过去了。盖伊心下暗想,不知她是否还记得自己说过的时间。他紧张地关注着她说的每一句话,她脸上的每一个神色,她双手的每一个手势。她还是那么捉摸不透。不是叫他等六个月吗?好啊,六个月过去了。

海岸汽船又经过了河口,放下他们的邮件,继续出航。盖伊忙于写信,好在汽船返航时带走。两三天过去了。到了星期二,小普拉胡船正待星期四黎明出发,等待汽船经过。除了吃饭的时候,多丽丝有一搭没一搭地跟他说说话,最近他们都没怎么交谈;晚饭后他们和平时一样,各自拿起书来开始阅读。但今天当仆人清理完毕,离开以后,多丽丝放下书本。

"盖伊,我有话要跟你说。"她低声说道。

他的心猛的一紧。他感到自己的脸色都变了。

"噢,亲爱的,别这样,没那么可怕。"她笑着说。

但他能感觉到她的声音有些颤抖。

"说什么?"

"我要你为我做件事。"

"亲爱的,什么事都行。"

"我要你允许我回国。"

"你?"他吓了一跳,叫了起来,"什么时候?为什么?"

"我一直以来都试着竭力忍耐,可我实在忍耐不下去了。"

"你要去多久?永远不回来了?"

"我不知道。我想是吧。"她狠狠心,"是的,永远不回来了。"

"噢,我的上帝呀!"

他的声调都变了,她感觉他就要哭出来了。

"噢,盖伊,别怪我。真的不是我的错。我实在做不到。"

"你要我给你六个月的时间,我接受了你的条款。是我在这期间做了什么让你生气的事情吗?"

"不是,不是。"

"我竭力不让你看出我过的都是什么倒霉日子。"

"我知道,也很感激。你对我好得没有话说。听我说,盖伊,我要再次告诉你,你做下的任何一桩事情我都不怪罪。毕竟,你那会儿只是个孩子,所做的事和别人也并没有什么不同;我也理解在这儿的那种寂寞。噢,亲爱的,我真的非常同情你,从一开始我就理解。所以我才要你给我六个月的时间。我的理智告诉我,我在小题大做,不讲理,在故意刁难你。可是你看,理智与此无关,我的整个内心都很反感。每当在村里见到那个女人和孩子,我的腿就打战。这间房子里每一样东西也是,每当想起我睡过的那张床,我都起鸡皮疙瘩……你不知道我都是怎么忍下来的。"

"我已经劝她离开了。而且我也在申请调动。"

"没用的。她永远都在。你属于他们,不属于我。我想,要是只有一个孩子,也许我还能忍,可是有三个呀,而且男孩子们都大了。毕竟你跟她过了十年。"她不管不顾,把一直以来憋着的话一股脑倒出来,"这是肉体的问题,我没办法,它比我的意志要强。想到她的那两条黑瘦的胳膊抱着你,我就忍不住要呕。再想到你怀里抱着那几个小黑孩子,噢,太恶心了。碰碰你都让我想吐。每晚亲你的时候,我都得给自己打气,握紧双拳,逼自己去碰你的脸。"眼下,她的双手握紧张开,松开握紧,极度痛苦。她的声音也失去控制,"我知道现在该怪罪的是我。我愚蠢而又歇斯底里。我以为自己能够克服,可是没法做到,我知道我永远做不到。我咎由自取,我愿意承担后果;要是你说我必须留下,我就留下,但是留下来我会死的。求求你,让我回国吧。"

她憋了那么多时日的眼泪滂沱而下,哭得悲恸欲绝。他从未见她哭过。

"我当然不会强迫你留在这里。"他嘶哑着嗓子说。

她靠在椅子背上,疲惫至极,五官扭曲、憔悴。那张一向安详的面孔哀伤得无法自持,看一眼都叫人心痛。

"真对不起,盖伊。我毁了你的生活,也毁了自己的。我们本可以幸福快乐的。"

"你打算什么时候走?星期四就走吗?"

"是的。"

她可怜无助地望着他。他双手捂脸,好一会儿才抬起头来。

"我已经折腾得够了。"他喃喃地说。

"我可以走吗?"

"可以。"

差不多有两分钟,他们相对无言。外面传来野鸟凄厉、嘶哑的叫声,无比诡异,就像有人在哭,把她吓了一跳。盖伊起身走到外面凉台上,靠在围栏上,望着缓缓流淌的河水。他听见多丽丝走进自己的房间。

第二天早上,他比平常起得早,去敲多丽丝的房门。

"什么事?"

"今天我得去上游,很晚才能回来。"

"好的。"

她心里明白。他安排了全天外出,是为了躲开她收拾行李,看着她收拾会让人心碎。她将衣服打包以后,环顾起居室里属于她的东西,都带走未免太过绝情。除了母亲的照片,她什么也没拿。晚上十点,盖伊才回家。

"很抱歉,没能回来吃晚饭,"他说,"我去的那个村里头人有一大堆事情要我处理。"

她看见他的目光巡视了整个房间,注意到她母亲的照片已经不在原处。

"都准备好了吗?"他问,"我已经安排船夫天亮时在阶下等候,门口等着。"

"我吩咐了仆人五点钟叫醒我。"

"我给你带些钱在路上吧。"他走到书桌旁,签了一张支票,又从抽屉里取了一些纸钞,"这些现金够你用到新加坡,到了那里你就可以兑换支票了。"

"谢谢你。"

"你愿意我送你到河口吗?"

"还是不要的好。"

"那好吧。我得去休息了。今天事情多,我累得够呛。"

他连她的手都没碰,回了房间。没过几分钟,她听到他往床上一倒。她坐了一小会儿,最后一次环顾了这个房间,正是在这里,她曾经那么欢喜,也曾经如此悲伤。她重重地叹了口气,起身去了自己的房间。除了一两件夜里要用的东西,其他都已收拾停当。

天色尚未破晓,仆人就把他们叫醒了。他们匆匆穿戴整齐,早饭已经摆好。不一会儿,他们就听到有船划到了房子下边的栈桥,仆人们把行李扛下去。两人都无心吃饭,早餐不过是做做样子。夜色渐渐褪去,河面苍茫、诡异。黑夜已尽,白昼尚未来临。一片寂静之中,栈桥上土著们说话的声音格外清楚。盖伊看了一眼他妻子一口也没有动过的早餐盘。

"你要是吃完了,我们就下去吧。应该动身啦。"

她没有做声,从桌边站起身去了卧室,看看有没有遗漏的东西,然后跟盖伊并肩走下台阶。他们沿着一条蜿蜒的小路来到河边。栈桥上,身着整齐制服的土著卫队排成一列,在他们走过时举枪致敬。多丽丝抬脚上船时,船夫伸手帮扶。她转身望着盖伊,想要最后说一句安慰的话,再一次请求他的原谅,却怎么也开不了口。

盖伊向她伸出手去。

"那么,再会吧,愿你旅途愉快。"

他们握手道别。

盖伊朝船夫点头示意,小船驶离岸边。水面上晨曦微露,而远处的丛林中仍夜色沉沉。盖伊伫立在栈桥上,直到小船消失在重重曙光之中。他一声长叹,转身离去,卫队再次举枪致敬,他失魂落魄地点点头。他回到家中,跟仆人打了声招呼,进屋四处翻检,把属于多丽丝的东西都挑出来。

"把这些东西全部打包,"他说,"这么四处散落着不好。"

之后,他在凉台上坐定,望着昼光缓缓升腾,像是一股恣肆难挡的悲哀向他迫近,苦涩而委屈。终于,他看了一眼手表,该去办公室了。

午后,他头疼得厉害,无法入睡,就拿起猎枪到丛林里转了一圈。他什么也没打,只是一个劲地走着,走到筋疲力尽,日落时才回家。喝了两三杯酒,就到了更衣用餐的时间了。穿衣装扮现在也没什么意义,他宁可图个舒服;换上宽松的本地上装,裹上纱笼,回复到多丽丝来之前那样的装扮。他打着赤脚,无精打采地吃了晚饭,仆人收拾完桌子就出去了,他坐下来读一本《闲谈者》杂志。屋内非常安静,可他读不进去,杂志跌落在膝头。他筋疲力尽,无法思考,大脑里一片空白。那天夜里,野鸟叫个不停,刺耳、突兀,像是对他的无情嘲弄。很难相信,这阵阵回荡的声音居然出自非常细小的喉咙。突然,他听到一声小心翼翼的咳嗽。

"谁?"他喊。

没有声音。他看了看门口,野鸟叫得更放肆了。一个小男孩慢吞吞走过来,站在门旁。这是一个混血小孩,穿着破汗衫,裹着纱笼。是他的长子。

"你来干什么?"盖伊问。

男孩走进屋里,盘腿坐了下来。

"谁让你来的?"

"妈妈让我来的。她问你有没有什么需要?"

盖伊凝神看着男孩。男孩说完一声不吭,静静地坐在那里等着,怯怯地垂下眼帘。盖伊痛苦地思索着,双手捂着脸孔。又有什么用呢?一切都完了。完了!他认命了。他往椅子上一靠,深深地叹了口气。

"让你妈妈把你们的东西收拾一下。她可以回来了。"

"什么时候?"男孩木然地问。

盖伊长满粉刺的滑稽圆脸上,热泪潸然而下。

"今天晚上。"

(阎　勇　译)